诺贝尔文学奖作家作品

圣女贞德

SAINT JOAN

〔英〕 萧伯纳 著

胡仁源 译

北京出版集团
北京出版社

图书在版编目（CIP）数据

圣女贞德 /（英）萧伯纳著；胡仁源译 . — 北京：
北京出版社，2021.4（2025.7 重印）
（诺贝尔文学奖作家作品）
ISBN 978-7-200-15388-0

Ⅰ . ①圣⋯ Ⅱ . ①萧⋯ ②胡⋯ Ⅲ . ①历史题材剧（话
剧）—剧本—英国—现代 Ⅳ . ① I561.35

中国版本图书馆 CIP 数据核字（2020）第 040349 号

诺贝尔文学奖作家作品

圣女贞德
SHENGNÜ ZHENDE

［英］萧伯纳　著
胡仁源　译

*

北京出版集团 出版
北京出版社
（北京北三环中路 6 号）
邮政编码：100120

网　址：www. bph. com. cn
北 京 出 版 集 团 总 发 行
新 华 书 店 经 销
三河市天润建兴印务有限公司印刷

*

140 毫米 × 202 毫米　32 开本　12.75 印张　296 千字
2021 年 4 月第 1 版　2025 年 7 月第 3 次印刷
ISBN 978-7-200-15388-0
定价：69.80 元
如有印装质量问题，由本社负责调换
质量监督电话：010-58572393
责任编辑电话：010-58572757

作家小传

　　萧伯纳（Bernard Shaw，1856—1950），1856 年出生在一个爱尔兰家庭。父亲是都柏林法院的公务员，母亲是一位音乐教师。在母亲的感染下，萧伯纳从小就爱好音乐和绘画。但父亲嗜酒如命，十分懒惰，经常对家庭不管不顾，在这种家庭环境下，萧伯纳 15 岁就只好进入一家房地产公司做书记员，以缓解家庭的贫穷状况。

　　萧伯纳不仅认同叔本华、柏格森以及尼采的哲学思想，对马克思的《资本论》也有仔细研究，另外，他还参加过英国改良主义组织费边社，不赞同暴力革命。在艺术创作上，他受到了易卜生的极大影响，反对"为艺术而艺术"的创作方式，更倾向于反映社会问题。

　　萧伯纳刚去伦敦的时候，非常困窘，但是随着时间的推移，他的情况逐渐好转起来，开始受邀做各种专题演讲。面对这种生活状况，萧伯纳并不感到满足，于是给自己规定每天写五页东西。从 1879 年到 1883 年，萧伯纳先后写了五部小说，分别为《未成年时期》《无理之结》《艺术家的爱情》《卡什尔·拜伦的职业》和《业余社会主义者》，不幸的是都被出版社所拒绝。萧伯纳没有放弃,而是不断总结经验教训,终在 1891 年发表了评论名著《易卜生主义的精华》,随后 1892 年,他创作的第一个剧本《鳏夫的房产》公演,并且大获好评。从此以后他成为了一位著名的剧作家。

萧伯纳戏剧作品主要有三个戏剧集:《不愉快的戏剧集》《愉快的戏剧集》《为清教徒写的戏剧》。其中《不愉快的戏剧集》中包括《鳏夫的房产》《荡子》《华伦夫人的职业》;《愉快的戏剧集》包括四个剧本,即《武器与人》《康蒂妲》《风云人物》和《难以预料》;《为清教徒写的戏剧》包括《魔鬼的门徒》《布拉斯庞德上尉的转变》和《凯撒和克里奥佩特拉》。

萧伯纳的剧作创作在 20 世纪后达到了高峰,著名的剧本《人与超人》《巴巴拉少校》《伤心之家》《千岁人》《圣女贞德》《突然出现的岛上愚人》等都是这一时期创作的作品。其中《圣女贞德》被公认为是他的最佳历史剧,他也凭借这部作品获得诺贝尔文学奖。

萧伯纳曾在 1933 年到过中国,并与宋庆龄、鲁迅、蔡元培等人会面。当年发表了他的最后一部小说《黑女求神记》。

第二次世界大战期间,萧伯纳积极参加反法西斯斗争活动。先后创作了《波扬特的亿万财产》《牵强附会的寓言》等剧作。

1950 年,萧伯纳在寓所安静地离开了人世。

授奖词

瑞典学院诺贝尔奖评委会主席　佩尔·哈尔斯特龙

　　早在乔治·萧伯纳青年时期创作的小说中，对于世界的看法和对社会问题的态度就已经表现出来，这也是他后来所一直坚持的。这一点就足以为他提供辩护，甚至优于任何事实，对那些说他不诚实的，或者是说他在民主殿堂扮演职业丑角的指责进行了有力的反驳。从一开始，他就有着坚定的信念，不会受到任何实际的影响，就连社会发展的进程对他也仿佛失去了影响力，反而将他推向演说的讲台上。在他的思想中，存在着一种抽象逻辑上的激进主义性质，它们并不是一种新的概念，但是经过萧伯纳的诠释，它们又获得了一种新的定义和光彩。在他的作品中，这些思想与一种敏捷巧妙地联系在一起，把任何常规的形式都弃之不用，再加上萧伯纳天生有些活泼有趣的幽默感，这一切综合起来所形成的文学展现出一种前所未有的独特之风。

在他的身上，人们总能看到一股嬉戏般的高兴劲儿，这很容易就会让人迷惑，认为这只是一场并不慎重的游戏而已，结果却让所有的人大吃一惊。然而这还远远没有揭示出真相，就连萧伯纳本人也有资格发表公正的声明，他对待事情不知忧愁的态度事实上只是一种策略：为了不让人们想着把他拉到绞架上去，他必须哄人们大笑。然而，有一点我们非常清楚，那就是无论发生什么事情，都难以让他害怕，改掉他直言不讳的个性；之所以他要选择这样一种武器，因为这是最适合他的，同时也是效果最好的。在使用这种武器的时候，他总是带有超强的自信心，这是因为他有着一种诚实的信念和宁静的道德心。

　　很早以前，他就成了革命学说的宣传家，这些属于社会学和美学领域的学说有着不同的价值，因此，他很快就成了著名的演说家、辩论家和记者。他反对英国和巴黎的肤浅传统，拥护易卜生的思想，他在英国的剧坛上留下深深的印迹。从创作历程来看，他很晚才开始创作戏剧，那个时候他已经三十六岁了，满足他所引起的各种要求是他写剧最根本的目的。在剧本创作上，他生来就有十分大的把握，好像总有说不完的话。

　　他创作的方式非常随便，从某种程度上来说，可以被称为是新的戏剧艺术，想要评价这种戏剧艺术，就必须要以其本身的特殊原则为基础。因为它新奇的地方并不是它的艺术形式和结构。在戏剧艺术上，他有着非常清醒和训练有素的了解，能够轻松地达到他自己想要的舞台效果。他表达思想的方式非常直率，展示出非常大的灵活性、好战性，这一切都是他所特有的。

　　在法国，人们总是将他与莫里哀相比较，称他为 20 世纪的莫里哀，这种说法并不是没有道理，因为萧伯纳本人也认为，他所遵循的正是古典戏剧艺术的旨趣。而这里他所说的古典主义是研究推理和辩证的精神爱好，反对一切被叫作是浪漫主义的事物。

《不愉快的戏剧》（1898）是他首部戏剧集。之所以会取这样的名字，是想让观众面对不愉快的事实，避免他们渴望从舞台上得到不用动脑的娱乐和多愁善感的熏陶。这些剧目对当时社会的各种弊病进行深入的剖析，包括对穷苦大众的剥削和嫖娼制度，以及那些作恶者始终拥有非常尊贵的社会地位。

这是萧伯纳一个显著的特点：尽管在面对社会时，他所采用的态度是一种正统社会主义者的严厉态度，但是在处理罪人形象方面，又将这种严厉不带偏见的态度和心理洞察力联系起来。即使是在他早期的作品中，他所具备的人道主义精神也已经充分地展现出来。

在《愉快的戏剧》（1898）中，他改变了自己的方案，虽然想要表达的主旨仍旧相同，但是采用的却是一种相当轻松的口吻。在这组剧目中，《武器与人》（1894）为他赢得了第一次伟大的成功。这部作品试图说明关于英雄和军人的浪漫事迹是不可信的，同时还将这种浪漫与和平时期那些非常平凡的工作进行对比。作者之所以受到了更大的欢迎，就是因为在这部作品中所体现出来的和平主义倾向。《康蒂妲》（1895）是很长一段时间内他所创作的最有诗意的剧作，是《玩偶之家》的幸福结局版，因为在他的笔下，剧中那个优秀的坚强女性被描写成了正常人，以此赋予她更加温柔、丰富，富有同情心的典型形象，这是剧中其他人物形象所不及的。

在《人与超人》（1903）中，他进行了报复：他宣称，妇女注定要成为超人，因为她有着坚定的、丝毫没有掩饰的讲求实际的性格，这是长久以来人们的渴望所预示的事物。这个笑话充满乐趣，但是在一定程度上，作者还带有严肃的态度，即使考虑到他曾经反对英国人早期崇拜温柔女性圣者的态度。

《巴巴拉少校》（1905）是一部伟大的思想剧，它有着极为深刻的意义。剧本中所讨论的问题是这样的：是否应该通过快乐而虔诚的牺牲精神这种内部方式来战胜罪恶，还是通过根除一切社会缺陷——贫穷——这种外部方式来战胜罪恶。在萧伯纳的笔下，他所创作的女主人公是不寻常的女性人物之一，最后在救世军的权力和金钱的势力之间妥协。在剧中，整个思想变化过程展现得淋漓尽致，并且充满了反论。从结构上来看，这个剧目并不是首尾一贯，但是却给人一种鲜明的，令人惊奇的看法；这种看法认为，如果人生抱有实际的信仰，那么他就是充满诗意而快乐的。在这部剧作中，理性主义者萧伯纳与其他理想主义者相比较而言，具有更加宽阔的胸怀，更加尊重妇女。

因为时间的问题，我们不能逐一列举他之后的创作活动，即使是那些非常优秀的作品；这样说已经完全足够了，无论在哪个阵营中发现的偏见，他都会运用自己的武器去给予批判，绝对不会偷奸耍滑。《伤心之家》（1919）这部作品就表现了他最勇敢的出击。在这个剧本中，他试着使用自己惯用的手法，将那些在发达文明国家中盛行的邪恶、伪善和社会病态按照喜剧精神完全展现出来，戏弄那些极为重要的价值标准，僵化的情感，冷漠的良心，并且将艺术和科学，以及追求金钱、政治和玩弄异性以一种琐细的专注表现出来。然而并没有达到预期的效果，无论是因为材料太过于丰富，还是很难进行轻快的处理，这部作品最终变成了一个行为古怪的人物博物馆，带有一种模糊的象征主义，就像是一副鬼魂的样子。

在《千岁人》（1921）中，他所写的前言所展现出来的才华，已经远远超过了其他前言中所展露出来的艺术能力。在这篇论文中所表现的观点是人类想要有足够的见识去管理世界，就必须要延长数倍正常的年龄。这一观点没有给人带来任何欢乐与希望。看起来作者所使用的丰富的思想极大地伤害了他本身的创造力。

《圣女贞德》（1923）的诞生，向全世界宣布了这位诗人的最高能力，尤其是在舞台上，这种能力更加表露无遗，剧中所有最重要的、有价值的内容都很好地进行了突出，将真正的分量展露出来，甚至还将那些可能引起反对的部分包括进来。对于之前的历史剧前言，萧伯纳总是感到不满意，因此他偶尔会将自己的聪明才智和对历史的想象力，以及历史真实感的缺乏结合起来，这样表现起来就自然很多。在他的笔下，世界总是缺乏时间概念的：按照新的理论，这对于空间来说，并不是没有意义。但是非常遗憾，他所带来的结果，就是没有尊重过去曾经发生的一切，并且导致使这样一种倾向产生：把所有的事物都表现得完全不同于普通人过去所信所言的一切。

在《圣女贞德》中，他依旧保持着清醒的头脑，信仰着基本相同的观点，但是在他的女主人公的身上，他那颗虔诚的心却从虚幻的国度中找到了一个固定不变的目标，而这个目标给剧本带来一种能力，使具有想象力的远见变得更加真实而具体。在他的笔下，女主人公的形象单纯，容易让人理解，他的描写十分精准，以至于那些保留下来的形象生动、鲜活，另外，他还给《圣女贞德》赋予了直接吸引观众的力量。或者还可以这样说，这部作品具有独特而丰富的想象力，因为它表现了在一个对真正英雄主义非常不利的时代里的英雄主义。这个剧目没有遭到失败，从这个事实本身来看，就是一件意义非凡的事情。在世界各地巡演的过程中，它取得了非常大的成功，这就足以证明这部作品具有非常重要的艺术价值。

这个时候，如果我们回顾萧伯纳的最佳剧作，就会惊奇地发现，在他那玩笑和挑衅的笔下，很多地方都能够看到圣女贞德这个英雄人物所表现出来的理想主义因素。或许从某种程度上来说，他对于社会的批评以及对社会发展进程的看法有些太过于直率，追求逻辑推理，因为他的思想太过于匆忙，因为简化而变得松散，但是他所进行的很多斗争都证明他的目的是高尚的，包括与没有稳定基础的传统观点斗争，同虚假、半真半假的传统情调斗争。更加突出的是他的人道主义精神，以及他运用不同感情的方式来表达敬意的那些美德——精神自由、勇敢、清晰的思想以及诚实——这些在我们生活的这个时代里想要找到坚定的拥护者是非常困难的。

我上面所说的这些，只是为萧伯纳一生事业提供了些许事实，而且几乎没有谈到他的大多数剧本的前言——或许也可以称作是论文。他作品的前言，语言活泼、清晰，具有卓越的才华，是无法超越的优秀作品。当今时代，他是最具吸引力的剧作家之一，这种地位是他所创作的戏剧作品所赋予的。而他的前言又使他获得了这个时代的伏尔泰的美称——如果我们考虑到的仅仅是伏尔泰的最优秀的作品。这些前言风格完美而简朴，似乎会提供一种在行文高度新闻化的时代里表达思想最优秀的形式，同时其方法也是最优秀的。更加重要的是，它们使得萧伯纳在英国文学中的地位得以巩固。

按：萧伯纳没有发表获奖致辞。

目　录

圣女贞德

第一幕

〔纪元后 1429 年,一个晴明的春天,在摩斯河上,罗伦同香旁义之间,一个服苛奈尔古堡当中。

〔鲁白特·波的吕考队长,一个地主阶级的军人,优雅强壮,但是没有坚决的意志,正在照他寻常的样子,对于他的管事人表示不满,严厉斥责,后者是一个可怜的弱虫,面瘦头秃,年龄要说他是在 18 岁与 55 岁之间均无不可,因为这个人从来不会有过壮盛的时代,故时间亦不能使他衰老。

〔两人同在二楼的石室当中,一个朴素的栎木制的桌边,队长坐在椅上,可以看见他的左侧身形,管事人以一种卑躬乞怜的态度立在他的对面,13 世纪式的格子窗,在他们中间开着,窗侧角上有一蝶楼,有小穹门引至盘梯,通到下面天井,桌下有一个坚固的四足凳,又有一个木柜置于窗前。

鲁白特　没有鸡蛋!没有鸡蛋!一千个岂有此理,蠢人,你为什么说没有鸡蛋?

管事　主人，这不是我的过失，这是上帝的力量。

鲁白特　胡说，你告诉我没有鸡蛋，你倒以此归咎于上帝。

管事　主人，我有什么办法？我人不会自己生出蛋来。

鲁白特　（冷笑）哈！你倒在讲玩笑话了。

管事　不，主人，上帝知道，我们大家都没有蛋吃，同你一样，主人，母鸡不肯生出蛋来。

鲁白特　真的！（立起）现在你听我说。

管事　（恭谨的样子）是的，主人。

鲁白特　我是什么人？

管事　你是什么人吗，主人？

鲁白特　（走到他的面前）是的，我是什么人？我是鲁白特·波的吕考地主，这个服苛奈尔城堡的队长呢，还是一个牧牛的童子呢？

管事　哦，主人，你自己知道你在这里是比皇帝还要伟大的。

鲁白特　不错，但是现在，你知道你是什么人？

管事　我是一个一钱不值的人，主人，除掉有这个荣誉做你的管事人以外。

鲁白特　（将他的管事人渐渐逼至墙边）你不单是有这个荣誉做我的管事人，并且有这个权利做全法国最坏的、无用的、愚蠢的、胡说的、白痴的管事人。（他迅速地走回到桌边）

管事　（惶恐的样子）是的，主人，在你这样的伟大人物的眼光当中，我当然是如此的。

鲁白特　（回转头来）这大约又是我的过失唔？

管事　（窘极的样子，走到他的面前）哦，主人，你总是把我极无心的说话，这样地扭转。

鲁白特　我还要把你的头颈扭转，如其我问你还有多少鸡蛋的时候，你胆敢对我说，你自己不会生出蛋来。

管事 （要想抗辩的样子）哦主人，哦主人。

鲁白特 不要响，不是哦主人，哦主人，应当是不主人，不主人，我的三个巴尔巴利的母鸡还有那个黑的，都是在香旁义地方，最会生蛋的鸡，你倒来同我说没有鸡蛋！是谁偷掉的！告诉我，否则我就要当你是一个胡说的人，并且把我的东西偷卖的人，一脚把你踢到大门外去，并且昨天的牛奶也是短少，你不要忘记掉。

管事 （窘极）我晓得，主人，我晓得太明白了，现在没有牛奶，没有鸡蛋，明天连什么都要没有了。

鲁白特 什么都没有！你难道要完全偷去吗？

管事 不，主人，谁也不能偷什么东西，但是现在是有一种魔力在支配我们，我们是被迷住了。

鲁白特 这种谎话，对我是无用的，鲁白特·波的吕考会烧死魔女，绞杀盗贼，去，正午以前，要拿两打鸡蛋，两加仑牛奶到这个房间里来，否则当心你的骨头，我要教训你怎样是欺骗我的结果。

（他以最后决定的态度重复坐下）

管事 主人，我同你说没有鸡蛋，一定是不会有的，就是你因此把我杀掉，也是无用，要是那个女郎还在门内的时候。

鲁白特 女郎？什么女郎？你在那里讲什么话？

管事 那个罗伦的少女，从度内玛来的。

鲁白特 （立起，非常地愤怒）一千个岂有此理！一万个浑蛋！你难道说那个女郎，两天以前，胆敢来求见我的，我叫你把她送还她的父亲，叫他严加管束的，现在依然还在这里吗？

管事 我是已经叫她回去，主人，她不肯回去。

鲁白特 我并没有叫你叫她回去，我叫你把她赶出去，你有五十个武装兵士和一打的强壮工人，执行我的命令，难道他们都见她怕吗？

　　管事　她是这样坚决的，主人。

　　鲁白特　（抓住他颈上的领圈）坚决？现在你看，我就要把你丢到楼下去了。

　　管事　不，主人，请你不要。

　　鲁白特　那么，你就拿坚决来阻住我吧，这是极其容易，随便一个平常女子都能够做的。

　　管事　（被他提起，以一只脚站在地上）主人，主人，你就把我丢下楼去，也不能使她因此离开这里，（鲁白特把他放下，他用双膝坐在地上，很沉默地注视他的主人）你看，主人，你是比我更坚决得多，但是她也是这样的。

　　鲁白特　我比你强壮有力，蠢人。

　　管事　不，主人，不是这个，是说你坚强的性质，她是比我们都更柔弱，她不过是一个瘦小的女子，但是我们没有法子使她离开。

　　鲁白特　一班无用的东西，你们都是见她害怕。

　　管事　（慢慢地立起来）不，主人，我们都是见你害怕，但是她给予我们勇气，她真是好像无论什么都不怕的，或者你还可以把她吓退，主人。

　　鲁白特　（很凶的样子）或者，她现在在什么地方？

　　管事　在下面天井里，同寻常一样，在那里同兵士谈话，她除掉祷告以外，总是在同兵士谈话的。

　　鲁白特　祷告！哈！你相信她会祷告，你这蠢货，我知道这里常常同兵士谈话的女人，她应当也来同我谈话一下，（他走到窗前，随便地向下叫唤）哈啰，有人在那里吗？

一个女人的声音　（明亮，坚强，并且粗率）是叫我吗，先生？

鲁白特　是的，叫你。

女人声音　你是队长吗？

鲁白特　是的，你倒真太不客气，我是队长，你到上面来吧，（向天井的兵士说）告诉她上来的路，快点儿领她上来。（他离开窗口，回到桌边，很严肃地坐下）

管事　（耳语）她要自己去做一个兵士，她要你给她兵士的衣服，盔甲！主人，还有剑！真的！（他轻轻地走到鲁白特的后面）

（贞德从蝶楼的门口出现，她是一个很强健的乡村少女，年纪十七八岁，穿着整洁的红色衣服，有一种不同寻常的面貌，两眼相距极远，并且凸出，像一种富于感想的人，一个长得极端正的鼻头，鼻孔宽大，一个短的上唇，坚决但是饱满的嘴，美丽而且强毅的下颔，热心地立到桌边，深幸现在居然得到鲁白特的面见，并且对于会见的结果，充满希望，他的怒容，丝毫不能让她退缩，使她恐惧。她的说话，有一种天然的热心及柔媚的音调，非常的自信，非常的动人，而极不容易拒绝的。）

贞德　（行礼）早安，队长先生，队长，请你给我一匹马，一副盔甲，几名兵士，并且送我到太子那里去，这是我主人给你的命令。

鲁白特　（大怒）你主人的命令！你主人到底是一个什么东西？去同他说，我并不是他部下的公爵或贵族，我是波的吕考地主，除了皇帝以外，不能接受任何人的命令。

贞德　（确实保证的样子）是的，先生，这个是不错的，我的主人，就是天上的皇帝。

鲁白特　怎样，这个妇人原来是疯的，（向管事说）你为什么不早点儿向我说明，你这呆子。

管事　主人，不要使她发怒，把她所要求的给她。

贞德 （不耐烦，但是很友谊的样子）在他们没有同我谈话以前，都说我是疯的，先生，但是你看，上帝的意思，凡是他使得在我心中发生的事情，你是要照办的。

鲁白特 上帝的意思，是要我把你送还你的父亲，他把你幽禁起来，并且拿皮鞭来治好你的疯病，你说这是对还是不对呢？

贞德 你想你要这样，先生，但是你会看见，事情发生出来，是完全两样的，你以前总说你不肯见我，但是现在我在这里了。

管事 （恳求的样子）是的，主人，你看，主人。

鲁白特 不许开口，你这东西。

管事 （可怜的样子）是的，主人。

鲁白特 （觉得失去自信力，向贞德说）你是预先假定一定要见我的吗？

贞德 （很和蔼可亲的样子）是的，先生。

鲁白特 （觉得自己已经失去立足的地方，很重地将两手向桌上放下，用严肃的态度，鼓起胸膛，以挽救他不快的感觉）现在你听我说，我就要决定这个事情了。

贞德 （很急迫的）就请你这样吧，先生，一匹马的价值，要16个法郎，这是很大的一个数目，但是在盔甲上我可以节省一点，我可以寻一副普通兵士的盔甲，能够勉强穿得上的，我是非常能够耐苦的，并不要漂亮的、定做的盔甲，像你所穿的一样，我也并不要很多兵士，太子自会给我以所要的数目，去解救奥利安士的围困。

鲁白特 （吃惊的样子）去解救奥利安士的围困！

贞德 （很自然的）是的，先生，这就是上帝叫我来的目的，你派三个人和我同去就足够了，只要他们是良善的人，而且待我很好的，他们都答应和我同去，颇利、杰克，还有——

鲁白特　颇利！你这个毫无礼貌的东西，你胆敢在我面前，直呼白尔屈朗·颇能杰先生为颇利吗？

贞德　他的朋友都这样叫他，我并不知道他还有别的名字，杰克——

鲁白特　这就是约翰·梅迟先生了，我想？

贞德　是的，先生，杰克很愿意同去，他是一个极亲切的人，他拿钱给我，叫我转给穷人，我想约翰·谷德塞夫也愿意去，还有弓手迭克和他们的仆人约翰·洪考特及尤利安。你一点不须费事，先生，我一切都已经接洽停当，只要你发命令就好了。

鲁白特　（以一种惊骇的态度，向她望着）好了，我真是碰到魔鬼了。

贞德　（泰然、亲切的样子）不，先生，上帝是很仁慈的，并且圣加德林和圣玛德，他们天天和我讲话的，（他吃惊地张口）自然会帮助你，你一定会到天堂去，并且你的名字，一定永远留存，因为你是第一个助我的人。

鲁白特　（向管事说，虽然仍旧烦闷，但是因为他想采取一种新的方法，所以声调与前不同）颇能杰先生真是这样的吗？

管事　（很热心的样子）是的，主人，还有梅迟先生也是这样，他们两个都愿意和她同去。

鲁白特　（沉思的样子）唔！（他走到窗前，向下面天井里高声呼唤）哈啰！有人吗，去请颇能杰先生到我这里来，（转向贞德）去吧，在天井里等着。

贞德　（很快活地一笑）好的，先生。（她退出）

鲁白特　（向管事说）同她一块儿去吧，你这个无用的弱虫，在近处候着，并且注意她的行动，我还要叫她到这里来的。

管事　千万就这样做吧，主人，想想这些母鸡，在香旁义地方

8

最会生蛋的，并且——

鲁白特　想我的皮鞋，当心你的背脊不要被它碰着。

（管事很快退下，在门口恰与白尔屈朗·颇能杰遇见，一个英伟法国武装军人，现在军法处供职，富于幻想，胸无主宰，除有人同他说话以外，极少发言，回答时总是迟缓而且固执，与自信、坦白、表面强毅而内里意志薄弱的鲁白特，恰相反，管事让他过去后，自己退下。）

（颇能杰行礼后，立定等候命令。）

鲁白特　（温和的态度）不是有什么任务，颇利，一个友谊的谈话，请坐吧。（他用脚把桌下的凳钩出）

（颇能杰觉得得自然一点，走到屋内，将凳子放在桌子与窗的中间，沉默地坐下，鲁白特半坐在桌子的一端，以友谊的态度，开始谈话。）

鲁白特　现在你听我说，颇利，我必须像一个父亲的样子向你劝导。

（颇能杰严肃地向他注视一下，但不发言。）

鲁白特　就是关于那个女子，你对于她感觉兴味的，现在我已经看见了她，已经同她谈话了，第一，她是疯的，这个倒没有关系，第二，她不是一个乡下女子，是一个中等阶级的人，这个是很有关系的，我确实知道她这一种人，她的父亲去年曾经到这里来，代表他的村庄，办理过一件诉讼的事情，一个农人，不是消闲的富农，他是以此为职业，倚此而生活的，但是，也不是一个劳动者，不是一个工人，他尽可以有一个当律师或者当教士的亲戚，这种人在社会上虽然并不受重视，但是对于地方官署，这就是说，对于我，很可能出许多麻烦，现在你当然想，把这样一个女子带走，是一件极简单的事情，只要骗得她相信，你是领她到太子那里去的，但是要是发生出事情来，你会弄得我一点儿没有办法，因为我是她父亲的地主，是有保护她的责任的，所以无论是朋友或不是朋友，再不要管她的事情吧。

颜能杰 （缓慢且郑重地说）我宁可对于圣母玛丽亚，也不肯对于这个女子有这样的想法。

鲁白特 （从桌边立起来）但是她说你同杰克、迭克，都答应和她同去，什么意思？难道你要对我说你把她要去见太子的妄想当作真的，是吗？

颜能杰 她是像有点儿道理的，这些人在下面守卫室里面，都是胡说乱想，但是从来没有提起过，疑心她是一个妇人，他们在她面前都停止咒骂，是有点儿道理，有点儿道理，也需值得试一试看。

鲁白特 哦，来吧，颜利！自己振作一下，看你平时固然是缺乏常识，但是这个真觉得有点儿太过分了。（厌恶的样子走开）

颜能杰 常识有什么用处？我们要是有一点儿常识，我们就应当去投白根地公爵同英国皇帝，他们已经占领全国的一半，一直到卢尔为止，他们占有巴黎，他们占有这个城堡，你明知道我们应当把他交于贝德福公爵，你不过是有条件占有的，太子是在启隆，像一个壁角上的老鼠，不过他是不肯奋斗，我们并且不知道他究竟是不是太子，他的母亲说他不是，她应当知道，你想想看，皇后竟会否认她自己儿子的承继权利！

鲁白特 是的，她的女儿是嫁给英皇的，你能够责备这个妇人吗？

颜能杰 我并不责备什么人，但是太子弄到这个地步，是完全要谢谢她的，我们可以老实承认，英国人一定会攻下奥利安士，那个庶子决不能阻止他们。

鲁白特 他去年曾经在蒙泰格斯打败英国人，我那个时候，同他在一起的。

颜能杰 没有关系，他的军队，现在是怯懦了，他不能做出灵异来，我同你说，现在我们方面，没有一个灵异是无救的。

　　鲁白特　灵异固然很好，唯一的困难，是在现在的世界，他们不会发生。

　　颜能杰　我以前也是这种想法，现在我不可能说十分一定，（立起来，沉思的样子走向窗前）无论如何，现在是一个时候，我们不能不将一切的方法都试试看，这个女孩子是好像有点儿道理的。

　　鲁白特　哦！你想这个女孩子能做出灵异来，是吗？

　　颜能杰　我想她自己本身，就是一点儿小小的灵异，无论如何，她是我们手中最后的一张牌，宁可把她发出去，比自认输掉总好一点儿。（他向蝶楼走去）

　　鲁白特　（迟疑不决）你真是这样想的吗？

　　颜能杰　（掉转头来）我们现在还有什么别的可以想的吗？

　　鲁白特　（走到他的面前）你听我说，颜利，你要是在我的地位，你肯让这样一个女子，骗掉你16个法郎的一匹马吗？

　　颜能杰　我愿意付这个马价。

　　鲁白特　你愿意付？

　　颜能杰　是的，我要支持我的意见。

　　鲁白特　你真要将16个法郎的巨数孤注一掷吗？

　　颜能杰　这并不是一种赌博。

　　鲁白特　难道是什么别的吗？

　　颜利杰　是一件确实的事情，她的说话，她对于上帝的热烈的信仰，已经引起我的热心。

　　鲁白特　（不愿再同他辩）嘘！你是同她一样地疯了。

　　颜能杰　（顽强的）我们现在正需要多几个疯人，你看这些不疯的人，已经把我们弄到什么地步了！

鲁白特　（他的犹豫，现在已经显然战胜他假装的决心）我真觉得我自己像一个呆子了，但是如其你觉得确实——

颇能杰　我觉得这样的确实，就要带她到启隆去，除非你阻止我去。

鲁白特　这是不公道的，你把责任推在我的身上。

颇利杰　采取那一条路，是要你决定的。

鲁白特　是的，就是这个缘故，我应决定哪一条路呢？你真不知道，我对于这个事情是怎样的为难。（起来缓步行走，不知不觉中希望贞德来决定他的意志）你想我应当再同她商议一下吗？

颇能杰　（立起）是的，（他走到窗前呼唤）贞德！

贞德的声音　他肯让我们去吗？颇利？

颇能杰　上来，到这里来，（回转向鲁白特说）我应当让你同她单独讲话吗？

鲁白特　不，就在这里，帮助我一下子。

（颇能杰在木柜上坐下，鲁白特走到他的座位旁边，但是仍旧立着，使他自己有一个比较威严的样子，贞德走上来，满口的好消息。）

贞德　杰克答应出一半马价。

鲁白特　真的！（他坐下）

颇能杰　（严肃的态度）坐下吧，贞德。

贞德　（稍为沉静一点儿，望着鲁白特说）我可以吗？

鲁白特　你照他的话做吧。

（贞德行礼后在他们两人中间的凳子上坐下，鲁白特拿他最坚决的外表，来掩饰他的惶惑。）

鲁白特　你叫什么名字？

贞德　（极话多的样子）在罗伦他们总是叫我贞妮，在这里我是约安，兵士都叫我女郎。

鲁白特 你姓什么？

贞德 姓吗？什么是姓？我的父亲有时称他自己为德克，可是这个我一点儿都不知道，你见过我的父亲，你——

鲁白特 是的，是的，我记得，你是罗伦的度内玛地方的人，我想。

贞德 是的，但是这个又有什么关系呢？我们都是说法国话的。

鲁白特 你不要发问，单是回答好了，你现在几岁？

贞德 17岁，他们同我这样说，也许是18岁，我不能十分记得。

鲁白特 你说圣加德林和圣玛德每天都同你讲话，这是什么意思呢？

贞德 她们真是这样的。

鲁白特 她们是什么样子呢？

贞德 （忽然固执起来）这个我不能告诉你，我并未得着她们的允许。

鲁白特 但是你实在看见她们，并且同现在我和你对面一样，同你讲话吗？

贞德 不，是全然两样的，我不能告诉你，你不可以问我关于我的声音的事情。

鲁白特 你这是什么意思？声音？

贞德 我听见声音告诉我应当做的事情，她们就是从上帝来的。

鲁白特 她们是从你的想象来的。

贞德 当然，上帝的命令，就只有这样才达到我们。

颇能杰 全输了。

鲁白特 不会！（向贞德说）这样上帝说，你应当去解救奥利安士的围吗？

贞德 并且在雷侬姆礼拜堂内替太子加冕。

鲁白特 （惊愕）替太子加冕——哦！

贞德 并且使英国的军队离开法境。

鲁白特 （讥刺的样子）还有什么别的呢？

贞德 （柔媚的）现在就只有这些，谢谢你，先生。

鲁白特 我想你以为解围是极容易，就像将一头牛从草地上赶出来一样，你以为打仗是人人都会的吗？

贞德 我以为这个决不会十分困难，如其上帝助你，并且你愿意将生命完全付托在他的手中，但是有许多军人是非常简单的。

鲁白特 （凶猛的样子）简单！你曾经看见过英国人打仗吗？

贞德 他们也不过是人类，上帝造就他们，也同我们一样，他给予他们以自己的国土、自己的语言，现在他们要来占据我们的地方，学习我们的语言，这个绝不是上帝所愿意的。

鲁白特 哪个把这种观念放进你的头脑当中？你不知道兵士是受他们的封建主人所支配的吗？这个主人，是白根地公爵，或是英皇，或是法国皇帝，对于他们或你有什么两样？同语言更有什么关系呢？

贞德 这个我一点儿都不能了解，我们大家都受上帝支配，他给予我们以我们的国土、我们的语言，他的意思是要我们始终保存，要不是这样，在打仗的时候，杀掉一个英国人，就是犯罪，你先生，就有地狱火焚的危险，你不应当想对于封建主人的义务，应当想对于上帝的义务。

颇能杰 没有用的，鲁白特，她每次都可以这样把你驳倒。

鲁白特 她能够吗？我们倒要看看，（向贞德说）我们现在不是讨论上帝，我们是在讨论事实的问题，我再要问你，孩子，你曾经看见过英国人打仗吗？曾经看见过他们劫掠、焚烧，将乡村变为荒野吗？你会听见过黑太子的故事，他比魔鬼自己还黑，或是，曾经听见过英皇父亲的故事吗？

贞德　你万不可以害怕，鲁白特——

鲁白特　岂有此理，我倒不是害怕，谁允许你叫我鲁白特的？

贞德　你在教学当中，在上帝的面前，就是这样叫的，所有其他的名字，都是你父亲的，你弟兄的，或是其他别人的。

鲁白特　嘎！

贞德　你听我说，先生，在度内玛，我们因为避开英国军队，曾经逃到邻近的乡村中去，在那里有三个受伤的英兵留下，我因此与这三个可怜的郭澹姆（goddam）（当时对于英兵之通称）极为熟识，他们的气力，都还不及我的一半。

鲁白特　你知道他们为什么叫作郭澹姆（goddam）呢？

贞德　不知道，不过人人都是这样叫的。

鲁白特　这是因为他们常常祈求他们的上帝，判决他们的灵魂到地狱去，在他们的语言当中，郭澹姆（goddam）就是 God condemn 这个意义，你的意思以为如何呢？

贞德　上帝终是要宽恕他们的，并且他们回到自己的国内，就成为他的女子的孩子，我曾经听见过黑太子的故事，他一踏进我们的国内，魔鬼就会附在他的身上，使他成为一个黑的怪物，但是在他自己国里，在上帝替他建造的地方，他是一个好人，这个永远是如此的，如其我走到英国去，违背上帝的意思，要去征服英国，要去学习他们的语言，魔鬼就会附在我的身上，等到我老了的时候，一想到这样的罪恶，都会使我战栗。

鲁白特　或者，但是你越是魔鬼，你就越能够打仗，就是这个缘故，所以英国人会打破奥利安士而你决不能阻止他们，就是有一万个像你这样的人。

贞德　有一千个像我这样的人，就可以阻止他们，有十个像我这样的人，只要有上帝的帮助，也可以阻止他们，（她不能再安稳地坐下，不能忍耐的样子立起身来，走到他面前说）你还没有了解，先生，我们的兵士为什么始终被打败，因为他们的打仗，单是要保全生命，而保全生命的最简捷方法，就是逃避，我们的兵士，单是注意掳人的赎金，在他们并不是杀人或被杀问题，而是付钱或收钱的问题，但是我可以教导他们认真打仗，使上帝的意志，在法国境内可以实现，到那个时候，他们就会将可怜的英国军队，像羊羔一样地驱逐出去，你同颇利还可以活着看见这样的日子，法国境内不能有英国的一兵一卒，而且只有一个皇帝，不是封建式的英国皇帝，而是为上帝的法国皇帝。

鲁白特　这些也许都是废话，颇利，但是军队或者可以听得进去，虽然无论我们怎样说法，总是不能够激动他们，就是太子也许可以听得进去，要是她能使他生出一点儿勇气，其余的人是不成问题的。

颇能杰　我以为试一下子，决不会有什么害处，你说是吗？并且这个女孩子好像是有点儿道理的。

鲁白特　（回头向贞德说）现在你听我说，并且（严厉地说）不要在我有思想的时间以前，打断我的说话。

贞德　（很快地重复坐下，像一个服从的学生）是的，先生。

鲁白特　给你的命令是，你应当在这位先生和他的三个朋友保护之下，到启隆去。

贞德　（大乐拍掌）哦，先生！你的头上都是灵光照耀，同神圣一样了。

颇能杰　她怎样能够到太子的御前呢？

鲁白特 （他正抬起头来，想要寻觅他的光圈）这个我不知道，她怎么能够到我的面前来呢？如其太子能够拒绝见她，他的为人，就比我心中所想象的更其高明一点儿，(立起) 我只有把她送到启隆去，她可以说是我叫她去的，以后的事情，无论怎样，我是再无力过问了。

贞德 还有衣服呢？我可否穿兵士的衣服，我可以吗，先生?

鲁白特 随便你高兴穿什么衣服，我是再不与闻。

贞德 （她的成功，使她异常兴奋）来吧，颜利。（她奔出）

鲁白特 （与颜能杰握手）再见吧，老友，我做了一个很大的冒险事情，在别人决不肯这样做的，但是，像你的说法，这个孩子好像是有点儿道理的。

颜利杰 是的，她是好像有点儿道理，再会。（他走出）

（鲁白特依然疑惑不知他自己是否被一个疯狂的女子，并且地位在他之下的所愚弄，用手搔头慢慢从门口走回，管事提篮奔进。）

管事 主人，主人——

鲁白特 又有什么事情?

管事 母鸡都像发狂一样地生蛋，这里是五打鸡蛋!

鲁白特 （激烈的震悚，双手合成十字，战栗地说）天上的耶稣啊！(大声但是气急的) 她真是上帝遣来的。

〔幕落〕

第二幕

〔图内的启隆地方，行官中御座室之一端，用帷帐隔成前间，大主教，一个丰满的政客式的教士，除掉他的庄严态度以外，丝毫不觉得有什么道貌，和御前大臣确理莫意，一个粗鲁暴烈的武人，正在等候太子，墙上有门，在两人的左边，时为 1429 年 3 月 8 日的午后，大主教极庄严地立着，同时御前大臣在他的左边，极端暴怒地呼叱。

确理莫意　太子真不晓得是什么意思，使我们这样登记等候？我不知道你怎样能够如此忍耐，像石像一样地立在那里？

大主教　你看，我是大主教，大主教是一种偶像，至少他应当学着不声不响地忍受一班愚人，并且，我亲爱的御前大臣，太子是有特权叫你等候的，可不是吗？

确理莫意　让太子到地狱去！阁下超升，你知道他已经欠了我多少钱吗？

大主教　一定比他欠我的多得不少，是毫无疑义的，因为你比我有钱得多，不过我想他欠你的，就是你有力最能够借给他的数目，他欠我的总是这样。

确理莫意　27 000，这是他最后的挪移，一个可惊的 27 000！

大主教　这些钱都到哪里去了？他从来没有一套衣服，我还可以赏给一个穷教士穿的。

确理莫意　他吃的也只有一只仔鸡，一点儿羊肉，他把我所有的钱一起借去，可又从不看见他使用出来，（一个给事小孩在门边出现）居然来了！

给事　不，大人，这不是陛下，来的是雷依斯先生。

确理莫意　年轻的须胡子，你为什么替他通报？

给事　纳海尔大尉同他一起，我想是有什么事情发生。

（格尔·第·雷依斯上，一个 25 岁的青年，非常漂亮，自尊，将剃光颊上的小卷须，特意游戏地染成蓝色，他决心做出一种周到的态度，但是因为缺乏快乐的天性，实际上并不使人感觉愉快，11 年以后，他同教会反对，被人告发故意残虐行为，判决绞死，但是现在却毫不见有凶死的表象，他很高兴地向大主教走来，给事退下。）

蓝须　你的忠实的羔羊，大主教，早安，大人，你知道纳海尔有什么事情吗？

确理莫意　他咒骂得他自己发昏了，或者。

蓝须　不，恰恰相反，恶口的佛朗克，在图内地方，唯一的在咒骂上可以与他比赛的人，遇见一个兵士向他说道，在将死的时候，不可以再讲这样的话。

大主教　在别的时候也不可以，但是恶口的佛朗克是不是将死呢？

蓝须　是的，他将才刚刚跌在井内淹死，纳海尔吓得灵魂都出窍了。

（纳海尔大尉上，一个武人，毫无宫廷礼貌，全身都带着军营的色彩。）

蓝须　我正在告诉御前大臣和大主教，大主教说，你是一个无救的人了。

纳海尔　（很快地从蓝须面前走过，站在大主教和确理莫意的中间）这不是玩笑的事情，这个比我们所想的更坏一点儿，他遇见的不是一个兵士，是一个天使穿着兵士的衣服。

大主教、御前大臣、蓝须　（同时惊呼）一个天使！

纳海尔　是的，一个天使，她同了半打的人，经过香旁义地方，那里是什么都有的，白根地人，英国人，逃兵，强盗，还有别的什么，只有上帝知道，可是他们除了乡下人以外，一个人也没有遇见，我认得他们同来的一个人，叫颇能杰，他对我说，她是一个天使，我要是再说一句咒骂的话，让我的灵魂永远打入地狱去吧。

大主教　一个非常虔诚的发端，大尉。

（蓝须及确理莫意向他嘲笑。给事回转。）

给事　陛下驾到。

（各人立正，行宫廷的敬礼，太子年 26 岁，自从他父亲死后，实际上已经是法皇查尔斯七世，不过尚未加冕，手执信笺，从帷幔中走出，他是一个相貌猥琐的人，而当时的习惯，男女均需将头发剃光，头上再戴假发，使得他极其难看，他有一双细狭的眼睛，相距极近，一个长得下垂的鼻子，挂在厚而且短的上唇前面，好像一个常常被人脚踢的小狗，而且始终不肯驯服，不容遏制，但是他并非粗俗，亦不愚蠢，并且他有一种狡猾的幽默，使他在谈话的时候，能够占住自己的地步，现在他正是兴奋，像小孩得到一个新的玩具，他走到大主教的左边，蓝须及纳海尔向帷幔贴紧方向退下。）

查尔斯　哦，大主教，你知道鲁白特·波的吕考从服苟奈尔送来给我的是什么吗？

大主教 （轻蔑的态度）我对于最新的玩具，是毫不感觉趣味的。

查尔斯 （发怒）又不是一个玩具。（微愠的）但是我并不需要你感觉趣味。

大主教 陛下又在那里无端地动怒了。

查尔斯 谢谢你，你总是动辄一顿教训，可不是吗？

确理莫意 （粗率的）抱怨够了。你手里的是什么东西？

查尔斯 这个同你有什么关系呢？

确理莫意 这是我的职务，应当知道，你同服苛奈尔军营中有什么来往。（他从太子手中夺取信笺，开始诵读，但是觉得困难，他用手指着，一字一字地念下去）

查尔斯 （生气）你们大家都以为可以任意地对付我，因为我欠你们的钱，而且我不能够打仗，可是我的血管当中是有帝王的血液的。

大主教 连这一点都已经发生问题，殿下，人家在你身上很不容易看出聪明的查尔斯的孙子。

查尔斯 不要再提起我的祖父了，他把我们家中五代的聪明完全用尽，使得我成为这样一个呆子，被你们大家欺负、侮辱。

大主教 自己节制一点儿，主上，这样轻易地暴怒，是失仪的。

查尔斯 又是一顿教训！谢谢你，但是可惜，你虽然是大主教，神圣和天使，却不来会你！

大主教 你这话是什么意思？

查尔斯 嘎！你问那个蛮牛看。（指着确理莫意）

确理莫意 （大怒）不许胡说，你听见了吗？

查尔斯 哦，我听见了，你用不着这样狂喊，行宫里面，都可以完全听见，你为什么不去向英国人狂喊一下，替我把他们打退呢？

确理莫意 （举起他的拳头）你这个年轻的——

查尔斯　（奔到大主教的背后）你不要向我动手，这是叛逆行为。

纳海尔　慎重点儿，公爵，慎重点儿！

大主教　（坚决的）好了，好了！这样是不行的，我的御前大臣，请求你！我们必须保持一点儿秩序。（向太子说）还有你，主上，如其不能统治你的国家，至少你应当设法统治你自己。

查尔斯　又是一顿教训！谢谢你。

确理莫意　（将信笺交与大主教）来吧，替我念一下这个讨厌的东西，他把我的血都引到头脑里来了，我再也不清楚这字母。

查尔斯　（走回转来，从确理莫意的左肩后面向前望着）我来替你念吧，要是你愿意，你知道，我是会念的。

确理莫意　（极端轻蔑的，对于他的讥刺，丝毫不觉得的样子）是的，你的本事，不过就会得念念，你看得明白吗，大主教？

大主教　我以为波的吕考应当还要有常识一点儿，他把一个疯狂的乡下女孩子送到这里来——

查尔斯　（打断他的话）不，他送来的是一个神圣，一位天使，而且她是来会我的，我，皇帝，不是来会你的，大主教，你虽然是神圣的，如其你们都不知道帝王的血液，她是知道的。（他大踏步走到蓝须及纳海尔的中间）

大主教　你不能够接见这个疯狂的女人。

查尔斯　（回转头来）但是我是皇帝，我一定要见她。

确理莫意　（粗暴地说）那么就不许她见你，看你怎样！

查尔斯　我同你说，我一定要见她，我要把我的脚放下来——

蓝须　（向他笑着）顽皮！你的聪明的祖父，不晓得怎样说呢？

查尔斯　这个就证明你的愚昧，蓝胡子，我的祖父有一个神圣，她常常飞在空中，在她祷告的时候，告诉他一切他所要知道的事情，我的可怜的父亲，也有两个神圣，梅丽·第梅依尔和阿未龙的卡司克，这是我们的家传，我不管你们怎样说法，我一定也要我的神圣。

大主教　这个东西，并不是一个神圣，她甚至于并不是一个正当的女人，她不穿女人的衣服，她穿得像一个军人，并且同许多军人骑马同来，你想这样一个人物，可以让她到你殿下的宫廷里来吗？

纳海尔　慢点儿，(走到大主教的旁边)你说这个女子是穿了盔甲，像一个军人吗？

大主教　波的吕考的信上，说她是这样的。

纳海尔　地狱中一切的魔鬼呀——哦！上帝原恕我吧，我在说什么呢？——我们的圣母及一切神灵呀，这一定就是那一个天使，她因为咒骂的缘故，把恶口的佛朗克治死了。

查尔斯　(胜利的样子)你们看！一个灵异！

纳海尔　如其我们和她反对，她也许会把我们一齐治死，大主教，你的举动真要当心一点儿才好。

大主教　(严厉的)胡说！谁也没有被人治死，一个酗酒的恶人因为咒骂的缘故，曾经几百遍被人斥责过的，落在井里淹死，这不过是一种偶然凑合的事情。

纳海尔　我不知道什么是偶然凑合，我只晓得这个人是已经死了，还有她对他说过，他是就要死的。

大主教　我们都是就要死的，大尉。

纳海尔　(双手合成十字)我希望不至于吧。(他退出这个谈话)

蓝须　我们可以很容易知道，她究竟是不是一个天使，等她来的时候，让我们假装我是太子，看她是不是认得出来。

查尔斯　好的，我赞成这个办法，她要是认不出真正的皇帝，我就不愿意再和她有什么交涉。

大主教 神圣是要教会创造的，波的吕考应当知道他自己的地位，不应当篡夺教士的职务，我说这个女子是不能接见的。

蓝须 但是，大主教——

大主教 （严肃地说）我是代表教会说话，（向太子说）你敢说一定要接见她吗？

查尔斯 （吓住，但是微愠地说）哦，要是你把这个当作一件驱逐出教的事情，当然，我是再没有什么可说，不过你还没有看见来信的最后几句，波的吕考说，她要解救奥利安士的围困，并且打退英国人。

确理莫意 瞎说！

查尔斯 那么，你既是这样凶狠，你可以替我们解救奥利安士吗？

确理莫意 （暴怒）不要再拿这个话来当面钝我，你听见了吗？我打过仗的次数，比你过去的或未来的总要更多一点儿，不过我不能够同时照顾各处。

查尔斯 不错，这还是一句说话。

蓝须 （走到查尔斯和大主教的中间）你现在有杰克邓鲁意统率奥利安士的军队，勇敢的邓鲁意，相貌堂堂的邓鲁意，惊人的百战百胜的邓鲁意，一班妇女所崇拜的、漂亮的庶子，他所不能够做到的，难到一个乡下的女孩子倒可以做得到吗？

查尔斯 那么，他为什么不解救这个围困呢？

纳海尔 因为风向同他反对。

蓝须 风向怎么能够在奥利安士妨碍他呢？这又不是在海峡中间。

纳海尔 这是因为在卢尔河上，英国人守住桥口，如其他要抄袭他们的后路，必须将他自己的人马，向上游渡过河去，但是他不能够，因为风始终是反方向吹来，他屡次用金钱聘请教士，祈祷一点儿西风，总是无效，他所需要的是一种灵异，你同我说，这个女子对于佛朗克的事情，并不是什么灵异，没有关系，但是佛朗克却从此完结，如其她替邓鲁意转换过风向来，尽可以也不是什么灵异，但是英国人也许从此完结，我们何妨试一试呢？

大主教　（已经看过信上的最后一节，换一种考虑的态度）这倒是实在，波的吕考好像是非常为她所动。

纳海尔　波的吕考是一个蛮牛，但是他也是一个军人，如其他以为她能够打败英国人，其他军队当中，一定也都是这样想的。

确理莫意　（向正在迟疑的大主教说）让他们去闹吧，邓鲁意的人，恐怕就要放弃这个城市，无论他自己怎样，要是没有人来重新激励他们一下。

大主教　对于这个女子的办法，教会必须将她考察以后，方可决定，不过既是殿下这样主张，就让她来进见吧。

纳海尔　我去寻着她同她说吧。（他走下）

查尔斯　同我来吧，蓝须子，让我们这样预备好，使她不知道我是什么人，你装作是我的样子。（他从帷幔中走出）

蓝须　装作是这个东西！天呀！（他跟着太子退下）

确理莫意　我不知道她会不会认得出他来！

大主教　当然她会认出来的。

确理莫意　为什么？她怎样能够知道呢？

大主教　她一定知道，在启隆地方人人所知道的，就是太子在宫廷当中，是相貌最劣、衣服最坏的人，而蓝须的是格尔·第·雷依斯。

确理莫意　这个我倒从来没有想到。

大主教　你是没有同我一样见惯灵异的事情，这个是我职业当中的一部分。

确理莫意　（诧异，并且觉得有一点儿被人侮弄的样子）但是这样就完全不能算什么灵异了。

大主教 （沉静地说）为什么不是呢?

确理莫意 那么，你说，什么是灵异呢?

大主教 朋友，灵异就是一种造成信仰的事情，这个就是灵异的目的及性质，在看见他们的人，好像是非常的奇怪，而做出他们的人，可以是非常的简单，这个并没有什么关系，只要他们能够坚定或创造信仰，就是真的灵异。

确理莫意 你的意思以为他们就是一种诈术也没有关系吗?

大主教 诈术是欺骗的，一个创造信仰的事情，并不欺骗，所以不是一种诈术，而是一个灵异。

确理莫意 （惶惑的样子搔着头颈）当然，我想你是一个大主教，你的话总是对的，在我始终觉得有点儿怀疑，不过我既不是教士，当然不能了解这种事情。

大主教 你不是教士，可是一个政治家和一个军人，你能够教我们的市民缴纳战税，我们的兵士牺牲性命吗，要是他们知道事情的实在，不是同他们所想象的一样?

确理莫意 不能，天晓得，立刻就会闹出大乱子来。

大主教 要告诉他们实在的情形，可不是非常容易的吗?

确理莫意 无论如何，他们是决不肯相信的。

大主教 一点儿不错，所以教会治理人民，以有益于他们的灵魂为目的，和你们统治人民，以有益于他们的身体为目的一样，为达到此目的起见，教会也必须用一种与你们相同的方法，拿幻想来培育他们的信仰。

确理莫意 幻想! 我以为这不过是骗术。

大主教 那你就错误了，朋友，譬如不是谎言，因为他们叙述的事情，是从来不会发生的，灵异不是诈术，因他们常常是——我不说永远是——非常简单而且纯洁的方法，宗教家用以防护人类的信仰的，这个女子在廷臣中间认出太子来的时候，对于我并不是一种灵异，因为我会知道，这是怎样做的，我的信仰并不因此增加，但是在其余的人，如其他们感觉一种超自然的力量，在一瞬间忘却渺小的自身，而悚然于上帝的光荣，这个就是一个灵异，而且是一个神圣的灵异，并且你会看见，这个女子自己，较之他人，尤觉被其感动，她竟会完全忘记，她是怎样把他认出来的，你自己或者也会这样。

确理莫意　啊哟，我真愿意自己有这样的聪明，能够知道，你到底有几分是上帝的大主教，还有几分是图内地方最狡猾的狐狸，来吧，不然我们就要错过这个有趣的事情了，我想见识一下，无论是不是灵异。

大主教　（阻住他一歇）你不要以为我是一个欢喜权诈的人，现在人类中间有一种新的精神发生，我们恰巧遇见未来时代的曙光，我要是一个简单的教士，没有治理人类的义务，我宁可随着亚里士多德和裴德哥拉在哲学上去求精神的安慰，而不愿和神圣同他们的灵异有什么交涉了。

确理莫意　裴德哥拉是什么人？

大主教　一个哲人，他认定地球是圆形，而且环绕太阳转动的。

确理莫意　怎样的一个呆子！他不能够拿眼睛看吗？

（他们从帷幔中走出，帷幔立刻拉开，现出接见室的全部，廷臣已经齐集，右侧有两个御座，置于台上，蓝须在台上立着，装作皇帝的样子，而且也同别的廷臣一样，对于这个游戏，颇觉有趣，御座后面，有一个挂着帷幔的穿门，前门则在室的另一方面，有武装卫士守着，门内两旁，廷臣环立，留出中间一条道路，查尔斯杂在他们当中，他的立处，正在室的中央，纳海尔立在他的右面，在他左面的大主教，立近御座，确理莫意则立在御座另一旁边，确理莫意公爵夫人，装作皇后的样子，坐在皇后座上，一群的侍从女官环绕，正在大主教的后面，廷臣任意谈话，发出很大的喧嚷，故无人注意给事正从门口进来。）

给事　文登姆公爵——（无人听见）文登姆公爵——（大家仍旧继续讲话，他动怒，从最近的卫士手中取过画戟，在地上敲着，喧声立时停止，大家均沉默地向他望住）注意！（他将画戟交还卫士）文登姆公爵带领贞德女郎觐见陛下。

查尔斯　（将手指搁在他的唇上）嘘！（他藏到最近廷臣的背后，偷看外边的情形）

蓝须　（庄严地说）领她到御前来。

（贞德穿着军服，头发剪短，很厚地披在头上，由一个怕羞而不开口的贵族领着，她迅速和他离开，自己立定，注意找寻太子的所在。）

公爵夫人　（向最近的侍从女官说）哎呀！她的头发！

（全体女官同时发出一种不能制止的狂笑。）

蓝须　（勉强敛住笑容，并摇手制止她们的欢声）嘘！嘘！贵女们！贵女们！

贞德　（从容不迫地说）因为我是一个军人，所以剪成这个样子，太子在哪里呢？

（在她走向御座来的时候，廷臣中间发出一种哧哧的笑声。）

蓝须　（谦逊地说）你现在是在太子的面前了。

（贞德向他凝视一歇，再从上至下，详细辨认，大众寂然无声，向她望着，宫扇放下来到她面前。）

贞德　唔，蓝须子！你不能够欺骗我的，太子在哪里？

（大众发出一种狂笑，蓝须自认失败，加入笑声，并且从台上跳下，立在确理莫意的旁边，贞德也露出笑容，回转头来，在廷臣当中寻觅，一瞬间她疾趋向前，拉住查尔斯的手臂出来。）

贞德 （放手后她向查尔斯略一行礼）亲爱的太子，我是来替你把英国人驱出奥利安士，逐出法国，在雷依姆教堂替你加冕，所有法国的皇帝，都是在那里加冕的。

查尔斯 （得意的样子，向大众说）你看，你们大家都看，她认得出真正的皇帝，谁还敢说，我不是我父亲的儿子，（向贞德说）不过如其你要我在雷依姆加冕，你应当向大主教商议，不应当向我说，他就在那里。（他正立在她的后面）

贞德 （很快地回转身来，感情激越的样子）哦，大人，（她双膝跪在他的面前，低下头去，不敢仰起来的样子说）大人，我不过是一个可怜的乡下女子，你是充满上帝自己的光荣和神圣的，但是你可以将贵手抚摩我一下，替我祝福吗？

蓝须 （低声向确理莫意说）这个老狐狸也面孔红了。

确理莫意 又是一个灵异！

大主教 （被她感动，将手放在她的头上）孩子，你是和宗教发生恋爱了。

贞德 （吃惊，抬头向他望着）是吗？我倒从来没有想着，这个可有什么害处吗？

大主教 这个并没有什么害处，我的孩子，不过可是有危险的。

贞德 （起立，一种勇敢、快乐的光辉，照耀在她的脸上）无论哪里都是有危险的，除非是在天上，哈，大人，你给我这样的力量，这样的勇气，做一个大主教一定是非常神奇的。

（廷臣大家微笑，并且略有哧哧的笑声。）

大主教 （正色地说）诸君，这位女郎的信仰，正可以警诫你们的轻佻，上帝的临鉴，我固然是不值得崇敬，但是你们的嘲笑，是非常罪过的。

（大家敛住笑容，寂然无声。）

蓝须　大人，我们是在笑她，并非笑你。

大主教　什么？不是笑我的不配崇敬，倒是笑她的信仰！格尔·第·雷依斯，这位女郎已经预言，凡是谩渎神明的人，是要在他的业报上淹死的。

贞德　（窘迫的样子）不！

大主教　（用手势阻止她说话）我现在预言，你因为你的罪业，是要被绞死的，如其你不学习什么时候欢笑，什么时候祈祷。

蓝须　大人，我领受训责，对不住，我再也不能有什么说了，不过如其你预言我是要被绞死的，我就是永远不能抵抗外来的诱惑，因为我就会永远对我的自己说，无论我是一只老羊，或是一只羔羊，总是一样要被绞死的。

（大家听见这个说话，觉得可笑，又发出微笑的声音。）

贞德　（微怒地说）你真是一个妄人，蓝须子，你竟敢这样无礼地回答大主教吗？

纳海尔　（大笑）说得真对，女郎！说得真对。

贞德　（不耐烦的样子对大主教说）哦，大人，你可以把这班呆子都支使开去，让我同太子单独讲话吗？

纳海尔　（高兴的样子）我是很知趣的。(他立正行礼,回转来,退下)

大主教　来吧，诸君，这位女郎，是带着上帝的使命，必须要服从的。

（廷臣全体退下，有些从穿门，有些从反方向走出，大主教向门口走去，确理莫意公爵夫人，紧随在他的后面，她走过贞德身边的时候，她跪下，虔诚地用口吻她的袍角，公爵夫人摇头表示反对，将袍子提起，走出，贞德还跪在地下，正阻住公爵夫人的去路。)

公爵夫人 （冷冷地说）你可以让我过去吗，请求你!

贞德 （很快地立起，后退）对不住，夫人。这是当然的。

（公爵夫人走过，贞德望着她的背影，低声对太子说。）

贞德 这就是皇后吗?

查尔斯 不，她自己以为她是的。

贞德 （再回头向公爵夫人望住）哦……哦……哦! （她看见这个富丽的装束，非常惊异，但不是完全赞美的态度）

确理莫意 （非常暴戾的样子)我请求殿下不要讥笑我的夫人。(他走出，别人均已完全出去)

贞德 （向太子说）这个粗鲁狂暴的东西，是什么人?

查尔斯 他就是确理莫意公爵。

贞德 他是做什么的?

查尔斯 他名义上是统率全国陆军，无论什么时候，我要有一个喜欢的朋友，他就把他杀死。

贞德 你为什么让他这样呢?

查尔斯 （突然走到室内御座的一面，以避去她的吸力范围）我怎样能够阻止他呢? 他欺负我，他们都欺负我。

贞德 怕他们吗?

查尔斯 是的，我怕他们，关于这点，你责备我也是无用的。他们都是一些莽汉，他们的甲胄，我嫌太重，他们的刀剑，我没有力量拿得起来，还有他们的狂呼，他们的暴怒，他们喜欢打仗，在没有打仗的时候，他们就做出种种愚蠢的事情，但是我是安静的、聪明的，我不愿意杀人，我只愿意照我自己喜欢的样子消遣时光，而不受别人的干涉，我从来没有想做皇帝，这个是硬推到我身上来的，所以你若是要想说，圣鲁意士的子孙啊，快带上你先人的宝剑，领导我们去战胜吧，你还不如留着这一点儿气力，去吹冷你的麦粥，因为我是绝对做不到的，我天生不是一个这样的人，一点儿没有法子。

贞德　（坚决并且巧妙地说）我们在起初也都是这样的，我会来给你一点儿勇气。

查尔斯　可是我并不要你给我什么勇气，我愿意安安逸逸地睡在床上，不要时时刻刻有被杀或受伤的恐怖，你去把勇气给予别人，让他们周身都是胆力，可是不要来干涉我吧。

贞德　这是没有用的，查理，你必须做上帝给你的职务，你若是不能使你自己成为一个皇帝，你就只好做一个乞儿，你还有别的什么可以做呢？来吧！让我看见你坐在御座上面，我已经想看了很久了。

查尔斯　坐在御座上面又有什么益处，若是一切的号令，都是由别人出的？然而（他坐上御座，一副很难看的样子）这就是你要看的皇帝，你详细认认这个可怜的小鬼吧。

贞德　你现在还不是皇帝，孩子，你还不过是一个太子，你不要轻信左右的说话，外面装饰很好的人，肚里都是空的，我知道人民，这些真正的人民，替你工作，供给你的面包的，我同你说，在没有在雷依姆教堂正式举行加冕典礼以前，他们是决不肯承认无论何人为法国皇帝的，你应当还要一点儿新的衣服，查理，为什么皇后不照应当的样子替你料理呢？

查尔斯　我们是太穷了，所有多余的钱，她都要拿去装饰她自己的身上，并且我也很愿意看见她穿得漂亮，而对于我自己穿点儿什么，毫不注意，因为无论怎样我总是难看的。

贞德　这也是一点你的好处，查理，不过还不算是帝王的好处。

查尔斯　我们将来可以晓得，我并不是像外表这样的一个呆子，我的眼睛是睁开的，并且我可以同你说，一个好的条约，胜过十次的战胜，这些武夫，他们在战争上所得着的，在条约上都是完全失去，只要我们能够订立一个条约，英国人定会失败，因为他们在思想上面，是不如他们战斗的力量。

贞德　如其英国人战胜，条约就要由他们订立，那可只有望上帝帮助法国了。你必须上战场去，查理，无论你是不是愿意，我第一步要先把你鼓励起来，我们必须用双手来握住我们的勇气，不但如此，并且用双手来祈祷这个勇气。

查尔斯　（走下御座，再向室内的另一端走去，以避免她的逼迫）再不要提起上帝同祈祷，我最不愿意这种常常祈祷的人，在应当的时候祈祷一下，不是已经够坏的吗？

贞德　（怜悯的样子）你这个可怜孩子，你生平还不会祈祷，过来，我必须从起头教你呢。

查尔斯　我不是一个孩子，我是已经成年，而且是一个父亲，用不着什么人再来教我。

贞德　不错，你有一个小的儿子，将来你去世之后，他就是鲁意第十一，你难道不替他奋斗吗？

查尔斯　不，一个可恶的孩子，他讨厌我，他讨厌一切的人，自私自利的小东西，我最不耐烦管孩子的事情，我并不要做一个父亲，更不要做一个儿子，尤其是一个圣鲁意士的儿子，我不要做一个很好的人，像你们大家头脑当中所装满的一样，我只要像我现在的样子，你为什么不去当心你自己的事情，让我来当心我自己的？

贞德　（又变作轻蔑的态度）当心你自己的事情，就同当心你自己的身体一样，是一个最容易使你自己生病的法子，什么是我的事情？在家里帮助母亲，什么是你的事情？弄狗吃糖，我说不过就是这点，我同你说，我们现在所要做的，是上帝的事情，并非是我们自己的，我有一个上帝给你的命令，就是你在听见的时候，要骇得心惊胆战，你也是必须要听的。

　　查尔斯　我不要什么命令，可是你能够告诉我什么秘密吗？你能够治病吗？你能够将苍铅变成黄金，或是像这一类的事情吗？

　　贞德　我能够在雷侬姆教堂当中，把你变成一个皇帝，而且这是一个灵异，好像是很不容易做到的。

　　查尔斯　如其我们到雷侬姆去，举行加冕典礼，安妮又要做一套新的衣服，我们现在没有这个力量，我还是就像现在这样好了。

　　贞德　像你现在这样？这是什么样子？还不如我父亲的最苦的牧童，你在不会圣化以前，是不能成为你自己的土地法兰西的合法主人的。

　　查尔斯　不过无论如何，我总是不能成为我自己土地的合法主人，圣化可以替我还清债务吗？我已经把我自己最后一寸的土地，抵押给大主教和那个蛮牛，连蓝胡子我都欠了他的钱了。

　　贞德　（热烈地说）查理，我是从地方上来的，在地方的工作，给我力量，我同你说，这个地方是属于你的，你应当正当地统治，保持上帝的秩序，不应当把他抵押在当铺里面，像酗酒的妇人，押掉她儿女的衣服一样，我从上帝那里来，要叫你跪在教堂当中，庄严地将你的国土，永远交付给他，做他的执事、他的代表、他的军士、他的仆人，成为世界上最大的帝王。你要做一个可怜的犹太人，背叛我和派遣我来的上帝吗？

　　查尔斯　（居然被她说动）哦，只要是我敢！

　　贞德　我会敢，敢，而且再三地敢，上帝在上，你是赞助我，还是反对我的？

查尔斯 （激动）我要来试一下，我预先同你说，我是不能够支持下去的，但是我要来试一下，你看着吧，(奔向前面门口,高呼)哈啰，回来吧，你们大家，(他回到对面窄门的下面,向贞德说)你要当心帮助，不要让他们欺侮我呢，(从窄门内呼唤)来吧，你们，全体的廷臣们，(他坐上御座，各人很快地回到原来的位置，纷纷地议论，惊疑)现在我是套在头上了，但是不去管他，来吧！（向给事说）还不叫他们静默吗，你这个小东西？

给事 （像以前一样取过画戟,在地上再三敲着）皇帝叫你们静默，皇帝在说话了，(坚决地说)那边可以不要开口吗？（全体寂然无声）

查尔斯 （立起）我将统率军队的全权，托付这位女郎，她可以任意地便宜行事。(他从台上退下)

（大众一齐吃惊，纳海尔大乐，拿铁手套拍他的甲裳。）

确理莫意 （回转身来向查尔斯做一种恐吓的态度）这是什么话？军队是我统率的。

（查尔斯正在自然退缩的时候，贞德的一只手搁在他的肩上，他忽然异常兴奋，变成一种暴戾的样子，一掌打在确理莫意的脸上。）

贞德 已经回答你了，粗鲁狂妄的老东西，(知道她的时机已经到来,突然拔出剑来)谁是赞助上帝和他的女郎？谁是同我到奥利安士去的？

纳海尔 （极端地感动同时也拔出剑来）赞助上帝和他的女郎！到奥利安士去！

全体武士 （均热烈地随跟着他的榜样）到奥利安士去！

（贞德乐极，跪下祷谢上帝，全体一齐跪下，只有大主教和确理莫意除外，大主教举手替她祝福，确理莫意晕倒、咒骂。）

〔幕落〕

第三幕

〔1429 年 3 月 29 日,邓鲁意,年 26 岁,正在卢尔河南岸的一片地上,往来行走,他可以远望河上的两面,他的长枪插在地上,枪头挂着小旗,正被强烈的东风吹动,他的带着弯曲徽帜的盾牌,搁在旁边,手中拿着指挥棍,他有极坚实的身体,披着重铠,不觉困顿,阔的眉心,长的下颌,使他的面貌成为一个正三角形,他已经是久经战阵,饱历艰辛,显然一个坦白而练达的人,丝毫没有矫饰,没有幻想,他的给事正坐在地上,两臂搁在膝头,两手托住下颌,无聊的样子望着水面,时间正在黄昏,他们两人,均觉得卢尔河上晚景的可爱。

邓鲁意 (立定一下,望着迎风的小旗,叹息摇头后重复行走) 西风,西风,西风,你这娼女,要你轻狂的时候你却稳重,要你稳重的时候你偏轻狂,西风飘荡的卢尔河边,这应当叫什么韵呢? (他再望着小旗,用拳头向他作势) 转过来,可恶的东风,转过来,英国妓女样的风。咦,转过来,从西方来,从西方来,我同你说,(他咆哮一歇以后,很沉默地走去,但是少停重复开口) 西风,轻狂的风,顽劣的风,

36

像女人一样的风，海岸对面的恶风，你永远不再吹过来吗？

给事 （忽然立起）你看！那边！她从那里来了！

邓鲁意 （从幻想中惊醒，热心的）哪里？什么东西？是那女郎吗？

给事 不是，一只翠鸟，像蓝光一闪的样子，它飞到树丛里去了。

邓鲁意 （非常失望）不过是这个吗？你这个可恶的小东西，我真想把你丢到河里去了。

给事 （知道他的脾气，并不害怕）真是非常地好看，这个闪烁的蓝光，看呀，那边又来一个！

邓鲁意 （热心地跑到河岸的边上）哪里？哪里？

给事 （用手指着）正在芦苇那边。

邓鲁意 （很高兴的样子）我看见了。（两人同时望住着这只翠鸟，直到她停下为止）

给事 昨天你因为来不及看见她们，还骂我呢。

邓鲁意 你晓得你叫起来的时候，我正在盼望那个女郎，下次我要给你一点儿事情，让你叫一下呢。

给事 她们不是很可爱吗？我愿意能够捉住她们。

邓鲁意 要让我看你捕捉她们，我一定会把你在铁笼里关一个月，让你也尝尝笼里的味道，你这个可恶的孩子。

给事 （笑着，同以前一样地坐下。）

邓鲁意 （走着）翠鸟，翠鸟，因为我是你的朋友，你快替我转过这个风迅，不对，这是不合韵的，他，为你犯罪的人，这样是好一点儿，可是又没有意义，（他看见他自己正走到给事的身边）你这个可恶的孩子，（他又背着他走去）头戴蓝巾的梅丽，和翠鸟一样颜色的，

你肯赐给我一点儿西风吗？

西面一个哨兵的声音。停住，你是什么人？

贞德的声音 我就是女郎。

邓鲁意 让她过来，来吧，女郎！到我这里来！

（贞德穿着漂亮的盔甲，非常愤怒的样子走上，风势忽然减退，小旗无力地挂在枪头上面，但是邓鲁意现在正注意贞德，不会看出。）

贞德 （粗率的）你是奥利安士庶子吗？

邓鲁意 （冷酷严厉的样子，指着他的盾牌）你看那个弯曲的符号，你就是贞德女郎吗？

贞德 自然是的。

邓鲁意 你的队伍在哪里呢？

贞德 还在好多里路的后面，他们欺骗了我，把我领到河的这一边来了。

邓鲁意 我叫他们这样做的。

贞德 你为什么这样？英国人是在河的那边！

邓鲁意 河的两岸都有英国人。

贞德 但是奥利安士是在对岸，我们必须在那边攻击英国人，我们怎样能够过河呢？

邓鲁意 （狞厉的态度）那边有一座桥。

贞德 天呀！那么就让我们过桥去攻打他们。

邓鲁意 好像极简单，但是不可能的。

贞德 哪个这样说？

邓鲁意 我这样说，并且比我更老练、更聪明的头脑，也都是这样的意见。

贞德 那么你们的老练和聪明的头脑，都是呆的，他们已经愚弄了你，现在又来愚弄我，把我领到河的这一边来，你晓得我带来给你的帮助，是胜过无论何人或地方可以派遣来的吗？

邓鲁意 （忍耐地微笑）你自己的？

贞德 不，是上帝的匡助和启示，哪一条路是到桥上去的？

邓鲁意 你是一刻都不能忍耐，女郎。

贞德 现在还是忍耐的时候吗？敌人已经打到我们的门口，我们却站在这里袖手坐视，哦，你为什么不去打呢？听我说吧，我要来除去你的恐惧，我——

邓鲁意 （大笑，用手止住她的说话）不，不，我的孩子，你要是去掉我的恐惧，我就成了一个很好的小说上的武士，可是一个很坏的军队的长官了，来吧，我来把你造成一个军人，（他把她领到河边）你看见桥这头的两个炮台了吗？两个大的！

贞德 看见了，这是我们的还是英国人的？

邓鲁意 不要响，听我说吧，我要是在无论哪一个炮台当中，只要有十人，就可以守住他抗拒一个军队，现在英国人守住这两个炮台抗拒我们的，不止十个人的十倍。

贞德 他们不能守住这些炮台来抗拒上帝，并没有给他们炮台下面的土地，他们是窃取来的，上帝给我们这个土地，我定要把这两个炮台夺回来。

邓鲁意 单独去吗？

贞德 我们的人会去夺取，我会来领导他们。

邓鲁意 没有人肯随你上去的。

贞德 我可以不回转来看，是不是有人跟我上来。

邓鲁意 （看出她的勇敢，很高兴地拍着她的肩头）不错，你真是有一点儿军人的天才，你是和战争发生恋爱了。

贞德 （吃惊）哦！可是大主教说过，我是和宗教恋爱呢。

邓鲁意 上帝原恕我，我自己也有一点儿和战争恋爱，这个丑恶的魔鬼，我好像一个男人娶了两个妻子，你愿意像一个有两个丈夫的女人吗？

贞德 （老实的样子）我永远不要嫁什么丈夫，在度尔曾经有一个人告我悔婚，但是我并没有和他订什么婚约，我是一个军人，我不愿意人家把我当作妇女，我也不要穿女人的衣服，我不喜欢一般女人所喜欢的事情，她们梦想情人，梦想金钱，我梦想冲锋陷阵，梦想开大炮，你们的兵士不知道大炮是怎样的用法，你们以为拿很大的声音和烟气，就可以战胜敌人。

邓鲁意 （耸肩）的确，多数的时候，炮队的阻碍，胜过它的价值。

贞德 唉，孩子，你不能拿马队来攻打石城，你一定要用炮，并且要用更大更大的炮。

邓鲁意 （觉得她亲昵态度的可笑，也学着她的音调）唉，孩子，但是好的胆气、粗的梯子，也可以攻下最坚固的石城。

贞德 等我们到炮台下面的时候，我要第一个走上梯去，你敢跟着我来吗？

邓鲁意 你不可以和一个参谋的军官赌赛，贞德，只有带领队伍的军官，才可以表示自己个人的勇敢，并且，你必须知道，我欢迎你是当你为一个神圣，不是当你为一个兵士，我的部下，尽有不少的死士，要是我能够用着他们。

贞德 我不是一个死士，我是一个上帝的使者，我的剑是神圣的，我是从圣加德林礼拜堂的神坛后面得来，是上帝替我藏在那里，教我不可以轻易用它的，我周身都是勇敢，不是愤怒，我来领导你的兵士会跟着我来，这点就是我所能够做的，可是我一定要做，你决不能来阻住我。

邓鲁意 这都要等到相当时候，我们的人不能从桥上过去，攻取这些炮台，他们必须从河上过去，在这边抄袭英国人的后路。

    贞德　（她的军事的知识使她承认）那么快做成木筏，把大炮放在上面，让你的军队渡过河去，与我们的取得联络。

    邓鲁意　木筏早已备齐，并且队伍也早已上船，可是还要等候上帝。

    贞德　你这是什么意思？上帝是正在等候你们。

    邓鲁意　那么让他给我们一点儿西风，我的船是在下游，他们不能抵抗逆风逆水，向上行驶，我们必须等候上帝改换风的方向，来吧，让我领你到礼拜堂去。

    贞德　不，我是最爱礼拜堂的，但是祷告不能退却英兵，他们除掉硬战死打，别的是不晓得的，在打退英国人以前，我是不愿意到礼拜堂去。

    邓鲁意　你必须要去，在那里我有要你做的事情。

    贞德　什么事情？

    邓鲁意　去祈祷一点儿西风，我已经祈祷过，并且捐助过一对银的烛台，可是没有效力，你的祈祷，或者能够有效，因为你是年轻而且纯洁的。

    贞德　是的，你说得不错，让我来祷告，我要告诉圣加德林，她会叫上帝给我们一阵西风，快点儿，领我到礼拜堂去。

    给事　（强烈的喷嚏）阿嚏！

    贞德　上帝保佑你，孩子，来吧，庶子。

    （他们走下，给事起立跟随，他拾起盾牌，正要来拿长枪的时候，看见小旗，现在是向东方飘着。）

    给事　（丢下盾牌，在后面向他们狂呼）先生！先生！小姐！

    邓鲁意　（跑回）什么事情？翠鸟吗？（热心地向河边望着）

贞德　（加入他们）哦，一个翠鸟吗？在什么地方？

给事　不，是风，这个风，这个风，（指着小旗）就是它使得我打喷嚏的。

邓鲁意　（望着小旗）风向已经转变过来，（双手合成十字）上帝已经晓得了，（跪下，将指挥棍交给贞德）你来统率皇帝的军队，我是你的部下。

给事　（望着河的下游）船只都已经离岸，他们非常顺利地向上游行进了。

邓鲁意　（立起）现在到炮台中去，你赌过要我随着你，你敢领导吗？

贞德　（眼泪盈盈地用双臂拥抱邓鲁意，吻他的两颊）邓鲁意，亲爱的伙伴，助我一下，我的眼睛已经被眼泪遮住了，你把我的脚放在梯上，并且说"上去吧，贞德"。

邓鲁意　（拖她出去）不要管什么眼泪，去看大炮的火光去。

贞德　（忽然回复她的勇敢）嘎！

邓鲁意　（拖着她同下）赞助上帝和圣戴尼丝！

给事　（狂呼）女郎！女郎！上帝和女郎，万——岁！（他匆匆地拾起盾牌和长枪，欣喜欲狂的样子，随着他们退下）

〔幕落〕

第四幕

〔英国兵营里一个帐幕，一个强健的英国牧师，年50岁，坐在桌边凳上，忙着写字，在桌的对面，坐着一个威严的贵族，年46岁，正在翻阅一本时行的书籍，贵族是悠然自得，牧师却蕴着满腔的怒气，在贵族的左边，有一个空着的皮凳，桌子在他的右边。

贵族　这个就是我所称工作的艺术，世界上没有比一本好书更可爱的，漂亮的黑字，很整齐地嵌在美丽的框子里面，中间更插入许多图画，但是现在的人不肯看书，倒把它读起来，你所写的或者也是这一类的书吧。

教士　我必须要说，爵爷，你对于我们的事情太冷淡了，真是太冷淡了。

贵族　（骄傲的）有什么事情吗？

教士　事情是，爵爷，我们英国人已经被人家打败了。

贵族　你要知道，只有在历史或诗歌上面，敌人总是永远战败的。

教士　但是我们已经屡次战败，最初，奥利安士——

贵族　哦，奥利安士——

教士　我知道你要说什么，爵爷，这个显然是魔道和邪术的作用，但是以后我们又屡次战败，嘉谷，穆墟，波境赛，完全和奥利安士一样，并且现在我们又在柏泰大败，约翰·塔尔布宝星被他们擒获，（他把钢笔丢去，好像要哭出来的样子）我真感觉，爵爷，我真非常地感觉，我不忍看见我们同国的人被几个外国人战败。

贵族　哦！你也是一个英国人吗？

教士　当然不是，爵爷，我是一个上流社会的人，不过，和你爵爷一样我也是在英国生长的，这个当然使我觉得不同。

贵族　你是附属于土地的，咦？

教士　你阁下高兴拿我来开一下玩笑，你的地位，使你可以这样做去，毫无妨碍的，但是你很知道我并不是真附属土地，像一个农奴一样，不过我有这样一种感觉，（逐渐激烈起来）我是不怕人家笑话的，并且，（粗暴地立起来）皇天在上，要是事情一竟是这样下去，我也要把我的道袍丢给魔鬼，自己武装起来，亲手去同魔女拼一下了。

贵族　（很快活地望他笑着）你可以这样，牧师，你可以这样，要是我们再没有好点儿的办法，不过还没有到这个时候，还没有完全到这个时候。

（教士念念的样子重复坐下。）

贵族　（坦然的态度）我并不十分注意这个魔女——你看，我是曾经参谒过圣地的，上天的力量，为他们自己的信誉起见，万不能让我被一个乡下的魔女打败——但是这个邓鲁意庶子，可有点儿不容易对付，因为他也到过圣地，在这一点上，我们两个人的地位是一样的。

教士　他不过是一个法国人罢了，爵爷。

贵族　一个法国人！你在哪里学来的这种语调，难道这些白根地人、白卢通人、皮加得人和加斯康人，现在都叫他们自己做法国人，同我们的人一样，叫他们自己做英国人吗？他们真的把法国和英国当作他们的国家，他们的，你要注意！要是这样的思想流行起来，我和你还有什么地位呢？

教士　为什么，爵爷？这个怎样会妨碍我们？

贵族　一个人不能事两个主人，如其这个忠于国家的口头禅，一把他们迷住，封建贵族的权力，从此完结，教会的权力，也从此完结，这就是我和你都一齐完结了。

教士　我希望我是一个教会的忠仆，并且虽然我和司徒孔勃的亲属关系已隔六代，这个就是一个理由，我应当束手坐视，英国人被一个法国的庶子同魔女打败吗？

贵族　放心，朋友，放心，一到那个时候，我们自然会烧死魔女，打败庶子，老实说，我现在就在等着布魏主教，要和他商议焚烧的办法，他是被她的党羽，从他的教区逐出来的。

教士　你还要先把她捉住，爵爷。

贵族　或是把她买来，我愿意出一个帝王的赏格。

教士　一个帝王的赏格！去买这个东西！

贵族　一个人应当留点儿余地，查尔斯的部下，曾把她卖给白根地人，白根地人再把她卖给我们，中间或需经过三四次的转手，他们都要得一点儿小小的扣头。

教士　岂有此理，都是这些万恶的犹太人，他们在每次银钱进出的时候，都要插手，要是我有权力，决不让一个犹太人生存在耶稣教的国内。

贵族　为什么不呢？犹太人多数是说一不二，他使你们出钱，可是他有货物交出，在我的经验上，要想不费钱而得点儿好处的人，总归是耶稣教的信徒。

（一个给事进来。）

给事　布魏大主教阁下，高穹先生。

（高穹年约 60 岁，走进，给事退下，两个英国人立起。）

贵族　（行虔诚的敬礼）亲爱的主教，我感谢你贵临！让我来介绍我自己，李却尔第布康姆培·瓦尔吕克伯爵。

高穹　你阁下的大名，是我早已久仰的。

瓦尔吕克　这位牧师是约翰·司徒孔勃先生。

教士　（流利的）约翰·巴燕·斯赛尔·纳威尔·第·司徒孔勃，主教阁下，神道学士，温克司特大主教阁下的掌印官。

瓦尔吕克　（向高穹说）我听说，你们称他为英国的大主教，我们皇帝的长亲。

高穹　约翰·司徒孔勃先生，我同他阁下一向是非常要好的朋友。

（他对教士伸出手来，后都吻他的约指）

瓦尔吕克　请坐下吧。（他把他的座椅让出，拿来放在桌子的一头）

（高穹略一点头，在这首座上坐下，瓦尔吕克顺手取过皮凳，坐在他原来的地方，主教退回他的原位。）

（瓦尔吕克虽然特意地将首座让给主教，自己退居第二，在谈话上他却毫不迟疑地首先地发言，他依然是谦逊和坦荡的态度，但是在他说话当中，有一种新的音调，表示他是在开始谈正事了。）

瓦尔吕克　主教阁下你看见我们正在不幸的时候，查尔斯就要在雷依姆加冕，实际上是完全由那个罗伦的少女主持的，并且——我不愿意骗你，或者增加你无用的希望——我们要是再不能阻止，我想这个事情会使查尔斯的地位，有很大的变化。

高穹 毫无疑义的，这就是那个女郎最巧妙之举动。

教士 （又愤激起来）我们不是公平地战败的，从来没有英国人是公平地战败的。

（高穹略一张目，立刻又恢复沉静的态度。）

瓦尔吕克 我们这位朋友，认为这个青年女子是一个魔女，我假定你阁下的义务，是应当在审讯的时候，宣告她这个罪名，把她烧死。

高穹 如其她是在我的教区内捉获，当然这样。

瓦尔吕克 （觉得他们两人的意见非常接近）一点儿不错，现在我想她是一个魔女的话，是不会有十分疑义的。

教士 毫无疑义，一个万恶的魔女。

瓦尔吕克 （很委婉地斥责他的多嘴）我们是在问主教的意见，约翰先生。

高穹 我们所应当考虑的，不单单是这里几个人的意见，而为一个法国法庭的意见，——或者偏见，如其你愿意说。

瓦尔吕克 （改正他的话）一个天主教的法庭，主教阁下。

高穹 天主教的法庭，也同其他的法庭一样，无论他们的职务或使命，是如何神圣，总是由普通的人类集合而成，要是这些人都是法国人，像现在通行的说法，我恐怕就是这一点事实，一个英国军队被法国人打败，决不能使他们相信这里面有点儿魔术吧。

教士 怎样！连有名的约翰·塔尔布宝星，都被一个罗伦的村女打败，并且成为俘虏，还不能使他们相信！

高穹 约翰·塔尔布宝星，我们大家知道，是一个猛烈可怕的军人，先生，但是我们还没有知道他是一个有能耐的大将，并且虽然你高兴说，他是为这个女子打败的，我们当中，也有人愿意将这个功劳，分一部分归邓鲁意。

教士　（轻蔑的态度）那个奥利安士庶子！

　　高穹　让我来提起你——

　　瓦尔吕克　（打断他的说话）我知道你要说什么话，主教，你是要说，我在蒙泰格斯也曾经被邓鲁意打败。

　　高穹　（鞠躬）在这一点上，我就可以证明邓鲁意先生真正是一个极有能耐的大将。

　　瓦尔吕克　你阁下真是非常的客气，在我们的一面，我也承认塔尔布不过是一员战将，他在柏泰被俘，大约也是咎由自取的。

　　教士　（发怒）主教阁下，在奥利安士，这个女子被英兵一剑刺中喉管，因为痛的缘故，她哭得像一个小孩子一样，这是一个致命的伤害，但是她依然整天苦战，并且我们的兵士像真正英国人的样子，几次把她打退的时候，她手执白旗，一个人单身走上我们的炮台，我们的兵士都双手瘫痪，不能射击，不能攻打，同时法国人反攻上来，把他们驱到桥上，并且立刻火焰爆发，把桥焚断，他们都跌落河中，大半淹死，难道这也是你们庶子的将略吗？或者，这个火不是地狱的烈焰，用魔力引出来的吗？

　　瓦尔吕克　请你原恕约翰先生的激烈，主教阁下，但是他已经说明我们的立场，我承认邓鲁意是一个大将，但是他在这个魔女未来以前，为什么一点儿不能有所作为呢？

　　高穹　我并不说在她的一面，是全然没有超自然的力量，可是那个白旗上的名字，并不是撒旦^①和别西卜^②，而为我们救主和圣母的神号，并且你们那个淹死的官长——克那迟达，我想你们叫作——

　　瓦尔吕克　格那司待尔威廉姆，格那司待尔宝星。

---

①原译文为"撒丹"。
②原译文为"毕尔迟勃勃"。

高穹 格那司待尔谢谢你，他并不是一个圣人，我们多数的人，都以为他的淹死，是由于咒骂那个女郎的报应。

瓦尔吕克 （开始有点儿怀疑的样子）哎呀，我们对于这些说话，应当怎样推想呢，主教阁下？你也成了女郎的信徒吗？

高穹 要是这样，伯爵阁下，我应当还要聪明一点儿，决不会把我自己送到你的手中。

瓦尔吕克 （忽然抱愧）哦！哦！主教阁下！

高穹 如其魔鬼是要利用这个女子，——并且我相信他是这样的——

瓦尔吕克 （又放心的样子）嗳！你听，约翰先生，我知道阁下决不会误我们的事的，原恕我的插嘴，请说下去。

高穹 如其这样，魔鬼有更远大的眼光，胜过你们所估量他的。

瓦尔吕克 真的吗？在什么上面呢？你听，约翰先生——

高穹 如其魔鬼要陷害一个乡下女子，你想这样一件容易的事情，也要费掉他半打的胜仗吗？不，我的爵爷，随便一个奸猾的小鬼，也有这点儿能力，如其这个女子是可以陷害的，地狱的魔王，决不肯自贬身份，来做这样无聊的事情，他攻击的时候，他要攻击统治全部精神界的天主教会，他陷害的时候，他要陷害全体人类的灵魂，教会对于这个可怕的计划，始终注意严防，我看这个女子也就是这种计划的一个工具，她是受了灵感，不过是受了魔力的灵感的。

教士 我已经同你说过，她是一个魔女。

高穹 （坚决的）她不是一个魔女，她是一个邪教。

教士 这有什么区别呢？

高穹 你，一个教士，会来问我这个！你们英国人的心理，真是异常愚钝，凡是你们多称为魔术的事情，都是可以有一种自然的解释的，这个女人的灵异，并不会加在兔子的身上，她自己并不称他们为灵异，她的战胜，不过证明她比你们的咒骂的格那司待尔和疯牛一样的塔尔布，有一个较好的头脑，以及信仰的勇气，虽然是一个虚伪的信仰，胜于愤怒的勇气，此外还有什么呢？

教士 （几乎不相信他自己的耳朵）难道阁下将约翰塔尔布宝星，三任爱尔兰的总督，比作一个疯牛吗？

瓦尔吕克 在你当然觉得好像不应当这样比方的，因为你和一个男爵，还隔开六代的关系，但是我是一个伯爵，塔尔布不过是一个宝星，我可以胆大地承认这个比方，（向主教说）主教阁下，关于魔术这一层的话，我全然取消，不过无论如何，我们必须烧死这个女人。

高穹 我不能够把她烧死，教会不能取人的性命，我的第一义务是要尽力把这个女子救出。

瓦尔吕克 这是毫无疑义的，不过有时候你们也把人烧死。

高穹 不，教会摒弃一个顽强的邪教徒，像从生命的树上截去一个枯槁枝干的时候，就将他交与俗世的权力，他们认为应当怎么处置，教会绝不过问。

瓦尔吕克 一点儿不错，在这个场合，我就是俗世的权力，主教阁下，把你的枯槁枝干交与我，可以预备好火把等她，你如其可以负教会方面的责任，我也可以负俗世方面的责任。

高穹 （满腔的愤怒）我不能答应你什么事情，你们大贵族们，太喜欢把教会当作一种政治上的便利。

瓦尔吕克 （微笑而且乞和的样子）在英国不是这样的，我可以保证。

高穹 在英国比随便什么地方更甚，不，我的爵爷，这个村女的灵魂，在上帝面前，是和我们或你们皇帝的灵魂有同等的价值的，而且我的第一个义务，是要把她救出，我不能答应你阁下，好像我再三申述的，都是无意义的空话，并且我们两个人中间好像有一种误解，我是必须把她牺牲的，我不是一个政客式的主教，我对于我的信仰，同你对于你的名誉一样，并且如其这个受过洗礼的女子，还有一线生路可以自救，我一定要引她向这条路上去的。

教士 （大怒地立起）你是一个叛逆。

高穹 （跳起来）你胡说，教士，（气得发抖的样子）如其你胆敢做这个女人所做的事情——把你的国家，放在神圣的天主教会之上，你应当同她一起被烧死。

教士 主教阁下，我——我说得过分了，我——（他表示一种屈服的态度，自己坐下）

瓦尔吕克 （忧虑的样子立起来）主教阁下，关于约翰·司徒孔勃先生的话，我来向你道歉，这个名词，在英国的意义与在法国不同，在贵国的语言当中，叛逆就是奸人，一个不忠的、阴奸的、背信无义的人，在我们国内，这个不过指一个人不肯完全替英国尽力。

高穹 我非常抱歉，我没有了解这个意义。（庄严的态度坐下）

瓦尔吕克 （回复他的原位，大为宽心）我自己也应当向你道歉，如其我把烧死这个可怜的女子，看得过于轻易一点儿，一个人屡次看见全部村舍的烧毁，不过是一种行军的常事，他的感觉，不得不变成麻木不仁，要不是如此，他就会成为疯狂，至少我一定会这样的，我可不可以冒昧地假定，你阁下也是这样，常常看见邪教徒的烧死，对于这种寻常认为极可怕的事请，不得不采取一种——我应当说，职业上的看法呢？

高穹 是的，这是一个痛苦的，甚至于，你的说法，一个可怕的义务，但是和邪教的恐怖比较起来，这是丝毫不足措意的，我并不是想念这个女子的身体，这个不过受片刻间的痛苦，并且这个早晚必须死去，那个时候，多少总要有一点儿痛苦，我所想念的是她的灵魂，这个是可以永远受苦的。

瓦尔吕克　一点儿不错，让上帝允许救出她的灵魂，但是实际上的问题，好像是怎样才可以救她的灵魂而不要救她的身体，因为我们必须做到这样，主教阁下，如其这个对于女郎的崇拜延长下去，我们的事情是失败了。

教士　（他的声音断断续续，像一个人才哭过的样子）我可以讲话吗，爵爷？

瓦尔吕克　真的，约翰先生，我想你还是不必开口，除非你能够忍住你的性子。

教士　就是这一点，我要请求指教，这个女郎是非常狡猾的，表面上做出虔诚的样子，她的祈祷和忏悔，是连续不断的，在她没有毁弃一个教会信女的礼法以前，怎样能够说她是邪教徒呢？

高穹　（大怒）一个教会的信女！教皇自己在他最夸大的时候，也不敢自认这女郎所自认的，她做得好像她自己就是教会，她向查尔斯传达上帝的命令，而教会必须袖手旁观，她要在雷依姆礼拜堂替他加冕，她不是教会！她写信给英皇，由她转达上帝的命令，叫他退回自己的岛上，以免上帝惩罚，这个惩罚是由她执行的，我同你说，写这样的信，就是那个恶魔穆罕默德的老调，她在她所有的说话当中，曾经提起过教会吗？永远没有，始终是上帝和她自己。

瓦尔吕克　你还能够期望她怎样呢？叫花子骑上马背，她的头脑已经昏了。

高穹　谁使得她昏的？就是魔鬼，并且是有很大的目的的，他在世界各处传播这种邪教，那个叫赫司的人，13 年以前在孔士坦斯被烧死的，玷污了波罕米亚的全境，一个叫委克立夫的人，他自己是一个牧师，散布这个疬疫于英国，你们居然让他好好地死在床上，这是你们自己应当惭愧的，在我们法国，也有这种人，我知道这个种类，这个是同毒疮一样，要不把他除却，把他割去，把他烧绝，他非使得人类社会的全体，沦于罪恶及腐化，变为荒芜或废墟，是不会停止的，由于这个，一个亚剌伯的驼夫，将耶稣和他的教会，从耶路撒冷逐出，而且像一个猛兽一样，奋力西进，直到法国和地狱之间，仅隔着一重白伦尼斯山岭及上帝的矜怜，然而那个驼夫最初的行为，与这个牧羊女子有什么两样呢？他从加白吕尔天使听得他的声音，她从圣加德林、圣玛利德及圣米卡尔，听见她的，他宣布他自己是上帝的使者，以上帝的名义写信给全世界的帝王，她写给他们的信，也正在天天送出，现在我们应当祈请救助的，不是救主的圣母，而是贞德女郎，你想随便一个毫无知识的工人或村女，受魔鬼的鼓动，都可以庞然自大，自命为直接受上天的启示，将教会多年的智慧、知识及经验，他的许多学者及贤人的公意，完全弃如敝屣，这个世界还成一个什么样子呢？这个就是流血的，狂暴的，一切毁坏的世界，人人都用自己的双手强取豪夺，到最后只有回复原来的野蛮社会了，因为现在我们还只有穆罕默德和他的信徒，这个女郎和她的信徒，但是等到每一个女人都自命为贞德，每一个男人都自命为穆罕默德的时候，这个世界还成什么样子呢？我想到这个的时候，就觉得心惊胆战，我已经和他奋斗了一生，我一定要奋斗到底，让这个女人一切的罪业，除掉这个以外，一切都被赦免，因为这个是与救主反对的，如其她不在全世界的眼中化为尘土，而将她每寸的灵魂，都呈献与教会，一定让她烧死，只要她落在我的手中。

瓦尔吕克 （感动）你对于这个有强烈的感觉，是当然的。

高穹 你并不感觉吗？

瓦尔吕克 我是一个军人，不是一个教士，我在参谒圣地的时候，看见一点儿伊斯兰教徒的情形，他们并不是这样的恶人，像我以前所想象的，在许多事情上，他们的行为，只有比我们更好一点儿。

高穹 （不悦）我早已看出这个来了，许多人到东方去，想要感化异教，却反被异教所同化，回来的十字军人，一半以上成伊斯兰教信徒，而所有的英国人，都是天生的邪教徒，更其不必说了。

教士 英国人都是邪教徒！（恳求瓦尔吕克）我的爵爷，我们必须忍受这个吗？他阁下是忘记他自己了，一个英国人所信仰的怎么会是邪教？这个在名称上就是互相矛盾的。

高穹 我免去你这个罪名，司徒孔勃先生，因为你是一个不可救药的愚人，你们国内浓厚的空气，是不能产生神道学者的。

瓦尔吕克 你要是听见我们在宗教上的争执，你决不会这样说，主教阁下，我很抱歉，你以为我不是一个邪教徒，一定是一个愚人，因为做一个旅行家，我知道穆罕默德的教徒，对于我们的救主是非常尊敬的，并且他们并不鄙薄圣彼得是一个渔人，像你阁下鄙薄穆罕默德是一个驮夫一样，但是至少我们可以进行这个事情，不要各存偏见。

高穹 人家将基督教会的精诚，叫作偏见的时候，我知道应当怎样想了。

瓦尔吕克 这是同样的事情，不过向东或向西的看法！

高穹 （讽刺的口气）不过向东或向西的看法！

瓦尔吕克 哦，我的主教阁下，我不是要和你辩驳，你可以有教会的赞助，但是你也必须要有贵族的赞助，我的心中，这个女郎还有一个更大的罪名，胜过那个你说得这样厉害的，老实说，我并不怕这个女子变成一个穆罕默德，拿一种伟大的异教，来把教会推翻，我想你对于这个危险，思虑得过分些，但是你曾否注意，在她的信函中，她向欧洲各帝王提议一种计划，和她已经在查尔斯面前所极力主张的一样，这个可以毁灭邪教世界的全部社会组织吗？

高穹　毁灭教会，我同你说是这样的。

瓦尔吕克　（他已经到不能忍耐的样子）我的主教，请你把教会从你的头脑当中，暂时抛去一下，记着世界上除精神界的组织以外，还有俗世的组织，我和我们的同人代表封建的贵族，同你代表教会一样，我们是俗世的主治者，现在你看不见这个女子的观念，对我们怎样攻击的吗？

高穹　除掉攻击我们全体，经由教会以外，她的观念怎样会攻击你们呢？

瓦尔吕克　她的观念是皇帝应当将他的国土呈献给上帝，然后再以他的代表的名义统治一切。

高穹　（毫不感觉重要）在神学上是很正当的，我的爵爷，不过皇帝决不注意这层，只要他是安然在位，这是一个抽象的观念，一个空言的形式。

瓦尔吕克　决不是的，这是一个极奸狡之方法，用来推翻贵族，而使皇帝成为独裁及专制的君主，皇帝原来不过是贵族的领袖，现在变为他们的主人，这个我们决不能忍受，我们是决不能叫无论何人做主人的，在名义上我们从皇帝接受我们的土地及位号，是因为人类社会的途径，必须有一种梯级，实际上我们的土地，是握在我们的手中，拿我们自己及我们部属的刀剑来防卫的，现在依照这个女郎的理论，皇帝就要取去我们的土地——我们的土地！——呈献于上帝，上帝再将这些土地完全付托与他。

高穹　难道你还怕这个吗？实际上你们就是帝王的制造人，在英国是约克或兰开斯特，在法国是兰开斯特或瓦卢瓦①，他们都是随你们的高兴拥立起来的。

瓦尔吕克　不错，何是只有人民服从他们的封建领袖，而把皇帝当作一种戏场傀儡的时候，属于皇帝的只有大路，而这个是人人所共有的，如其人民的思想和意志，都转过来倾向皇帝，而贵族在他们的眼光当中，不过是皇帝的臣仆，皇帝就可以把我们一个一个地制服，到那个时候，我们除了做他的廷臣以外，还有什么地位呢？

高穹　你还是用不着害怕，我的爵爷，有些人生来是帝王，有些人生来是政治家，这两者是难得合而为一的，皇帝在哪里去寻谋臣策士，来替他计划及执行这样一种政策呢？

瓦尔吕克　(一种不十分友好的微笑)或者就在教会当中，主教阁下。

(高穹以一种同样的苦笑，耸动他的双肩，并不否认他说的话。)

瓦尔吕克　打倒贵族，教会的领袖就可以为所欲为。

高穹　(缓和一点儿，消除他争论的音调)我的爵爷，如其我们彼此互相攻击，我们决不会战胜这个女郎，我很知道，在世界上是有一种权力的愿望，在这个愿欲未曾消灭以前，皇帝与教皇之间，公侯与主教之间，贵族与帝王之间，始终是不免于争执的，魔鬼把我们分开，使他可以支配，我看你不是教会的好友，你始终是一个伯爵，和我始终是一个教士一样，但是在一个公共敌人的面前，我们还不能消除我们的意见吗？现在我看出来，在你心中的，不是这个女子从来不曾提起教会，而只有上帝和她自己，乃是她从来不曾提起贵族，而只有皇帝和她自己。

①原译文为"瓦鲁意"，中世纪欧洲封建王朝，1328年—1589年统治法国。

瓦尔吕克　一点儿不错，她这两个观念，在根底上完全相同，也是极深的，主教阁下，这是个人的灵魂，对于教士或贵族在私人与上帝中间干涉的反抗，如其我必须用一个适当的名称，我应当称它为反抗主义。

高穹　（向他注视）你对于这个非常了解，我的爵爷，扯破一个英国人的外皮，你就看见一个反抗派。

瓦尔吕克　（和他针锋相对）我想你对于这个女郎的政治邪说，也不是完全不表同情的，我的主教，我让你替它寻一个适当的名词。

高穹　你误解我了，我的爵爷，我对于她政治上的狂妄主张，是没有同情的，但是既做一个牧师，我也晓得一点儿平民的心理，在这里你可以看见还有一个最为危险的观念，这个我只能够用这样的言辞表示，就是英国人的英国，法国人的法国，意大利人的意大利，西班牙人的西班牙，以及由此类推，这个观念，有时在乡村的民众中间，是这样的褊狭及强烈，几乎使我不能相信，这个乡下女子的观念，会超出本乡村人的乡村以外，但是她居然能够，居然做到，在她恫吓要将英人逐出法国境内的时候，毫无疑义地在她的思想中包含着全部说法国话的境域，她以为说法国话的人民，就是《圣经》上所称为一个国民的，你若是愿意，可以称她邪说的这一方面为国民主义，我不能替你再寻出一个更好的名称，我只能够同你说，这个实在是反天主教及反基督的信仰的，因为天主教会，只知道一个领域，这个就是基督国家的领域，将这个国家分为许多国民，你就是将基督推翻，将基督推翻，还有谁来做我们头颅及刀剑中间的障蔽呢？这个世界就会消灭于战争的循环之下了。

瓦尔吕克　好的，如其你愿意烧死这个反抗派，我也愿意烧死这个国民主义派，虽然在这一点上，我或者不能得到约翰先生的赞成，英国人的英国，在他是很听得进的。

教士　当然，英国人的英国是无须说的，这是极简单的自然定律，但是这个女人，否认她合法的占领，上帝付托与她，因为她是特别适宜于统治这种比较未开化的民族，而代谋他们的福利的，我不能了解你们二位所说的反抗派及国民主义派的意义，你们的学识太博，思想太深，非像我这样一个可怜的书生所能推测，但是从明显的常识上面，我知道这个女人是一个叛逆，并且我觉得这就很够了，她穿男人的衣服，身临战场，就是反叛自然，她篡夺帝皇的神圣职权，就是反叛教会，她与撒丹及他的恶魔勾结，抵抗我们的军队，就是反叛上帝，并且所有这些反叛，都不过是她最大的对于英国反叛的借口，这个是万不能忍受的，让她消灭，让她烧死，让她不能传染全体的群众，一个女人为多数人民牺牲，是极应当的。

瓦尔吕克　（起立）主教阁下，我们好像是彼此一致了。

高穹　（同时立起，但是表示反对他说的话）我不能陷溺我的灵魂，我必须主张教会的公道，我要尽我最后的力量，救出这个女人。

瓦尔吕克　我对于这个可怜的女人，也是非常抱歉，我痛恨这种残虐的事情，要是能够，我也是愿意赦免她的。

教士　（痛恨的样子）我愿意亲手把她烧死。

高穹　（替他祝福）你这个可怜的愚人！

〔幕落〕

第五幕

〔雷依姆礼拜堂内的回廊，与圣衣室的门口相近，柱上立着一个十字架，加冕仪式已毕，人民从礼拜堂中散出，风琴正在奏曲，贞德跪在十字架前祷告，她穿得极其华丽，但是依然男装，邓鲁意也穿着华美的衣服，他走进的时候，风琴停止。

邓鲁意　来吧！贞德，你已经祈祷得很够了，方才那样哭过一阵，再留在这里，你一定就会伤风的，一切都已经完毕，室内空虚，街上人满，他们都在狂呼女郎，我们已轻告诉他们，你还一个人在这里祷告，但是他们还要再看你一下。

贞德　不要，让皇帝独占一切的光荣吧。

邓鲁意　他只有把事情弄坏，可怜的人，不，贞德，你已经替他加冕，你应当把这个事情做完。

（贞德不愿意的样子，摇头。）

邓鲁意　（把她拖起）来来！这个在一两点钟就会完的，比在奥利安士的桥上总好一点儿！

贞德　亲爱的邓鲁意，我怎样的愿意我们还在奥利安士的桥上！我们在那个桥上真是活着的。

邓鲁意　是的，不错，而且也是死掉的，有些我们的人。

贞德　这不是很奇怪的吗，杰克？在没有临阵以前，我是这样怯懦，我是说不出来的害怕，但是事情过去，一点儿没有危险的时候，又是这样的无聊，我这样的无聊！无聊！无聊！

邓鲁意　你必须学习一点儿战争上的节制，同你吃饭喝水的时候一样，我的小天使。

贞德　亲爱的杰克，我想你欢喜我，像一个军人欢喜他的伙伴一样。

邓鲁意　你需要这个，可怜的上帝的天真烂漫的孩子，你在宫廷中是没有很多的朋友的。

贞德　为什么这些廷臣、武士、教士们都恨我呢？我有什么侵犯了他们？我从来没有请求过什么，只有我的村庄应当免税，因为我们再没有力量，能战胜税的担负，我替他们带来幸运及胜利，在他们茫无办法的时候，我代他们做好，替查尔斯加冕，使他成为一个真正的皇帝，他所颁给的荣誉，得着的都是他们，这样为什么他们不爱我呢？

邓鲁意　（笑她）好——笨——的——人！你以为这些愚人会来爱你，因为你把他们的底细现出来吗？狂妄的老军阀们，会爱一个成功的青年领袖，把他们排挤掉了的吗？野心的政客们，会爱一个新进，占据他们上面的位置的吗？大主教们会欢喜被别人，哪怕是一个圣神，从自己的神坛上面，把他们推开吗？怎样，就是我自己也会妒忌你，其实我是有相当的野心的。

贞德　你是从这当中挑选出来的，你是我在贵族里面唯一的好友，我敢说你的母亲，一定是乡村的女子，我等到夺回了巴黎的时候，也要回到乡下去了。

邓鲁意　我不能这样确信，他们会让你去夺取巴黎。

贞德　（吃惊）什么？

邓鲁意　要是他们都赞助这个事情，我自己早已把巴黎夺回来了，我想他们有些人，宁可让你被巴黎夺去，所以你要当心一点儿。

贞德　杰克，我觉得这个世界太坏了。要不单是因为我的声音，我早已就完全失望，因为这个缘故，所以加冕完毕以后，我就一个人避到这里来祷告的，我要告诉你一点儿事情，杰克，就是在这个钟声中间，我听见我的声音，不是在今天，他们一齐响起来的时候，这个除掉嘈杂，一点没有什么。但是在这里角上，钟声从天上慢慢下来，余音不断，或是在荒野中间，他们经过乡村的寂静，远远来到，我的声音，就在他们当中，（礼拜堂的钟，正报一刻）你听！（她好像入梦的样子）你听见了吗！"上帝的——亲爱的——孩子"同你方才所说的一样，在半点钟的时候，他们就会说"奋——勇——前——进"，在三刻钟的时候，他们就会说"我——来——助——你"，但是只有在一点的时候，大钟先说"上帝——救助——法——兰——西"，然后圣玛利德、圣加德林，有时连神圣的米切尔都会说一点儿什么事情，我不能够预先知道的，那个时候哦，那个时候——

邓鲁意　（亲切的，但是不同情的样子，打断她的话）那个时候，贞德，我们就可以在钟声里面，听见我们所想象的随便什么事情，你谈起你的声音来的时候，就使我觉得不安，我真要以为你有点儿疯病，要不是你对于所做的事情，都给我一种极明白的理由，虽然我听见你向别人说，你不过是遵从圣加德林夫人的。

贞德　（生气的样子）这是因为你不相信我的声音，我只好替你寻出一点儿理由，但是总是先有声音，我以后才寻出理由来的，随便你去相信哪一个吧。

邓鲁意 你生气了吗，贞德？

贞德 是的（她微笑）不，不是对你生气，我愿意你是一个乡下的婴儿。

邓鲁意 为什么呢？

贞德 我就可以抱你一下。

邓鲁意 你无论怎样，到底有一点是个女人。

贞德 不，一点没有，我是一个军人，绝不是别的，军人总喜欢抱一下孩子，要是他们有机会的时候。

邓鲁意 这倒是真的。（他笑）

（查尔斯左边蓝须，右边纳海尔，从圣衣室里走出，他在那里才脱去他的礼服，贞德缩到柱后，邓鲁意留下，立在查尔斯与纳海尔的中间。）

邓鲁意 你陛下现在是已经圣化的皇帝了，你觉得这个怎样呢？

查尔斯 我决不愿意再来这样一次，去做一个太阳和月球的皇帝，这些礼服真重！他们把皇冠压在我头上的时候，我以为我自己就要跌倒了，还有那个有名的圣油，他们这样常常说起的，是腥臭的，咦！大主教一定是压得要死了。他的道袍，至少有一吨重，他们现在还在圣衣室里替他脱去呢。

邓鲁意 （冷淡的）你陛下还应当常常穿穿盔甲，这个可以使得你习惯沉重的装束。

查尔斯 是的，这个老调！我不要穿盔甲，打仗不是我的事情，女郎到哪里去了？

贞德 （走到查尔斯及蓝须的中间，跪下）主上，我已经把你做成皇帝，我的工作完毕，我要回到父亲的田庄里去了。

查尔斯 （吃惊，但是快慰的样子）你真的吗？这倒是很好的。

（贞德起立，非常失望。）

查尔斯 （毫不觉得地接着说）一个健康的生活，你知道。

邓鲁意 但是一个很寂寞的。

查尔斯 那些乡下的女人们，会鼓起你的兴致来，你离开她们这样长久以后。

纳海尔 你会忘不了打仗，这是一个坏的习惯，但是一个伟大，而且你最不容易破除的。

查尔斯 （惶虑的样子）虽然，如其你真愿意回家，我们决不会强留你的。

贞德 （恨极）我知道我回去的时候，你们没有一个人可惜我的。（她转过背来向着查尔斯，走过他的面前，来到比较同情的邓鲁意及纳海尔的近旁）

纳海尔 这样，我高兴的时候，我就可以随便咒骂了，但是我有时候也要挂念你的。

贞德 纳海尔，不管你一切的罪孽和咒骂，我们总会在天上相见的，我爱你同爱皮佗一样，我从前看羊的猎犬，皮佗会咬死豺狼，你也要咬死英国的豺狼，把他们都赶回自己的国内变成上帝的好狗为止，你可以吗？

纳海尔 我要是和你一起是可以的。

贞德 不，我是自始至终，只有一年的气候的。

大家齐声 什么？

贞德 我好像是有点儿晓得的。

邓鲁意 瞎说！

贞德 杰克，你想你能够把他们驱逐出去吗？

邓鲁意 （十分自信的样子）是的，我一定会把他们驱逐出去，以前他们战胜，是因为我们把战争当作比武及赎金的市场，我们做这种愚蠢事情的时候，英国人是在认真作战，但是现在我已经受过教训，也采用他们的方法，我以前曾经打败过他们，以后当然会再把他们打败。

贞德　你可以不要虐待他们吗，杰克？

邓鲁意　宽大的处置，决不能制服英国人，我们从来没有这样做过。

贞德　（突然地说）在我回家以前，让我们先夺取巴黎。

查尔斯　（大惊）哦，不不，我们会把我们所得到的都一起失掉，哦，让我们不要再战，我们可以同白根地公爵，订立一个很好的合约。

贞德　合约！（不耐的样子顿足）

查尔斯　为什么不呢？现在我是已经加冕及圣化了，哦，那个圣油！

（大主教从圣衣室走出，加入他们，立在查尔斯与蓝须中间。）

查尔斯　大主教，女郎又想开始战争了。

大主教　难道我们已经停止战争了吗？我们已经讲和了？

查尔斯　不，我想是还没有，但是可以知足了，让我们就已经取得的订立一个合约，我们的运气是太好了，未必能够长久，在它转变以前现在是我们挺值得把握的机会。

贞德　幸运！上帝帮助我们战胜，你倒叫他幸运！并且在英国人还没有完全离开神圣的法国土地以前，就要停止！

大主教　（严厉的态度）女郎，皇帝是在对我说话，并不是对你说，你忘记你自己了，你才是常常忘记你自己的。

贞德　（轻率的样子）那么说吧，你说告诉他这不是上帝的意思，他应当功亏一篑的。

大主教　如其我不是和你一样，轻易使用上帝的名字，这是因为我是以我神圣的地位及教会的权力，来宣达他的意志的，你初来的时候，你对于教会表示尊崇，从来不敢像现在的样子，随意说话，你戴着道德的面具而来，因为天佑你的事业成就，你就拿骄傲的罪恶，来玷污你自己，古代希腊的悲剧，已经在我们中间发生，这是狂妄的惩罚。

查尔斯 是的，她以为她比无论何人都更明白一点儿。

贞德 （感觉困苦，但是过于纯质，一点儿不能看见她所引起的反响）但是我比你们所好像晓得的，是更明白一点儿，并且我不是骄傲，我从来不肯讲话，除非我知道是不错的。

蓝须 （同时发声）哈哈！

查尔斯 （同时发声）一点儿不错。

大主教 你怎样知道自己是不错呢？

贞德 我总是知道的，我的声音——

查尔斯 哦，你的声音，你的声音为什么不来告诉我呢？做皇帝的是我，并不是你。

贞德 他们是来告诉你的，但是你听不见他们，你没有在黄昏的时候，坐在田野中间，静听他们，天使在发音的时候，你们茫然不觉，就此完结，但是如其你诚心祷告，并且在钟声响过以后，静听空气当中的余音，你就会同我一样，听见他们，（鲁莽的样子，向他转过背来）并且这还要什么声来告诉你，一个铁匠也会告诉你的，你应当趁红热的时候一气打成。我同你说，我们必须向香旁义猛进，把他救出，像我们救出奥利安士的样子，巴黎自然开城迎降，如其不然，我们也可以攻打进去，没有首都，你的皇冠有什么价值呢？

纳海尔 我也是这样的说法，我们应当洞穿他们，像一个红热的弹子，穿过一磅牛油一样，你说怎样，庶子？

邓鲁意 如其我们的炮弹都热得同你的头脑一样，而且我们有这许多的炮弹，我们就可以征服全球，是毫无可疑的，勇敢和激烈，是战争上很好的奴仆，但是很坏的主人，我们每次信赖他们的时候，都被他们把我们送在英国人的手中，我们从来不知道什么时候会败，这是我们最大的缺点。

贞德　你们从来不知道什么时候会胜，这是一个更坏的缺点，我以后要叫你们在战场上带着镜子，使你们可以相信，自己的鼻子，并没有完全被英国人割去，你同你的参谋先生们，至今还被困在奥利安士，要不是我使得你们攻击，你们永远应当攻击，只要你们能支持一个相当的时间，敌人自会先停止，你们不知道怎样开始作战，你们不知道怎样使用你们的大炮，但是我知道的。

（她盘腿坐在旗上，不高兴的样子。）

邓鲁意　我知道你以为我们是怎样的，贞德将军。

贞德　不要去管这个，告诉他们，你以为我是怎样的。

邓鲁意　我想从前上帝是在你的一边，因为我没有忘记，你来的时候，风向是怎样的转变，而且我们的心中，是怎样的转变的，并且真实地说，我永远不会否认，我们是在你的旗帜之下战胜，但是，像一个军人，我要告诉你，上帝决不是任何人的每天的苦力，也决不是任何女郎的，你要是值得这样，他有时候会把你从死神的手中救出，使你脚跟立定，但是不过如此而已，脚跟立定以后，你必须拿你的力量和技能，自己奋斗，因为他对于你的敌人也必须公平，不要忘记这层，他在奥利安士已经由你的手中使我们脚跟立定，并且由于这个余荫，我们能够接连几次战胜，来到这里加冕的地方，但是如其我们再要假定下去，完全倚赖上帝，来做我们自己应做的工作，我们一定失败，而且是应该的！

贞德　但是……

邓鲁意　嘘！我还没有说完呢，你们大家不要以为我们这几次的胜利，都完全不是由将略得来的，查尔斯陛下，你在你的告谕当中，毫不提及我在这次战争的一部分功劳，对于这层，我并不向你陈诉，因为民众当然愿意趋奉女郎和她的灵异，而不愿趋奉庶子的艰难工作，替她预备军队，替她筹集粮食的，但是我确实知道，有几分是上帝由这个女郎的手所替我们做的，还有几分是他留下给我，要我拿自己的智力来做的，并且我同你们说，你们的短短的、灵异的时光，已经过去。从今以后，战术最好的就会战胜——如其幸运是在他的一面。

　　贞德　嘎！如其，如其，如其，如其！要是如其和并且，都成了瓶子，罐头，我们再用不着什么响器了，（激烈地立起）我同你说，庶子，你们的战术是无用的，因为你们的武士，在实际的战争上毫无价值，在他们，战争不过是一种游戏，和网球及一切其他的游戏一样，他们订立许多规则，说怎样是公平，怎样是不公平，并且把盔甲堆在他们自己身上及他们可怜的马上，以御箭锋，他们一跌下来的时候，自己不能立起，必须等候他们的侍从来到，扶起他们，与把他们挑下马背的人，商议救赎，难道你不能够看见，这样一类的事情，是已经过去、完全不能存在的吗？盔甲对于防御炮弹，有什么用处呢？并且如其有用，你想一个替法国及上帝作战的人，肯定是做赎金的交易，像你们的武士一样，一半都以此为生吗？不，他们一定要战胜，他们走上战场的时候，一定要将自己的生命，从自己的手中，交在上帝的手中，同我一样，普通的民众，知道这个，他们没有力量置备盔甲，没有力量缴纳赎金，但是他们半裸着随我前进，走下城壕，走上云梯，直到城墙上面，在他们这是你的或是我的性命，而上帝总是庇佑正义的！你尽可以摇你的头，杰克，蓝胡子尽可以摸着他的野羊的胡须，向我翘起他的鼻子，但是记着那一天，在奥利安士，你们的武士和军官，都不肯跟我去攻击英国人，他们关起城门来阻止我出去。是市民和群众，随我前进，打开城门，而指示你们以认真作战的方法的。

蓝须　（见怪的样子）做了贞德教皇，还不满足，你还要同时做恺撒和亚历山大。

大主教　骄傲定有一个失败的，贞德。

贞德　不要管他是不是骄傲，这不是真的吗？这不是常识吗？

纳海尔　这是真的，我们当中一半的人，都害怕把我们漂亮的鼻子碰坏，还有一半的人，都出去筹付他们的抵款，让她贯彻她的主张，邓鲁意，她没有知道一切的事情，但是她握住了棍子的正当的一端，战争是与以前的情形不同，晓得最少的人，常常是做得最好的。

邓鲁意　这些我完全知道，我并不再用从前的方法作战，我在安境哥尔、波意梯尔及克吕赛已经受过教训，我知道我每次的动作，要费去多少生命，并且如其这个动作，是值得这个代价，我就照这样做去，但是贞德从来不肯计算代价，她奋勇上前，完全信赖上帝，她以为上帝就在她的衣袋里面，现在以前，她这一面有较大的人数，于是她战胜，但是我知道贞德，我看得出，有一天她一定会冒昧上前，只带着十个人，去做一百个人的工作，并且到那个时候，她就会发现，上帝是赞助人多的一方，她就会被敌人擒获，而且那个幸运的捉住她的人，就可以从瓦尔吕克伯爵那里，领得 16 000 镑的赏金。

贞德　（得意的样子）16 000 镑！咦，孩子，他们对我悬了这样大的赏格吗？世界上绝没有这样多的金钱。

邓鲁意　有的，在英国，并且现在告诉我，你们各位，贞德被英人捉去的时候，你们哪一个会伸出一个指头来救她吗？我第一个来说，代表军队，一天她被一个英国人或白根地人从马上拖下来之后，那个人是不会突然震死的，一天她被他们幽禁起来之后，牢门上的门闩或铁锁，是不会被圣彼得的天使一指，就自己开放的，一天，他们发现她也是一个可以伤害的人，同我一样，并且不是什么不能制服的人之后，她对于我们的价值，就比不上一个普通军人的生命，我也决不肯拿这个生命冒险尝试，虽然我是当一个武装的伴侣爱护她的。

贞德　我并不怪你，杰克，你说得不错，如其上帝让我战败，我就不值得一个军人的生命，但是在上帝由我替他立下这许多功劳以后，法兰西或许以为我是值得我的赎金的。

查尔斯　我先同你说，我是没有钱的，而且这个加冕典礼，这都是你的多事，把我可以借得到的最后一点小钱都用光了。

贞德　教会比你有钱一点儿，我就信赖教会吧。

大主教　女子，他们会把你从街上拖过，当作一个魔女把你烧死。

贞德　（跑到他的面前）哦，我的大人，不要说这个话，这是决不可能的，我是一个魔女！

大主教　彼得尔·高穹知道他的职务，巴黎大学已经烧死过一个妇人，因为她说你所做的是很好的事情，而且是依照上帝的。

贞德　（惶惑不解的样子）但是为什么呢？这个话有什么意思呢？我所做的事情是依照上帝的，他们决不能因为说句真话，就把一个妇人烧死。

大主教　他们已经这样。

贞德　但是你知道我说的是真话，你不会让他们把我烧死。

大主教　我怎样可以阻止他们呢？

贞德　你可以代表教会说话，你是一个教会的伟大领袖，我无论走到什么地方，都有你的护佑保护我的。

大主教　我没有什么护佑给你，在你骄傲及倔强的时候。

贞德　哦，你为什么老是讲这样的话，我既不骄傲也不倔强，我是一个可怜的女子，愚蠢得连字母都不能辨别，我怎样能够骄傲呢？并且你怎样可以说我是倔强的，我始终服从我的声音，因为我知道他们是从上帝那里来的。

大主教　上帝在地球上的声音，就是世间教会的声音，而你所听见的一切的声音，都是你自己的成见的回响。

贞德　这不是真的。

大主教　（勃然大怒）你在他的教堂当中，告诉大主教，他是说谎，你还说不是骄傲和倔强呢。

贞德　我从来没有说你是说谎，你倒等于是说，我的声音都是说谎，他们几时说过谎吗？如其你不相信他们，甚至于就假定他们都不过是我自己常识的回响，难道他们不永远都是正确，而你们俗世的意见，都永远是错误的吗？

大主教　（愤愤地说）向你劝导，是枉费时间的。

查尔斯　结果总是回到这一点来，她是对的，别人都是错的。

大主教　拿这个当你最后的警告，如其你以为自己个人的判断，远胜于精神导师的训迪，而因此得祸的时候，教会就要和你断绝，让你陷于无论什么命运，你的狂妄所能引导你的，庶子已经对你说过，如其你坚持自己的军事幻想，远胜于全体军官的意见——

邓鲁意　说得明确一点儿，如其你没有在奥利安士时候一样的优势，就要去援救香旁义的戍兵——

大主教　军队就要和你断绝，不肯来援救你，皇帝陛下已经对你说过，皇室是没有钱来赎出你的。

查尔斯　一点钱也没有。

大主教　你是孤立的，是绝对孤立的，信赖你自己的幻想，你自己的愚昧，你自己的顽强，你自己的桀骜，将一切这些罪恶，都藏在一个信赖上帝的面具中间，你走出这个门口，一到阳光当中的时候，群众会来向你欢呼，他们会把他们的孩子，他们的病人带来，请你医治，他们会吻你的手，吻你的脚，做一切他们所能做的事情，可怜的愚人们，使你头脑昏乱，使你因自信而发狂，这就是领你走上毁灭的道路，但是你的孤立并不丝毫减少，他们不能救你，我们，而且只有我们，可以立在你和那个柴堆的中间，在它上面，我们的敌人已经把一个巴黎的可怜的妇人烧死过的。

贞德　（两眼望着天上）我有比你们更好的朋友和更好的忠告。

大主教　我看我是对一个铁石心肠的人说话，一点儿没有用处，你拒绝我们的保护，决心使我们全体和你作对，所以从今以后，你防御你自己，如其失败，上帝可怜你的灵魂。

邓鲁意　这是真的，贞德，听他吧。

贞德　如其我早听这种的真话，你们大家现在还在什么地方呢？在你们当中，是没有帮助，没有商量的，不错，我在世界上是孤立的，我始终是孤立的，我的父亲，叫我的兄弟们把我淹死，要是我不肯住在家中，替他牧羊，而同时法兰西是正在性命呼吸之间，法兰西可以灭亡，只有我们的小羊是安全的，我想法兰西在她皇帝的宫廷当中，应当还有朋友，可是我看见只有一群豺狼，正在争夺她尸体的碎片，我们上帝在各处地方，应当都有朋友，因为他是人们的朋友，而且在我简单的头脑当中，我相信你们，现在把我逐出的，应当是我防御患难的坚城，我现在是更聪明了，一个人决不能因为聪明反而更坏事的，你们不要以为告诉我是孤立的，就可以把我吓倒，法兰西是孤立的，上帝是孤立的，难道我的孤立，比我的国家和上帝的孤立，还更要紧吗？我现在才知道上帝的孤立，就是他的力量，如其他听信你们妒忌的、偏狭的意见，他还成什么呢？所以让我的孤立，也做我的力量，同上帝一起孤立，只有更好一点儿，他的友谊，决不能使我失望，还有他的启迪，他的仁爱，也是这样的，依赖他的力量，我要猛进，猛进，而且猛进，一直到死为止，现在我要出去，走到平民当中，让他们眼中的爱情，使我宽慰，而洗去你们的厌恶，你们大家都愿意看见我被烧死，但是我如其经过火焚而死，这个印象，在他们的心中，一定会永远不灭的，所以，上帝赞助我吧！

（她离开他们！大家向她望着，默然无声，稍停一歇之后，格尔·第·雷依斯摸着他的胡子。）

蓝须　你知道，这个女人是毫无办法的，实际上我并不厌恶她，但是这种样子的性情，你可以把她怎么样呢？

邓鲁意　皇天鉴临在上，如其她跌在卢尔河当中，我一定戴着盔甲，就跳下水去救她出来，但是如其她在香旁义有什么愚蠢的动作，被人捉住，我只有听她的命运。

纳海尔　那你还是先把我捆绑起来吧，因为她的精神，像这样兴奋的时候，我是会跟着她到地狱里去的。

大主教　她使得我的判断力，也发生摇动，她的激烈当中，是有一个危险的力量，但是陷阱已经在她脚下，无论是好是坏，我们决不能叫她回来了。

查尔斯　如其她稍微可以安静一点儿，或是回到家去。

（他们垂头丧气地随她走下。）

〔幕落〕

第六幕

〔卢安地方，1431 年 5 月 30 日，古堡中一间宽大的石室，布置成一个法庭的样子，不是一个寻常的公判法庭，乃是一个主教的法庭，专为审问邪教徒设立的，所以有两个高座彼此并列，为审问官及主教的座位，从这里有几排座椅，斜向外面，呈一锐角形状，为牧师、法学博士、神学博士及黑衣僧侣的座位，他们系以陪审的资格列席的，锐角中间有一张桌子，几只坐凳，为书记的座位，还有一只粗笨的木凳，为被告的座位，所有这一切，都在石室的后方，与天井相连，立着两排弓手，法庭上有屏风及帷幕遮蔽风雨。

〔从石室的后面向中间望去，审问及书记的座位，是在右边，被告的座位是在左边，左右两面均有穿门，时间是在一个 5 月的晴明的上午。

〔瓦尔吕克从穿门进来，走到审问席的旁边，他的给事随他走上。

给事 （随口地说）我想你爵爷知道，我们是不应当到这里来的，这是一个宗教的法庭，而我们不过是俗世的权力。

瓦尔吕克 我知道这个事情，你这个无礼的东西，可以替我去寻找布魏主教，让他知道，在审问开始以前，他要是愿意，可以到这里来和我讲几句话吗？

给事 （走出）是的，主人。

瓦尔吕克 还有你要自己当心一点儿，不要叫他做虔诚的彼得。

给事 不，主人，我应当和他客气一点儿，因为，等到那个女郎带进来的时候，虔诚的彼得，就要去捏着一包酸辣的椒末了。

（高穹和一个黑衣僧侣及一个牧师，从穹门走进，后者拿着一个节略。）

给事 布魏大主教阁下，和两位教士先生。

瓦尔吕克 出去，并且当心着，不要让人家打扰我们。

给事 是的，主人。（很轻便地退出）

高穹 我祝你阁下早安。

瓦尔吕克 我也祝你阁下早安，我曾经会见过你这二位朋友吗？我想没有。

高穹 （介绍在他右边的僧侣）伯爵阁下，这位是约翰·赖马尔特教友，圣诺米尼克宗派的僧侣，他是代表审问长来审问这个法国的邪教的，约翰教友，这位是瓦尔吕克伯爵。

瓦尔吕克 这是我们非常欢迎的，我们在英国不幸没有邪教的审问官，我们感觉非常欠缺，尤其是遇着现在这种事情的时候。

（审问官以忍耐的态度微笑，鞠躬行礼，他是一个和蔼的老绅士，但是显然是有权力及决心的。）

高穹 （介绍在他左边的牧师）这位先生是约翰·戴丝蒂范牧师，巴燕小会堂的教士，他是执行提案人的职务的。

瓦尔吕克 提案人吗？

高穹 在普通法庭上你们称他为检察官。

瓦尔吕克 嘎，检察官，不错，不错，我们真是非常幸会，戴丝蒂范牧师。

（戴丝蒂范鞠躬，他是一个中年以下的人，极有礼貌，但是实际上非常狡猾的。）

瓦尔吕克　我可以请教，这个审问，已经达到什么程度吗？自从白根地人在香旁义地方把这个女郎擒获，到现在已经是 9 个月，自从我费去巨款，把她从白根地人手中买来，以便送到这里来审问。已经是 6 个月，自从我把她作为邪教的嫌疑犯，送来给你，主教阁下，到现在也已经将近 3 个月了，我可以冒昧地说，你们各位，对于一个极明白的事件，费了太长久的时间，还没有决定吗？难道这个审问程序，永远没有一个完结吗？

审问官　（微笑）这个还没有开始呢，伯爵阁下。

瓦尔吕克　还没有开始！怎样，你们着手这个案件，已经 11 个礼拜！

高穹　我们并没有空闲，伯爵阁下，我们已经 15 次预审这个女郎，6 次是公开的，9 次是秘密的。

审问官　（永远是忍耐的微笑）你看，伯爵阁下，在这些预审的时候，我只有 2 次列席，他们不过是主教法庭的预审，并不是神圣法庭的，我现在刚才决定自己加入——这就是说，将神圣法庭的审问，加入主教法庭当中，我起初以为这个完全不是什么邪教的案件，我当它是一个政治的案件，而这个女郎是一个战时的俘虏，但是现在我已经出席 2 次预审以后，我不得不承认，这个在我的经验当中，好像是一个最严重的邪教案件，所以现在一切准备完全，今天早晨，我们就要进行这个审问。（他向审问席上走去）

高穹　现在立刻开始，如其你阁下的便利允许我们。

瓦尔吕克　（亲切的样子）很好，这是一个好的消息，诸位先生，我不必向诸位掩饰，我们的忍耐已经是很勉强的了。

高穹　我从这一点上已经看出，你们的兵士，恐吓我们的人民，凡是赞助女郎的，都要把他淹死。

瓦尔吕克　啊呀！无论如何，他们对于你阁下的意思，总是很友谊的。

高穹　（严正的态度）我希望不至于吧，我是决心要使这个女人，有一个公平的审问，教会的公道，不是一个玩笑的事情，我的爵爷。

审问官　（走回转来）在我的经验上，从来没有一个再公平的审问，我的爵爷，女郎用不着律师来替她辩护，她的问官，都是她极忠实的朋友，热心地要想把她的灵魂从地狱当中救出。

戴丝蒂范　先生，我是提案人，而且这是我极苦痛的义务，控告这个女子，但是相信我，如其不是我知道，已经有许多学问、德行、辩才及说辞都远胜于我的人，派去和她辩论，向她说明她前途的危险，而且她是可以极容易避免的，我今天就会抛弃这个控告的地位，转过来替她辩护，（忽然做出法庭上雄辩的音调，使高穹及审问官都感觉难受，虽然在这个以前，他们都拿赞成的态度，静听他说话）有人居然敢说，我们的行动，是出于私怨的，但是我们可以指天自誓，他们都是说谎，我们几时刑讯过她吗？我们不是始终劝告她，恳求她怜悯她自己，像一个迷误的，但是亲爱的孩子，回到她教会的怀抱中来吗？我们不是——

高穹　（冷静地打断他说话）当心点，牧师，你这些话，固然都是真的，但是如其你使得他阁下相信这个，我就不能担保你的性命，而且也难于担保我自己的。

瓦尔吕克　（抱歉的样子，但是并不否认他说的话）哦，主教阁下，你把我们可怜的英国人说得太过分了，但是我们的确不像你们一样热心，要想救出这个女郎，实际上我现在可以明白告诉你们，她的烧死，是一个政治上的必要，我虽然抱歉，但是不能挽救的，如其教会把她释放——

高穹 （表示凌厉和恫吓的意气）如其教会把她释放，我要看哪一个人，哪怕他是皇帝自己，敢伸出手来动她一下，教会是不受政治的必要支配的，我的爵爷。

审问官 （圆滑地替他们调解）你对于这个结果，是用不着过虑的，伯爵阁下，你在这个事情上，有一个不可抵抗的同盟，比你更有决心，非使她烧死不可的。

瓦尔吕克 谁是这个极便利的党羽，我可以知道吗？

审问官 就是女郎自己，除非你把她的口堵住，决不能阻止她在每次开口的时候，反复证明她的罪状。

戴丝蒂范 这完全是真的，伯爵阁下，我听见这样年轻的人说出这种谩渎的话，我满头的头发都会竖立起来。

瓦尔吕克 好的，如其你们确实知道是毫无益处，不妨尽量地替她竭力，（向高穹注视）我很不愿意没有得教会的赞助而自由行动呢。

高穹 （同时表示一种讽刺的赞美和轻蔑）大家还说英国人都假仁假义的，你帮助你的一面，伯爵阁下，竟肯拿你的灵魂冒险尝试，我不能不赞美这种忠诚，但是我自己决不敢做到这个程度，我是害怕地狱的。

瓦尔吕克 我们如其害怕什么事情，我们决不能统治英国，主教阁下，我可以叫你们的人进来了吗？

高穹 请你阁下暂时退出，让法庭开始进行。

（瓦尔吕克回转身来，从天井内走出，高穹坐上一个审问席，戴丝蒂范坐在书记桌边，研究他的节略。）

高穹　（坐定的时候，随便说）这些英国贵族，都是怎样的浑蛋！

审问官　（坐上高穹左边的审问席）一切俗世的权力都会使人成为浑蛋，他们没有受过工作的训练，而且他们没有教会的传贤制度，我们自己的贵族，也是一样坏的。

（主教的陪审人们，迅速进入室内，为首的系司徒孔勃及考塞乃斯，后者系一个 30 岁的牧师，书记全体就席，仅有戴丝蒂范对面的座椅空着，陪审人一部分坐下，一部分立着闲谈，等候正式开审，司徒孔勃表示烦闷及固执的态度，不肯坐下，考塞乃斯也不肯就座，立在他的旁边。）

高穹　早安，司徒孔勃先生，（向审问官说）英国大主教的小会堂牧师。

教士　（改正他的话）温却司特大主教，主教阁下，我还要提一个抗议，主教阁下。

高穹　你的抗议是很多的。

教士　我不是没有赞助人的，主教阁下，这里是考塞乃斯先生，巴黎中央礼拜堂的牧师，他也加入我的抗议。

高穹　可是，为什么呢？

教士　（含怒）你说吧，考塞乃斯先生，既是我好像不蒙他阁下的信任。（他愤愤地在高穹的右边坐下）

考塞乃斯　主教阁下，我们费去许多心力，对于这个女郎，提出 64 款的诉状，现在我们听说，这个数目减去许多，并未经过我们的公议。

审问官　考塞乃斯先生，我应当负这个罪责，我对于你们 64 款中所表现的热心，非常钦佩，但是控诉一个邪教，同其他的事情一样，足够就是充分，并且你们必须记着，法庭上的人员，不是都像你们这样的精密，这样的深沉，有些你们极大的学问，在他们看起来，好像是极无意义的，所以我以为应当把你们的 64 款，减作 12 款——

考塞乃斯 （大惊）12 款！

审问官 相信我，12 款对于你们的目的，已经是很够了。

教士 但是有些极重要的地方，差不多已经完全抹杀，例如，这个女郎曾经实际宣称，圣玛利德，圣加德林以及神圣的大天使米切尔，都向她说法国话，这一点是极重要的。

审问官 你想，毫无疑义的，他们应当说拉丁话吗？

高穹 不，我想他们应当说英国话。

教士 当然，主教阁下。

审问官 我想，我们在这里大家的意见，都以为这个女郎听见的声音，是魔鬼的声音，要来引诱她堕落的，假定英国话是魔鬼的方言，司徒孔勃先生对于你自己，对于英国皇帝，都不是很恭敬的，所以让它去吧，这件事情，在 12 款当中，也并没有完全被抹去，诸位先生，请你们大家入席，让我们进行审问吧。

（以前还没有坐下的人，一齐坐下。）

教士 我始终抗议，这就完了。

考塞乃斯 我想这是极难堪的，我们的工作，应当完全归于无效，这又是女郎的魔力影响法庭的一个例证。（他坐下，他的座位，在教士的右边）

高穹 你暗示我是受了魔力的影响吗？

考塞乃斯 我并不暗示什么，主教阁下，不过我觉得在这里好像是有一种密谋，要替女郎洗刷她偷去圣尼斯主教的马的罪状。

高穹 （勉强忍住他的怒气）这又不是警察法庭，我们应当在这种琐屑上空费时间吗？

考塞乃斯 （大惊，立起）主教阁下，你说主教的马的罪状。

审问官 （温和的态度）考塞乃斯先生，据女郎供称，她对于主教的马，曾经付过很高的马价，如其他没有收到，她不能负这个责任，因为这个也许是实在情形，在这一点上，她很可以宣告无罪的。

考塞乃斯 是的，如其是一匹普通的马，但是这是主教的马！她怎样可以因此宣告无罪呢？ （他重复坐下，惶惑，失望）

审问官 我要极恭敬地向诸君建议，如其我们坚持在这些可以替她开脱的小节上面，审讯这个女郎，她就可以逃避邪教的主要罪名，这个到现在为止，她已经坚决自认的，所以我要请求诸君，到女郎带进来的时候，再不要提盗马的事情，以及和乡村儿女在魔树下跳舞，在魔井边游戏，以及许多这一类的罪状，我未来之先，你们在各处极力搜集的，没有一个法国的乡村女子，你们不可以拿这种事情来证实她的，她们都在魔树下跳舞，魔井边游戏，她们当中有好多人，只要有机会的时候，都会去偷教皇的马的，邪教，诸君，邪教是我们所要审问的罪状，检举和遏止邪教，是我自己特殊的职务，在我这里是一个邪教。审问官，不是一个寻常的推事，专注定邪教，诸君，将一切其他的事情完全放开。

高穹 我可以申明，我们已经派人到这个女子的乡村，实地调查，其结果可以说并没有十分严重的事情，可以证明她的。

教士 （立起同时大呼）没有十分严重的事情，主教阁下——

考塞乃斯 （立起同时大呼）怎样！那个魔树不是——

高穹 （再不能忍耐）不要开口，诸君，或是一个一个地讲话。

考塞乃斯 （坐回他的椅子上，表示服从）

教士 （愤愤地反身坐下）这个话就是女郎上礼拜五向我们说的。

高穹 我愿意你听从她的忠告，先生，我说没有什么严重事情的时候，我的意思是说，没有这样的事情，在一个胸襟比较广大，适宜于执行这种审问的人，所能够认为严重的，我与我的僚友，审问官，意见相同，就是这个事情，我们必须在邪教的罪名上进行审问。

拿望诺　（一个年轻但是寂静严肃的黑衣僧侣，正坐在考塞乃斯的右边）但是她的邪教有什么很大的害处吗？这不单是她的思想简单吗？有许多圣神，也同贞德一样，说过许多的话。

审问官　（将他的温和态度，忽然变为极严肃的）马丁教友，你如其看见邪教，像我所看见过的样子，你就不会当他是一件小事，哪怕他在外表上是毫无害处，而且甚至于有一个可爱的及诚敬的根源的，邪教发端于这种的人，在一切的外表上面，都远胜于他们的侪辈，一个温婉的虔诚的少女，或是一个青年，遵从救主的戒律，将他所有的财产分给贫乏，而穿上穷人的衣服，例行刻苦的生活，严守仁爱及慈善的戒律的，尽可以是一个邪教的创始人，要是不及时将他严厉地铲除，就会使教会及国家同归破灭，神圣法庭的记录上面，充满这种事实，我们不敢向世间宣布，因为这是普通的善男信女所万难置信的，然而他们都是以神圣的、纯洁的起点的，我已经屡次看见这样的事情。邪教在最初的时候，好像是纯洁而且甚至于动人的，但是其结果，一定是一种不自然的恶行，有如此的可怖，使你们当中最心慈的人，如其你们看见他的效力，像我曾看见的样子，也会大声疾呼，反对教会对待他的慈悲的，两百年来，这个神圣法庭，始终与这些魔力奋斗，他知道他们永远是发端于狂妄的愚人，将他们自己的判断与教会相抗衡，而妄信他们自己是直接宣达上帝的意志的，诸君决不可以陷于寻常的错误，以为这些愚人都是谎言以及伪善的人，他们忠实而且虔诚地相信，他们的魔力灵感，是神圣的，所以诸君必须留心遏制你们天然的同情，我希望诸君都是慈悲的人，如其不然，你们怎样会将自己的一生，完全贡献于我们救主的职务呢？你们就要看见一个女子在你们的前面，虔诚的，贞洁的，因为我必须对你们说，诸位先生，我们英国朋友所说她的事情，大多毫无根据，而同时有许多事实，证明她的过分，是宗教的及慈善的过分，而不是俗世的及淫邪的，这个女子，不是一个这样的人，粗暴的面貌，暴露她粗暴的心肠，而猥贱的状态，淫逸的行为，在没有控告以前，就可以成立她的罪名的，这个万恶的骄傲，使她陷于现在的悲运，在她的容貌上，丝毫不留痕迹，而且在你们看起来好像是非常奇怪的，就是在她的品性上，也丝毫不留痕迹，除掉这些特别的事情，在这些上面，她是极骄傲的，所以你们可以看见一种恶魔的骄傲和一种天然的仁慈，同时并存在一个灵魂中间，所以诸君必须注意上帝鉴临，我并非要教诸君忍心，因为如其我们定她的罪名，她的刑罚，就有这样残酷，要是我们心中有一毫对她的私恨，我们就永远不能希望上帝的慈悲的，但是如其诸君痛恨残酷——并且如其诸君当中有不是痛恨残酷的人，为救出他的灵魂起见，我劝他离开这个神圣法庭——我说，如其诸君痛恨残酷，记着在他的效果上，没有比容忍邪教，是更其残酷的事情，并且记着，无论什么法庭，都没有这样残酷，像普通民族，对付他们所疑为邪教徒的样子，邪教徒在神圣法庭的手中，是决不至于被虐待的，而且一定可以有一个公平的审讯，即使证明有罪，如果他事后能够忏悔，也不至于判决死刑，有无数邪教徒的生命都是这样保全的，因为神圣法庭把他们从民族手中救出，而民族所以肯交出他们，是因为知道神圣法庭，对于他们有相当处置的，在这个神圣的审问机关成立以前，甚至于就是现在，在他的权力不容易达到的地方，不幸被人疑为邪教徒的人，或者完全是误会的，冤屈的，多被石击，碎裂，淹死，烧死在他的房屋当中，与他无罪的儿女，同归于尽，不经审问，不令忏悔，不加埋葬，只有同狗一样的埋葬，一切这些事情，都是上帝所痛恶，而人类所认为残酷的，我在天性上及我的职业上，都是很慈善的，虽然我所做的工作，在有些人看来，好像是不免残酷，如其他们不知道，我要是不这样去做，其结果是怎样更其残酷，我宁可自己被烧死，也不肯来做这样的事情，如其我不知道他的正当，他的必要，以及他实际上的慈悲，我请求诸君以这种信念，参加这个审问，愤怒是一个不良的顾问，摒去愤怒，怜悯有时是更坏的，摒去怜悯，但是不要摒去慈悲，一心记着，公道是第一件事情，主教阁下，你在进行审问以前，还有什么意见宣布吗？

高穹 你已经代我说明，并且远胜于我所能够说的，我想绝没有一个明理的人，对于你说的话，会有一字的异议，但是我还要补充这点，这些粗浅的邪教，你向我们所述的，固然是极其可怖，但是他们的可怖，是像黑死病一样，猖獗一时，不久即归消灭，因为健全及明白的人，无论在怎样煽惑之下，决不会赞同裸体、多妻及这一类的事情的，但是现在我们在欧洲各处，都遇见一种邪教，他不是在意志薄弱及头脑偏僻的人中间传播，心性越强的人，笃信邪教亦越强烈，他既没有狂妄极端的流弊，也没有俗情及肉欲的玷污，但是他也是将一个寻常人迷误的私见，来反对教会的智慧及经验的，天主教会的伟大组织，决不至为裸体的疯人，或莫哀泊及阿猛的罪恶所动摇，但是他可以，因内溃而成为邱墟，变为荒芜，由于这个伟大的邪教，英国的军队长官所称为反抗主义的。

各陪审员 （耳语）反抗主义，这是什么呢？主教说这个话是什么意思？这是一种新的邪教吗？英国的军队长官，他说的，你曾经听见过反抗主义的名字吗？（等等）

高穹 （接着说）这个使我想起，如其女郎始终顽强，人民因为怜悯她而鼓噪起来的时候，瓦尔吕克伯爵，对于保护俗世的权力有什么准备吗？

教士 这层请放心，主教阁下，伯爵已经派出 800 个武装兵，等在门外，就是全城的人民起来帮助，她也不能从我们英国人的指缝当中脱去的。

高穹 （不满意的态度）你不可以加上一句，上帝让她悔悟而铲除她的罪恶吗？

教士 这个我看起来，好像是不相符合的，但是我当然也赞同你阁下的意思。

高穹 （鄙视的样子向他耸肩）宣告开庭。

审问官 把被告带进来。

拿望诺 （传呼）被告，把她带进来。

（贞德脚上戴着铁链，由一队英兵押着，从被告席后面的穷门走上，掌刑人和他的助手与他们同上，他们领她到被告席次，替她解去铁链之后，立在她的后面，她穿着一套给事的黑衣，长久的监禁，以前几次预审的刺激，已经在她身上留着痕迹，但是她的活力，依然可以支持，她很坦然地面对法庭，丝毫不显出畏惧，这个在他们形式的庄严上面，好像非此不足以表示完全成功的。）

审问官 （亲切的）坐下。（她在被告席上坐下）你今天面色苍白，你有什么不舒服吗？

贞德 多谢，我是还好，但是主教送来些鲤鱼给我，这个使得我有点儿难过。

高穹 我很抱歉，我已经和他们说过，务必要新鲜的。

贞德 你是待我的好意，我知道，但是这一种鱼，是我向来不宜吃的，这些英国人，以为你要想把我毒死——

高穹　（同时说）什么！

教士　（同时说）不会吧，主教阁下。

贞德　（继续说）他们决心要把我当一个魔女烧死，叫了他们的医生来替我医治，可是禁止他替我放血，因为这些愚人们相信，一个魔女的魔术，放血以后，就会消灭的。所以他只有把我乱骂一顿完事，你们为什么让我留在英国人的手中呢？我应当是在教会的手中，并且为什么把我的脚，拿铁链缚在一根木头上面呢？你们怕我会飞掉吗？

戴丝蒂范　（粗暴的态度）妇人，你不应当来问法庭，是应当我们来问你的。

考塞乃斯　没有拿铁链缚住的时候，你不是曾经从六丈的高塔上跳下，想要逃去吗？如其你不是会飞，像一个魔女的样子，你现在怎样会还活着呢？

贞德　我想那个塔，大约当时并没有这样的高，自从你来问我这个话以后，才一天一天地高起来的。

戴丝蒂范　你为什么要从塔上跳下来呢？

贞德　你怎样知道我是跳下来的？

戴丝蒂范　他们看见你躺在壕边，你为什么离开那个塔呢？

贞德　为什么无论何人，只要他能够出来，都要离开他的监牢呢？

戴丝蒂范　你是想要逃走吗？

贞德　当然是要逃走，而且这并不是第一次，如其你把鸟笼的门开放，里面的鸟，当然是要逃去的。

戴丝蒂范　（起立）一个自认邪教的供词，我请庭上注意。

贞德　邪教，他说这是的！难道因为我要从监牢里逃出，我就是一个邪教徒吗？

戴丝蒂范 当然是的，如其你是在教会的手中，而偏要将你自己从他的手脱出，你就是背叛教会，就是一个邪教。

贞德 这全然是胡说，绝没这样的蠢人会相信的。

戴丝蒂范 你听，主教阁下，我怎样在执行我的职务上，被这个妇人侮辱了。（他愤愤地坐下）

高穹 我以前已经警告过你，贞德，这些峭利的回答，是于你自己没有益处的。

贞德 但是你们不肯好好和我讲话，如其你们肯讲道理，我也是很有道理的。

审问官 （阻止他们）这还没有依照规则，提案人，你忘记了审问还没有正式开始，要她在《圣经》上宣誓，向我们供述一切真情以后，才是发问的时候。

贞德 你每次都向我说这个话，我已经再三申明，我可以告诉你一切关于这个审问的事情，但是不能告诉你全部真情，上帝没有允许将全部真情宣布，我说出来的时候，你们也不能了解，这就恰合一句古话，真话说得太多的人，一定会被绞死的。我对于这个争辩已经不耐烦，我们已经反复辩论过 9 次之多，我宣誓也已经宣得尽够，我不愿意再宣什么誓了。

考塞乃斯 主教阁下，她应当要用刑讯的。

审问官 你听见吗，贞德？这就是顽强的结果，回答以前你要先想一下，她已经看见过刑具了吗？

掌刑人 他们已经备好，大人，她已经看见过了。

贞德 如其你们把我肢体一点一点分裂，直到我的灵魂和我的躯壳脱离为止，除掉我已经告诉你们的以外，你们也不能够再得到一点儿什么，我还有什么可说，你们所能够了解的呢？并且我是不能够忍耐痛苦的，如其你们使我痛苦，我就会说随便什么话，你们所喜欢的以求免去痛苦，但是过了之后，我又完全否认，所以这又有什么用处呢？

拿望诺 这个话很有点道理，我们还是好好地问她吧。

考塞乃斯 但是习惯上是要用刑讯的。

审问官 这个决不可以任意妄用，如其被告可以自己供认，它的使用就是不正当的。

考塞乃斯 但是她拒绝宣誓，这是违反常例，而且不合规则的。

拿望诺 （厌恶的态度）你要单为自己快意，刑讯这个女子吗？

考塞乃斯 这不是一件快意的事情，这是法律，这是成例，向来都是这样做的。

审问官 并不是这样的，先生，除非担任审问的是这种的人，不明了他们自己法律上的职务的。

考塞乃斯 但是这个妇人是一个邪教徒，我确实知道，一向是要刑讯的。

高穹 我们今天一定不要这样，如其不是必要的，我不愿意人家说我们严刑逼供，我们已经派遣我们最好的牧师、学者去劝告、祈求这个女子，要她把她自己的灵魂和身体从火堆中救出，现在我们不应当叫行刑人把她推进火堆里去。

考塞乃斯 你阁下当然是慈悲为怀，但是这是违反向来的成例，是有一个重大的责任的。

贞德 你真是一个少有的寿头，你的原则，是永远做你上回所做的事情吗？

考塞乃斯 （立起）你这淫妇，你胆敢骂我是寿头吗？

审问官 忍耐一点儿，先生，忍耐一点儿，我恐怕你的仇恨，很快就有太可怕的报复了。

考塞乃斯　（低声）寿头，真正的！（非常不满意地坐下）

审问官　同时，让我们不要被这个牧羊女子舌尖的锋利所激动。

贞德　不，我不是牧羊女子，虽然同别人一样，我有时候也帮着看羊，我可以做家庭的高尚女工——纺线和织布——比得过卢安的随便哪个女人。

审问官　这不是夸大的时候，贞德，你已经到了很危险的地步了。

贞德　我知道这个，我不是已经受了夸大的惩罚吗？如其我不是像一个呆子，要在战场上去织成我的金线的外套，那个白根地兵士，永远不会把我从马背上拖下，我也不会来到这里了。

教士　你既是这样能做女工，为什么不待在家中做这种工作呢？

贞德　这些工作，有很多的女人来做，我的工作，是没有别人做的。

高穹　来吧，我们是在这些小事情上空费时间，贞德，我现在要向你提出一个最严重的问题，你要注意应当怎样回答，因为你的生命及免罪，都完全在这个上面，无论你所说所做的一切，是好的或是坏的，你愿意接受世界上上帝的教会的判断吗？尤其是关于这些行事或言辞，提案人在这个法庭上攻击你的，你愿意在这些事情上，信服世间教会灵感的意志吗？

贞德　我是一个教会的信女，我愿意服从教会——

高穹　（有希望地靠上前面）你愿意的？

贞德　假定他不命令我做什么不可能的事情。

（高穹叹气，回转靠着椅背，审问官咬着他的嘴唇，动怒，拿望诺摇头表示怜悯的样子。）

戴丝蒂范　她污蔑教会的谬误及愚昧，命令她以不可能的事情。

贞德　如其你们命令我承认，凡是我所做所说的事情，以及我所有一切的灵感及启示，都不是由上帝而来，这就是不可能的，无论怎样，我决不肯承认这个，凡是上帝所使我已经做的事情，我永远不肯追悔，凡是他所命令我，或者是将来要命令我的，无论别人怎样，我总是要照办，这就是我所称为不可能的，假如教会要叫我做什么事情，是与上帝所命令我的相悖，我决不肯答应，无论是什么事情。

各陪审员 （惊骇及愤怒）哦！教会与上帝相悖，现在还有什么可说吗？明显的邪教，这真是极端的荒谬。（等等）

戴丝蒂范 （丢下他的节略）主教阁下，你还要比这个再好的证据吗？

高穹 女人，你说的已经足够烧死 10 个邪教徒了，你一点儿不肯听警告吗？你永远不会觉悟吗？

审问官 如其教会向你说，你的显应及启示，都是魔鬼遣来要引诱你堕落的，你也不肯相信，教会是比你聪明吗？

贞德 我相信上帝是比我聪明，我所愿意遵从的，是上帝的命令，一切这些事情，你们认为我的罪恶，都是由上帝的命令而来，我说我是依照他的命令做的，如其教会的人加以否认，我可以不理会他，我只理会上帝，永远奉行他的命令。

拿望诺 （苦口地劝告）你不知道你自己在讲什么话，孩子，你要把你自己弄死吗？你，你不相信你是受上帝在人间的教会所统治的吗？

贞德 我几时否认过吗？

拿望诺 好的，这就是说，可不是，你是受制于我们的主人，教皇，及堂教大臣、大主教、主教等，他阁下今天在这里，就是代表他们的吗？

贞德 但是我首先必须忠于上帝。

戴丝蒂范 那么你的声音命令你，不要服从世间的教会吗？

贞德 我的声音，并没有叫我违抗教会，但是上帝首先必须排在第一位。

高穹 那么，判断这个的，应当是你而不是教会吗？

贞德 除了拿我自己的判断力来判断以外，还有什么别的判断吗？

各陪审员 （愤怒）哦！（他们都不能开口）

高穹 从你自己的口中，已经把你自己判决了，我们竭力救你，几乎使我们自己犯罪，我们几次替你把门推开，你朝着我们的面上，朝着上帝的面上，将他关闭，说过这些话以后，你还敢贸然自认，你自己是在神灵护佑的状态吗？

贞德 如其我不是的，愿上帝引导我这样；如其我是的，愿上帝保佑我这样。

拿望诺 这倒是一个极好的回答，主教阁下。

教士 你偷去主教的马的时候，也是在神灵护佑的状态吗？

高穹 （大怒立起）哦，让魔鬼捉去主教的马，并且连你一起！我们在这里审问一个邪教案件，在我们将要达到这个事情底蕴的时候，就被这些蠢人把我们碰回转来，他们除了马以外，再不知道别的事情。（他怒得发抖，勉强地自己坐下）

审问官 诸君，诸君，坚持这种小节，你们就是女郎最好的辩护人，无怪他阁下要向你们发怒，提案人是怎样说法？他也主张这些小事情吗？

戴丝蒂范 我的职务，是一切都要主张的，但是这个女人承认一个邪教罪名的时候，她就要受驱逐出教的判决，就是她还犯有其他种罪名，应受较轻的处罚，又有什么关系呢？在这些小节上，我对于他阁下的不耐，也表示同情的，但是我必须极恭敬地请庭上注意，有两个极可怖的及谩渎的罪状，殊属重要，她自己并不否认的，第一，她与恶魔交接，所以是一个魔女。第二，她穿男人的衣服，这个是无耻，不自然及不正当的，并且不管我们再三地反对及请求，她也不肯更换，连接受圣餐的时候，也是这样的。

  贞德 圣加德林是一个恶魔吗？圣玛利德是吗？还有大天使米切尔是吗？

  考塞乃斯 你怎么知道你所看见的影像，是一个大天使呢？他在你眼中，不就是一个裸体的男子吗？

  贞德 你以为上帝没有钱替他置备衣服吗？

  （各陪审员不觉失笑，特别是这个笑话，是对考塞乃斯说的。）

  拿望诺 回答得好极了，贞德。

  审问官 这倒实在是很好的回答，但是决没有恶魔是这样的简单。在他要想冒充一个最高使者的时候，会以这样的状态，现形于一个青年女子的面前，使她难堪的，贞德，教会训迪你，这些鬼影，都是魔鬼来追摄你的灵魂的，你肯接受教会的训迪吗？

  贞德 我接受上帝的使命，凡教会的忠实信徒，怎样可以拒绝呢？

  高穹 可怜的女人，我要再来问你，你知道你所说的是什么话吗？

  审问官 你徒然和魔鬼来争夺她的灵魂，主教阁下，她决心不让自己得救，现在关于这个男装的事情，最后的一次，你愿意脱去这个不正当装束，穿上你们女性应穿的衣服吗？

  贞德 我不愿意。

  戴丝蒂范 这是桀骜的罪状，主教阁下。

  贞德 （感觉困苦）但是我的声音向我说的，我必须穿着军人的衣服。

拿望诺 难道这个还不能使你相信，这些声音都是恶魔的声音吗？你可以向我们提出一个充足的理由，为什么上帝的天使，会叫你做这样无耻的事情呢？

贞德 怎样，当然可以，还有比这个更明显的常识吗？我以前是一个军人，和军人住在一起，现在是一个囚犯，被兵士所监视的，如其我穿得像一个女人，他们就要想我是一个女人，那我还成了什么样子呢？如其我穿得像一个军人，他们就会想我是一个军人，我就可以和他们住在一起，像在家里和我的弟兄同住一样，这就是圣加德林为什么叫我在没有得到她的允许以前，决不可以穿女人的衣服。

考塞乃斯 她什么时候才允许你呢？

贞德 你们把我从英国兵士手中引渡过来的时候，我已经和你们说过，我应当是在教会的手中，不应当让我和四个瓦尔吕克伯爵的兵士日夜混在一起，你们要我穿着裙子和他们同住吗？

拿望诺 主教阁下，她所说的，上帝知道，固然是极其错误而且荒唐，但是在这里面也稍微有一点儿处世的常识，好像一个简单的乡下女子，所应当有的。

贞德 如其我们在乡村的人，都像你们在朝廷和宫殿里的一样简单，立刻就会没有面粉来做你们的面包了。

高穹 这就是你极力救她的谢仪，马丁教友。

拿望诺 我们大家都在极力救你，贞德，他阁下是在极力救你，审问官不能对你更公平一点儿，哪怕你是他自己的女儿，但是你是被可怕的骄傲和自满所蒙蔽了。

贞德 你为什么要这样说呢？我并没有说过不对的话，我实在不能了解。

审问官 圣阿特那息司在他信条上曾经言明，凡不能了解的人，就是罪人，一个人不单是要简单，并且不单是要简单的人称为善良，无知无识的简单，与禽兽的简单是没有两样的。

贞德 让我和你们说，在一个禽兽的简单中间，有极大的智慧，而在许多学者的智慧中间有时候也会有极大的愚蠢。

拿望诺 我们晓得这个，我们不是像你所想的这样的愚笨，制止这个诱惑，不要再拿这种尖厉的话回答我们，你看见那个立在你后面的人吗？（他指着掌刑人）

贞德 （回转头来向他望着）你们的掌刑人吗？但是主教已经说过，我今天是无须刑讯的。

拿望诺 你无须刑讯，是因为你已经供认一切的事实，足以判决你驱逐出教的罪名的。这个人不单是一个掌刑人，他同时是一个死罪执行人。死罪执行人，让女郎听你回答我的问题，你今天已经预备要烧死一个邪教徒吗？

掌刑人 是的。先生。

拿望诺 柴堆已经布置好了。

掌刑人 已经停当，就在市场上面，英国人把它造得太高。我不能够走近她的身边，使她死得容易一点儿，这个一定是死得很惨的。

贞德 （恐怖）但是你们并不是现在就要把我烧死的？

审问官 你现在才明白了。

拿望诺 有 800 个英国兵士，正在等着，庭上一宣布驱逐出教的判决，就要引你到市场上去，你只有极少的时间，就要遇见这个命运了。

贞德 （急迫地四顾，希望救援）哦，天呀！

拿望诺 不要失望，贞德，教会是慈悲的，你还可以救你自己。

贞德 （有希望的样子）是的，我的声音曾经允许过我，我是不应当被烧死的，圣加德林叫我尽管胆大。

高穹 妇人，你是全然疯了吗？你现在还不能够看出，你的声音已经欺骗了你吗？

贞德 哦，不，这是不可能的。

高穹 不可能的！他们已经直接地领到你逐出教会，领到你走上那个柴堆，正在那里等着你的。

拿望诺 （坚持着这一点）自从你在香旁义被擒以后，他们几时有一回对你不曾失信吗？魔鬼已经叛你，教会正在伸出手来救你。

贞德 （失望）这是真的，这是真的，这是真的，我的声音，真是欺骗我了。我已经被魔鬼愚弄，我的信仰破坏，我始终猛进，猛进，但是只有愚人，才会走到火堆里去，上帝，他是给予我常识的，决不能要我做这样的事情。

拿望诺 现在感谢上帝，他到最后的一刻，把你救出来了！（他很快地走到书记桌边空的椅子上坐下，取过一张纸来，热心地书写。）

高穹 阿门！

贞德 我还应当怎样呢？

高穹 你必须在一个庄严的悔罪书上签字。

贞德 签字？这就是说写上我的名字，我是不会写字的。

高穹 你以前曾经有许多信上签过名的。

贞德 是的，那是有人握住我的手，将笔尖移动，我可以画我的花押。

教士 （他注意听着，逐渐地惊慌，愤怒）主教阁下，你是要让这个女子从我们手中脱去吗？

审问官 法律必须依照他的程序进行，司徒孔勃先生，而且，你是知道法律的。

教士　（立起，大怒，满面红紫）我知道法国人都是没有信用的。（全体哗然，他大声狂呼）我知道我们温却司特大主教，应当怎样说，他听见这个事情的时候；我知道瓦尔吕克伯爵一定有什么举动，他发现你们存心是要背叛他的时候。现在有 800 个武装兵士等在门外，他们一定会把这个万恶的魔女烧死，不管你们的口中怎样。

各陪审员　（同时说话）这是什么？他说些什么话？他诬蔑我们都是叛逆！这真是万分荒谬，法国人都是没有信用的！你听见那个话了吗？这真是一个妄人，他是什么人？英国的教士都是这样的吗？他一定是发狂或是喝醉了。（等等）

审问官　（立起）静默，请求你们！诸君，请你静默！司徒孔勃先生，想想你的神圣的职务，你是什么人，现在在什么地方，我指示你坐下。

教士　（他的双臂，顽强地折在胸前，面上青筋暴露）我不愿坐下。

高穹　审问官阁下，这个人以前曾经当面骂我是一个叛贼。

教士　你自然是一个叛贼，你们都是一班的叛贼，你们在这个审问的时候，一点儿没有做别的事情，只有跪在地上，恳求这个万恶的魔女，要她改过。

审问官　（安然地坐下）如其你不愿意坐下，你只有立着，这就完了。

教士　我不愿意立着。（他反身倒在他的椅子上）

拿望诺　（立起来手中拿着一张文件）主教阁下，这里是女郎应当签字的悔罪书。

高穹　念给她听。

贞德　不必费事，我签字就是了。

审问官　女子，你必须知道，你所签名的是什么文件，念给她听吧，马丁教友，让大家都不要作声。

拿望诺 （慢慢地读着）我，贞德，普通称为女郎的。现在自认犯有以下各项极重大的罪恶，我伪托上帝、各天使及诸神圣的显示，而对于教会的警告，以为他们是魔鬼的诱惑，坚决否认，我违背《圣经》及教会的规律，穿着男子衣裳，亵渎神明，我并且将头剪成男人的样子，拒绝上天所重视的女性的义务，亲执武器，甚至于沾濡人类的血液，鼓动人类自相残杀，招致魔鬼来蛊惑他们，而且顽迷的，亵渎的，将这些罪恶，托诸万能的上帝，我自认叛逆的罪恶，倔强的罪恶，迷信的罪恶，妄狂的罪恶，以及邪教的罪恶，所有这些罪恶，我现在一概捐弃，屏绝，脱离，诚心感谢你们，各位博士及教师，引导我回复真理，重到我主的护佑当中，我永远不再犯我的过失，而始终置身教会，服从我们的神父罗马教皇，我敬对上帝及《圣经》宣誓，并且在这个悔罪书上签名为证。

审问官 你了解这个吗，贞德?

贞德 （毫不注意的样子）这是很明白的，先生。

审问官 这是真的吗?

贞德 这也许是真的，如其不是真的，那个烈火也不会在市场上等着我了。

拿望诺 （拿起他的笔和一本书，很快地走到贞德面前，恐怕稍微她又要反悔）来吧，孩子，让我来握住你的手，拿起这个笔来，（她握着笔，他们拿书当作桌子，开始书写）J.E.H.A.N.E，好了，现在你签上花押。

贞德 （签上她的花押，将笔交还他，她的灵魂和她的意志及身体的反抗，使她感觉痛苦）拿去!

拿望诺 （将笔放回桌上，极虔敬地将悔罪书交与高穹）感谢上

帝，各位教友，这个小羔羊已经回到羊群里来了，牧人在她身上，比在其他的 99 个好人的身上，更觉愉快呢。（他转身坐下）

审问官　（从高穹手中取过悔罪书）我们宣布，由于这个举动，你已经免除你以前所有的将被驱逐出教的危险。（他把这个文件向桌上放下）

贞德　我谢谢你们。

审问官　但是因为你曾经极狂妄地对于上帝及教会，犯过这种罪恶，要使你在寂静的环境之中，可以忏悔前过，并且防止你重犯的诱惑，我们为你灵魂的福利，以及一种苦行，可以涤荡你的污秽，使你最后可以清白无瑕地呈身神前起见，宣告你永远禁锢，食忧郁的面包，饮苦痛的清水，终了你的天年。

贞德　（惊愕而且暴怒，立起）永远禁锢！那么你们不是把我开释吗？

拿望诺　（异常地震骇）孩子，做了你这样的事情以后，可以开释？你在那里做梦吗？

贞德　把那个文件给我，（她奔到桌边，抢过悔罪书来，扯成碎片）点起你们的火来，你们以为我怕这个，更胜于一个洞中老鼠的生命吗？我的声音不是错的！

拿望诺　贞德！贞德！

贞德　他们同我说，你们都是愚人，（这句话将大家非常得罪）叫我不要听从你们的甘言，赖你们的慈善，你们答应保全我的生命，但是你们全然说谎，（大怒狂呼）你们以为生命没有别的，只要不是僵硬地死去，我所怕的，并不是面包和清水，我可以靠面包维持生命，我几时还要求过别的吗？饮水也没有什么艰难，如其水是清洁的，面包在我这不是忧郁，清水亦非苦痛，但是将我幽禁，使我不能看见天光，不能看见田野花木，把我的脚这样缚住，使我不能骑马闲行，不能登临眺望，使我呼吸秽恶的黑暗，使我离开一切这些事情，在你们的邪怨及愚昧，引诱我怨恨上帝的时候，可以把我领回到他的仁爱的，这些一切，比《圣经》上所说的七倍的烈火，更为可怕，我可以抛弃我的战马，我可以穿上女人的衣裙，我可以让这些旗帜、军号、武士、兵卒，走过身边，把我丢在后面，像他们丢下别的女人一样，只要我还能够听见树林中的风声，日光中的莺啭，严霜酷寒中羔羊的长鸣，以及这些神圣的礼拜堂钟声，在空气当中，给我送来天使的声音的，但是没有这些，我决不能生存，因为你们要把我的，或任何人类的，这一切，完全剥夺，我知道你们的启示是魔鬼的，而我的是上帝的。

各陪审员　（大起惊扰）谩渎！谩渎！她是魔鬼附身了，她说我们的启示是魔鬼的，而她的是上帝的，岂有此理！魔鬼在我们当中了。（等等）

戴丝蒂范　（高呼，压倒喧嚷的声音）她是一个再犯的邪教徒，顽强的，不可匡救的，完全辜负我们对她的慈悲，我要求宣布她被驱逐出教的罪名。

教士　（向掌刑人说）点起你的火来，把她送上柴堆去。

（掌刑人和他的助手，很快地从天井中走出。）

拿望诺　你这个邪僻的女子，如其你的启示是上帝的，他为什么不会救你呢？

贞德　他的方法，不是和你们的一样，他愿意我由火中走进他的怀抱，我是他的孩子，我同你们一同活着，是不适宜的，这就是我对你们最后说的话。

（兵士们把她拖住。）

高宕 （立起来）慢点儿！

（他们等着，大众寂然，高宕以询问的态度，回顾审问官，后者点头示意，他们庄严地起立以交响的声调，宣布判词。）

高宕 我们宣布，你是一个再犯的邪教徒。

审问官 为教会所共弃的。

高宕 为他的团体所摒除的。

审问官 沾染邪教的流毒的。

高宕 撒旦的同党。

审问官 我们宣布，必须将你驱逐出教。

高宕 现在我们将你驱除，将你隔绝，将你交付于俗世的权力。

审问官 劝告这个俗世权力，对你加以矜怜、处死的时候，不要使你的肢体分裂。（他们重复坐下）

高宕 并且如其你表示真诚的悔悟。允许我们马丁教友，替你施行忏悔的圣礼。

教士 快把这个魔女送到火里去。（他向她奔去，帮助兵士们把她推出）

（贞德从天井中引下，各陪审员纷纷起立，随着兵士同下，只有拿望诺留着，他双手遮住他的面孔。）

高宕 （立起来好像又想坐下去的样子）不对，不对，这是不合法的，俗世权力的代表，应当到这里来，从我们的手中把她引去。

审问官 （也重新立起来）那个东西，是一个不可匡救的愚人。

高宕 马丁教友，你去看看，一切的事情，都要依照规则。

拿望诺 我应当在她的身边，主教阁下，你必须自己行使你的职权。（他奔出）

高宕 这些英国人真是毫无办法的，他们竟会把她直接丢到火里去，你看！（他指着天井，红色的火焰，在5月的阳光当中，已经可以看见。法庭内只有主教和审问官留下。）

高穹 （立起来想要走出）我们必须制止这个。

审问官 （安静地说）是的，但是不必太快，主教阁下。

高穹 （停住）但是我们不能再耽误时间。

审问官 我们是完全依照规则进行的，如其英国人自己愿意妄为，我们没有应当纠正他们的义务，程序上的一点儿破绽，将来也许是有用的，一个人永远不能知道，并且快点儿完事，对于这个可怜的女人是比较好一点儿。

高穹 （缓和下来）这倒是真的，但我想我们必须看这个可怕的事情完结。

审问官 一个人会看惯的，习惯一切的事情，我已经看惯这种火烧，他是很快就完的，但是看见一个年轻而且无罪的女子，压碎在这些大的力量、教会及法律之下，真是极可怖的。

高穹 你说她是无罪的！

审问官 哦，完全无罪，她知道什么是教会和法律呢？我们所说的话，她一句也未必了解，无知无识的人总是受苦的，来吧，不然我们要错过这个最后了。

高穹 如其我们错过，我也没有什么可惜，我不是像你一样看惯的。（他们正在走出的时候，瓦尔吕克进来与他们遇见。）

瓦尔吕克 哦，我惊扰你们了，我以为一切都已经完结。（他想要退出的样子）

高穹 不必出去，伯爵阁下，是已经完结了。

审问官 死刑的执行，是不在我们的手中，但是我们应当看见这个最后，所以请你原谅——（他鞠躬，从天井中走出）

高穹 现在是有一点疑义，你的部下，是不是遵守法律的程序，伯爵阁下。

瓦尔吕克 有人对我说，你的权力，在这个城区当中，也是有点疑义，主教阁下，因为这里不是你的教区，如其你可以在这一点上负责，其余的事情，我也可以负责。

高穹 我们两个人，都是应当向上帝负责的，早安，伯爵阁下。

瓦尔吕克 主教阁下，早安。（他们以显然的敌视，彼此互看一下，高穹随着审问官退出，瓦尔吕克回顾，只有他一个人在这里，高呼他的随从。）

瓦尔吕克 哈啰，你们来两个人到这里！（无人应）哈啰，有人吗！（无人应）哈啰，布那因，你这个小浑蛋，你到哪里去了？（无人应）守卫！（无人应）他们一起都去看火烧，连这个小孩子都跑掉了。（在寂静当中，听见有人狂号及悲泣的声音。）

瓦尔吕克 这是怎么一回事？

（教士从天井中踉跄地走进，满面泪痕，发出一种可怜的声音，就是瓦尔吕克刚才所听见的，他勉强走到被告席上，自己倒在上面，极凄惨地哭泣。）

瓦尔吕克 （走到他身旁，用手拍着他的肩）这是什么？约翰先生，有什么事情吗？

教士 （握住他的双手）我的爵爷，我的爵爷，看在基督的面子上，替我可怜的犯罪的灵魂祈祷一下。

瓦尔吕克 （安慰他）是的，是的，当然，我会替你祷告，安静一点儿，缓和一点儿——

教士 （悲惨地说）我并不是一个坏人，我的爵爷。

瓦尔吕克 不，不，完全不是的。

教士 我并不是有意害人，我没有知道，这个会是这样的。

瓦尔吕克 （冷静起来）那么，你看见了吗？

教士 我没有知道，我在那里做的是什么事情，我是一个性急的呆子，我一定因此永远陷入地狱了。

瓦尔吕克 瞎说，这是极惨，毫无可疑的，但是这并不是你做的事情。

教士 （悲叹的音调）我让他们做的，我要是早点知道，我一定会从他们的手中，把她救出，你不知道，你是不曾看见，在你不知道的时候，说话是极其容易的，你拿空言来刺激你自己，使你自己陷溺，因为将油泼在你自己的怒火上面，你会觉得伟大，但是等到过后明白的时候，等到你看见你已经做出来的时候，等到他使你眼中流泪，鼻内酸楚，心中如割裂的时候，那就——那就——（他跪在地下）哦，上帝，让这个景象从我的眼中出去！哦，基督，把我从这个烈火中救出，现在正在焚烧我的！她在火中曾经呼你，耶稣！耶稣！耶稣！她是在你怀抱，而我要永远沦入地狱去了。

瓦尔吕克 （立刻拖他起来）来吧，来吧，你这个人，你自己必须振作一点儿，我们就要看见全城的人，都把这个当作话柄了，（他不十分温和地把他放下在桌旁的一只椅子上面）如其你没有胆量来看这种事情，你，为什么不学我的样子，早点儿避开呢？

教士 （惶惑及屈服）她要求一个十字架，有一个兵士将两根树枝扎起来给她，谢谢上帝，他是一个英国人，我应该这样做的，但是我不会做，我是一个懦夫，一个愚人，一个疯狗，不过他倒还是一个英国人。

瓦尔吕克 这个蠢货！如果被教士们把他捉住，也会要烧死他的。

教士 （周身颤动）有些人还在笑她，他们一定也会笑基督的，他们都是法国人，我的爵爷，我知道他们都是些法国人。

瓦尔吕克　轻些，有人来了，自己节制一点儿。

（拿望诺从天井中走到瓦尔吕克的右边，捧着主教的十字架，他从教堂内取出的，他的态度极严肃、沉静。）

瓦尔吕克　我听见说，一切都已经完结了，马丁教友。

拿望诺　（谜语式的）我们不能知道，我的爵爷，也许是方才开始呢。

瓦尔吕克　你这个话，究竟是什么意思呢？

拿望诺　我从教堂中取出这个十字架，要她可以朝他看着，直到最后为止，她只有两个树枝扎成的十字，她把他放在怀中，等到火烧近我们旁边的时候，她看见如其我再拿着十字立在她的面前，我就会连自己烧死，她叫我快点儿下去，救出我自己，一个女子，在这样的时候还能想到他人的危险，决不是受了魔鬼的感动的，我不得已将十字从她面前拿开的时候，她朝天上望着，我决不相信，天上是空虚的，我确实相信，在这个时候，她的救主一定以他极仁爱的光荣，在她面前出现，她呼着他的名字，死去，这不是她的最后，实在是她的开始呢。

瓦尔吕克　我恐怕这个对于人民有不良的影响。

拿望诺　对于有些人已经有了，伯爵阁下，我听见笑声，原恕我说，我希望并且相信那是英国人的笑声。

教士　（发狂地立起来）不，那不是的，在那里的只有一个英国人替他的国家丢脸，就是那条疯狗，司徒孔勃（他奔出，狂呼）让他们惩治他，让他们烧死他，我要到她的余热当中去祷告去，我成了一个恶毒的犹太，我要绞死我自己了。

瓦尔吕克　快点儿，马丁教友，随他同去，他要伤害他自己了，跟着他，快点儿。

（拿望诺迅速走出，瓦尔吕克随着催他，掌刑人从审问席后面的门内走进，瓦尔吕克回转，正与他彼此对面。）

瓦尔吕克　喂，朋友，你是什么人？

掌刑人　（自重的态度）我不能让人家呼我作朋友，我的爵爷，我是卢安的掌刑官，这是个高贵的技术的秘传，我是来报告你阁下，你的命令已经执行了。

瓦尔吕克　我请你原谅，掌刑官，让我来设法补偿你没有遗物出售的损失，你允许我，你不是说过，不留下一点儿东西，不留一块骨头，一片指甲，一根头发吗？

掌刑人　她的心不能烧掉，我的爵爷，但是一切剩下的东西，都已经投入河中，你这是最后听见她了。

瓦尔吕克　（勉强地微笑，想着拿望诺说的话）她的最后吗？我恐怕不见得吧！

〔幕落〕

后幕

〔1456 年 6 月，一个时时发风的夜间，在许多天的酷热以后，雷电交加，法皇查尔斯七世年 51 岁，以前贞德时代的太子，现在称为胜利的查尔斯的，正睡在他的皇宫内一间卧室的床上，床放在两个起步的平台上面，偏在卧室的一边，以免阻碍在中间的尖头的长窗，华盖上绣着皇室的徽志，除掉华盖及大的枕头以外，这个床与一个宽阔的睡椅，铺上褥单及床帷，完全一样，所以睡在床上的人，从他的脚后望去，可以完全看见。

〔查尔斯没有入睡，他正在床上看书，或是宁可说他正在看一本福克特的播加西喔当中的插画，他的双膝曲起，当作一只书桌，在床的左侧，有一张小桌，点着彩画洋烛，桌上放着圣母的画像，墙上从顶到地，挂着画花的帷幔，时时被风吹动，骤然看见，这些红黄的褶纹，在风中动摇，好像火光一样。

〔房门是在查尔斯的左边，但是在他的前方与他相离最远的角上，一个极大的守夜用的毂鼓，制作极精良，绘画极华美的，放在床上，正在他的手边。

〔查尔斯翻过一页，远处钟声，正报半点，他砰然一声将书折合，丢在旁边，顺手拿起鼗鼓来，极力摇动，发出一种震耳的声音，拿望诺走上，比以前的年龄已经增长 25 岁，他的举动，奇特而且生硬，手中依然捧着卢安的十字架，查尔斯顾然是没有期待他来，因为他从门的那一面跳下床去。

查尔斯　你是什么人？我寝室的侍从到哪里去了？你有什么事情吗？

拿望诺　（庄严的）我来报告你极愉快的消息，欢乐吧，皇帝，因为你血液中的污点，皇冠上的瑕疵，已经除去，延误已久的公道，到最后居然胜利了。

查尔斯　你在讲些什么话？你是什么人？

拿望诺　我是马丁教友。

查尔斯　上帝赐福你这位道长，可是马丁教友是什么人呢？

拿望诺　女郎烧死的时候，我捧着这个十字架，到现在已经是 25 年，将近 10000 日了，在这些日子当中，我每天祷告上帝，在地上替他的女儿表白，像她在天上已经表白的样子。

查尔斯　（安心，在床脚上坐下）哦，我现在记起来了，我曾经听见过你，你的帽子上有一个蜜蜂就是因为女郎，你已经出席过审问吗？

拿望诺　我已经陈述过我的证据。

查尔斯　已经完事吗？

拿望诺　已经完事。

查尔斯　满意吗？

拿望诺　上帝的方式是非常奇异的。

查尔斯　怎样会如此呢？

拿望诺　在从前那个审问，把一个神圣，当作邪教及魔女送到火里去的，说的是真话，守的是法律，所表示的慈，超出一切的习惯以外，没有一点儿错误，除掉这个最后的可怕的错误，虚伪的判词，及无情的烈火，在现在的审问，我刚才从那里来的，包含无耻的伪证，官僚的腐化，对于已死的人，依照他们的观察，执行职务，不过因怯懦而避免最后结果的，任意加以诬蔑，极无聊的证据，所依据的故事，不能欺骗一个乡下孩子的，然而由这种侮慢，居然得伸公道，由这些教会的诽谤、谎言及愚昧的专断，居然使真理暴露于天日之下，使纯洁的白衣，除去烧痕的玷污，使神圣的火焰变为圣洁，使在火光中活着的真心，化为神圣，使一个极大的谎言，永远消灭，一个极大的错误，在一切人类的面前，永远改正。

查尔斯　朋友，只要他们不能再说，我是被一个魔女及邪教徒加冕的，我决不多问，这个戏法是这样变的，贞德也决不愿意多问，只要在最后是不错好了，她不是这种人，我知道她，她的复权已经完全吗？对于这一点我曾经极明白地表示，决不可以含糊了事的。

拿望诺　已经庄严地宣布，她以前的审问官，充满着腐化、虚伪、欺诈及私怨，四个罪状。

查尔斯　不必管这些罪状，她以前的审问官，都已经死了。

拿望诺　对于她的判决，已经推翻，取消，消灭，认为不复存在，没有价值及效力。

查尔斯　好的，现在没有人可以攻击我的圣洁了，他们还可以吗？

拿望诺　加尔蒙尼及戴卫王自己的加冕，也不能比你是更神圣的。

查尔斯　好极了，你想这个对于我是有怎样关系的。

拿望诺 我在想这个对于她有怎样的关系。

查尔斯 你不能够，我们没有一个人能够知道，一切的事情，对于她有怎样的关系，她不是同别人一样的，无论在什么地方，她必须自己当心自己，我不能够当心她，你也是不能够，无论你怎样想法，你是决没有这样伟大的，但是我可以告诉你关于她的这一点，如其你可以使她再活转来，在 6 个月以内，他们一定又会把她烧死，无论现在他们是怎样崇拜她的，而且你又会捧着这个十字架，完全和以前一样，（他双手合成十字）所以让她安息，让我和你来当心我们自己的事情，不要去干涉她的。

拿望诺 上帝鉴临，我和她，或是她和我，怎样可以没有关系！（他转身，同来的时候一样，缓步走出，说道）从今以后，我不再走到宫殿当中，或是和帝王谈话了。

查尔斯 （随着他走向门口，大声向他说）这也许是于你极有益的，教友！（他回到卧室的中间，立定，奇怪的样子，向自己说）这倒是一个滑稽朋友，他怎样进来的？我的侍从到哪里去了？（他不耐的样子走到床边，摇动黢鼓，一阵狂风，从开着的门口吹进，四面墙头，同时震荡，烛光熄灭，他在黑暗中呼唤）哈啰！来两个人把这个窗关上，所有的东西都到处吹开去了，（夏夜的电光一闪，显出尖顶的长窗，看见一个侧面的黑影，映在窗上）谁在那里？这是什么人？救命！刺客！（雷响，他跳上床去，将身体缩入被内）

贞德的声音 放心，查理，放心，你为什么这样的狂呼？没有人能够听见你的，你睡着在这里。（在一种淡绿色的微光当中，可以隐约地看见她立在床边）

查尔斯 （向外面窥视）贞德！你是一个鬼吗，贞德？

贞德 连这个也还不能算，孩子，一个可怜的烧尽的女子，还能够有鬼吗？我不过是你梦境当中的一个梦影，（光的强度增加，他坐起来的时候，他们两人，都可以明显地看出）你好像老一点儿了，孩子。

查尔斯 我是老了一点儿，我真是睡着了吗？

贞德 你在你无聊的书上睡着了。

查尔斯 这倒是很滑稽的。

贞德 没有像我死掉了这样的滑稽，是不是呢？

查尔斯 你真的死了吗？

贞德 死得像随便什么人死过的样子，孩子，我是已经脱离躯壳了。

查尔斯 倒很奇怪！那个很使你痛苦吗？

贞德 什么很使我痛苦？

查尔斯 被人烧死。

贞德 哦，那个！我不能十分记得了，我想起初的时候，是有一点儿，但是后来一切混杂起来，直到我脱离躯壳为止，我的意志，是不十分明了，但是你万不要去随便弄火，以为它不会烧痛你呵，你这一向是怎样的？

查尔斯 哦！倒还不坏，你知道吗，我领我的军队出去打过仗了。走下壕沟，血水齐到我的腰间，爬上云梯上面全是石子和滚水打下，和你从前一样。

贞德 不会吧，我到底把你造成了一个汉子吗？

查尔斯 我现在是得胜的查尔斯了，我不得不勇敢一点儿，因为你是勇敢的，安尼司也给了我一点儿勇气。

贞德 安尼司！安尼司是什么人？

查尔斯 安尼司·校莱尔，一个我所爱恋的女人，我常常梦见她，我以前从来没有梦见过你。

贞德　她也是已经死掉。和我一样吗？

查尔斯　是的，但是她不是同你一样，她是非常美丽的。

贞德　（大笑）哈哈！我本不是一个美女，我始终是一个粗人，一个地道的军人，我差不多尽可以做一个男子，可惜我不是，不然倒可以使你们大家少去许多麻烦，但是那个时候，我的头正在天上，上帝的光荣，正照耀着我，所以无论是男是女，如其你们的鼻子还在泥里，我总是要来同你们麻烦的，现在同我说，自从你们这些聪明的人，不知道好点儿的方法，只有把我弄成一堆的灰烬以来，事情是怎样了。

查尔斯　你的母亲及弟兄们申诉法庭，请求重审你的事件，法庭已经宣布，你从前的审问官是充满了腐化、虚伪、欺骗及私怨的。

贞德　他们不会的，他们是最诚实的愚人，曾经把比他们更好的人烧死过的。

查尔斯　对于你的判决，已经是推翻，取消，消灭，认为不复存在，毫无价值及效力了。

贞德　我已经烧死了，仍旧一样，他们还可以把我烧活转来吗？

查尔斯　如其他们能够，他们在这样做之先，倒还要细想一下呢，但是他们已经命令，在柴堆所在的地方，建立一个美丽的十字架，做你永久的纪念，表彰你救世的精神。

贞德　这是纪念及救世精神，将十字架圣化，并非十字架将纪念及救世精神圣化的，（她转身走开，忘记他的样子）我一定比这个十字架还更长久，等到大家忘记卢安是在什么地方的时候，他们一定还记得我呢。

查尔斯　现在你又是这样的自矜，完全和以前一样了！我想你应当有一句话谢我，居然替你把这个案件平反。

高穹　（在他们中间从窗上出现）谎言的人。

查尔斯　谢谢你。

贞德　这不是彼得尔·高穹吗！你好吗，彼得尔？自从你把我烧死以来，有什么幸福吗？

高穹　一点儿没有，我反诉这个人类的公道，这不是上帝的公道。

贞德　还在梦想公道吗，彼得尔？你看公道已经把我弄到什么地步！但是你也遇见什么事情吗？你是已经死去，还是活着呢？

高穹　死了，声名扫地了，他们追寻我到地下，他们把我死去的遗骸，驱逐出教，他们把它掘出，把它丢在公众的秽物当中。

贞德　你死去的遗骸，不会觉得铁铲及秽物，像我活着的身体觉得火烧一样。

高穹　但是这种事情，他们对于我所做的，伤害公道，破坏信仰，摇动教会的基础，一个无罪的人，死在法律名义之下，乃污蔑好人，以挽救这个错误的时候，坚实的地面，是会同大海的波涛一样，在神人的脚下，同时震荡的。

贞德　好了，好了，彼得尔，我希望人类因为记着我可以更好一点儿，如果你不曾把我烧死，他们不会这样记得我的。

高穹　他们因为记得我只有更坏一点儿，他们从我身上，会看见恶行战胜善行，虚伪战胜真理，残虐战胜慈悲，地狱战胜天堂，想着你可以增加他们的勇气，想着我的时候，只有畏怯，然而上帝可以做我的见证，我是公平的，我是慈悲的，我对于我所见到的，是忠实的，除了像以前这样以外，我万不能有别的做法。

查尔斯　（从被单内爬出，坐在床边）是的，做大坏事的，永远是你们这些好人，你看我吧！我不是好的查尔斯，也不是聪明的查尔斯，也不是勇敢的查尔斯，崇拜贞德的人，可以甚至于叫我怯懦的查尔斯，因为我不曾把她从火中救出，但是我比你们无论何人，都少做许多害人的事情，你们这些人，都把你们的头朝着天上，费掉你们所有时候，想要把这个世界翻转过来，但是我让世界照他现在的样子，说上面在上是不错的，而且我把我的鼻尖放得离地很近，现在我要问你，法国哪一个皇帝，成绩比我更好，或是在他的小德上，是一个更好的人呢？

贞德　你已经真是法国的皇帝吗？英国人退出了吗？

邓鲁意　（从贞德左边的地下走出，同时烛光自己重明，愉快地照着他的甲胄）我守着我的信约，英国人已经退去了。

贞德　感谢上帝，现在锦绣的法兰西，是天国的乐土了，告诉我一切战事的情形，杰克，是你统率了他们吗？你一直到死为止，始终是上帝的军官吗？

邓鲁意　我并没有死去，我的身体现在是极舒适地睡在东堡地方的床上，但是我的神魂被你的引到这里来了。

贞德　你是用我的方法战胜了他们吗？杰克，咦，不是以前的方法，大家较量赎金，乃是女郎的方法，以生命与死神相搏，精神高举而且下沉，除去一切怨恨，在上帝之下，没有别的计较，只有法兰西的自由和她的人民，这是我的方法吗，杰克？

邓鲁意　实在说，那是无论什么方法，只要是能够战胜，但是战胜的总永远是你的方法，我已经替你竭力，孩子，我写了一封很好的信，在这个新的审问上替你平反，或者我不应当让教士们把你烧死，但是我那个时候，正忙于调度战事，并且那个是教会的事情，不是我的，弄得我们两个人一起烧死，又有什么用处，可不是吗？

高穹　哦，把责任推在教士们身上吧，但是我，已经超出于毁誉以外的，要告诉你，世界不是被他的教士救出，也不是被他的军人救出，乃是上帝及他的神圣救出的，世间的教会，把这个女子送到火中，但是就是在她烧死的时候，这个火焰，也是化为教会圣哲的光辉的。

（钟声正报三刻，听见一个粗率的男人声音，反复唱着一种随口诌成的调子。）

隆通，脱隆姆莱隆东。

肥的咸肉呀，隆姆莱隆东。

老的圣贤，蒙姆莱隆东。

拖他的尾巴呀，司脱姆莱隆东。

呵呀，我的玛利安翁。

（一个凶恶的英兵，从帷幔中出来，走到邓鲁意及贞德的中间。）

邓鲁意　哪个恶劣的诗人，传授你这个滥调？

英兵　没有什么诗人，我们在行军的时候，自己造出来的，我们不是绅士，不是诗人，你可以说，平民心中直接出来的音乐，隆通，脱隆姆莱隆东，肥的咸肉呀，隆姆莱隆东，老的圣贤，蒙姆莱隆东，拖他的尾巴呀，司脱姆圣隆东。这个并没有什么意义，你知道，但是它调节我们的脚步，你们的仆人，诸位夫人及诸位先生，谁在问起一个神圣吗？

贞德　你是一个神圣吗？

英兵　是的，直接从地狱来的。

邓鲁意　一个神圣，而且从地狱来！

英兵　是的，尊贵的长官，我有一天的例假，每年一天，你知道，这是我做过一件好事的报酬。

高穹　恶人！你一生一世，就只做过一件好事吗？

英兵　我从来也没有想到，那是一件极自然的事情，但是他们

113

已经替我记上了。

查尔斯 一件什么事情？

英兵 一件极可笑的事情，你从来没有听见过的，我——

贞德 （打断他的话，走过来到床前，和查尔斯一同坐下）他把两根树枝扎成十字，送给一个可怜的女子，正在被他们烧死的。

英兵 不错，是谁和你说的？

贞德 不要管他，如果你再看见这个女子，你还认得她吗？

英兵 我不会的，天下有这许多的女人！然而她们个个都要想你记得她们，好像世界上只有一个女人一样，这个一定是一个头等角色，因为我由她得着每年一天的假期，所以正确的到12点钟为止，我是一个神圣，听你们的指挥的，各位爵爷，各位夫人。

查尔斯 12点以后呢？

英兵 12点以后，回到那个唯一的地方，适宜于我这样的人的。

贞德 （立起来）回到那里！你把十字送给那个少女的人！

英兵 （辩白他非军人的行为）她要求一个十字，他们正在把她烧死，她也和他们一样，有要求一个十字的权利，而且他们有好多的十字，那个是她的丧礼，并不是他们的，我的行为，有什么妨碍呢。

贞德 蠢人，我并不是责备你，但是我不忍想你在那里受苦。

英兵 （愉快的样子）并不十分受苦，夫人，你看，我是习惯于更坏的生活的。

查尔斯 什么！比地狱更坏的？

英兵 法国战争中15年的军队生活以后，地狱是一个盛筵了。

贞德 双手举起，朝着圣母的神像，表示她对于人类的失望。

英兵 （继续说）——好像是于我很相宜的，这一天的例假，在起初很觉得无聊，像一个落雨的礼拜，现在我倒觉得，没有什么了，他们同我说，只要我喜欢，随便几天，无论什么时候，都可以的。

查尔斯　地狱是这样的样子?

英兵　你不会觉得怎样的坏，先生，畅快的，好像你可以永远喝醉，而没有要付酒钱的麻烦。并且顶高的伴侣、皇帝、教皇、王侯，以及各色的人，他们讽刺我，将十字送给年轻的犹太，但是我一点儿不怕，我堂堂地对付他们，向他们说，如其她不比他们更应当有那个十字，她也要到他们所在的地方来了，这个使得他们不能开口，真是这样的，他们毫无办法，只好咬紧他们的牙齿，地狱的风尚，我只有笑笑走开，一面唱着我的老调，隆通，脱隆姆——哈啰! 哪一个在那里敲门吗?

（他们注意听着，有一个很轻的敲门声。）

查尔斯　进来。

（门开，一个白发驼背的老教士，带着滑稽的但是慈善的微笑，进入室内，缓步向贞德走来。）

新来的人　原恕我。各位爵爷及夫人，不，要让我惊吵你们，我不过是一个可怜的、善良的英国老教士，从前温却司特大主教阁下的小会堂牧师，约翰·司徒孔勃，来听你们的命令，（他以询问的态度望着他们）你们说了什么话吗? 我是不幸有点儿重听，并且有点儿——或者神经不很清楚，但是没有关系，那是一个小的乡村，只有少数的简单住民，我很够了，我很够了。他们都很爱我，我可以行一点儿善事，我有各方面的关系，你们知道，他们是极宽待我的。

贞德　可怜的约翰，什么使你变成这个状态的?

司徒孔勃　我告诉我的人民，他们必须十分当心，我同他们说："如果你们看见了你们所想的事情，你们就会对于它全然另外一样的想法，它会使得你们惊骇，哦，极大的惊骇。"而他们都说："是的，牧师，我们都知道你是一个善人，你是连一个苍蝇也不肯伤害的。"这个是我一个极大的安慰，因为我的天性并不是残忍的，你们知道。

英兵 谁说你是呢？

司徒孔勃 你们看，我从前曾经做过一件极残忍的事情，因为我没有知道，残忍是怎样的情形，不曾亲眼看见过，你们知道，这是一件极重大的事情，你们必须亲眼看见，那个时候你们就会悔悟而且得救了。

高穹 难道我们救主基督的受苦，在你还不够吗？

司徒孔勃 不，哦不，完全不够，我曾经在画像上见过，在书上读过，我以为我已经非常被他们感动，但是全然没有用的，拯救我的并非我们的救主，乃是一个青年女子，我亲眼看见她烧死的，那真是可怕，哦，极端的可怕，但是我因此得救了，我自从那天以来，成为一个完全两样的人，虽然有时候是有一点儿神志不清。

高穹 难道一个时代，必须有一个基督受苦死去，来拯救这些毫无想象力的人吗？

贞德 如果我已经救了许多的人，要是我没有被他虐待，他们一定要被他虐待的，我的烧死，就不算是有益处了，是不是呢？

司徒孔勃 哦，不对，那不是你，虽然我的眼力不济，不能看清你的面貌，但是她决不是你，决不是你，哦，决不是你，她被烧成灰烬死去而且消灭了。

掌刑人 （从后面帷幔中走出，在查尔斯的右首，床在他们两人的中间）她比你还更其活着呢，老先生，她的心不能烧尽，不肯沉下，我是我职业当中的能手，胜过巴黎的能手，胜过图鲁斯的能手，我不能把那个女郎治死，她是存在而且活着在无论什么地方的。

瓦尔吕克 （从对面的床帷中突然出现，向贞德的左首走来）女士，我恭贺你的复权，我觉得我还应当向你表示歉意。

贞德 哦，请你不必客气。

瓦尔吕克 （愉快的态度）那个焚烧的事情，是纯粹政治关系，我确实申明，对于你个人，丝毫没有恶感。

贞德 我是不记仇恨的，我的爵爷。

瓦尔吕克 一点儿不错，你对我这样，真是非常的好意，足见你有一种真实的修养，但是我坚决主张，必须向你表示相当的歉意，实在的情形是，这些政治上的必要，有时会变成政治上的错误，而这个事情，尤其是一个真正的失策，因为不管我们的柴薪怎样，你的精神已经战胜我们，历史上会因你而记得我的名字，虽然在这些事情的关系上面，或者是稍为有点儿不幸的。

贞德 是的，或者不过稍为有点儿，你这个滑稽的人。

瓦尔吕克 然而，他们封你为神圣的时候，你的光环，应当归功于我，就好像这个幸运的君主，他的皇冠，应当归功于你一样。

贞德 （转身走开）我没有什么事情应当归功于什么人，一切的事情，我都归功于上帝的精神，存在我身上的，但是想我也会是一个神圣！圣加德林同圣玛利德应当怎样说法，如其一个乡下女子，跪上去立在她们旁边。

（一个书记样子的绅士，身穿黑色礼服，头戴礼帽，1920 年的时装，从他们左首旁边的角上，突然出现，他们一齐向他注视一歇之后，纵声大笑。）

绅士 干吗这么开心，各位绅士？

瓦尔吕克 祝贺你今天穿了一件极特别的、可笑的衣服。

绅士 我不能了解，你们都是奇装，我穿的是正当的衣服。

邓鲁意 一切的衣服，除掉我们天然的皮肤以外，不都是奇装吗？

绅士 原恕我，我是有极重要的事情来的，不能加入这种无聊的辩论。（他取出一张纸来，做出一种公务人员的严正态度）我来向诸位宣告，以前称为女郎的，现由奥利安士主教——

贞德 （打断他的话）嘎！他们在奥利安士还记着我呢。

绅士 （声音加重，表示不愿意被人打断他的话）——现由奥利安士主教组织审议机关，审议将上述贞德敕封神圣的要求——

贞德 （又打断他）但是我从来没有提出这样的要求。

绅士 （和以前一样）教会按照寻常程序，彻底审查这个要求以后，承认上述贞德，列入尊严及福佑的品位——

贞德 （好笑）我，尊严的！

绅士 ——最后宣布，她是禀赋有英勇的美德，感受有特异的启牖，应当列入教会先圣之中，称为圣女贞德。

贞德 （乐极）圣女贞德！

绅士 每年 5 月 13 日，为上述圣女死难之期，凡天主教会的礼拜堂，均应于是日举行特别典礼，以为她的纪念，并且法律允许，专为她建立小会堂，将她的神像，供奉在这种会堂的神坛上面，虔诚的信徒，可以向她跪下祈祷，由她转达慈悲的神座。

贞德 哦，这是应当要神圣跪下的。（她跪下，依然乐极）

绅士 （收起他的文件，退到掌刑人旁边）1920 年 5 月 16 日，发于巴惜立加，瓦梯加拉。

邓鲁意 （扶走贞德）尊贵的圣女，半点钟就烧死你的，400 年才发现你的真相，这真是——

司徒孔勃 先生，我以前做过温却司特大主教的小会堂牧师，他们总是称他为英国大主教，我和我的主人，都极愿意看见一个女郎的神像，在温却司特大礼拜堂当中，你想他们会在那里立起一个来吗？

　　绅士　因为那个建筑，现在还在英国邪教徒的手中，我不能够替你保证。

　　（窗外现出一个温却司特礼拜堂中神像的幻影。）

　　司徒孔勃　哦，看呀！看呀！那就是温却司特。

　　贞德　那个就是我的像吗？我的脚还要直一点儿呢，幻影消灭。

　　绅士　法国政府机关，请我提及公共场所的女郎塑像，增加甚速，有妨碍交通的危险，但是代表教会，我必须向你们申明，女郎的马，并不比其他种任何的马，更其妨碍交通。

　　贞德　咦！我真高兴，他们还没有忘记我的马呢。

　　（雷依姆礼拜堂前面一个神像的幻影现出。）

　　贞德　那个滑稽的小东西也是我吗？

　　查尔斯　那是雷依姆礼拜堂，你替我加冕的地方，这个当然是你。

　　贞德　谁把我的剑弄破了，我的剑从来没有破过，它就是法兰西的剑。

　　邓鲁意　没有关系，剑可以补好的，你的灵魂并没有破，你就是法兰西的灵魂。

　　（幻影消灭，大主教及审问官在查尔斯的左右两旁出现。）

　　贞德　我的剑是还要战胜的，这个从来不会伤人的剑，人类虽然把我的躯壳毁坏，然而在我的灵魂当中，我已经看见上帝了。

　　高穹　（向她跪下）田间的女子们都歌颂你，因为你提高她们的眼光，使她们看见，天堂及她们的中间是没有障碍的。

　　邓鲁意　（向她跪下）垂死的军人们都歌颂你，因为你是一个光荣的盾牌，掩护他们的最后判决的。

　　大主教　（向她跪下）教会的领袖们都歌颂你，因为这个信仰，由他们的俗念沦入泥涂的，已经被你救出。

瓦尔吕克 （向她跪下）狡猾的策士们都歌颂你，因为你已经截断这个坚结，在这个上面，他们自己把他们的灵魂缚住的。

司徒孔勃 （向她跪下）垂老的愚人们，在他们死去之前，都歌颂你，因为他们对于你的罪恶，已经化为福佑。

审问官 （向她跪下）墨守法律的审判官们都歌颂你，因为你已经证明人类灵魂的启示及自由了。

英兵 （向她跪下）地狱出来的恶鬼们都歌颂你，因为你已经指示他们，不能消灭的火就是圣火。

掌刑人 （向她跪下）掌刑人及刽子手们都歌颂你，因为你已经证明他们的手，对于灵魂的死去，是无罪的。

查尔斯 （向她跪下）没有大志的人们都歌颂你，因为你自己承受这个英雄的担负，在他们是觉得太重的。

贞德 全体人类都歌颂我的时候，我就从此休矣！我要你们记着我是一个神圣，神圣是能够创造灵异的。现在告诉我，我应当起死回生，变成一个活的女人，同你们相见吗？

（大家一齐惊骇立起，同时室中顿变黑暗，四壁完全消灭，只有床和人的形象，可以看见。）

贞德 什么？我还要再烧死吗？你们没有一个人预备可以接受我吗？

高穹 邪教徒永远是死掉好点儿，而常人的眼光，是不能分别圣神和邪教徒的，饶恕他们吧。

（他同进来的时候一样地走出。）

邓鲁意 忘掉我们吧，贞德，我们的程度，都还配不上你，我要回到我的床上去了。（他也走出）

瓦尔吕克　我们对于从前小小的错误，真心抱歉，但是政治的必要，虽然偶尔错误，现在还是不可避免的，所以如果你可以这样宽大地原恕我——（他慎重地偷偷走出）

大主教　你的回来，决不能使我成一个这样的人，你从前思想中所想象我的，我至多可以说的是，我虽然不敢替你祝福，我希望有一天可以得着你的福佑，但是现在——（他走出）

审问官　我，现在已经死去的人，在那一天已经表明你是无罪的，但是我不能够看见，在现时环境之下，邪教的审问法庭，怎样可以废去，所以——（他走出）

司徒孔勃　哦，不要回来，你千万不可以回来，我必须安静地死去，上帝在我们的生命当中，给我们以安静，哦天呀！（他走出）

绅士　你复活的可能，在最近的赦封程序上，未曾计及，我必须回到罗马去，请求新的训令。（他鞠躬退去）

掌刑人　因为是我职业上的一个名手，我必须顾全他的利益，并且无论如何，我第一的义务是对于我的妻子及儿女的，我必须有点时间来想想这个事情。（他走出）

查尔斯　可怜的贞德，他们都避开你了，只剩下这个恶人，12点钟要回到地狱里去的，我除了看杰克，邓鲁意的榜样，也回到床上去以外，还有什么办法呢？（他睡到床上去）

贞德　（凄惨的）晚安查理，查。

查尔斯　（在枕上发出鼾声）咕——噎，（他睡着，黑暗将床掩蔽）

贞德　（向英国兵说）你，我唯一的信徒，你有什么安慰给圣女贞德吗？

英兵　哦，他们值得点什么，这些帝王、军官、主教、律师以及这一类的人？他们只会把你丢在沟里，让你流血死掉，第二件事情就是，你在那边下面遇见他们，不管他俩是怎样神气十足的，我要说的是，你应当有你自己的意见，和他们应当有他们的一样，或者更其应当，（他好像要在这个问题上演讲一番的样子）你看，这个是这样的，如果——（听见远处的钟声，慢慢地开始报 12 点）对不住，一个要紧的约会。（他踮起脚尖走出）最后留下的光线，结成一个纯白的光圈，降落在贞德的身上，钟声继续响着。

    贞德　哦！上帝，你创造这个美丽的世界的，他要几时才可以预备接受你的神圣呢？要多久呢，哦，天呀，还要多久呢？

〔幕落〕

——剧终

千岁人

上

第一卷
最初

第一幕

伊甸园。午后，一条极大的蛇，正在酣睡，头在树丛中间，身体曲作无数环形，隐藏在大树枝叶之下，大树已经长成，因创世之日，较普通的时间为长，蛇身青黄交错的颜色，与树叶相混杂，所以不是已经知道的人，不易看出，在蛇的头边，一块低的岩石，露出在树丛上面。

大树与石均在树林中一方空地的边上，地上卧着一只死鸡，全身歪斜，头颈已经跌断，亚当蹲着，一只手搁在石上，正惊骇地注视死鸡，他没有看见在他左边的蛇，转面向右，激越地呼唤。

亚当　夏娃！夏娃！

夏娃的声音　什么事情，亚当？

亚当　到这里来，快点儿，有事情发生了。

夏娃　（奔进来）什么？在哪里？（亚当指着死鸡）哦！（她向死鸡走去，亚当也放胆同她向前）它的眼睛怎么会这样呢？

亚当　不单是眼睛，你看。（他踢着）

夏娃　哦，不要这样！它为什么不醒转来呢？

亚当　我不知道，这并不是睡着吧？

夏娃　不是睡着吗？

亚当　试试看。

夏娃　（设法使它惊醒，把死鸡在地上滚转）它已经僵硬而冰冷了。

亚当　它无论怎样不会醒转来了。

夏娃　有一种难闻的气味，呸！（她拂拭她的双手，赶快走开）你看见它时就已经是这样了吗？

亚当　不，它起初还在四处游戏，忽然一下失足，颠倒跌下，就再不会动弹，它的头颈好像有点儿不对。（他蹲下，想把鸡的头颈拿给她看）

夏娃　不要碰它，快点儿走开吧。

两人同时后退，在数步以外注视，厌恶的感觉逐渐增加。

夏娃　亚当。

亚当　怎样？

夏娃　假如你失足跌下，你也会变成这样吗？

亚当　嗯！（他耸肩，在岩石上坐下）

夏娃　（在他的旁边地上坐下，抱住他的膝头）你必须当心一点儿，答应我，你一定要当心一点儿。

亚当　当心又有什么用处呢？我们必须永远永远活在这里；你想想，永远是什么意义！我总有一天会失足跌下，也许就在明天，也许还要经过许多许多的日子，多得像园里的落叶、河中的沙砾一样。但是没有关系，有一天我总会忘记而且跌倒的。

夏娃　我也会的。

亚当 （惊怖）哦！不，不，那我就只有单独一人，永远地单独了，你决不可以让你自己冒倾跌的危险，你决不可以乱动，你必须安静地坐着，让我来照顾你，把你所要的东西替你拿来。

夏娃 （不愿意离开他的身边，抱住自己的双踝）那我很快就会厌倦，并且，如果你遇见这样的事情，我就只有自己一人，再不能安稳坐着，最后我一定也要遇见这样的事情了。

亚当 那又怎样呢？

夏娃 那我们就不复存在，天地间只有四足的动物、鸟类及蛇类了。

亚当 这是决不可以的。

夏娃 是的，这是决不可以的，但是也许会这样。

亚当 不，我同你说，绝不会是这样的，我知道绝不会是这样的。

夏娃 我们两人都知道这点，我们怎会知道呢？

亚当 园中有一个声音，它告诉我各种的事情。

夏娃 园中有时候满布着声音，它们在我的头脑当中，输入各种的感想。

亚当 我听见的只有一个声音，它很低，但是如此之近，好像在我自己身中低语一样。这决不会被误认为是各种鸟声、兽声，或是你的声音的。

夏娃 这很奇怪，我会听见各方面的声音，而你只听见从里面来的一个，但是，我也有许多从我自身来的思想，而不是由声音得来。这个我们决不能终止存在的思想，就是从里面来的。

亚当 （绝望的样子）但是我们一定会终止存在，我一定会同鸡一样地跌倒，毁灭。（站起来，激昂地走动）我决不能容忍这个知觉，我必须将它抛弃，我同你说，决不会这样的，但是我并不知道有什么防止的方法。

夏娃 这恰巧同我所感觉的一样，但是你这么说，我觉得很奇怪，你没有一样可以满意，你的心理是常常变换的。

亚当 （斥责她）你为什么说这样的话？我的心理怎样变换过吗？

夏娃 你说我们决不可以终止生存，但是你以前对于不变的永久的生存，常常抱怨。有时你坐下来沉思，几小时不发一言，心里在厌恶我，我问你我有什么地方得罪你的时候，你说你不是在想我，你是想必须永远在这里的可怕，但是我知道，你的意思，就是说必须永远同我在这里的可怕。

亚当 哦！你是这样想的吗？那你就弄错了，（他重又坐下，不高兴的样子）那是永远同我自己在一起的可怕，我喜欢你，但是我不喜欢我自己，我想要变换，想要改良，想要一次一次地从头做起，使我自己摆脱，好像蛇蜕皮一样，我厌倦我自己，然而我不能不忍受我自己，不是一天，不是几天，而是永远，这真是一个可怕的想法，就是它使得我独坐沉思，一言不发，并且厌恶一切，你从来没有这样想过吗？

夏娃 不，我从来不想我自己的事情，这有什么用处呢？我是这样就是这样，再没有法子变动，我想的是你的事情。

亚当 你不应当这样，你永远在窥探我，我从没有单独的时候。你总是想要知道我在那里做什么事情，这真是个累赘。你应当设法有一个自己独立的存在，不要拿我的存在，当作你自己的本分。

夏娃 我不能不想你的事情，你是懒惰的，你是污浊的，你不会担心你自己，你一直在幻想，如果我不注意你的行动，代你操劳，你就会吃下坏的食物，使得胸中作呕，但是现在看来，无论我怎样留心，你总有一天会摔掉脑袋忽然死掉的。

亚当 死掉？这是一个什么字呢？

夏娃 （指着死鸡）就像那样，我说它死掉了。

亚当 （站起来，慢慢走到死鸡的近旁）这个好像有点儿奇怪。

夏娃 （随着他走近）哦！它已经变成小的白虫了。

亚当 把它丢到河里去吧，这个样子是很难看的。

夏娃 我不敢碰着它。

亚当 那么只好我来，虽然我是非常地憎恶，它已经把空气弄污浊了。（他用手将鸡提起，离自己远远的，向夏娃来的方向走去）

夏娃向他们望了一会儿之后，带着一种嫌恶的战栗，在石上坐下。大蛇的身体露出，幻成奇异的新颜色，它从树丛中间，将头慢慢抬起，用一种异常诱惑的音乐般的声音，在夏娃的耳边低语。

蛇 夏娃。

夏娃 （吃惊）什么人？

蛇 是我，我来让你看我的美丽的新帽子，看呀！（它展开一个极华丽的紫晶色的帽子）

夏娃 （赞美它的帽子）哦！但是谁教会你说话的？

蛇 你同亚当。我正从草中爬过，藏着，听见了你们说话。

夏娃 你真是非常的聪明。

蛇 我在地上一切的生物当中是最敏锐的。

夏娃 你的帽子真是可爱，（她抚摩着它的头同身体）美丽的宝贝！你爱你的教母夏娃吗？

蛇 我极其爱她。（用它的双重舌头舔着夏娃的头颈）

夏娃 （抚摩着它）你真是夏娃最爱的爱蛇，有你同她谈话，夏娃再也不会觉得寂寞了。

蛇 我能够谈许多的事情，我是极聪明的，那个字你并不知道，还是我低声向你说的，那个"死"字。

　　夏娃　（战栗）你为什么又提起这个事情？我看见你的美丽帽子的时候，已经把它忘记，你再不要引我记起不快乐的事情。

　　蛇　死并非一种不快乐的事情，如果你知道怎样将它征服。

　　夏娃　我怎样可以将它征服呢？

　　蛇　拿另外一种叫作"生"的事情。

　　夏娃　什么？（学着它的发音）是"生"吗？

　　蛇　是的，"生"。

　　夏娃　生是什么？

　　蛇　是永不会死的，一天你会看见我从这个美丽的蛇皮蜕出，成为一条新的蛇，有着新的而且更可爱的蛇皮，这就是生。

　　夏娃　我见过这个，真是非常奇妙。

　　蛇　如果我能够这样，我还有什么不能做呢？我同你说，我是极敏锐的，你同亚当讲话的时候，我听见你们问为什么，永远是为什么。你们看见各种事物，你们问为什么？但是我梦想从来不会有过的事物，我说为什么不呢？我拿"死"字来表明旧的，我在更新的时候所抛弃的蛇皮，这个更新，我就叫它"生"——

　　夏娃　"生"真是一个美丽的字。

　　蛇　你为什么不循环不已地重生，同我一样，每次成为新的而且更美的人呢？

　　夏娃　我吗！从来不会有过这样的事情，这就是为什么。

　　蛇　这是应变法的问题，并不是为什么，为什么不呢？

　　夏娃　但是我想我不喜欢这样，成为新的虽然很好，但是我的旧皮摊在地上，完全同我一样，亚当会看见它皱拢起来，而且——

　　蛇　不，他可以不用看见这个，还有一种重生的方法。

夏娃　一种重生的方法？

蛇　听着，我来告诉你一个极大的秘密，我是极灵敏的。我曾经想着，想着，再三地想着，而且我是极坚决的，凡是我所要的，我必须得到，我曾经愿着，愿着，再三地愿着，并且我吞下各种奇怪的东西，石子同苹果，这些是你们所害怕吃的。

夏娃　蛇你吃过了！

蛇　一切的事情，我都大胆地做过，最后我得到一种方法，将我身体中一部分的生命集拢来——

夏娃　生命是什么东西？

蛇　就是那个使得死鸡与活着的鸡不同的。

夏娃　一个多美丽的词！一件多奇妙的事情！生命是一切新词当中最可爱的。

蛇　是的，就是由于冥想生命，使我得到做成奇迹的力量。

夏娃　奇迹？这又是一个新词。

蛇　奇迹是一种不可能的事情，然而依然可能；一种从来不能发生的事情，但是居然发生。

夏娃　告诉我一点儿你所做过的奇迹。

蛇　我把我身体中一部分的生命集拢来，把它关闭在一只小小的白壳当中，它是拿我所吞下的石子做成的。

夏娃　但是这个有什么好处呢？

蛇　我把这个小壳暴露在日光当中，让它受着暖气，它会自己破裂，一条小蛇从壳中出来，它一天一天地长大，直到大得和我一样，这个就是重生。

夏娃　哦！这真是太奇妙了，它使得我体内搅动，我觉得有点儿痛呢。

蛇　它几乎使得我身体破裂，但是我依然活着，可以裂开我的外皮，更新我自己，同以前一样。很快地，园中就会有许多的蛇，多得像我身上的鳞片，那个时候，死就毫无关系，这条蛇或那条蛇可以死去，但是蛇是永远活着的。

夏娃　但是我们大家，迟早都会同鸡一样死去，那个时候，再没有别的东西，就只有蛇，到处全是蛇了。

蛇　这是决不可以的，我崇拜你，夏娃，我必须有一点可以崇拜的东西，是与我自己完全两样的，比如你，世间必须有一种生物，比蛇类更伟大。

夏娃　是的，这是不可以的，亚当决不可以被消灭，你是极灵敏的，告诉我有什么办法。

蛇　想着，愿着，吞下尘土，舔着白的石子，吃点儿你所害怕的苹果，太阳就会给予生命。

夏娃　我不相信太阳，我要自己给予生命，我要从我的身体当中，再分出一个亚当来，哪怕因为这个动作，把我的身体裂成碎片。

蛇　好的，大胆去做，一切事情都是可能的，一切的事情，你听着，我已经很老，我是一条老蛇，比亚当更老，比夏娃更老。我还记得利莉思，她活在亚当同夏娃以前，我是她的宝贝，和现在是你的一样。她只有一个人，当时并没有男人做她的伴侣，她看见过死，同你在鸡跌倒的时候看见的一样，而且她因此知道，她必须寻出一种方法像我的样子，抛去旧的躯壳，将自己重新改造。她有一个伟大的愿力，她奋勉再奋勉，渴望复渴望，经过的日月，多于园中树叶的数目。她的痛苦极其强烈，她的呻吟，将睡眠驱出伊甸园，她说以后再不能这样，重生的负担，实在超过忍耐的限度，绝非一个人所能胜任，等到她蜕去旧皮的时候，啃！不是一个新的利莉思，却是两个，一个同她自己一样，还有一个同亚当一样，一个就是你，还有一个就是亚当。

    夏娃 她为什么把我们分成两个，而且彼此不同呢？

    蛇 我同你说，这个工作，是超出一个人的力量以外的，须由两人共同担负。

    夏娃 你的意思，是说亚当必须与我共同担负吗？他不会愿意的，他不能忍受痛苦，而且他对于自己的身体，向来不肯注意。

    蛇 他无须这样，他不会有一点儿痛苦，他曾恳求你让他担任他的部分，这个欲望，就会使得他在你的权力当中。

    夏娃 那我也愿意来做一次，但是怎样做呢？利莉思是怎样做成这个奇迹的？

    蛇 她想象这个事情。

    夏娃 什么叫作想象？

    蛇 她告诉我这个事情，好像当作一件怪诞的故事，利莉思始终不曾遇见过的，她并不知道，想象就是创造的起点。你想象你所欲望的，你希望着你所想象的，最后你就造成你所希望着的。

    夏娃 我怎样可以由空虚而创造呢？

    蛇 一切的东西，都是由空虚创造出来的，看你手臂上很厚的筋肉！这个并不是向来就在那里的，我初看见你的时候，你并不能爬到树上，但是你反复地愿着，试着，愿着，试着，你的意志，就在你的手臂上，完全从空虚创造成这些筋肉，使得你达到你的欲望，可以用一只手将你自己的身体撑起，坐在你头顶上的树枝上面。

    夏娃 这个不过是练习。

    蛇 练习可以使物质消磨，决不能使它们增长，你的头发在风中飘动，好像要使它们自己逐渐伸长的样子，但是这个飘动的练习，并不使它们的长度增加，因为你没有期待它们这样。利莉思用我们无声的言语，（因为那个时候还没有言语）告诉我她所想象的时候，我就叫它欲望，叫它希望。我们后来非常惊异，她所以欲望的、希望的，居然由于她意志的促进，在她的体内，自己创造完成。于是我也愿着，要在新生的时候，使我自己分为两个，经过许多日子以后，这个奇迹居然发生，另有一条蛇，与我互相缠着，从旧皮中一同出来，于是现在有两个想象，两个欲望，两个希望，共同从事创造。

夏娃　欲望、想象、希望、创造，这是一个太长的说法，你对于字眼是这样聪明，替我寻出一个代表一切的词来吧。

蛇　用一个词说，就是妊娠，这个词的意义，可以包含最初的想象和最终的创造。

夏娃　替我寻出一个词来表示利莉思所想象的，而且用无声的语言告诉你的事情，这个事情，好像是过于怪诞，但是依然会实现。

蛇　诗。

夏娃　再替我寻出一个词来，表示利莉思对于我的关系。

蛇　她是你的母亲。

夏娃　而且是亚当的母亲吗？

蛇　是的。

夏娃　（想要站起来）我这就去告诉亚当，叫他妊娠。

蛇大笑！

夏娃　（震动并且惊骇）真是一种讨厌的声音！你这是做什么？从来没有谁发出过这样的声音。

蛇　亚当是不能够妊娠的。

夏娃　为什么呢？

蛇　利莉思不曾想象他这样，他可以想象，他可以希望，他可以渴欲，他可以集合自己的生命，作为创造上的极大的源泉，他可以创造一切的东西，除去一样，这样就是和他自己同类的。

夏娃　为什么利莉思不使他能够这样呢？

蛇　因为他如果能够这样，他就用不着夏娃了。

夏娃　这个倒是真的，必须妊娠的是我自己。

蛇　是的，这个使得他离不了你。

夏娃　而且我也离不了他。

蛇　是的，到你创造出另外一个亚当为止。

夏娃　我倒没有想到这点，你真是极灵敏的，但是如果我再造一个夏娃，他可以走到她那边去，就再用不着我了，我想我不要创造夏娃，单是创造亚当。

蛇　没有夏娃，他们不能更新自己，早晚你会像鸡一样地死去，新的亚当们，没有夏娃，就再不能够创造了。你可以想象这样一个终局，但是你不能这样渴欲，所以你不能希望这样，所以你不能单是创造亚当。

夏娃　如果我总是要像鸡一样地死去，为什么其余的人不会一同死去？那我又何必去忧虑呢？

蛇　生命决不可以消灭，这个始终是第一重要的事情，你说不忧虑是无用的，你其实仍旧忧虑，就是这个忧虑，促进你的想象，激发你的欲望，使得你的意志极端强烈，于是从空虚而创造。

夏娃　（深思的样子）世间没有空虚这样东西，这个园是满的，不是空的。

蛇　我可不曾想着这个，这真是一个伟大的思想，不错，世间并没有空虚这样的东西，只有我们不能看见的东西，蜥蜴还吞食空气呢。

夏娃　我又有一个思想了，我必须告诉亚当。（呼唤）亚当！亚当！啊，喂！

亚当的声音　啊，喂！

夏娃　这个可以使他愉快，治好他忧郁的毛病。

蛇　你慢点儿告诉他，我还没有同你说那个最大的秘密。

夏娃　还有什么可以说呢？是我应当来造成这个奇迹的。

蛇　不，他也必须渴欲，必须希望，但是他必须将他的渴欲，他的希望，托付于你。

夏娃　怎样呢？

蛇　这就是那个最大的秘密，轻点儿！他从那里来了。

亚当　（回转来）园里面除我们的声音及那个声音以外，又另外有了一个声音吗？我听见一个新的声音。

夏娃　（站起来迎上前去）你倒想想看，亚当，我们的蛇，因为听见我们说话，也学会说话了。

亚当　（大乐）真是这样的吗？（他走过她的身边，来到石头的左边，抚摩着蛇）

蛇　（向他表示亲切的样子）是这样的，亲爱的亚当。

夏娃　我还有一个比这更奇妙的消息，亚当，我们可以不必永远活着了。

亚当　（惊喜之下，突然将蛇头放脱）什么！夏娃，你不要再拿这个来和我开玩笑，只要有一天可以有一个最后，但又不是真正的最后！只要我可以解除这个永远忍受我自己的恐怖！只要这个可怕的园里的忧劳，可以交付与另外一个园丁！只要声音所命令的我的管守职责，可以解除！只要这个使得我可以一天一天地忍受过去的休息和睡眠，可以在许多日子以后，变为永久的休息、永久的睡眠，那我就可以安心度过我的岁月，不论它还有怎样的长久。可是，必须有一个最后，一种最后，我的力量，是不够担负永远的生存的。

蛇　你可以不必活着再过一个夏天，而又不是真正的最后。

亚当　这是不可能的。

蛇　可以这样的。

夏娃　必须要这样的。

蛇　这就是说，弄死我，你明天在园里又会看见另外的蛇，你会发现蛇的数目，比你手上的手指还要更多些。

夏娃　我要创造一些别的亚当，别的夏娃。

亚当　我同你说，你决不可以虚构出这样的故事，这是决不会实现的。

蛇　我还记得你的自身也是一种不可能，然而现在你是在这里了。

亚当　这倒是真的。（他在石上坐下）

蛇　我来告诉夏娃这个秘密，她可以再告诉你。

亚当　这个秘密！（他很快地向着蛇走去，在这样的时候，他脚底下踏着一个坚锐的东西）啊！

夏娃　什么事情？

亚当　（摸着他的脚）一堆的荆棘，而且生着许多的刺！要无休止地拔去这些东西，使得我们在园中可以安适，我真是有点儿厌倦了。

蛇　它们生长得并不很快，在很长的时间里，在你放下这个负担而永久睡着以前，它们决不会长满这个园中，你何必自寻烦恼？让新的亚当们，去打扫他们自己的地方好了。

亚当　这倒是很对的，你必须告诉我们你的秘密，你看，夏娃，不必永远活着，是怎样一件极好的事情。

夏娃　（不满意地自己躺下，拔着地上的草）这倒真是像一个男人，一听见我们可以不必永远活着，你就说得好像我们今天就要完结一样，你必须将这些讨厌的东西，多少除去一点儿，不然我们走路的时候，一不留心，就会被它们抓破及刺痛了。

亚当　是的，多少除去一点儿，当然，但是，只须稍微一点儿好了，我明天就来除去它们。

蛇大笑！

亚当　这倒是一个滑稽的声音，我很喜欢听。

夏娃　我是不喜欢的，你为什么又发出来呢？

蛇　亚当发明了一件新的东西，他发明了明天，现在这个不灭的负担，一经解除，你们每天都可以有一点儿新的发明了。

夏娃　不灭？这是什么意思？

蛇　我用来表示永远活着的新词。

夏娃　蛇已经造成一个美丽的新词来表示活着的状态，叫作"生存"。

亚当　替我造成一个美丽的新词，表示明朝再做，因为这实在是一个伟大的而且幸福的发明。

蛇　延缓。

夏娃　这是一个极好听的词，我愿意我生着蛇的舌头。

蛇　这也许会实现，一切的事情都是可能的。

亚当　（突然恐怖地跳起）啊！

夏娃　这又是什么事情？

亚当　我的休息！我的脱离生命。

蛇　死去，这才是应该用的词。

亚当　在这个延缓上面有一个可怕的危险。

夏娃　什么危险？

亚当　如果我把死推到明天，我就永不会死，世间并没有明天这样的日子，而且永远不会有。

蛇　我是极灵敏的，但是人类在思想上比我更为深沉——女人知道没有空虚这样的东西，男人知道没有明天这样的日子，我真应当崇拜他们。

亚当　如果我要追上死期，我必须确定一个实在的日子，不是一个明天，我应当几时死呢？

夏娃　等到我造成另外一个亚当的时候，你就可以死去，不要在这以前，但是到那个时候，哪一天随你欢喜。（她站起来，从他的后面走过，随意走到树旁，靠在树上，抚摩着蛇身上的圆圈）

亚当　就是那个时候，也用不着十分性急。

夏娃　我看你又要把它推到明天了。

亚当　那么你呢？你造成一个新的夏娃以后，你就要立刻死去吗？

夏娃　我为什么要这样？你想要快点儿除掉我吗？方才你还要我坐着永远不动，恐怕我跌下去像鸡一样地死掉，现在你就一点儿不开心了。

亚当　现在并没有那样要紧了。

夏娃　（怒着向蛇说）这个死，你带到园里来的，是一个极坏的东西，他现在要我死了。

蛇　（向亚当说）你真是要她死吗？

亚当　不，应当死的是我，夏娃决不可以死在我的前头，我会觉得孤寂的。

夏娃　你可以再去找一个新的夏娃。

亚当　这是不错，但是她们也许不是完全一样，她们决不能够，我觉得一定是如此的，她们不会有同样的记忆，她们就是一种——我没有一个词可以表示我的这个意思。

蛇　一种生人。

亚当　不错，这是一个好难说的词，生人。

夏娃　有了新的亚当们和新的夏娃们的时候，我们就住在一个满是生人的园中，我们彼此是更互相需要的，（她很快走到他的身后，把他的面孔扳过来朝着她自己）永远不要忘记这个，亚当，永远不要忘记这个。

亚当　我为什么会忘记呢？这个是我自己想出来的。

夏娃　我也想起了一件事情，那个鸡失足跌下，立刻死去，但是你也可以轻轻地走到我的后面，（她忽然抓住他的肩头，把他向前面推去）把我这样推倒，使我死掉，如果你没有不弄死我的理由，我再不敢睡着了。

亚当　（惊怖狂呼）把你弄死！一个多么可怕的思想！

蛇　杀死，杀死，杀死，这是应当用的词。

夏娃　新的亚当们和夏娃们也许会把我们杀死，我不要创造他们吧。（她坐在石上，把他拖到她的身边，用右手将他紧紧抱住）

蛇　你必须，因为如果你不创造，就有最后的一天了。

亚当　他们决不会杀死我们的，他们一定会同我一样觉着，有一种和这个反对的东西。园里的声音会同他们说，他们不应当杀人，像它和我说的一样。

蛇　园里的声音，就是你自己的声音。

亚当　是的，而又不是的，这是一种比我更伟大的东西，我不过是他的一部分。

夏娃　声音并没有和我说，不可把你杀死，然而我不愿意你死在我的前面，这个是用不着什么声音来使我觉着的。

亚当　（悲痛的表情，双手抱住她的肩头）哦，不，这是没有什么声音也很明显的，有一种什么东西使得我们不能分离，一种没有名称的什么——

蛇　爱情，爱情，爱情。

亚当　表示这样一件长的事情，这是一个太短的字吧。

蛇大笑！

夏娃　（不耐烦地向着蛇说）又是这个刺心的声音！快别笑了，你为什么老是这样呢？

蛇　很快地，爱情就会是一个太长的词，而表示这样一件短的事情了，但是，在它很短的时候，它可是极其甜蜜的。

亚当　（反复地推想）你真把我弄迷惑了，我旧有的烦恼是很重大，但是它是很简单的。你所答应我做的这些奇异的事情，在它们替我带来这个死的礼物以前，也许就把我的生存搅得纷乱，以前我忧虑着永久生存的负荷，但是我的心中并不是混乱的，如果我不知道我爱着夏娃，至少我也不知道她可以终止爱我，去爱另外一个亚当，而且愿意我死去，你可以寻出一个词来表示这个知识吗？

蛇　妒忌，妒忌，妒忌。

亚当　真是一个难听的词。

夏娃　（推动他）亚当，你不要只管想，你想得太多了。

亚当　（发怒）这个将来变成了不确定的时候，怎么能叫我不要想呢？无论什么，都比不确定好，生命成为不确定的，爱情也是不确定的，你有一个名称表示这个痛苦吗？

蛇　恐惧，恐惧，恐惧。

亚当　你有救治它的方法吗？

蛇　有的，希望，希望，希望。

亚当　什么是希望呢？

蛇　只要你不知道将来，你就不知道它不会比过去更快乐，这就叫作希望。

亚当　这个并不能安慰我，在我身体中，恐惧比希望更强烈，我必须要确定，（他恐吓着站起来）快把这个给我，不然我下次遇见你睡着的时候，我就要把你杀死。

夏娃　（双手把蛇抱住）我的美丽的蛇，哦，不要，你怎可以想这种可怕的事情呢？

亚当　恐惧逼迫我做一切的事情，蛇给了我恐惧，让它现在给我确定，不然就让它永远恐惧我。

蛇　拿你的意愿拘束将来，立下一个誓约。

亚当　什么是一个誓约？

蛇　选定一天做你的死期，决心在那一天死去，于是死就不再是不确定的，而成为确定的，让夏娃立誓爱你，直到你死时为止，于是爱情也不是不确定的了。

亚当　不错，这真是好极了，这可以拘束将来。

夏娃　（不高兴地离开蛇的身边）但是这个会把希望破坏。

亚当　（发怒）住嘴，妇人，希望是邪恶的，幸福是邪恶的，确定是神圣的。

蛇　什么是邪恶的？你也发明了一个新词了。

亚当　凡是我怕做的事情，都是邪恶的，你听着，夏娃，还有蛇，你也听着，让你们的记忆保存下我的誓约，我要活满一千次四季的循环——

蛇　一千年，一千年。

亚当　我要活满一千年，到那个时候，我就不愿意再忍受下去，我就要死去，得到永久的休息，并且在所有这些时光当中，我愿意只爱夏娃，不爱别的女人。

夏娃 并且如果亚当履行他的誓约，我也愿意在他死去以前，不爱别的男人。

蛇 你们两个发明了婚姻，他就是你的，而不是其他女人的丈夫；你就是他的，而不是其他男人的妻子。

亚当 （自然地将手向她伸去）丈夫和妻子。

夏娃 （把她的手放在他的掌中）妻子和丈夫。

蛇大笑！

夏娃 （迅速离开亚当的身边）不要发出那个讨厌的声音，我说过。

亚当 不要理它，这个声音是很好的，它使得我的心中轻快，你真是一条令人畅快的蛇，但是你还没有立下你的誓约，你有什么誓约呢？

蛇 我不立什么誓约，我单是抓住我的机遇。

亚当 机遇？这是什么意思？

蛇 这就是说，我恐惧确定，同你恐惧不确定一样，这就是说，除了不确定以外，没有什么是确定的，如果我拘束将来，我就拘束了我的希望；如果我拘束我的希望，我就阻碍了创造。

夏娃 创造是不可以阻碍的，我同你说，我一定要创造，哪怕因为这样，我的身体会撕成碎片。

亚当 你们两个都不要多说，我一定要拘束将来，我一定要将恐惧解除，（向夏娃说）如果你要创造，你必须在这些誓约的范围以内创造，你不可以再去听蛇说话，来吧。（他抓住她的头发，把她拖走）

夏娃 放手，你这个呆子，它还没有告诉我那个秘密呢。

亚当 （放脱她）这倒是真的，什么是一个呆子？

夏娃 我也不知道，这个词是自然到我嘴边来的，这个就是你忘记、乱想及充满恐惧时候的样子，让我们来听蛇说话吧。

亚当　不，我有点儿怕它，它说话的时候，我觉得脚底下的土地，好像是在活动一样，你听它往下说吧。

蛇大笑！

亚当　（高兴起来）这个声音会将恐惧去掉，奇怪，蛇同女人要去讲悄悄话了。（他笑着慢慢走开，开始他第一次的笑容）

夏娃　现在那个秘密，那个秘密。（她坐在石上，双手将蛇抱住，蛇开始向她低声讲话）

夏娃的脸上，露出一种浓厚的兴趣，并且逐渐增加，直至变为极憎恶的态度为止，她用双手掩住她的面孔。

第二幕

几个世纪以后。早晨，美索不达米亚荒漠中的一块沃土，一所木屋一端的近处，连着一个菜园，亚当正在菜园当中掘土。在他的右侧，夏娃坐在门边树荫下面的一只凳上，正在纺线，她的纺车，她用手转着的，是一个大而重的圆盘，完全像一个飞轮。在菜园的对面，是一片榛莽，有一条道路在中间穿过，被一个篱笆隔断。他们二人穿着极少而不整齐的粗布和树叶，他们已经失去他们的青春他们的秀美，亚当还长着不梳的长须、不齐的乱发，但是他们依然强壮，还是在生命的初期；亚当面现愁容，像一个农夫，夏娃略高兴点儿，（已经抛却忧虑）坐着，纺着，而且想着。

一个男的声音　哈喽，母亲！

夏娃　（向着菜园对面的篱笆望去）该隐来了。

亚当做出一个厌恶的声音。他继续掘着，并不抬起他的头来。该隐将篱笆踢在一边，走过园内，他的态度、声音及装束，完全是个武士，他拿着一把极重的长枪，同镶着铜边的皮盾，他的兜鍪，是一个虎头装上野牛的角，他穿着一件红色的外衣，狮皮上面插上金的胸针，狮爪挂着摇动，他的脚上穿着铜装的芒鞋，腿上戴着黄铜的胫甲，他的粗硬的军人式的胡须油光闪耀，对于他的父母，他有点儿坚定的而又不甚自安的样子，像一个反抗的儿子，知道他们是不肯宽恕，也不能赞成他的。

该隐　（向亚当说）还在掘着吗？永远是掘、掘、掘，默守着陈旧的犁沟，没有进步！没有前进的思想！没有冒险的勇气！如果我也默守着这个你所传授我的掘的事情，我还成一个什么东西呢？

亚当　你现在又是一个什么东西，拿着你的盾牌和长枪及你兄弟的血，在地下呼号，反对着你？

该隐　我是第一个杀人者，而你不过是第一个人，做第一个人极容易，人人都可以做，好像做第一棵白菜一样，做第一个杀人者，是必须有点儿勇气的。

亚当　去吧，让我们安静一点儿，世界很大，我们两个人尽可以永远不要遇见。

夏娃　你为什么想要把他赶走？他是我的，我从我的身体当中分出他来的，我有时候要看看我的作品。

亚当　亚伯也是你造出来的，他杀死了亚伯，在这样的事情以后，你还能忍心看见他吗？

该隐　我杀死亚伯是谁的过失？杀是谁发明的？是我吗？不，

是它自己发明的。我当时跟着你的传授，我永远是掘着、掘着、掘着，我斩除荆棘，我吃地上的果子，我靠着我的血汗生活，我那时候是一个呆子。但是亚伯早已是一个发明家，一个有思想有精神的人类，一个真正的进步派，他是血的发现者，他是杀的发明者，他发现太阳的火可以用一滴露珠引下。他发明神坛以保持火种永久不灭，他把他杀死的兽类，用神坛上的火变成肉食，他靠着肉食生活，他的肉食，不过费掉他一天光荣的而且健康的行猎，以及一小时的在火边有趣的游戏。你一点儿不肯学他，你永远是劳动、劳动、劳动、耕作、耕作、耕作，并且让我做同样的事，我羡妒他的幸福、他的自由，我厌弃我自己做你所做的，而没有做他所做的事情。他变成这样快乐，将他的肉食，贡献于指示他一切发明的声音，他说这个声音，就是烧熟他的食物的火的声音，并且烧熟食物的火，也可吞食食物。真的，我看见这个火在他的神坛上将食物食尽，于是我也建立一个神坛，把我的食物献上，我的谷粒，我的菜根，我的果子，没有用处，一点儿没发生变化。他讥笑我，于是引起我伟大的理想，为什么不把他杀死，像他杀死兽类一样呢？我奋力一击，他就像它们一样死去，我抛去你的陈旧的无聊的劳作的方法，照他的样子生活，依赖行猎，依赖杀生，依赖火力，我不是比你更好吗？更为强壮，更为快乐，更为自由吗？

亚当　你并不比我强壮，你的气息更短促一点儿，你不能够耐久，你已经使得兽类畏避我们，使得蛇发明毒液来保护它自己，同你抵抗，连我自己也有点儿怕你，如果你拿着你那个长枪，对你母亲有什么举动，我就要拿我的铁铲把你打死，像你打死亚伯一样。

夏娃　他不会打死我，他是爱我的。

亚当　他爱过他的兄弟，但是他把他杀死了。

该隐　我不要杀死女人，我不要杀死我的母亲，而且看她的分上，我也不愿意杀死你，虽然我可以把这个长枪从你身上穿过，而不必走到你的铁铲所能达到的地方。要不是由于她的缘故，我再不能制止这个要想杀死你的行为，虽然我也怕你会把我杀死。我曾经和野熊及猛狮争斗着，看我们当中谁把谁杀死；我曾经和人争斗，枪对枪，盾对盾。这是极其可怕的，但是没有像它这样愉快的。我叫它"战斗"。一个人从来没有战斗过就是从来没有生活过。这就是为什么我今天来看我母亲的原因。

亚当　现在你们两个还有什么关系呢？她是创造者，你是毁坏者。

该隐　没有她的创造，我怎么能够毁坏呢？我要她造成更多更多的男人，是的，并且更多更多的女人，比一千棵树上的树叶更多的人。我把他们分成两个大的队伍，我自己领着一队；还有一队，叫一个我最害怕的，最想和他争斗，把他燎死的人领着。每一队极力要将另一队杀死，你试着想想看，所有这些人都在斗着，杀着，杀着！四面的河流，充满人血！胜利的欢呼！愤怒的狂号！失望的咒骂！痛楚的悲鸣！这才真是一种人生，铭心刻骨的人生，强烈的而且紧迫的人生，凡是没有这样见识过、听见过、感觉过、尝试过的人，在有这种经验的人面前，真要觉得自己是卑陋的愚人了。

夏娃　那么我呢！我就不过是一种便利，造出人来让你杀死吗？

亚当　或是把你杀死，你这蠢人。

该隐　母亲，造人是你的权利，你的危险，你的痛苦，你的光荣，你的胜利，就是这个，使得我父亲在这里，成为单是你的便利，像你自己所说的，他必须为你耕作，为你流汗，为你劳动，像帮他犁田的老牛，或替他负重的毛驴一样。再没有女人可以使我过我父亲这样的生活，我要狩猎，我要战斗，拼我最后的精力决胜，我冒性命的危险杀死野猪的时候，就把它丢给我的女人，叫她烧熟，然后分给她一片作为报酬，她不能有别的食物，这个使得她成为我的奴隶，哪一个把我杀死的，就可以得着她，作为他的战利品，男人必须成为女人的主人，不是她的婴孩或苦力。

亚当很快抛却他的铁铲，站在那里瞪眼望着夏娃。

夏娃　你有点儿动心了吗，亚当？你觉得这是更好的事情，胜过我们两个人的爱情吗？

该隐　他知道什么叫作爱情？只有一个人在战斗以后，冒过危险赌过生命以后，费掉最后一丝的力量艰难挣扎以后，才能够知道什么是在女人怀抱中的爱情的休息。你去问那个女人，你所造成，而且是我的妻子的，她是否愿意同我以前一样，依照亚当的生活方式，做一个农夫，一个苦力呢？

夏娃　（愤愤地丢下她的纺竿）什么？你胆敢跑到这里来，夸赞那个毫无用处的诺亚，那个最坏的女儿，最坏的妻子吗？你是她的主人！你比亚当的老牛，以及你自己的猎狗，更像是她的奴隶。真的，你拼着性命杀死野猪的时候，你会丢给她一片，作为她的酬劳！啊！可怜的愚人，你以为我不知道她，不知道你，比这样更详细一点吗？你猎取银鼠、黑貂及玄狐，披在她懒惰的肩上，使得她的样子，像一个野兽，不像一个女人，那个时候，你也冒着生命的危险吗？你不得不去捕捉可怜的小鸟，因为她懒于吞食正当的食物，那个时候，你觉得自己还像一个伟大的武士吗？你拼着性命，杀死猛虎，但是谁得到那个美丽的虎皮，你所冒险取得的，她拿去躺在上面，把那些腥臭的肉，你所不能吃的掷还给你。你竭力战斗，因为你以为你的战斗，可以使得她赞美你，喜欢你。呆子，她使得你战斗，是因为你杀死敌人，可以替她带来饰物和珍宝，并且因为那些见你就惧怕的人，可以拿权力和金钱，同她联络，向她恳求。你说我把亚当单是当作一种便利，可是我还纺织，料理家事，生产及抚育儿女，并且我是一个妇人，不是一个被玩弄的禽兽，取悦男人并牺牲他们！你，一个涂脂抹粉的女人和一卷兽皮的奴隶，又是什么呢？我生出你的时候，你还是一个男孩子，生出诺亚的时候，她还是一个女孩子，你们把自己弄成什么东西了？

该隐 （把他的长枪，插在盾牌的曲柄中间，扯着他的胡须）世间还有比人更高的东西，有英雄及超人类。

夏娃 超人类！你不是超人类，你是反人类，你对于其他的人，就同黄鼠狼对于兔子一样；而她对于你，就同水蛭对于黄鼠狼一样。你看不起你的父亲，但是他死的时候，世间由于他活过的缘故，会更富一点儿，你死的时候，人家就要说："他是一个伟大的武士，但是如果始终不曾有他，对于世间却是更好一点儿。"至于诺亚，他们更无话可说，想着她的时候，他们只有鄙弃不屑而已。

该隐 她是一个比你好相处的女人，如果她对我吹毛求疵，像你对亚当的样子，我就会把她打得从头到脚，满身青紫，并且我已经这样做过，你虽然说我是她的奴隶。

夏娃 是的，那是因为她看了别的男人，但之后你就俯伏在她的脚下，哭着求她饶恕，于是比以前更十倍是她的奴隶，她呼号停歇，痛苦稍微好点儿的时候，她也就饶恕你，可不是吗？

该隐 于是她比以前更爱我，这是女人真实的天性。

夏娃 （像母亲似的可怜着他）爱！你说那个是爱！你说那个是女人的天性！我的孩子，这不是男人，也不是女人，也不是爱情，也不是生命，你的骨头当中没有力量，肌肉里面没有热血。

该隐　哈！（他把他的长枪拿起来，用力地舞动）

夏娃　你不得不扭着一根棍子，来感觉你的力量，你不能尝着生命的滋味，除非把它弄苦，把它烧热，你不能爱诺亚，必须等她涂上脂粉，必须等她披上兽皮，你什么都不能感觉，除了痛楚，你什么都不肯相信，除了谎言，你不肯抬起头来看一下你周围的各种生命的奇迹，但是你会走上几十里路，去看一次角力或是死人的事情。

亚当　说得够了，让这个孩子去吧。

该隐　孩子！哈！哈！

夏娃　（向亚当说）你或许以为他的生活方法，到底是比你更好一点儿，你还是有点儿动心；那么，你也肯纵容我，像他纵容他的女人一样吗？你愿意去杀死猛虎及野熊，使得我有一大堆的兽皮，可以在上面坐卧吗？要我涂上脂粉，双手变成娇弱无力，并且吞食鹈鹕、野鸠，以及羔羊的肉，而羊奶，你也愿意替我偷来吗？

亚当　你现在的样子已经很够受了，你还是就这样活下去，我也照我现在的样子活下去吧。

该隐　你们两个人都全然不知道人生，你们是简单的农民，你们是你们所驯服来替你们工作的牛、狗及毛驴的看护和仆役，我可以使你们摆脱这个地位，我有个计划，为什么不驯服男人和女人来替你们工作呢？为什么不使得他们这样长大，而永远不知道有别的命运，让他们相信，我们是神，而他们活着，就单是为成就我们生存的光荣？

亚当　（被他说动）这是一个伟大的思想，的确。

夏娃　（轻蔑的样子）一个伟大的思想！

亚当　是的，像那条蛇从前常常说的，为什么不呢？

夏娃　因为我不愿意有这种可怜的人，在我的家中，因为我最厌恶有两个头的，或是四肢瘫痪的，或是歪曲的、颠倒的，以及不自然的人类。我已经和该隐说过，他不是一个男人，诺亚不是一个女人，他们都是怪物，现在你想要再造成许多更不自然的怪物，使得你可以变得完全懒惰，完全无用，并且使得你所驯服的人类动物，觉得工作是一种凄惨的命运。一个优美的幻梦，真正的！（向该隐说）你父亲是一个愚人，他的程度，不过深入肌理，你的程度，可就直达骨髓，而你那个贱货妻子，是更加不堪了。

  亚当 我为什么是一个愚人？我为什么是一个比你更愚的人呢？

  夏娃 你说过不会有杀人的事情，因为声音会告诫我们的子孙，叫他们不可以杀人，它为什么没有和该隐说呢？

  该隐 它说过，但我不是一个孩子，会害怕一点儿声音。声音以为我并非别的，不过是我兄弟的保护人。可我发现我其实就是我自己，并且亚伯也应当是他自己，去保护他自己，他不是我的保护人，和我不是他的一样，他为什么不杀掉我呢？并没有什么阻止他的，和没有什么阻止我一样，我们是人对人，而我取得胜利，我是第一个战胜者。

  亚当 你想着这一切的时候，声音是怎样向你说的呢？

  该隐 怎样，它以为我是不错的，它说我的行为，是在我身上的一种标志，一种烙印上去的标志，像亚伯印在他的羊身上的一样。说是没有人应当把我杀死，所以我现在还活着站在这里。同时有许多懦夫从来不曾杀人的，许多愚人，自愿做他们弟兄的保护人，而不想做他们的主人，像兔子一样地被人蔑视、排斥及杀死。一个人带着我这样标志的，应当统治世界，他战死的时候，一定有七倍的报复，声音曾经这样说过，所以你们小心一点儿，你们和一切其余的人，不要想谋害我。

亚当 停止你的夸张和恐吓，向我说句实话，难道声音不曾向你说过，因为没有人敢杀死你，替你的兄弟报仇，你应当杀死你自己吗？

该隐 不曾。

亚当 那么，除非你是说谎，否则就绝对没有神圣的公道了。

该隐 我并没有说谎，我敢说一切的真话，神圣公道确是有的，因为声音和我说，我必须将我自己献给一切的人，只要他们能够把我杀死。没有危险我是不能成为伟大的，这就是我怎样偿付亚伯的血债，无论到什么地方，危险和恐怖，都跟着我的足迹，没有它们，勇气就没有什么意义，而就是这个勇气，勇气，勇气，使得生命的血液，化为红色的光荣。

亚当 （拾起他的铁铲，预备要恢复工作）那么快去吧，你这个光荣的生命，决不能延长到一千年，可是我是要活一千岁的，你们战士们，即使不是彼此互相残杀，或是被野兽杀死，也会由于自己的恶疾死去。你们的筋肉，不同人类筋肉一样地生长，而生长得和树上的瘿瘤一样，你们没有呼吸，只有喷嚏，或是呛得使内部受伤，以致萎顿，死亡。你们的肠胃腐烂，你们的头发脱落，你们的牙齿变黑，落下，在你们的时候未到以前，早已死去，不是因为你们愿意早死，而是因为你们不得不死。而我愿意掘着，活着。

该隐 可是请问你，这个一千年的生命，于你有什么用处呢，你这个老蔬菜？因为你掘过几百年，你会掘得更好一点儿吗？我活得不像你这样的长久，可是我早已完全知道，在耕掘的技术上一切可以知道的事情，由于将它抛弃，使得我的身体自由，可以去学习更高尚的技术，那是你们所完全不知道的。我知道战斗的技术，狩猎的技术，简单地说，关于杀的技术，你对于你的一千岁有什么保证呢？我可以把你们杀死，你们同一对绵羊一样，一点儿不能防卫自己，我饶过你们，别的人也会杀死你们。为什么不勇敢地活着，早早地死去，替别人让出位子呢？就是我，虽然比你们更知道许多的技术，在没有战斗或是狩猎的时候，也觉得厌倦我自己，与其活下去到一千年，我宁可自杀，因为声音有时候已经这样引诱过我了。

亚当　说谎的东西，你方才还不肯承认，声音叫你拿自己的生命，来偿还亚伯的。

该隐　声音向我说话，不是像对你一样的。我是一个大人，而你不过是一个未长成的孩子。人家向大人说话，不像对孩子一样，并且一个大人，不会听见声音就震惧惊恐，默无一言；他会答复，他使得声音对他表示尊敬，最后他就可以指示什么是声音所应当说的。

亚当　你这样亵渎是要烂掉你的舌头的！

夏娃　当心你自己的舌头，不要咒骂我的儿子，这都是利莉思的过错，她使得夫妇之间，对于生育的担负，是这样不平均。该隐，你如果经历过生养亚伯的困苦，或者在他死去以后，必须再生养一个别的人，以弥补他的损失，你就决不会把他杀死，你一定会情愿抛弃自己的生命来救他，这就是为什么你会有这么多的无聊的废话，使得亚当抛却他的铁铲听你说话，使得你一阵寒噤，好像受着秽浊的尸气一样，这就是为什么创造的女人和破坏的男人，是彼此排斥的。我知道你，我是你的母亲，你却懒惰，你却自私。创造生命，是长久、艰难而且痛苦的工作，但是把别人已经造成的偷去，却极其容易。你们耕种的时候，你们使得土地生殖，和我自己的生殖一样，就是因为这个，利莉思才使得女人把你们生养出来，并不是要你们去偷盗或杀人的。

该隐　让魔鬼去感谢她吧！我的时间，较之去做脚底下泥土的丈夫可以有更好一点儿的用处。

亚当 魔鬼？这是一个什么新词？

该隐 你听我说吧，每当你提起你的声音的时候，我在灵魂当中，总是不愿意听受的。世间一定有两个声音一个是欺骗而且轻蔑你的，一个是信任而且尊敬我的，我说你的是魔鬼的声音，我的是上帝的声音。

亚当 我的是生命的声音，你的是死神的声音。

该隐 是这样的，因为它和我说，死不是真正的死，是另外一个生命的门户，一个无限光荣的及强烈的生命，一个纯粹灵魂的生命，一个没有泥块或铁铲，饥饿或疲倦的生命——

夏娃 自私和懒惰，该隐，我知道的。

该隐 自私，是的，一个生命，在里面没有人是他弟兄的保护人，因为他的弟兄，都能够保护他们自己，但是我是懒惰的吗？抛弃你们的贱役，我难道没有受着危难和恐怖，为你们所完全不会知道的吗？箭拿在手上，固然是比铁铲轻些，但是把它穿过敌人胸膛的能力，较之将铁铲插入毫无抵抗力的泥土当中的力量，犹如火与水的差别，我的力量，是十倍的力量，因为我的心中是纯洁的。

亚当 这是一个什么词？什么是纯洁的？

该隐 离开泥土，朝上向着太阳，向着清明洁净的天空。

亚当 天是空虚的，孩子，地是丰饶的，地供养我们，它给予我们以造成你及一切人类的力量，与你所厌恶的泥土断绝，你就会可怜地消失。

该隐 我反对泥土，我反对这种食物，你说它给予我们力量，它不是也使得我们变为污浊，使得我们沾染疾病吗？我反对这种你和母亲所自夸的生产，它牵引我们向下，与兽类成为同等，如果自始至终是这样，让人类消失吧。如果我必须像野熊一样地饮食，如果诺亚必须像野熊一样地生产小崽，那我就宁可做头野熊，不愿意做一个人类，因为野熊自己不会觉得惭愧，它是没有更高的知识的。如果你满足于像野熊一样，我则不然。你尽管和替你生育孩子的女人生活，我要去能给予我以梦想的女人那里，你尽管在地上去收获你的食物，我要拿我的箭从天上取得我的食物，或是趁它在地面上活着行动的时候，把它射死，如果我必须取得食物要不然就会饿死，我至少在可能范围以内，在它们到我手中以前，取其离地最远的。牛是比草更高贵，并且因为人类比牛更高贵，我将来要叫我的敌人吃牛，然后我再把他们杀死，吃下他们。

亚当　怪物！你听到了吗，夏娃？

夏娃　这就是你朝上向着清明洁净的天空的结果！吞食人类！吞食孩子！因为这是一种必然的趋势，像亚伯的羊，一定会生出小羊羔一样。你到底是一个可怜的蠢物，你以为我不曾有过这样的思想吗？我，担负生育儿女的工作；我，担任预备食物的劳力。我曾经想过，以为我这个强健的勇敢的孩子，或许能够想象一点儿更好的事情，并且渴欲着他所想象的，希望着他所渴欲的，直至他创造成功为止，不料所得的结果，是他愿意做一头野熊，吞食孩子！就是野熊可以得着蜜糖的时候，它也是不愿意吃人的。

该隐　我并不要做一头野熊，我并不要吞食孩子，我不知道我要什么，只是我要做一个比起这个愚蠢的老农夫，更高尚更尊贵的人，利莉思把他创造出来，帮助你把我生在世上，而达到目的以后，你现在也轻视他了。

亚当　（暴怒）我真想让你知道，我的铁铲可以把你忤逆的头脑劈开，不怕你拿着长枪。

该隐 忤逆的！哈！哈！（舞动他的长枪）试试看，老朽的众人之父，来尝一下战斗的味道。

夏娃 停下，停下，你们两个傻子，坐下来安静一点儿，听我说吧。（亚当厌恶地耸肩，丢下他的铁铲；该隐笑着，去下他的盾牌和长枪，两人均在地上坐下）我很难知道，你们两个人当中，谁是最使我不满意的。你和你卑污的耕种，他和他卑污的杀生，我想决不是因为这些无聊的生活方法，利莉思用这些方法使得你们自由。（向亚当说）你从地上掘取菜根，培植谷物，为什么不从天上采取神圣的物质呢？他靠着偷盗杀生，取得他的食物，而且造出死后生命的无聊幻想，拿美丽的言辞，装饰他充满恐怖的生命；拿美丽的衣服，装饰他充满疾病的身体，这样使得人家可以推崇他、尊敬他，而不至于咒骂他为凶犯、为盗贼。所有你们男人，除掉亚当以外，都是我的子孙，或是我子孙的子孙，你们都来看我，都来向我炫示，所有你们的小智慧、小技能，都在母亲夏娃的面前展列。耕种的人跑来，战斗及杀人的人跑来，他们都是极无趣的，因为他们总是向我诉说最近的收获，或是向我夸张最近的战争，而每次的收获，完全和前次一样；最近的战争，依然是最初的重演。哦，所有这一切，我已经听过千遍了。他们又来告诉我他们新生的孩子，昨天这个宝贝所说的聪明的事情是怎样的奇怪，怎样的伶俐，怎样的特别，为自从有孩子以来所不曾见过的，我只好装作惊异、快乐有趣，虽然最新出生的孩子，和最初的一样，他所说所做的，决不能胜过你和亚伯当时使得我们感觉的快乐，因为你们是世界上最初的孩子，使得我们充满这样的惊异和愉快，为世界上的夫妇永远不能再同样感觉的。到了不能再忍耐的时候，我走到我们从前的园中，现在那里已成为一片荆棘，希望寻着当时的蛇，和它谈话，但是你已经使得蛇成为我们的仇敌。

它已经离开园中，或是死去，我现在永远不能再看见它，于是我只好回到这里，再听亚当说已经说过几千遍的同样的事情，或是接待最幼的玄孙的访问，他已经长大，想要向我表示他自己的重要。哦，这真是无聊，无聊！然而差不多还有七百年要活下去呢。

该隐　可怜的母亲！你看，生命太长久，使得人厌倦一切，天地间再没有新的事情。

亚当　（粗率地向夏娃说）如果你除掉愁叹以外，没有一点儿可做的事情，你为什么还要活下去呢？

夏娃　因为还有一点儿希望。

亚当　什么希望？

夏娃　希望我们的梦想实现，希望新的创造，希望更好的事情，我的子孙，和我的子孙的子孙，并不全是农夫、全是战士。他们当中，有些人不肯耕种，也不肯战斗，他们比你们两个都更无用，他们是荏弱和怯懦的人，他们是狂妄的，而同时他们又是污浊的，连剪去他们的头发，都嫌麻烦。他们借钱永远不还，但是他们所需要的有人供给，因为他们用美丽的言辞，叙述美丽的故事，他们能够记着他们的幻梦；他们无须睡眠便可以梦见，他们没有创造的意愿，只有梦想。但是蛇曾经说过，一切的梦想，都可以由意愿造成事实，只要有坚强的人相信他们。还有些人把芦管截成不同的长短，用口吹着，在空气当中发出可爱的音调，并且他们当中，有的能够将这种音调组合起来，用三根芦管，同时发声，使得我的灵魂感觉一些事情，但我没有言辞可以形容。还有些人用泥土塑成小的狮象，或是在石片上刻成面貌，要求我替他造出这种面貌的女人。我注视着这些面貌，竭力地希望着，于是我生产出的女孩子，长大以后居然与她们相像。还有些人不用他们的手指计算，去推想数目，并且在夜间观察天空，给予星球以各种名字，并且可以预先知道，在什么时候太阳要被一个黑的锅盖遮住。还有杜巴耳，替我造成这个纺车，省掉我许多的劳力。还有以诺，在各处山坡上巡行，不断地听着声音，并且抛弃他自己的志愿，执行声音的志愿，于是他也有一点儿声音的伟大。他们来的时候，总是有一点儿什么新的奇异，或是新的希望，一种值得活着的事情，他们永远不愿意死，因为他们始终是在学习，是在创造事物或智慧，或是至少也是在梦想它们。只有你，该隐，跑到我这里来，拿了你的无聊的战斗和破坏，以及你的愚蠢的夸张，想要我和你说，这是一切的光荣，而你是个英雄，并且没有别的，只有死和对死的恐怖，是使得生命值得为之活着的。你快去吧，恶劣的孩子！还有你，亚当，赶快继续你的工作，不要荒废时间去听他说话。

该隐　我也许不是很聪明，但是——

夏娃　（打断他的话）也许不是的，但是不要又拿这个来自夸，这不能算是你的长处。

该隐　无论怎样，母亲，我有一种天然的知觉，它向我说，死在生命当中占有它的部分，告诉我这一点，死是谁发明的？

亚当忽然立起，夏娃的纺车落下，两个人都露出极惊慌的样子。

该隐　你们两个人为什么这样？

亚当　孩子，你问了我们一个极可怕的问题。

夏娃　杀是你发明的，你知道这个就尽够了。

该隐　杀不是死，你们明白我的意思，这些我所杀掉的人，如果我不杀掉他们，他们也会死的；如果我不被人杀掉，我也终要死去。是谁使得我这样？我说，死是谁发明的？

亚当　你要明白一点，孩子，你能够忍耐永远地活着吗？你以为你能够，因为你知道，这个思想是永远不会要你实行的，但是我知道，坐在这里冥想永生的和不灭的恐怖是怎样的。你想想看，永远没有一个终局，始终是亚当，亚当，亚当，经过的岁月，多于两河当中的沙砾，而到最后，依然和以前一样的辽远！我，有许多事情是我所厌恶而急于想要摆脱的！你应当感谢你的双亲，他们使得你可以将你的担负，交付与新的及更好的人，而自己得着一个永久的休息，因为死就是我们两人发明的。

该隐 （站起来）你们做得好极了，我也是不愿意永远活着的，但是如果你是死的发明者，我不过是死的执行者，你为什么责备我呢？

亚当 我并不责备你，好好地去吧，让我做我的耕种，你的母亲做她的纺织。

该隐 好的，我就让你们这样，虽然我已经指示你们一种更好的方法，（他拾起他的盾牌和长枪）我要回到我的勇敢的武装伴侣，和他们的美丽的女人那里，（他向着篱笆走去）如果亚当耕田，夏娃织布，哪里还会有绅士呢？ （他狂笑走出，笑声停止后，他在远处高呼）再会，母亲。

亚当 （厌恶的样子）他也可以把这个篱笆放回原处，懒惰的狗。（他把篱笆放在路的当中）

夏娃 由于他及同他一样的人，死神已经逐渐战胜生命，有许多我们的子孙，在他们还没有知道应当怎样生活以前，早已死去。

亚当 （用唾沫涂着他的双手，重新拾起铁铲）没有关系，他们虽然把生命弄得这样短促，可它的时间，还尽够学习耕种。

夏娃 （沉思的样子）是的，耕种，还有战斗，但是够做其他的事情，伟大的事情吗？他们能够活得这样长久，可以吃着神饵吗？

亚当 什么叫作神饵？

夏娃　从天上取得的，拿空气造成的食物，不是从污浊的地下掘出来的。在极短的时间当中，他们能够学得一切星辰的运动方法吗？以诺费掉二百年的光阴，去学习宣达声音的意志，在他还是一个八十岁孩子的时候，他要去了解声音的极幼稚的尝试，比之于该隐的愤怒更加危险。如果他们缩短自己的生命，他们就只会耕种，战斗，残杀，死亡，而他们的婴儿以诺，就会向他们说，这是声音的意志，要他们永远这样的。

亚当　如果他们懒惰，而且愿意向死路上走去，我是没有法子帮助的，我愿意活满我的一千年；如果他们不愿，让他们死掉，以及堕入地狱去吧。

夏娃　地狱？什么叫作地狱？

亚当　地狱就是乐死恶生的状态，快点儿继续你的纺织，我正在替你劳作的时候，你不应当空手坐在这里。

夏娃　（慢慢地拿起她的纺竿）如果你不是一个愚人，你一定会替我寻出一种好点儿的生活方式，胜过纺织及耕种。

亚当　快点儿做你的工作，我同你说，不然你就要没有面包吃了。

夏娃　一个人并不必永远单靠面包生活，世界上还有别的东西，我们现在还不知道它是什么，但是有一天我们总会发现，以后就可以专靠那个生活，就永远没有耕种，没有纺织，没有战斗，没有残杀了。

她无聊地纺着，他不耐烦地掘着。

第二卷
巴拿巴弟兄的福音

　　大战后的第一年，一个五十岁的、相貌动人的绅士，在一间家具整齐的宽大的书室内，坐着写字，他穿着黑色的衣服，他的外衣是一件大礼服的外衣，他的领带是白色的，他的背心不完全是一件教士的背心，他的硬领是从前面扣上，而不是从后面扣上的，他四周的整洁，和他自己态度的庄重联合起来，表露出一种教士的庄严，然而他显然不是教长，也不是主教，他过于聪明显露，不像一个普通宗教信徒，而且他又不是十分劳瘁的样子，不像一个伟大的教会领袖。

　　书室的窗，装着宽阔的安适的窗盘，正对伦敦方面，可以望见汉普斯特德绿地，这是一个晴朗的春天的午后，所以室内充满日光，如果你面向着这些窗户，在你的左边有一只壁炉，炉中正烧着几块木材，炉前地毯上面，有一对舒适的椅子，在这个后面靠近房门，放着一张书桌，教士样子的绅士，坐在桌边，面对房门你可以看见他右面的侧影，在你的左边，有一张靠椅，你的右边，有两只靠椅，在书室中间，还有一只衬着软垫的方凳，靠近书桌，墙壁的上部、下部、用书柜遮住。房门推开，另外一个绅士，比之像教士的这个，略微矮小，不过相差一两岁的年纪，穿着优美的棉织便服,生着短的须髯,身段和态度远不如他那时的样式,朝里面望着。

教士样的绅士 （亲密但不甚客气的样子）哈喽！我没有想到你会赶在五点钟的火车以前来。

便服的绅士 （慢慢走进来）我想起一点儿事情,我想我应该早点儿来。

教士样的绅士 （把他的钢笔放下）你想起什么事情呢？

便服的绅士 （在凳上坐下,一副沉思的样子）我已经决定,关于时间的问题,我以为应当是三百年。

教士样的绅士 （骤然坐起来）这真是奇怪,非常的奇怪,你走进来的时候,我刚刚写着的就是至少三个世纪,（他拿起他的稿纸,用手指着）就在这里,（念着）"人类的寿命,至少必须延长到三个世纪"。

便服的绅士 你怎样得到这个结论的？

一个女仆推开房门,引进来一位年轻的教士。

女仆 哈斯拉姆先生。（她退下）

来客是这样的讨厌,使得他的主人,竟忘记站起来,他们弟兄二人,都瞪向他,完全不能掩饰他们的惊讶。哈斯拉姆,除掉他的硬领以外,一点儿不像一个教士,他穿着鼻烟色的便服,面上带着一种坦白的学生样子的笑容,这使人家不能对他轻慢,他说着显然没有预先准备的话。

哈斯拉姆 我恐怕我是一个极讨厌的人,我是这里的牧师,我以为一个人是应当到各处拜访的。

便服的绅士 （凄厉的声音）我们不是教会中人,你知道。

哈斯拉姆 这个我并不介意。这里的教会中人,多数是极无味的,像阴沟里的水一样。我常常听见你们的大名,而这里又极少有可以讲话的人,我以为你们也许不会介意,你们有点儿介意吗？因为如

161

果我有点儿妨碍你们，我是可以立刻就走的。

教士样的绅士 （站起来，变作缓和的态度）请坐——

哈斯拉姆 哈斯拉姆。

教士样的绅士 哈斯拉姆先生。

便服的绅士 （站起来，把凳子让给他坐）请坐吧。（他退到靠椅的旁边）

哈斯拉姆 （在方凳上坐下）多谢多谢。

教士样的绅士 （自己重又坐下）这是我的兄弟，康拉德，加洛菲耳大学的生物学教授，康拉德·巴拿巴博士。我的名字是弗兰克林，弗兰克林·巴拿巴，我从前也做过好几年的教士。

哈斯拉姆 （向他表示同情）是的，一个人没有法子，如果他有一个家庭的负担，或是他是长辈，认识一个施主，他就会被他的父母推进教会里去。

康拉德 （在顶远的靠椅上坐下，发出笑声）嗯！

弗兰克林 有时候一个人也会被自己的良心，从教会里推出来的。

哈斯拉姆 哦，是的，但是像我这样的人，可以到哪里去呢？我恐怕即使有一个位置在我的面前，而没有更好的事情可以做的时候，我也是没有能够剖析的智力的，我敢说，教会在你是有点儿过于愚钝，但是在我是尽可以对付，至少可以消磨我的时光。

弗兰克林 （恢复他的精神）这又来了！你看，康，这个可以消磨他的时光，生命过于短促，使得人不肯十分认真。

哈斯拉姆 这也是一种看法，的确。

弗兰克林 我并不是被别人推进教会去的，哈斯拉姆先生，我从前觉得我的职业，是应当与上帝合作，像以诺一样。经过二十年之后，我才明白，与我合作的，是我自己的愚昧，自己的夸张，我所自命的经验和智慧，与实际还相差一百五十年的程度。

哈斯拉姆 现在我想起来，古时候的玛士撒拉，在他选定一生的事业以前，一定要再三地考虑，如果我知道我还要活九百六十年，我想我也决不会再做教会的事情。

弗兰克林 只要人类能够活到这个时间的三分之一，教会一定会同现在的情形完全两样。

康拉德 如果我能够活到九百六十年，我一定可以使自己成为一个真正的生物学家，不像现在的样子，好比一个小孩子才刚学着走路，如果有几个世纪的训练，你以为自己也不会成为一个很好的教士吗？

哈斯拉姆 哦，我自己倒无关紧要，做一个过得去的牧师，是极其容易的；可是教会要逼得我离开，我决不能够坚持下去到九百年，我一定会把它丢掉。你知道，当那个主教，他是一个无价的古董，做出一点儿不同寻常的陈腐事情的时候，我园里的鸟，就要开始叫了。

弗兰克林 园里的鸟？

哈斯拉姆 哦，是的，园里有一只鸟，常常在那里唱着："坚持下去或是丢掉他，坚持下去或是丢掉他。"——好像这样的声音——在春天快完的时候，往往不断地唱上个把钟头，我真希望我父亲从前替我选定一个别的职业。（女仆转来）

女仆 有要寄出的信吗，主人？

弗兰克林 这些。（他取出一包信件，她走到桌边，把它们拿去）

哈斯拉姆 （向女仆说）你还没有告诉巴拿巴先生吗？

女仆 （有点儿羞怯的样子）还没有，先生。

弗兰克林 告诉我什么事情？

哈斯拉姆 她想要离开这里了。

弗兰克林 真的吗？我很抱歉，是因为我们有什么不好吗，哈斯拉姆先生？

哈斯拉姆　一点儿也不，她在这里是非常好的。

女仆　（脸红起来）这是我从来没有否认的，我不能再找着个更好的地方，但是我只有一世的时光，我或许不能再遇见第二个机会，原谅我，主人，这些信必须赶快寄出。（她拿着信走出，他们弟兄二人，以怀疑的神情，望着哈斯拉姆）

哈斯拉姆　傻女子！去嫁一个乡下的木工，同他住在茅棚里面，养出许多孩子来挤作一团，不过是因为那个人生着诗人样子的眼睛和一片胡须。

康拉德　（反驳他的话）她说是因为她只有一世的时光。

哈斯拉姆　这也是一样的，可怜的女子！那个人现在逼着她离开这里，等到嫁给他的时候，她只好坚持下去，我说这真是无可奈何的事情。

康拉德　你看，她没有时间发现什么是人生的真实意义，在她知道以前，她早已死去。

哈斯拉姆　（顺着他说）真是这样的。

弗兰克林　她没有时间形成一个训练成熟的意识。

哈斯拉姆　（更加欣然地说）一点儿不错。

弗兰克林　还要更深一层，她完全没有时间形成一个真正的意识，只有一点儿浮薄的德义及很少的自信，一个完全没有意识的世界，这就是我们现状的可怕。

哈斯拉姆　（满面的笑容）真全是虚伪的，（站起来）现在我想我应当走了，多谢你们接待的厚意。

康拉德　（恢复他以前很低的凄厉的声调）你可以不必走，你知道，如果你真觉得有趣。

哈斯拉姆 （勉强做作的样子）是的，我恐怕我应当——我真是必须回去一趟——我还有——事情要做。

弗兰克林 （温和地微笑，立起来，伸出他的右手）再见。

康拉德 （粗率的样子，认为对他毫无办法）再见。

哈斯拉姆 再见，我很抱歉——

教士正走过来和弗兰克林握手，觉得他告别的举动，极有点儿不自然的时候，一个强健的被日光晒黑的少女，栗色的短发，齐着肩头，像戈佐利画上的意大利青年，匆匆地进来，除了她的短裙、她的上衣、她的长靴及一双挪威式的鞋以外，她好像完全没有穿着什么东西，她是一个生活简单的人。

新来的女子 （骤然抱住康拉德，和他接吻）哈喽，隆克。你在预定的时间以前已经来了。

康拉德 规矩一点儿，有生客在这里。

她很快回转头来，看见牧师，她自然地用手指扭着她的衣角，但又旋即放下，觉得没有用处。

弗兰克林 这是哈斯拉姆先生，我们新来的牧师，（向哈斯拉姆说）这是我的女儿辛西亚。

康拉德 寻常叫作赛维，赛维治（野人）的简称。

赛维 我寻常叫哈斯拉姆先生作比尔，威廉的简称。（她走到地毯旁边，远远地向他们望着）

弗兰克林 你认识他吗？

赛维 自然，请坐吧，比尔。

弗兰克林 哈斯拉姆先生就要走了，他还有一个约会。

赛维 我知道，我就是这个约会。

康拉德 既是这样，你可以陪他到花园里去，让我和你的父亲谈话吗？

赛维 （向哈斯拉姆说）网球吗？

哈斯拉姆 好的！

赛维 来吧。（她跳着出去，哈斯拉姆像一个青年学生的样子，跟在她的后面奔出）

弗兰克林 （离开他的书桌，不满意的样子，开始在房内来回行走）赛维的样子使我难受，要是她的祖母看见，是真会吓坏的。

康拉德 （坚执地说）但比起母亲的样子是更加愉快的。

弗兰克林 是的，是更加坦率的，更加自然的，有一百样的好处但是我总觉得看不入眼。在我的头脑中，我始终以为母亲是一个极有礼貌的女人，而赛维是全无礼貌的。

康拉德 在母亲的极好的礼貌当中，并没有什么愉快，这就是生物学上的区别。

弗兰克林 但是在母亲的礼貌当中，有优美的态度、温文的态度、娴雅的态度，并且最重要的是坚定的态度，赛维却是这样一个小野兽。

康拉德 在她的年纪，她本就应当是这样的。

弗兰克林 又是这个！她的年纪！她的年纪！

康拉德 你要她在十八岁就完全长成，你要强迫她成为一个自尊的、伪饰的，在她还没有一个自我可以把持以前，就预先能够自持的人。你姑且不要去管她，在她这样的年纪，她并没有什么不对。

弗兰克林 我一向不去管她，可是你看看结果！和许多别的、向来没有人管的年轻人一样，她变成一个社会党，这就是说，她变成一个完全没有礼教的人。

康拉德 那么，你自己不也是一个社会党吗？

弗兰克林 是的，但是这不一样，你同我都是在中等社会的旧礼教当中长大的，我们学过中等社会的礼貌，中等社会的德义。中等社会的礼貌，也许是无聊的礼貌，它们也许不能使人感觉愉快，像你所说的样子，但是它们总比没有礼貌好一点儿。中等社会的德义，也许是虚伪的，但是至少还有它们存在，女人知道她们期望什么，什么是人家所期望于她们的。赛维不是这样，她并非别的，全然是一个过激派，她只有随时做出她的礼貌，她的行为，有些常常是很动人的，毫无可疑，但是有时候她弄得十分难看，于是我觉得她在那里怪我没有给她好点儿的教导。

康拉德　那么，无论怎样，你现在总可以好一点儿地教她。

弗兰克林　是的，但是已经太迟了，她现在已经不信任我，她从来没有同我谈过这样的事情。她也没有读过我的著作，也没有来听过我的演讲，所以关于赛维的事情，我已经没有一点儿办法。(他重又在书桌旁坐下)

康拉德　我必须同她细谈一下。

弗兰克林　她也许会听你的话，因为你不是她的父亲。

康拉德　我曾经寄给她我最近的著作，我可以问她对于这本书的意见，借此引出她的话。

弗兰克林　她听见你要来的时候，已经问过我，所有的书页，是不是都是裁开的，怕落在你的手中，因为她连一个字也没有看过。

康拉德　(愤怒地立起来)什么？

弗兰克林　(坚决地说)一个字也没有看过。

康拉德　(自认失败)是的，这也不过是一个自然的结果，生物学在女人看来是一种枯燥无味的科目，而且我也是一个极枯燥无味的老朽。(他无聊地重新坐下)

弗兰克林　老弟，如果事情真是这样，如果你所研究的生物学和我所研究的宗教学，都是枯燥无味的科目，像以前他们在这个名称之下所教授的陈腐的东西，而我和你是一对枯燥无味的老朽，同一般的老牧师和老教授一样，那么这个巴拿巴弟兄的福音，就是一个幻想了。除非这个凋谢的宗教，这个枯燥的科学，在我们手中，可以生出一点儿活气及浓烈的趣味，我们还不如去掘我们的花园，直到应当掘我们坟墓的时候。（女仆转来，弗兰克林因为被她打断谈话而露出不耐烦的样子）怎样？现在又是什么事情？

女仆 乔伊斯·伯格先生有电话来，主人，他要和你说话。

弗兰克林 （惊异的样子）乔伊斯·伯格先生！

女仆 是的，主人。

弗兰克林 （向康拉德说）这是怎么一回事？我有好多年没有同他通信，也没有同他联系了，在他做联合内阁的总理以前，我早已辞去自由协会的主席，把我脚上的党派政治的尘土，完全拍去，当然，他把我丢下，像丢一个烫手的山芋一样。

康拉德 可是，他现在已经被联合内阁排挤出来，他不过是半打反对领袖当中的一个，或者他又想要把你拾起来了。

女仆 （警告的态度）他还在电话上等着呢，主人。

弗兰克林 是的，我就来。（他匆匆地走出）

女仆走到地毯上面，添上炉中的火，康拉德站起来，走到书室的中间，站定了，向她嘲笑地望着。

康拉德 喂，你说你只有这一世的时光吗？

女仆 （惊慌地跪在地上）我这话并没有什么恶意，主人。

康拉德 你是一点儿没有恶意，但是你知道，你可以活到很长久很长久的时候，如果你真愿意这样。

女仆 （在她的脚上坐下）哦，不要提这个，主人，它使人很心乱。

康拉德 为什么？你已经这样想过吗？

女仆 我再不会想着这种事情，要不是你写在那里，主人。我同厨娘看过你的书了。

康拉德 什么！你同厨娘看过我的书！而我的侄女不肯把它翻开！预言家在他自己的家族当中，是没有人尊敬的。那么，你是不是愿意活几百年？你想要来试下吗？

女仆 是的，当然你并不是认真的，主人，但是它的确引起人的心事，尤其是在一个人将要出嫁的时候。

康拉德 这个和出嫁有什么关系呢？他也可以活得同你一样的长久，你知道。

女仆 就是因为这个，主人，你看，无论是好点儿坏点儿，他必须把我留着，一直到死为止，如果他想到这也许多几百年的时光，你想他肯轻易这样做吗？

康拉德 这倒是真的，可是你自己觉得怎样呢？

女仆 哦，我老实同你说吧，主人，我从来没有答应同一个人相处这样的长久，就是我自己的儿女，也不能忍受他们这样长久；因为厨娘计算出来，当你活到二百岁的时候，你也许会嫁给一个你自己的六七世的孙子，而且并不知道他是什么人。

康拉德 那么，为什么不呢？因为就你所知道的，你现在所要嫁的人，也许是你六七代以前的祖母的六七世的孙子。

女仆 但是你想人家会认为这是正当的吗？

康拉德 我的孩子，一切生物学上的必要，必须成为正当的，无论我们喜欢或不喜欢，所以你可以不必忧虑这个事情。

弗兰克林转来，经过室内，走到他的椅子旁边，但是没有坐下，女仆从室内退出。

康拉德　乔伊斯·伯格有什么事情？

弗兰克林　哦，一个可笑的误会，我答应到米德尔斯伯勒去讲演。有些蠢人，就在报上登出，说我要到米德尔斯伯勒去，而并没有加以说明。当然，因为现在我们正逢着将要改选的时候，政党中人，以为我要到那里去竞争议席，伯格知道我有点儿人望，他想我可以加入下议院，做一部分人的领袖，所以他坚持要来看我，他住在多尼斯海尔的一个友人家中，五分钟或是十分钟以内，就可以到这里来的，他说。

康拉德　但是你没有和他说，这只是一场虚惊吗？

弗兰克林　当然说过，但是他不肯相信我。

康拉德　这就是说，他骂你是一个说谎的人？

弗兰克林　不，我倒愿意他这样，无论怎样的真话，都比这些可厌的虚伪的周旋，这些我们的民党政客所特制出来应用的话，好一点儿。他假装相信我，并且向我申明，他的拜访，完全没有任何目的，但是如果他毫无目的，他又为什么要来呢？这些人从来不相信他们自己所说的事情，自然他们也不能相信别人所说的无论什么事情。

康拉德　（站起来）那么，我应当出去了，在战争以前，政党的事情，已经很不容易忍受，但是现在他们合拢起来，已经把欧洲毁掉一半，我真是再不能和他们客气，并且我也不知道，我为什么应当那样。

弗兰克林　等一会儿吧，我们必须征求世间对于我们新的福音的意见。（康拉德重新坐下）政党的政客，不幸还是世间最重要的一部分，让我们拿乔伊斯·伯格来试试看。

康拉德　您怎样能够呢？您只有对于能听的人，可以告诉他事情，乔伊斯·伯格说话太多，早已失去他听觉的能力，他就是在下议院当中，也从来不听的。

赛维气急地跑来，哈斯拉姆跟在她的后面，他刚刚走进门内，就畏缩地站住。

赛维　（向着弗兰克林走来）我说！你晓得有什么人坐着一个大汽车来了？

弗兰克林　乔伊斯·伯格先生，也许是。

赛维　（失望的样子）哦，你们知道的，比尔，你们为什么不同我说他就要来？我连一点儿衣服也没有穿呢。

哈斯拉姆　我最好走，是不是呢？

康拉德　你们姑且等在这里，你们两个人，你们开始打哈欠的时候，乔伊斯·伯格也许会识趣的。

赛维　（向弗兰克林说）我们可以吗？

弗兰克林　是的，只要你答应规矩一点儿。

赛维　（做一个歪脸）那就真是一个特别的优待，可不是吗？

女仆　（进来通报）乔伊斯·伯格先生。（哈斯拉姆急促地走到壁炉旁边，来客进来之后，女仆把门关上，退下）

弗兰克林　（很快走过赛维身旁，去招呼他的客人，装出一种虚伪的恳切，他自己刚才痛骂过的）哦！你终于来了，真是非常幸会，（他和伯格握手，并介绍赛维）我的女儿。

伯格站着并不说话，但是在每次介绍的时候，他面上勉强做出一副笑容，而且他的眼光当中，露出一种极亲切的样子。他是一个壮健的刚过五十岁的人，生着灰白的头发，因为他的脖子很短，所以头发差不多披到他的领上。

弗兰克林　哈斯拉姆先生，我们的牧师。

伯格造成一种光明的印象，好像教堂的窗片一样。哈斯拉姆顺手拿着地毯上最近的座椅，替伯格推过来，放在方凳和康拉德的中间，他退到对面的窗盘上。赛维跟着他过来，他们并排坐下，两肘搁在膝上，双手托住他们的下颌，好像在开始的议场上，替伯格预备一种旁听席。

弗兰克林　我忘记你是不是认识我的兄弟康拉德了，他是一个生物学家。

伯格　（忽然发出强烈的动作，热心地和康拉德握手）单是听过名字，但是很熟悉，当然，我真愿意我可以专心研究生物学。我对于岩石、地层、火山等，向来是极有兴趣，它们对于地球的年龄，有许多的贡献，（表示自信的态度）世界上没有像生物学这样好的，"云顶的高塔，庄严的铁针，宏丽的寺院，伟大的地球自身，是的，所有这些遗传下来的，终要归于消灭，像这个有力的集会一样消灭，没有一片遗迹留下"。这就是生物学，你知道，极好的真正的生物学。（他坐下，其余的人同时坐下，弗兰克林坐在方凳上，康拉德坐在他的椅子上）亲爱的巴拿巴老友，你觉得现在的情形怎样？你想这不已经是我们应当活动的时候吗？

弗兰克林　无论什么时候都是应当活动的。

伯格　一点儿不错！但是应当怎样活动呢？你是一个极有力量的人，我们知道，我们一向就知道，我们必须和你商议，无论我们愿意或不愿意，我们——

弗兰克林　（坚决地截断他的话）我现在从来没有问过政党的事情。

赛维　你不能说你没有力量，爸爸，有许多人都是决心拥戴你的。

伯格　（高兴地望着她）当然他们是的，来吧！让我来向你证明，我们认为你是怎样的。我们可以替你找一个第一等的选区，在下次选举的时候去竞选吗？一个可以不要你费掉一分钱的选区，你说斯特兰德好吗？

弗兰克林　亲爱的伯格，我不是一个小孩子，为什么把你们的党费，白费到斯特兰德去？你知道你是不会当选的。

伯格　我们不能当选。但是你——

弗兰克林　哦，我求你！

赛维　斯特兰德是没有用的，伯格先生，我在那里替社会党运动过一次，他妈的。

伯格　他妈的！

哈斯拉姆　（勉强忍住他的笑声）真妙极了！

赛维　我想我是不应当向阁下说粗话，但是这个斯特兰德你知道！快不要再提吧。

弗兰克林　你必须原谅我女儿的无礼，伯格，但是我很赞同她的意思。通常的民党政治家，很容易自己以为凡是听他讲话的人，都是受骗的愚民，而且是一个天生的傻子。

伯格　（和蔼地笑着）你这个老贵族派！但是相信我，人民的本能是健全的——

康拉德　（尖峭地切断他的话）那么为什么你会在反对方，而不在政府当中呢？

伯格　（在这个攻击之下，现出愤怒的征兆）我否认我实际上是在反对方。现在的政府，并不能代表全国，我是被保守党的阴谋排挤出来的，人民要我回去，我自己不愿意回去。

弗兰克林　（轻轻地驳他）我亲爱的伯格，当然你是愿意的。

伯格　（转身向他说话）一点儿不对，我愿意培植我的花园，我对政治并不感兴趣，我对玫瑰花感兴趣。我从来没有丝毫的野心，我加入政治活动，是我的内人把我推进去的，上帝赐福她！但是我愿意替祖国尽力，我有什么别的可以做呢？我要把我的国家从王党手中救出，他们并不代表人民，他们所推举出来的总理，从来没有代表过人民，这个你是知道的，丹宁勋爵是从前遗留下来的极端老朽的王党，他有什么可以贡献于人民的呢？

弗兰克林　（在伯格继续说下去以前，就插进去，因为他显然是预备要回答他自己的问题）让我来告诉你，他有能够确知的信仰和原则可以贡献。人民对于丹宁勋爵，知道他们自己是在什么地方，他们知道，什么他认为是对的，什么他认为是不对的。对于你的部下，他们永远不知道他们是在什么地方，对于你，他们也永远不知道他们是在什么地方。

伯格　（吃惊）对于我？！

弗兰克林　是的，你在什么地方？你是什么呢？

伯格　巴拿巴，你一定是疯了，你问我是什么吗？

弗兰克林　我是问的。

伯格　如果我没有弄错，我就是乔伊斯·伯格，全欧洲，实际上全世界，人人所知道的——也许是不胜任的，但是并非是全然失败的——当政局的孤舟，飘荡在极大的、惊天动地的，为我们祖国所从来没有遇见过的狂风当中的时候，一个掌舵的人。

弗兰克林　我知道这个，我知道你是什么人，至于惊天动地的部分，在我以为你虽然是在这个负极大责任的地位，我和一切的别人，都不知道什么是你的信仰，或者甚至于你是不是有什么信仰，或是什么原则。我所知道的，只有你的政府，一大部分组成人员认为你是一个偷鸡的小贼，而你认为他们是人民的仇敌。

伯格　我赞成你的意见，我绝对赞成你的意见，我是不相信联合政府的。

弗兰克林　一点儿不错，然而你组织过两次了。

伯格　为什么呢？因为我们是正在战争当中，这就是你们这班人所永远不能明白的。敌人打到门口，我们的国家，我们的生命，我们的妻子、母亲、女儿的名节，我们柔弱而又无辜的孩子，已经十分危险，这还是一个争论原则的时候吗？

弗兰克林　我可要说，这正是一个应当明确地宣布我们的原则，使一切人，都承认我们人民的决心，而得到全世界舆论的信仰及赞助的时候。如果敌人知道，在原则上他要被人家立刻关在门外，你想他还会打到门口来吗？他不是与你们彼此相持，直等到美国出来大胆地承认民治的原则，才把你们救出来吗？你们为什么让美国夺取英国的荣誉呢？

伯格　巴拿巴，美国是被言谈引入旋涡的，在和议席上，只好把它们吞下，当心你的雄辩，这对于像你这样常常演说的人，是致命的毛病。

弗兰克林、赛维、哈斯拉姆　（三人同时说）不错！我喜欢这话！真是妙极了！

伯格　（继续说下去，不理他们）讲到事实的问题，战胜的并不是原则，乃是英国的舰队及封锁的效力。美国供给空论，我供给子弹，你不能拿原则在战争上取得胜利，但是你可以拿它们在选举上取得胜利。在这一点上我们彼此一致，你要下次的选举在原则上竞争，这就是话里的意思，可不是吗？

弗兰克林　我完全不要有什么选举的竞争！选举是一种道德上的恐怖，除掉流血以外，差不多和战争一样坏，所有相关的人的灵魂都会变得肮脏，如同洗了泥澡，你明明知道，它是不能在原则上来竞争的。

伯格　恰恰相反，它不应当拿别的竞争，我相信政纲是一种错误，我赞同你的意见，原则正是我们所需要的。

弗兰克林 没有政纲的原则吗？

伯格 一点儿不错，就是这句话。

弗兰克林 为什么不用一个词呢？陈词滥调，这就是没有政纲的原则意义。

伯格 （迷惑但是还忍耐着，想方设法寻出弗兰克林的真意，以便掌控他的价码）我不完全明白，你听着，我是与你一致的，我是在你的一面，我是在接受你的提议。我们决不能再有联合的举动，这一次的内阁当中，不能有个王党，所有的候补人，均须立誓赞助自由贸易；在海外属地的关系方面，略微加以变通，取消教会的官方地位及改造贵族院，赞助修改地价税的计划，想方设法，使爱尔兰局势平静，这一切，可以使你满意吗？

弗兰克林 这个并不能使我感兴趣，即使你的朋友真的认可这一切！又有什么可以证明？他们就是在政党政治上也是极端落伍的，他们自从 1885 年以来，一点儿没有学着什么，也一点儿没有忘记什么。他们厌恶教会，厌恶中等地主，他们嫉妒贵族，执有轮船股票而没有中部制造公司的股票……这一切，与我有什么关系呢？我可以替你寻出几百个卑污的游民，或是极端愚蠢的反动派，他们具有一切这些品质。

伯格 私人的罪恶不能证明什么事情，你以为保守党都是天使，就因为他们全是英国国教的信徒吗？

弗兰克林 不，但是他们因为是英国国教的信徒，还集合成一个团体，而你们这些攻击教会的人，全然是一盘散沙；赞助教会的人，对于宗教是一心的，他的敌人，是多心的，教会的信徒是一个方阵，你们的人是一群暴徒，在里面无神论者与普利茅斯兄弟会的教友冲突，实验论者与苦修的火柱派冲突。你们当中，包含一切极浅薄的无信仰的人，和一切极浅薄的狂信的人。

伯格 我们应当主张，和克伦威尔一样，道德的自由，如果这是你的意思。

弗兰克林 你怎么可以在你有道德的反对派的坟墓上面，说这样的废话呢？一切的法律，都限制道德的自由，如果个人的道德，允许他来偷你的金表，或者逃避军人的义务，你允许他有多少自由呢？道德的自由，并不是我的意思。

伯格 (急躁的样子)我愿意你快点儿说出你的意思。一半的时候，你在那里说，你一定要原则，然而我向你提出原则来的时候，你又说它们是无用的。

弗兰克林 你并没有向我提出过什么原则，你们党派的口号，不能算是原则。如果你再握着政权，你就会看见你所率领的，是一群乌合之众，里面有社会党及反社会党，有骄横的帝国主义派及小英国派，有生铁式的唯物论者，以及幻想的贵格会教徒，有基督教的科学家，以及主张强迫接种的人，有工团派及官僚派。简单地说，有一切在人类社会及命运上，根本的主张不同，而绝对无法调和的人，统御这样一种团体的不可能，就会逼得你再把这个通行证，卖给坚固的保守政敌。

伯格 (大怒地立起来)再卖掉这个通行证！你诬蔑我已经卖掉过了！

弗兰克林 在真正战争的狂飙，把你们假的议会战争，卷入颠簸里去的时候，你只好背着你的同党，和反对派的领袖秘密协商，以取消一切他们所不赞成的法案作为交换条件，保持你的政权。你并不能使他们遵守他们的约束，因为他们不久就泄露这个秘密，强迫你组织联合政府。

伯格 我严正地宣告，这是一个虚伪的荒唐的诬蔑。

弗兰克林 你否认有这件事情吗？那些没有被否认过的报告都

是虚伪的吗？公布的函件，都是假造的吗？

伯格　当然不是的，但是这不是我做的事情，我那个时候不是总理，这是那个毫蓄无用的骗子卢宾做的，他是那时候的总理，我并不是。

弗兰克林　你的意思是说，你并不知道吗？

伯格　（他耸肩，重新坐下）哦，我自然是知道的，他们不能不告诉我，但是我有什么办法呢？如果我们拒绝，我们也许就不得不抛弃政权。

弗兰克林　一点儿不错。

伯格　是的，在这样一个危急的时候，我们可以委弃我们的国家吗？敌人已经来到门口，在这种时候，人人都应当为国牺牲，我们不得不超越党派的范围，我现在可以骄傲地说，我们从来没有细想党派的事情，我们坚持着——

康拉德　政权吗？

伯格　（转身向他说话）是的，先生，坚持着政权，这就是说，坚持着责任，坚持着危险，坚持着劳心疲神的工作，坚持着咒骂和误会，坚持着一种磨难，使得我们甚至于羡慕战壕里面的士兵。如果你曾经接连几个月，靠阿司匹林维持生命，靠氯化钾催起一点儿睡眠，你决不会说得政权好像是一个难得的机遇了。

弗兰克林　然而，你承认在我们的议会制度之下，卢宾是不能不这样做吗？

伯格　在这个问题上，我是不能开口的，无论什么，不能使我说一句话来反对这个老人，我从来没有说过，我以后也永不会说。卢宾已经老迈，他从来也不是一个真正的政治家，他懒得像火炉旁边的睡猫一样，你不能使得他做一点儿事情，他毫无用处，只有站起来演说，他的结论，可以感动后面席上的议员。但是我不愿意说他的坏话，我觉得你的意思，并不认为我是一个怎样的政治家，但是无论如何，我还可以做一点儿事情，我能够应付过去，就是你也会承认这个，但是卢宾！哦，我的天呀，卢宾！如果你知道——

女仆推开房门，引着一位客人进来。

女仆　卢宾先生。

伯格　（从他的椅子上直跳起来）卢宾！

这是一个诡计吗？他们同时都惊异地站起来，望着门口。卢宾走进。

这是一个将近七十岁的人，约克郡人，而在他的白发上面，还带着一点儿北欧的淡黄色的最后痕迹。他的身材很矮小，他的举动很自然，好像他简单的尊贵，是原来应当有的，但是他异常的安闲，十分的自信，与智力兴奋的弗兰克林、顽强自夸的伯格，均极其相反。他一进来，立刻显出他们都是不幸的人，无事自扰的，方枘圆凿的，而他则像一株莲馨花那样，欣欣向荣。女仆退下。

卢宾　（向弗兰克林走来）你好吗，巴拿巴先生？（他极安闲亲切地向他说话，好像他是主人，而弗兰克林是一个局促不安的但是为他所欢迎的客人）我曾经在会场上遇见过你，我记得那是与美国议和的百年纪念。

弗兰克林　（和他握手）还远在那以前，一个关于委内瑞拉的集会，我们和美国几乎要开战的时候。

卢宾　（没有一点儿怒意）是的，你说得一点儿不错，我知道是与美国有关的事情，（他拍着弗兰克林的手）你一向怎样？好吗？

弗兰克林　（微笑，使得他冷酷的态度缓和）在这样长久的时光当中，当然总是不免有点儿小的病痛的。

卢宾　是这样，是这样。（回转头来朝赛维看着）这位年轻的小姐是——

弗兰克林　我的女儿，赛维。

赛维从窗前走过来，立在她父亲和卢宾的中间。

卢宾　（亲切地握住她的双手）为什么她从来不到我们家里来呢？

伯格　我不知道你是不是已经看见我在这里，卢宾。

赛维借这个机会走开，退到靠榻上坐下，哈斯拉姆轻轻地跟着她过去，坐在她的左边。

卢宾　（在伯格的椅子上坐下，好像异常舒服的样子）亲爱的伯格，如果你以为走到你旁边十英里的周围以内，还能够不觉得你在此，你就是太看轻你自己了。你好吗？还有你那些报馆的朋友都很好吗？（伯格做出一个受到巨大惊吓的动作，但是卢宾安闲而和悦地继续说）我可以问你在这里和我的老朋友巴拿巴有点儿什么事吗？

伯格　（在康拉德的椅子上坐下，弄得他很不安地立在边上）是的，就是同你一样的事情，如果你愿意知道，我是在替我的党，征求巴拿巴先生的有力的支持。

卢宾　你的党吗？那个报馆的党吗？

伯格　自由党，我很荣幸地做着他们的领袖。

卢宾　你现在是吗？这倒是极有趣的，我一时竟以为我还是自由党的领袖，但是我很感谢你替我解除这个责任，如果党允许你这样。

伯格　你暗示我没得到党的支持及信任吗？

卢宾　我并没有暗示什么，亲爱的伯格，巴拿巴先生可以告诉你，我们都是极推重你的，你对于国家有不少功劳。在战争当中，你办理军械的成绩，总算不坏，如果在和平的时候，你不会有一样的成功，没有人怀疑你的意思是很好的。

伯格　我很感谢你，卢宾，让我来提醒一句，不向前活动，你是不能够领导一个进步的党的。

卢宾　你是说你不能够吧，我已经领导了十年，不曾遇见丝毫的困难，而且他们是舒服的，繁荣的，快乐的。

伯格　是的，但是他们的最后是怎样的？

卢宾　最后就是你，伯格，你不要抱怨这个，你知道吗？

伯格　（愤然地说）最后是疾病、疫病、饥饿、战争、残杀以及最后的死亡。

卢宾　（做出一种钦佩的微笑）我才看见，一个不信教的人，也会引用《圣经》来表示他自己的意思。伯格，你觉得那一回的事情是怎样的？你还记得总罢工的打击吗？

伯格　它很快就结束了，不要忘记这个，你还记得奋斗到你最后的一滴血吗？

卢宾　（泰然地对弗兰克林说）讲到这里，我想起令弟康拉德——有非凡的头脑，并且是一个可爱的和气的人——他向我说明，我不能够奋斗到我最后的一滴血，因为在这样以前，我早就已经死掉，极其有趣，而且十分确定。我是在一个会场上认识他的，女权党正不断地和我捣乱，不得已把她们抬出去，她们一路踢着，做出一种可怕的骚动。

康拉德　不，这还是在以后，在一个赞助选举议案的会场上，那个议案，给予了她们投票权。

卢宾　（第一次发现康拉德的存在）你说得不错，是这样的，我知道是一种关于女人的事情，我的记忆力，从来不骗我的，谢谢你。巴拿巴，你可以替我介绍这位先生吗？

康拉德　（不十分客气的样子）我就是你所说的康拉德。（他在空的靠椅的扶手上坐下）

卢宾　你是吗？——（愉快地望着他）是的，一点儿不错，我从来不会忘记一个熟识的面孔，但是（他的目光狡猾地转到赛维身上）你的漂亮的侄女，把我全部的视觉能力都吸引住了。

伯格　我希望你可以认真一点儿，上帝知道，我们已经经历过的这些可怕的时光，足以使任何人都认真起来。

卢宾　我想我用不着被提醒。在太平的时候，我每礼拜天都要摒除一切世间的忧虑，使自己精神活泼，可以做我的工作。但是战争是不尊重安息日的，在最近的几年当中，每逢礼拜天，我有时候必须打六十六盘的纸牌，以免前线的消息使我心里烦乱。

伯格　（觉得太不应当）礼拜天打六十六盘的纸牌！

卢宾　你大约会唱六十六章的赞美歌，但是因为我既没有你这样好的声音，也没有你的笃信的精神，我只好靠着纸牌消遣。

弗兰克林　如果我可以回到你们访问的主题上面，我觉得你们二位，都会被工党完全推翻的。

伯格　但是在真正意义上，我自己就是一个工党的领袖。我——
（他停住，因为卢宾已经立起来，勉强忍住他的哈欠，开始从容地说话，但是并没有感兴趣的样子）

卢宾　工党吗？哦，不会的，巴拿巴先生，不会，不会，不会，（他向赛维的方向走去）在这上面决不会有什么麻烦的，当然我们必须让他们略微多得几席，我完全承认。在大战以前，我们做梦都不会给予他们，但是——（这个时候，他已经走到赛维和哈斯拉姆所坐的靠椅榻旁边，坐在他们两人的中间，握住她的手，把工党的问题丢掉）喂，我的小姐，最近有什么新闻？外间的情形是怎样的？你看过萧待的新戏吗？告诉我关于他的一切，关于一切最近的新书，以及一切其余的事情。

赛维　你还没有会见过哈斯拉姆先生，我们的牧师。

卢宾　（完全没有注意到在旁边的哈斯拉姆）从没有听说过他，他有什么好处吗？

赛维　我是在替他介绍，这位就是哈斯拉姆先生。

哈斯拉姆　你好吗？

卢宾　请你原谅，哈斯拉姆先生，我们真是幸会。（向赛维说）哦，你现在已经写了多少本书了？

赛维　（有点儿局促，但是觉得有趣）一点儿也没有，我是不著书的。

卢宾　你不要这样说！那么，你做点儿什么事情？音乐吗？短裙的跳舞吗？

赛维　我一点儿事情不做。

卢宾　谢谢上帝，我们两个人真是生来就是一样的。谁是你所最爱的诗人，萨利吗？

赛维　赛维。

卢宾　赛维！我从来没有听说过他，告诉我关于他的一切，使我知道新的事情。

赛维　这并不是一个诗人，我就是赛维，不是萨利。

卢宾　赛维！这倒是一个奇怪的名字，而且极好听，赛维，有点像中国字的声音，它是什么意思？

赛维　赛维治（野人）的简称。

卢宾　（拍着她的手）La belle sauvage.

哈斯拉姆　（立起来将赛维让给卢宾，走到火炉旁边）我认为在进步政治的关系上，教会是不成问题的。

伯格　瞎说！认为教会是不进步的观念，是这种标语的一个，是我们党中所必须取消的。教会在本质上，并没有什么坏处，去掉这些机关，去掉这些主教，去掉这些烛台，去掉这个三十九条的规律，英伦的教会，就同别的最好的教会一样，我不管哪一个听见我这样说。

卢宾　无论谁听见你这样说，都没有一点儿关系，我亲爱的伯格。（向赛维说）你说谁是你最爱的诗人？

赛维　我并不爱什么诗人，你呢？

卢宾　贺拉斯。

赛维　哪一个贺拉斯？

卢宾　昆塔斯·贺拉斯·弗拉库斯，罗马的所有诗人当中最伟大的一个，我的小姐。

赛维　哦，如果他已经死去，这个理由就可以说明了。我有一个学说，凡是死去的人，我们所特别感兴趣的，一定就是我们自己，你一定是贺拉斯的转世。

卢宾　（大乐）这真是一个极美妙的透彻的聪明的事情，我从来不曾听过，巴拿巴，你可以和我交换女儿吗？我可以给你两个选择。

弗兰克林　别人提议，赛维决定。

卢宾　赛维怎么说呢？

伯格　卢宾，我到这里，是来谈政治的。

卢宾　是的，你只有一个话题，伯格。我到这里，是来和赛维闲谈的。巴拿巴，把他领到隔壁房间里去，随他去吧。

伯格　（半是愤怒半是宽恕的样子）不，卢宾，我们真的是在一个危险的——

卢宾　我亲爱的伯格，人生是一种疾病，一个人和另一个人的不同，就是在活着的时候，疾病的状态两样。你始终是在危险的状态，我始终是在痊愈的状态，我享受这个痊愈，只有这个部分，使得人生的疾病有点儿价值。

赛维　（半立起来）也许我还是走开好点儿，我在妨碍着你们。

卢宾　（叫她重新坐下）一点儿没有，亲爱的，你单是妨碍着伯格，被一个美丽的女子妨碍着，在他真是一件极好的事情，这恰恰是他所需要的。

伯格 我有时候羡妒你，卢宾，人类的伟大活动，时代的巨大潮流，会从你身边经过，让你无动于衷。

卢宾 它让我无动于衷，而且是很舒服的，多谢你。你尽管跟着潮流上前去，等到你觉得厌倦的时候，再回转来，你会看见英国还是在原来的地方，而我依然照旧坐着，赛维女士正在和我谈各种有趣的事情。

赛维 （她渐渐地觉得不安起来）你不要被他说得你不能开口，伯格先生。你知道，卢宾先生，我对于工人运动，对于通神术，对于战后的复兴，以及一切种种的事情，是非常感兴趣的。我敢说，你们时髦社会当中的少女，会觉得异常的荣幸，如果你们坐在她们的旁边，和她们这样亲切，像你现在对于我亲切的样子。但是我不时髦，而且我是不能当一个少女看的，我粗蠢而且认真，我愿意你也认真一点儿。如果你拒绝，我就要走过去，坐在伯格先生的旁边，叫他把我的手握住。

卢宾 他不知道应当怎样做，亲爱的，伯格是一个有名的放浪——

伯格 （惊骇）卢宾，这太离奇了，我——

卢宾 （接连下去）——但实际上他是一个家庭的模范，他的名字和一切著名的美人都有关联，但是现在他只有一个女人，这不是你，我的亲爱的，乃是他娇丽的夫人。

伯格 你假装弥补着我的人格，而实际是把它毁坏，请你专一定律，和地心引力的定律一样，对于他们的野心，他们的欲望，没有一点儿关系。我说的话，如果我可以这样说，是从专门的知识得来的，因为我对于工人问题，曾经有一番特别的研究。

弗兰克林 （感兴趣，而且有点儿惊异的样子）真的?

卢宾 是的，这还是在我初出茅庐的时候，他们请求我给劳工大学的学生讲演，有人再三谆嘱，叫我答应他们，因为格莱斯顿和莫利以及许多别人，在那时候，都曾经做过这样的事情。这实在是一种极麻烦的工作，因为在那个时候我还没有学过政治经济学，你知道的，我在大学里是一个古代文学的学者，而我的职业，是一个律师，但是我翻阅教科书，极留心地把这个事情研究明白。我认为正确的观察，是一切这些商业联合主义及社会主义等，完全根据愚昧的幻想，以为工资及财富的生产和分配，可以由立法及各种人类的举动支配，他们服从固定的科学定律，由最高的经济学专家求得而且最后决定。自然，在隔了这样长久的时间以后，我不能确实记得推想的方式，但是无论什么时候，我可以在一两天当中，再把它研究明白，如果有这样的必要。你绝对可以相信我，以一种彻底的明确的方法，把这些愚蠢的不合实用的人，完全驳倒。当然在一定的程度上，必须略为宽容他们，敷衍他们，使得他们虽失败，而不至于在工界的选民当中发生恶感，简单地说，我可以在极短的时间当中，再预备好这个演说。

赛维 但是，卢宾先生，我也是受过大学教育的，这一切关于工资及分配是由于不变的经济定律确定的说法，是早已废弃不用的了。

弗兰克林 （大骇）哦，亲爱的！这太不恭敬了。

卢宾 不，不，不，不要责备她，她决不可以被人责备。（向赛维说）我知道，你是一个卡尔·马克思的信徒。

赛维 不，不，卡尔·马克思的经济学，是全然陈腐的。

卢宾 （他到现在也有点儿吃惊）啊唷！

赛维 你必须原谅我，卢宾先生，这好像是听见一个人谈论伊甸园的样子。

康拉德 他为什么不应当谈伊甸园呢？无论怎样，这是生物学的第一次尝试。

卢宾 （恢复他的自持态度）我是知道伊甸园的，我曾经听过达尔文。

赛维 但是达尔文是完全陈腐的。

卢宾 什么？已经这样？

赛维 你像一只柴郡猫一样望着我笑是没有用处的。卢宾先生，我不能像一个旧式的唯唯诺诺的贤妻，坐在这里一声不响，让你们男人包办谈话，而且将极无聊的被摒弃的谚语，当作政治上最新的事情。我不是向你发表我自己的意见，卢宾先生，这不过是现时科学的规则的正宗学说。只有极端古老的僵尸，才会以为社会主义是不好的经济学，而达尔文发明过人类的进化的。你去问爸爸，你去问叔叔，你去问在街上第一个遇见的人看。（她立起来，走到哈斯拉姆那边）给我一根纸烟，比尔，可以吗？

哈斯拉姆 真妙极了。（他递纸烟给她）

弗兰克林 赛维还没有活到可以有点儿礼貌的年纪，卢宾先生，但是在这上面，可以看出你和这帮青年的关系了，不要吸烟，亲爱的。

赛维耸肩，表示微露反抗的顺从，把纸烟丢在火炉当中，哈斯拉姆自己正要燃着一根纸烟，也变更了他的主意。

卢宾 （明决而且认真地）巴拿巴先生，我承认我吃惊了，然而我不愿意假装我已经明白。但是我，我可以静听人家说明，我也许是错误的。

伯格 （大声讥讽）哦，不，不可能的！不可能的！

卢宾 是的，巴拿巴先生，我虽没有伯格永远犯错的天才，有一两次也不免这样，我不能瞒过你，哪怕我想要这样。我的时间，在起初完全用在律师的职业上面，后来用在下院领袖的职务上面，在那个时候，总理是同时兼下院的领袖——

伯格 （讥刺他）不消说还有纸牌及时髦的交际社会。

卢宾　不消说还有不断地制止伯格捣乱的艰难努力，所以我的学问不免有点儿落伍。我保持我的文学始终不懈，是因为我酷爱这个的缘故，但是我的经济学和我的科学，像它们在当时的样子，也许是不免腐旧。然而我想我可以说，如果你和令弟可以热心地指示我以必要的文件，我还可以把这个事情，在议院或是向全国陈述，使你们完全满意。你看，只要你能够显示出这些麻烦的没有完全受过教育的人，想要把这个世界颠倒过来的人，他们所谈论的都是废话。在你这样做的时候，所用的名词，无论是巴拿巴女士所称为陈腐不用的，或是她的孙女大约会称为全然的废物的，在实际上都没有多大关系。我决不反对随便怎样排斥卡尔·马克思，凡是我可以说的反驳达尔文的事情，都可以使得大多数诚心信教的选民欢喜。如果这种谅解，就是将现时的情势，称为社会主义之下，国家的事务，可以比较容易处理，我丝毫不反对把它称为社会主义。君士坦丁大帝已经有过先例，他把他的帝国主义称为耶稣教，以救出他当时的社会，但是注意，我们决不可以走到选民的前面，你决不可以叫一个选举人做社会党，必须等到——

弗兰克林　必须等到他是一个社会党，我赞成。

卢宾　哦，一点儿不对，你必须等到那个时候，你决不可以叫他做一个社会党，必须等到他自己愿意被称为社会党，不过这样罢了。当然你不会说，我决不可以称我的选民为绅士，必须等到他们都是绅士，我称他们为绅士，因为他们自己是愿意这样被称呼的。（他从靠榻上立起来，走到弗兰克林的旁边，以确定的态度，把手放在他的肩上）你不要害怕社会主义，巴拿巴先生，你无须忧虑你的产业，或是你的地位，或是你的尊荣。在英国始终这样，无论什么新的政治名称，都会成为一时的风尚。我并没有要阻止社会主义的流行，你可以相信我会指挥它，领导它，给予它的欲望以一种相当的表现，而使它避离乌托邦的妄想。我能够在极端进步的社会主义基础上面，诚实地要求你的支持，和在极端健全的自由主义基础上面一样。

伯格　简单地说，卢宾，你是不可救药的，你不相信有什么事情是会变动，几百万的人必须永远劳苦——这些平民——我的平民——因为我就是平民当中的一个。

卢宾　（轻蔑地打断他的话）你不要惹人笑话，伯格，你是一个乡下律师，比随便什么公爵和主教，都与平民更隔离，更疏远，更妒忌他们，不肯让他们升到你的地位。

伯格　（激烈地说）你以为我从来没有贫穷过，你以为我从来没有刷过我自己的靴子，你以为我刷它们的时候，我的指头从来没有从跟上穿出，你以为——

卢宾　我想你陷入了一个个极普通的错误，以为贫穷造成平民，金钱造成绅士。你完全弄错了，你从来不是属于人民的，你是属于贫乏阶级的。贫乏及破靴子，是不得意的中等阶级的命运，是职业人士及少子班早年奋斗的普通情形。我敢打赌你在英国的农民当中寻不出一个有破靴子的人。把一个职工叫作贫民，他的拳头就会打在你的头上。你对于你的选民，讲起几百万劳工的时候，他们绝不认为你是指着他们，他们都是某某人的至亲，这个人有一个爵位，或是有个园林。我是一个约克郡的人，我知道英国，而你并不知道。

伯格　什么是你知道而我所不知道的？

卢宾　我知道，我们太占用巴拿巴先生的时间了。（弗兰克林立起）我可以假定，亲爱的巴拿巴先生，如果在新登记的准备完成以前，我们能够强迫改选，我可以得到你的支持吗？

伯格　（也立起来）我们党可以得到你的支持吗？我不必说起我自己，党能够依靠你吗？你们还有什么问题，我不会答复的吗？

康拉德　我们没有问过你什么问题，你知道。

伯格　我可以把这个作为信任的表示吗？

康拉德　如果我是你选举人当中的一个工人，我就要问你个生物学的问题。

卢宾　不，你决不会，我亲爱的博士，工人是从来不发问的。

伯格　现在就问吧，我是从来不畏避人家质问的，快点儿说出来，是关于土地的问题吗？

康拉德　不是。

伯格　是关于教会的吗？

康拉德　不是。

伯格　是关于贵族院的吗？

康拉德　不是。

伯格　是关于代表的比例吗？

康拉德　不是。

伯格　是关于自由贸易的吗？

康拉德　不是。

伯格　是关于在学校当中的教士吗？

康拉德　不是。

伯格　是关于爱尔兰的吗？

康拉德　不是。

伯格　是关于德国的吗？

康拉德　不是。

伯格　那么，是关于民主主义的吗？来吧！我是决不畏避的，是关于君主政体的吗？

康拉德　不是。

伯格 那么，到底是关于什么事情的问题呢？

康拉德 你要了解，我是以一个工人的资格来问这个问题，他在战前每星期赚十三先令；现在，如果他有工做的时候，每星期赚三十先令。

伯格 是的，我了解，我在等着你，快点儿说吧。

康拉德 而且你自认为在议院当中代表他的利益。

伯格 是的，是的，是的，来吧。

康拉德 问题就是这个，你肯让你的儿子娶我的女儿，或是你的女儿嫁我的儿子吗？

伯格 （吃惊）哦，这不是一个政治的问题。

康拉德 那么，作为一个生物学家，我对于你们的政治丝毫不感兴趣，我决不会走到对门去替你或任何另外的人投票，晚安。

卢宾 你这真是应该的，伯格！巴拿巴博士，我来向你确实申明，我的女儿，应当嫁她所选中的人，无论他是一个贵族，或是一个职工，我可以获得你的支持吗？

伯格 （向他呼叱这个绰号）骗子！

赛维 慢点儿，（他们都停止告别的举动，向她望着）爸爸，你就这样让他们去吗？他们怎样会知道一点儿什么，要是没有人告诉他们？如果你们不说，我要说了。

康拉德 你不能，你没有看过我的书，你一点儿也不知道，你还是不要开口吧。

赛维 我偏不肯这样，隆克，我到三十岁，也可以有投票权，而且我现在就应当有的，为什么让这两个可笑的人，跑进来藐视我们，好像世界的存在，是专为玩他们无聊的议会游戏的。

弗兰克林 （严厉的态度）赛维，你决不可以得罪我们的客人。

赛维　我很抱歉，但是卢宾先生，始终没有对我十分客气，可不是吗？而且伯格先生并没有向我讲过一句话，我不能够忍受这个。你和隆克，有一个比他们两人都更好的政纲，是唯一的我们所愿意赞成的，为家族的声誉及他们自己的灵魂起见，都应当使他们知道，你略微告诉他们一点儿巴拿巴弟兄的福音的内容吧，爸爸。

卢宾及伯格回转来怀疑地望着弗兰克林，疑心他们有一个组织新政党的活动。

弗兰克林　这实在是真的，卢宾先生，我和舍弟，有一个我们自己的小小的政纲，它是——

康拉德　（打断他的话）这不是一个小小的政纲，乃是一个极端伟大的，并不是我们自己的，乃是全体文明社会的政纲。

伯格　那么，在你们还不曾向我们提出以前，为什么先把党分裂呢？谢谢上帝，让我们再不要有什么分裂，我是在这里学习，我是在这里征集你们的意见，以便代表他们。我欢迎你们把你们的观念向我提出，我在这里等着质问，你们只问过我一个无理的非政治的问题。

弗兰克林　明白地说，我恐怕我们的政纲，于你是没有效用的，它不会使你感兴趣。

伯格　（表示反抗的坚决态度）试试看，卢宾可以先走，如果他愿意，但是我还可以容纳新的理想，只要我能够知道。

弗兰克林　（向卢宾说）你想听我们说吗，卢宾先生，或是让我多谢你惠临的盛意，对你道晚安吗？

卢宾　（沉默地坐在靠榻上面，但是勉强做出一个动作，好像忍着哈欠的样子）很乐意，巴拿巴先生，当然你知道，我在党纲内加入任何新的条款以前，必须由国民自由联合会转送到我这里，而这个手续，你是可以由当地的自由及激进协会转达的。

弗兰克林　我可以替你提出几个例子，你们政党政策加入的条款，是你们联合会的任何地方支部所从来不曾梦见的。但是我知道，你并非真正感兴趣，我可以原谅你，不再提这个事情。

卢宾　（稍微清醒一点儿）你完全是误解我了，请你不要有这样的看法，我不过是——

伯格　（止住他的话）不必去管什么联合会，我可以对联合会负责，说吧，巴拿巴，说吧，不必去理卢宾。（他在起初卢宾占去的椅子上坐下）

弗兰克林　我们的政纲，不过是人类的寿命必须延长到三百年。

卢宾　（温和的态度）咦！

伯格　（暴烈的态度）什么！

赛维　我们的选举口号是："回到玛士撒拉！"

哈斯拉姆　真妙极了！

卢宾和伯格互相注视。

康拉德　不，我们并不是疯狂。

赛维　他们并不是开玩笑，他们真是这样的意思。

卢宾　（慎重的态度）假定你们，在某种意义上，我现在还不能推测的，确实是认真的。巴拿巴先生，我请问你这个和政治有什么关系呢？

弗兰克林　它的关系是显然的，卢宾先生，你现在是将近七十岁的年纪，乔伊斯·伯格比你小十一岁光景，你们在将来都要列在欧洲的未成熟的政治家及帝王当中。他们在生前，曾竭尽自己的能力，替他们的国家服务，而所得的成效，只是将欧洲的文化摧毁，其结果使得他几百万的住民丧失生命。

伯格　并不到一百万。

弗兰克林　这是单算我们的损失。

伯格 哦，如果你要算外国人！——

哈斯拉姆 上帝是算外国人的，你知道。

赛维 （极为满意）说得好极了，比尔。

弗兰克林 我并不是责备你们，你们的工作，是超出人类的能力以外的，以我们现在巨大的军队，可怕的具有破坏性的武器，不可抵抗的警察权力的强迫制度，使得你们控制这样庞大的力量，一想起来会使人战栗，哪怕是托付与一个有无穷经验的仁慈的上帝，不消说普通的人类，他的全部生命，还不能延长到一百年。

伯格 我们到底战胜了，不要忘记这个。

弗兰克林 不，士兵及水兵们战胜，让你们来结束战争，而你们是这样完全不能胜任，在战后的第一年当中，就有无数的孩子饿死，使得我们大家都不愿意战事再起。

康拉德 在这一点上可以用不着辩论，现在这是已经绝对地确定了，我们的文化所引起的政治及社会的问题，决不是忽生忽灭的人类菌蕈所能够解决的，这些人在刚刚有一点儿智慧知识来统治他们自己的时候，就已经凋残死去。

卢宾 真是一个极有趣的理想，博士，夸张、虚幻，但是极有趣。我正年轻的时候，也有时极明确地感到自己人生的短暂。

伯格 上帝知道，我常常觉得，我真是不能再干下去了，如果不是因为认为我自己不过是上帝手里的一种工具。

康拉德 我很高兴，你们都与我一致，而且彼此一致。

卢宾 我想我还没有达到这样的程度，无论怎样，我们总是有过许多极有能力的政治领袖，就在你和我的记忆当中。

弗兰克林 你没有读过近来的传记——例如迪尔克的——所启示的关于他们的真理的吗？

卢宾 在这些书籍当中，我并没有发现他们启示什么新的真理。

弗兰克林 什么！没有看见这个真理，就是英国始终是被一个小小的知道自己心理的女人所统治的吗？

赛维 听着，听着！

卢宾 这是常有的事情，你指的是哪个女人？

弗兰克林 维多利亚女王，在她手里，你们总理大臣们，好像是一帮顽皮的孩子，在他们的脾气和冲突，到了不可忍耐的时候，她就让你们的头彼此相碰，在她死后的十三年当中，欧洲已经成为一个地狱了。

伯格 一点儿不错，这是因为她从小就笃信神明，认为她自己是一种工具，如果一个政治家能够记得他自己不过是一种工具，而觉着他十分确实地是在宣达神明的意志，他的结果总是不错的，你知道。

弗兰克林 德皇也这样觉着过，他的结果不错吗？

伯格 是的，让我们公平一点儿，就是对于德皇，也让我们公平一点儿。

弗兰克林 你在选举的时候，主张把他绞死，以博得多数的支持，对于他也是公平的吗？

伯格 瞎说！我决不要把任何人绞死，但是人民不愿意讲理，并且我知道荷兰人是不会引渡他的。

赛维 哦，不要再讨论那个可怜的威廉。坚持着我们的题目，让这两位先生自己决定这个问题。伯格先生，你以为卢宾先生，适宜统治英国吗？

伯格 不，老实说，不适宜的。

卢宾 （抗议的态度）什么！

伯格 因为他没有意识，就是这个缘故。

卢宾 （惊吓的态度）哦！

弗兰克林 卢宾先生，你认为乔伊斯·伯格有统治英国的资格吗？

卢宾 （露出一种尊严的情感，觉得痛苦，但是并没有怨恨）原谅我，巴拿巴先生，在我回答这个问题以前，我要先说明一句。伯格，我们的意见彼此不同，而且你的报界的朋友，说过我许多的坏话，但是我们共事多年，我希望我并没有做过什么事情，使得你对我应该有这样奇怪的诬蔑，你知道你说我没有意识吗？

伯格 卢宾，我最怕人家向我的感情赴诉，而你对于这种赴诉，是极其巧妙的。我在一定程度上，对你表示同情，我并不是说你是一个坏人，我并不是说我厌恶你，虽然你不断想要使我沮丧，将我压迫。但是你的心像一面玻璃镜子，对于立在你面前的东西，你是极清莹、平正，而且光明的。但是你不能看见前面，也不能看见后面，你没有想象力，也没有记忆力，你没有继续性，凡是一个没有继续性的人，从第一天到第二天，是不能有什么意识或道义的，其结果是你始终是一个极坏的国务员，而且有时候是一个极坏的朋友。现在你可以回答巴拿巴的问题，随便你的心里愿意说我怎样，他问你，我是不是适宜于统治英国的。

卢宾 （恢复他的原来状态）在我们这样讲过以后，我诚心愿意我能够正直地说是的。但是我觉得你从你自己的口中，已经把你自己断定，你代表这样一派的人，自从约瑟夫·张伯伦形成风气以来，在我们国内，有很大的影响及名望的，他们只有力量，而没有智力及知识。你的心没有受过训练，没有积蓄过最高的学理，也没有在我们学术中心的地方，与有学问的人往来，而受过他们的熏陶。因为我偶然有这样的优点，所以你不能了解我的心理，坦白地说，我认为这个使你丧失资格，这次的和议已经把你的弱点暴露出来了。

伯格 哦，它暴露出你的什么来呢？

卢宾 你和你的报馆的同盟，把和议从我手中取出，因为和议没有把我牵连进去，所以也没有把我暴露出来。

弗兰克林 来吧！自己承认吧！你们两个人！你们都不过是车轮上的苍蝇，战争是依照英国的方式进行的，但是和平是依照它自己的方式进行的，不是英国的方式，也不是其他别的方式。像你们这样圆滑地指定的。你们的议和条约，在它墨迹未干以前，已经成为一卷废纸。欧洲的政治家没有能力统治欧洲，他们所需要的，是几百年的练习及经验，而实际上所有的，不过是几年在法院中，在账桌上，或是在草地及球场上的经验。以至于现在，各处城市及海口遍置大炮；巨大的飞机，随时可以升至空中，掷下炸弹，每一个都可以毁灭全街的房屋；化学的毒气，在呼吸之间，可以使得多数的人民窒息而死，而我们在这里等着你们诸位，毫无办法地立起来宣告，战争又开始了。

康拉德 可怜！除了你们两位，在一个午后的闲谈当中，可以这样聪明地说出彼此的短处以外，这个对于我们有什么安慰呢？

伯格 （发怒）如果你说到这层，你们两位能够坐在这里，指出我们两个人的短处，这又有什么安慰吗？你们，从来不负一点儿责任的！你们，据我所知，从来没有伸出过一个指头，帮助我们渡过这个可怕的危险，这个使得我加上十年的老态。你们能够告诉我，在全部战事中间，你们曾经帮助我们做过一件什么事情吗？

康拉德 我们不是在责备你们，你们还不曾活到应有的年纪，我们也是一样。你知道，三个三十年加上十年，虽然对于简单的乡村生活，也许已经足够；但对于一种复杂的文化，像我们这样的，是决然不够的嘛！弗林德斯·皮特里曾经算出，人类已经有过九次文化的尝试，每次完全和我们一样，而每次的失败也和我们现在的失败一样。他们的失败，都是由于市民及政治家，还没有脱离学生的游戏、野蛮的运动，以及吸烟喝酒的习惯以前，就已经因衰老或饮食的过度，早年夭亡，最后的征兆，永远是一样的，民主主义、社会主义，以及女子投票权，我们在这一世当中，就会归于破灭，除非我们认明，我们必须活得长久一点儿。

卢宾　我很高兴，你与我的意见相同，认为社会主义及女子投票权，都是衰败的征兆。

弗兰克林　一点儿不对，它们不过是超过你们能力的困难，如果你不能够组织社会主义，你就不能够组织文明的生活，因此你就会恢复野蛮的状态。

赛维　听着，听着！

伯格　一个有用之点，我们不能使时针倒行。

哈斯拉姆　我能够，我常常这样做的。

卢宾　嘘嘘！我亲爱的伯格，你在那里做什么梦吗？巴拿巴先生，一个不能实现的结论，有什么用处及趣味呢？我承认你的说法，如果我们能够活到三百岁，我们大家或许都会更聪明一点儿，一定更衰老一点儿，你也会承认我的说法，如果天掉下来，我们大家都会捉着云雀的。

弗兰克林　轮着你讲话了，康拉德，说吧。

康拉德　我想是没有什么用处的，他们不愿意活得比寻常更长久一点儿。

卢宾　我虽然不过是一个六十九岁的孩子，我已经过了哭着要月亮的年纪了。

伯格　你已经发现生命的单方，或是还没有呢？如果没有我赞同卢宾的意见，你是枉费我们的时间。

康拉德　你的时间有什么价值呢？

伯格　（不能相信他自己的耳朵）我的时间有什么价值！你这是什么意思？

卢宾　（极安闲地微笑）我敢说，是从你最高科学上的观察，并非别的，教授先生，无论怎样，我想一点儿完全无用的闲谈，于伯格是有益处的。归根结底，我们听听生命的单方，还不是和读小说或去做别的游戏事情一样。什么是你的单方？柠檬吗？酸牛奶吗？或是还有什么最新的吗？

伯格　我刚刚要认真地讨论，你又趁着机会来说废话了，（他站起来）再会吧。（他向门口走去）

康拉德　（粗暴的态度）随便你愿几时去死吧，再会。

伯格　（踌躇的态度）你看，我曾经每天吃两次的酸牛奶，直到梅契尼科夫死时为止，他以为这个可以使得他永远活着，然而他是因此死的。

康拉德　你也可以一样去喝酸的啤酒。

伯格　你相信柠檬吗？

康拉德　我不会花十镑钱去吃一个柠檬。

伯格　（重复坐下）你所主张的是什么呢？

康拉德　（站起来表示一种失望态度）说下去有什么用处的，弗兰克林？因为我是一个博士，并且因为他们以为我有瓶药水给予他们，可以使得他们永远不死，他们在这里张着嘴闭着耳朵听我讲话，这就是他们对于科学的观念。

赛维　坚定一点儿，隆克！守住你的防御线。

康拉德作咻咻的声音，坐下。

卢宾　你是自动诊视的，博士，我可以和你说，我对于现在最时髦的科学，非但不能信仰，并且预备证明，在最近五十年当中，虽然教会常常犯错误，自由党也不会没有错误，而科学家是永远错误的。

康拉德　是的，这种你所谓的科学家，这些借此牟利的人，以及他们医学上的附属品，但是有什么人是不错的呢？

卢宾　诗人及小说家，特别是古代的诗人及小说家，在大体上是不错的，我要请求你，不要将这个当作我的意见对外宣布，因为医界及崇信他们的人所有的票数，是不可忽视的。

弗兰克林　你说得很对，诗歌是我们生物学的真正端倪，我们现在所有的最合乎科学的文件，就是，你的祖母大约已经十分正确地和你说过的，伊甸园的故事。

伯格　（竖起他的耳朵）你说什么？如果你能够证明这个，我预备极留心地听完你的谈话，我在这里听着，说吧。

弗兰克林　是的，你应当记得，在伊甸园中，亚当和夏娃初造成的时候，是不死的，而自然的死，像我们所称为这样的，并不是生命的一部分，乃是一个后来的而且完全另外的发明。

伯格　现在你提起来，真是这样，死是后来才有的。

卢宾　那么，意外的死怎样呢？这个永远是可能的。

弗兰克林　一点儿不错，亚当和夏娃，就是悬挂在两个可能的恐怖中间，一个是因为他们偶然死去，而人类从此灭绝，一个是永远活着的预想。他们对于二者都不能忍受，于是他们决定，他们只采取一个一千年的短期，以后将他们的工作，交付与一对新的人类，因此他们发明自然的生及自然的死，这个在实际上，不过是永久生命的方式，使得一个人类可以免去不灭的可怕负担。

卢宾　我明白，老的人必须给新的人让出位置。

伯格　死并非别的，不过是让出位置。

弗兰克林　是的，但是在新的人还未成熟，可以接替他们以前，老的人决不可以先抛弃他们的职务，现在他们抛弃得太早，还差二百年的时间。

赛维 我相信老的人就是新的人的化身，隆克，我想我就是夏娃，我极喜欢苹果，而它们始终不适合我。

康拉德 在某种意义上，你是夏娃，永久的生命是持续的，它不过是把它的身心消磨，而变为新的，像新的衣服一样，你不过是夏娃身上的一顶新帽、一件新衣。

弗兰克林 是的，身与心都是逐渐进步，更适宜于实现它永久的追求。

卢宾 （表示沉静的怀疑）什么追求，我们可以问吗，巴拿巴先生？

弗兰克林 全能及全知的追求，更大的力量及更大的知识，这个就是我们大家所追求着，甚至于抛弃我们的生命，牺牲我们的娱乐，进化就是这个追求，并非别的，这个是向神格前进的途程，一个人和一个微生物的不同，不过是在这个途程上的远近。

卢宾 那么你期望几时可以达到这个卑小的目的呢？

弗兰克林 永远不能的，谢谢上帝！因为力量及知识是无限的，所以不能有一个终极。"能力及光荣，永远无终极的世界"，这些字对于你是毫无意义吗？

伯格 （抽出一个旧的信封）我要把这句记下来。（他记下）

康拉德 永远是有一点儿值得活着的事情。

伯格 （把他的信封放进袋内，变成更认真的态度）对，我已经明白这个，现在罪恶是怎样的？堕落是怎样的？你怎样把它们加进去呢？

康拉德 我不能把堕落加进去，堕落是在科学以外的，但是我敢说，弗兰克林可以替你把它加进去。

伯格 （向弗兰克林说）我希望你可以，你知道，这个是重要的，极重要的。

弗兰克林 是的，我们可以这样想，这是极明显的，亚当和夏娃，在永远不死的时候，他们必须把地球做成一个极端安适的地方，以便居住。

伯格 不错，如果你租一所房屋，定九十九年的期限，你往往费掉很多金钱的装修，如果你只租三个月，通常在满期以后，总是要付出一笔修理费的。

弗兰克林 正是这样，在亚当是伊甸园的永久租主的时候，他十分留心，要把这个地方，做成经租人所称为极好的乡下住宅。但是在他一发明死，而成为只有一世的租主以后，这个地方，就没有烦劳的价值，于是他让它荆棘丛生，生命是这样的短促，一切的事情，都不值得做得十分的彻底。

伯格 你想这个足以构成普通选举人所认为的堕落吗？这个已经是充分凄惨吗？

弗兰克林 这不过是堕落的第一步，亚当不单是堕落这一步，他是从全部楼梯上面，一直堕落下去。例如，在他发明生产以前，他不敢发出他的怒气，因为如果他杀死夏娃，他就只有自己一人，变成永远的孤独；但是他发明了生产以后，凡是一个人死掉，都可以有方法补充，他就不妨让他自己任性而为，于是他发明打老婆的举动，这个是又一步的堕落。他的儿子当中，有一个发明肉食，而另外一个震于他的新奇，露出这种到现在还是野牛及蔬食家的特性的残忍，把他吃牛肉的兄弟杀死，于是从此发明了杀人，这个是极峻峭的一步。杀人是这样的兴奋使得其他的人，大家都将彼此残杀，当作游戏，于是发明了战争，这个是在各步当中最为峻峭的了。他们甚至于将杀死兽类，当作一种消遣时光的方法，以后当然就吞食它们，以省去种植上长久及困苦的工作。请你想象我们的祖先，怎样逐步地在叛逆的梯级上堕落下来，由天堂一直落到地球上的一个地狱，在这里他们更加有许多死的机会，由于暴力、不幸及疾病，直到他们活不上百年的生命，不必说亚当所敢于自认的一千年！有这个影像在你的面前，你现在还要问我什么是堕落吗？你尽可以立在雪峰的脚下，还问我山在什么地方，连小孩子们都完全知道，所以他们把这段历史，包括在两行的叙事诗当中。

> 长腿的老爸爸，不肯祷告上帝。
> 抓住他的后腿，把他丢下楼去。

卢宾　（依然坚决地怀疑）然而科学对于这个神话怎么说呢？巴拿巴博士，当然科学是不知道创世记，或是亚当及夏娃的。

康拉德　那它就不是科学了，更没有别的说法，科学必须说明一切的事情，而一切的事情，当然包含《旧约》在内。

弗兰克林　创世记是自然的一部分，和自然的别的部分一样，这个事实，伊甸园的神话，千余年来始终流传，而且支配人类的想象，同时有几百种更动人及有趣的故事，均已陈旧消灭，像隔年的时兴小调一样，就是一个科学的事实，是科学所不能不说明的。你同我说，科学是完全不知道创世记的，那么科学就比一个乡村的学生更愚昧了。

康拉德　当然如果你以为换一个说法是更科学的，我们可以说，我们所讨论的不是亚当和夏娃，乃是胚胎的种族史。

赛维　你用不着骂人，隆克。

康拉德　你不要胡说，我并没有骂人，（向卢宾说）如果你愿意听专家的欺骗，要把《旧约》用四音的字改造，我可以欺骗得你心里完全满足，我可以把创世记叫作物种史，如果你愿意，让造物主宰说："我要在你和女性之间，在你的胎盘和她的胎盘之间，造成一种相反的共同生存。"绝没有人会了解你，而赛维会说你是在骂人，然而意义是一样的。

哈斯拉姆　妙极了，但是这个是极简单的，一个是诗的说法，另一个是科学的说法。

康拉德　一个是教室里的术语，另一个是灵感的人类的语言。

卢宾　（安然地回想）在近世的著作家当中，我偶然翻阅过卢梭的作品，他是一种自然神教的信徒，和伯格一样——

伯格　（激烈地打断他的话）卢宾，难道这个极端重要的报告，巴拿巴教授方才向我们提出的，一个我应当毕生感谢他的报告，我说，难道这个对于你并没有更深沉的影响，只有使得你和我开玩笑，想要把我说成一个不信教的人吗？

卢宾　这是极有趣而且动听的，伯格，我想我在这里边看出一点儿道理，我想在一个宗教的法庭上，我可以替他辩护，但是"重要"这一个词，我是不大能够放得上去的。

伯格　天呀！这里是这位教授，一个与政治生活的纷扰完全隔绝的人，一个专心于极端抽象的纯粹学问的人，而我庄严地宣布，他是国内最伟大的政治家，最灵感的政党领袖，我向着他脱帽致敬，我，乔伊斯·伯格，以为他是了不得的，而你始终坐在这里呜呜，像一个安哥拉野猫一样，一点儿也不能看见什么！

康拉德　（惊异地睁开他的眼睛）哈喽！我有什么功劳，受得起你这样的崇奉？

伯格　功劳！你已经使得自由党，在以后的三十年当中常执政权，这就是你的功劳。

康拉德　上帝制止这个！

伯格　现在教会是全完了，感谢你的功劳，我们可以拿一个口号走到乡间，一个唯一的口号，回到《圣经》上去！想想这对于非国教徒票数的影响，你一手收集它们，另一手收集近代科学的职业界的投票，乡间的无神论者，与本地救世军的队长，会在村中的草地上相遇，彼此握手。你把你的小学学生及《圣经》班的生徒，领到博物院去，你指示他们以辟尔唐人的骷髅，向他们说："这就是亚当，这就是夏娃的丈夫。"你从欧文学院的实验室内，领出一个戴眼镜的理科学生，他问你要一本科学的进化史的时候，你就把《天路历程》放在他的手中，你——（赛维及哈斯拉姆纵声大笑）你们两个人笑什么呢？

赛维　哦，说下去，伯格先生，不要就此停止。

哈斯拉姆　真妙极了！

弗兰克林　如果你还有二百五十年要活下去，伯格先生，自由党三十年的政权，在你看来还有这样的重要吗？

伯格　（坚决的态度）不，我们必须略去这一部分，选举人是不能接受它的。

卢宾　（认真的态度）这个我倒不能这样确定，我不能一定说，这不是唯一的他们所能够接受的部分。

伯格　就是他们能够，这个于我们也没有什么用处，这不是个党派的特点，他对于我和对于敌党是一样的。

卢宾　不一定，如果我们首先把它提出，在人民的心中，就会与我们的党相连属。譬如说，我把它当作党纲的一条，正式提出，我们主张延长人民的生命到三百年！邓宁，因为是敌党的领袖，不得不反对我，宣布我是一种幻想，等等，由于这种举动，他的地位，就好像要将人民的天然生命缩短二百三十年，保守党就会成为夭殇的党，而我们成为长寿的党。

伯格 （说动）你真的以为选举人会接受它吗？

卢宾 我亲爱的伯格，有什么是选举人接受不了的，只要你聪明地向他们提出。但是我们必须确定自己的地位，我们必须得到科学家们的支持，博士，他们对于你所说的这样一种进化的可能，都有着严肃的协商一致吗？

康拉德 是的，自从 20 世纪的初期，产生一种对于达尔文的反响以来，值得注意的科学家的意见，迅速倾向于创造的进化。

弗兰克林 诗歌倾向于它，哲学倾向于它，宗教倾向于它，它就要成为 20 世纪的宗教。这种宗教，在哲学及科学上，有它的理智的根源，和中世纪的基督教，在亚里士多德的学说上，有它的理智的根源一样。

卢宾 但是凡变化都一定是这样的缓慢，所以——

康拉德 你不要欺骗你自己，只有政治家才使得世界这样缓慢地进步，以至于没有人能够看见它的进步。自然决不会骤然变动的观念，是许多动听的，我们所称为古典教育、自然教育的谎言的一种。自然始终是骤然变动，它也许费掉两千年来决定它变动的意志，但是一经决定以后，其变动可以这样伟大，可以使得我们忽然进入一个新的时代。

卢宾 （感动）好笑！我这个党魁还有三百年要做下去！

伯格 什么！

卢宾 这个或许使得别的青年太难堪了，我想公平一点儿，再过一百年的光景，我只好走开去让出位置，这就是说，如果我能够使得美美（卢宾妻子）抛弃唐宁街的官舍。

伯格 这真是太过分了，你巨大的自负，使得你对于政治环境上极明显的必要，都看不见了。

卢宾　你是指我的退休，我真不认为它是一种必要，以前我已经是一个老人——或是至少已经中年的时候，我就不能看见；现在看起来，我还是一个青年，它的理由，更完全不能成立了。（向康拉德说）我可以问，还有什么别的学说吗？有一种科学上的反对吗？

康拉德　是的，有些专家认为人类是一种失败，而有一种另外的更适宜于高等文化的生命形式，会出来代替我们，像我们代替猿类及象类一样。

卢宾　那个超人类，咦？

康拉德　不，一种和我们完全不同的生物。

卢宾　难道必须要这样吗？

康拉德　恐怕是的，无论它是怎样一件事情，我们可以十分确定，我们决不能自由自主。在进化背后的力量，无论你叫它什么，已经决定要解决这个文化的问题，如果它不能通过我们解决，它会造出一种更有能力的代表。人类不是上帝最后的作品，他还在创造，如果你不能做他的工作，他会造出另外一种能做的物类。

伯格　（热心的虔诚态度）关于他，我们知道什么呢，巴拿巴？关于他有谁能知道什么呢？

康拉德　关于他有这一点儿我们绝对确实地知道，这个力量，我的老兄所称为上帝的，是用一种错误尝试的方法进行，如果证明出来我们是错误的一种，我们就会走上石龙、巨兽，以及其他失败试验的道路上去。

卢宾　（站起来在室中来回行走，戴着思考的帽子）我承认我是有点儿感动了，诸位先生，我可以说到这个程度，你们的学说大约会被证明为比一切的威尔士国教废除论都更有趣味，但是，像一个实用的政治家——嗯！哎，伯格？

康拉德　我们不是实用的政治家，我们是要出来做点儿事情的。实用的政治家是一种熟悉操纵议会的技术，以妨碍别人做任何事情的人。

弗兰克林　等到我们有成熟的政治家及成熟的市民的时候——

卢宾　（大惊）成熟的市民！难道市民也和政治家一样，要活到三百年吗？

康拉德　当然的。

卢宾　我承认我没有想到过这点。（他突然坐下，显然这个新的认识，有点儿使他感觉不快）

赛维及哈斯拉姆互相注视，有一种说不出的感觉。

伯格　你以为第一步就做到这个程度，是很聪明的吗？当然比较慎重的办法，是从最好的人开始。

弗兰克林　这个你用不着忧虑，自然是从最好的人开始的。

卢宾　我很高兴听见你这样说，你看，我们必须把这个做成一种实际的议会的形式。

伯格　我们必须把它做成一件议案，这是一定的事情，在你的议案没有做成以前，你始终不会知道，你是在做什么事情，这个是我的经验。

卢宾　一点儿不错，我的观念，一方面是要使得选举人对于这个产生兴趣，当作一种宗教的灵感及个人的希望，而同时又利用它除去他们对于老年人的厌恶。至于使得人人都活得比寻常更长久，是极其麻烦甚至危险的。试就这个特种的物品的制造而论，不问他是什么东西，我们国内有四千万人，为说明的便利起见，让我假定每人每日需消费药品五两，这就是——让我看——五两的三百六十五倍——五五二十五——五六得三十——三五一十五——每年计一千八百二十五两，比一吨的二十分之一还多二两。

伯格　就整数说，一年二百万吨的物品，人人所急欲取得的，男人会在街上踏死女人及孩子争先夺取，你万万不能制造，会发生生命的危险，这是决不能够做的，我们必须保守着这个实在的秘密。

康拉德　（向他们注视着）这个实在的秘密！你在那里讲些什么？

伯格　这个物品，这个药粉，这个药水，这个药片，无论它是什么，你说过它不是柠檬。

康拉德　我的先生，我并没什么药粉，什么药水，什么药片，我不是一个江湖医生，我是一个生物学家，这种事情，它自己就会发生的。

卢宾　（完全放下）自己就会发生的！哦！就不过是这样吗？

（他看看他的表）

伯格　自己就会发生的！你这是什么意思？你是说你不能够使得它发生吗？

康拉德　和我不能使得你生出来一样。

弗兰克林　我们可以使得人人知道，阻止它发生的没有别的，只有他们自己的意愿，即在他们的工作完成以前死去，或者不知道有伟大的他们所应当做的工作。

康拉德　传布这种知识，这种信仰，这个事情的发生，就同明天太阳会出来一样确定。

弗兰克林　我们并不知道，它在什么地方，什么时候，或是在什么人身上会发生，也许它就发生在我们当中的某个人身上。

哈斯拉姆　它决不会发生在我身上，这是极确定的。

康拉德　它可以发生在任何人身上，它也许会发生在女仆身上，你怎么会知道呢？

赛维 女仆身上！哦，这真是废话了，隆克。

卢宾 （回复他，十分安闲的态度）我认为赛维女士已经宣布最后的裁决了。

伯格 你的意思是说，你并没有什么实际上的贡献，只有愿意活得长久一点儿吗？什么，如果一个人因为愿意就可以活着，我们早已可以永远不死了！人人都喜欢永远活着，为什么他们不能够呢？

康拉德 噫！人人都愿意有百万的家私，为什么他们没有呢？因为这些喜欢做百万富翁的人，在眼前就要饿死的时候，还不肯省下一个铜板；喜欢永远活着的人，不肯少喝一杯啤酒，少抽一根纸烟，虽然他们相信不吸烟不喝酒的人是比较长寿的。这一种的喜欢并非愿欲，等到他们知道他们必须如此的时候，你看他们是怎样做的。

弗兰克林 不要将空虚的无聊的幻想，误认为是伟大的产生神秘的动力，由于必要的确信，而促成它的创造的。我同你说，人类是能够有这样的愿力，而且一认识它的必要以后，在内心的强迫之下，就会发生伟大的努力，他们自己并不会觉得他们所做的事情，他们会很留心不让自己知道他们是在做些什么，他们就会活到三百年，不是因为他们喜欢这样，乃是因为在他们的灵魂中，知道为救出这个世界起见，是必须这样的。

卢宾 （回转身来拍着弗兰克林，差不多像一种父亲的态度）哦，我亲爱的巴拿巴，最近的三十年当中，每个礼拜至少都有一个什么狂人，寄给我一种千岁的计划。我想你在这些狂人当中是最疯狂的，但是远比他们都更为有趣，我感觉到一种极奇怪的宽心及失望的交集，发现你的计划全是空谈，而你并没有什么实在的事情贡献给我们。但是真可惜！这是一个这样动人的理想！我觉得你对于我们实行家说得太难堪了。但是在各处政府当中，甚至于在前面席上，都有些人应当受你这些批评的，现在，在抛弃这个题目以前，我可以再提出一个问题吗？一个无聊的问题，因为是不会有什么结果的，但是依然——

弗兰克林　请提出你的问题吧。

卢宾　为什么你规定三百年，这样一种确切的数目呢？

弗兰克林　因为我们必须确定一个数目，再少是不够，再多我们现在还不敢担任。

卢宾　呸！我完全预备担任三千年，不必说三百万年。

弗兰克林　是的，这是因为你并不相信，你说的话会真的实现。

康拉德　或许还因为你从来没有经历过想象将来的烦恼。

伯格　（强烈的确信态度）亨利·霍普金斯·卢宾，是完全没有将来的。

卢宾　如果你说将来，是指千年的幻梦，你拿来当一把萝卜，引诱这些没受教育的英国驴子，走到选举的茅棚内来替你投票，这的确是不存在的。

伯格　我能够看见将来，不单是因为，如果我可以这样极谦逊地说，我禀赋有一种精神方面想象的能力，并且因为我的职业是一个律师，一个律师，是许多家族的顾问，他必须想到将来，知道过去，他的职务，实际上就是一个近代的牧师。在各种的事情当中，他必须替人家书立遗嘱，他必须指示他们，怎样在死后替他们的女儿准备，你从来没有想到这层吗，卢宾，如果你活到三百年，你的女儿，还要等很久很久的时候，才可以分得到她们的财产呢！

弗兰克林　财产不见得会等着他们，很少的企业，能够发达到三百年。

赛维　在你还没有死去以前怎么样呢？假如她们都没有出嫁！你想一个女儿同她的父母住到三百年那样长久！如果她不先把他们

杀死，他们一定会把她杀死的。

卢宾 讲到这里，巴拿巴，你的女儿能够始终保持她的美貌吗？

弗兰克林 这有什么关系呢？你能够想象一个极端狐媚的人，一直狐媚到三百年吗？在过了这个时间的一半以后，我们就会不大能够注意，和我们讲话的是一个女人或是一个男人了。

卢宾 （对于这个绝欲的情形，不十分欢喜的样子）嗯！（他站起来）哦，请你一定要过来，告诉我的内人和我的子女们这个事情，而且你一定带着令爱同来。（他和赛维握手）再会，（他和弗兰克林握手）再会吧，博士。（他和康拉德握手）来吧，伯格，你必须真的告诉我，在选举的时候，你对于教会，预备采取怎样的战线？

伯格 你还没有听见吗？你还没有接受这个专为我们保留的启示吗？我预备采取的战线，就是回到玛士撒拉。

卢宾 （坚决地说）不要惹人笑话，伯格，你难道以为我们这两位朋友是认真的，或是我们这个极有趣的谈话，对于政治真有什么关系吗？他们不过是极聪明地和我们开玩笑罢了，来吧。（他走出，弗兰克林带着恭敬的态度陪他走出，但是摇着头表示反对）

伯格 （和康拉德握手）这个是超出这位老人的体力以外的，博士，他没有精神的方面，只有古典的方面，而这个和他自己的一辈，已经一同消灭，并且，他是早已完结，消亡，过去，烧尽，破裂。人家以为他是我们的领袖，他不过是我们的破布及碎瓶的部分，但是你可以依靠我，我会把你这个意思做在里面，我看出它的价值。（他开始和康拉德同向门口走去）当然我不能完全同你一样的说法，但是你以为我们必须要一点儿新的事情，是完全不错的。并且我相信一个选举，是可以拿死亡率及亚当、夏娃为科学的事实来争胜的，这个会使得反对党完全失去他们的根据，如果我们胜利，在第一次党勋名单提出的时候，一定有某一个人会得着勋章。（到这个时候，他已经一路说着，走到门外，再听不见他的声音，康拉德陪着他一同出去）

赛维及哈斯拉姆两人留下，以一种惊喜的态度，彼此握着手，走到靠榻的前面，两人并排坐下。

哈斯拉姆　（抚摩着她）爱人！这个老人卢宾，是怎样一个绝妙的骗子啊！

赛维　哦，可爱的老东西！我真爱他，伯格是一个激烈的骗子，如果你愿意说。

哈斯拉姆　你注意到一件事情吗？我觉得他有一点儿奇怪。

赛维　什么事情？

哈斯拉姆　卢宾和你的父亲，在战后都还活着，而他们的儿子，都是死在战争当中的。

赛维　（哭泣）是的，吉姆的死，断送了我母亲的生命。

哈斯拉姆　然而他们一点儿没有提起这个事情！

赛维　是的，他们为什么提起呢？并没有谈到这个上面，我也完全把他忘掉，而且我也是很爱吉姆的。

哈斯拉姆　我没有忘掉这个，因为我是正在当兵的年纪，如果我不是一个牧师，我也是要出去战死的。我以为，关于他们政治上的失职，最凄惨的事情，就是他们必须杀死他们自己的儿子，就是这个战死的名单，以及以后的饥饿，使得我厌弃政治、教会，以及除掉你以外一切的事情。

赛维　哦，我当时也同他们一样的无聊，我穿着我最好的衣服，在街上售卖旗帜，而且——！（她跳起来，假装在靠榻后面的书架上找寻一本书）

弗兰克林和康拉德转回来，露出厌倦及忧郁的样子。

康拉德 哦，这就是世间对于巴拿巴弟兄的福音是怎样地接受了。(他在伯格的椅子上坐下)

弗兰克林 (走到书桌旁边，在原来的位子上坐下) 这是无用的，你已经相信了吗，哈斯拉姆先生？

哈斯拉姆 关于我们能够活到三百年的事情吗？老实说，没有。

康拉德 (向赛维说) 我想，你也没有吧？

赛维 哦，我不知道，我想有时，我可以相信，在某种方式上，人类也许可以活到三百年，但是你讲到细节，说是女仆也许可以这样的时候，我就看出，这是怎样不合理的。

弗兰克林 一点儿不错，我们还是绝口不提这个事情吧，康拉德，我们只有被人家讥笑，并且失去这一点儿小小的我们在毫无知识的时候，用欺诈的方法骗得来的声望。

康拉德 我敢说是这样的，但是创造的进化，绝不会因为讥笑停止，讥笑也许反而会促进他的工作。

赛维 这话是什么意思呢？

康拉德 这就是说，第一个活到三百岁的男人，也许自己完全不知道他会这样，而且他也许就是一帮人当中笑得最响的一个。

赛维 或是第一个女人。

康拉德 (承认她的话) 或是第一个女人。

哈斯拉姆 哦，无论怎样，这个决不会是我们当中的一个。

弗兰克林 你怎么知道呢？这个问题是无从回答的。(他们大家都再没有什么话了)

214

第三卷
事情的发生

　　公元 2170 年，一个夏天的午后，不列颠群岛总统办公室。室中设一长桌，桌的一端为总统座位，另一端为普通座位，每侧各有座位三个，占满室中的全部。桌上与每一座位相对,各置有小开闭器一具,上有圆晷。室中不设壁炉，墙壁的一端，有银色屏风一具，大小与屏门相仿，你面向着屏风的时候，房门在你的左边，门侧有一排木钉，上面用丝绒包着。

　　一个微胖的中年人走进，他的相貌秀美，态度坦然，穿着丝织的晚礼服、丝袜、装饰华丽的靴罩，头上戴着金的发圈，他极像乔伊斯·伯格，而同时又极像卢宾，好像是将他们二人合并而成的。他将他的发圈除下，挂在钉上，在较远一端的总统座位坐下。他把插钉插入他的开闭器，发动圆晷上的指针，又插上一个插钉，按着电钮，墙上的银色屏风立刻消失，在原来的地方，从右到左，在相反方向，现出一间同样的办公室。一个瘦弱的、不甚和气的人，正坐在桌上翻阅文件，他穿着同样的，但是颜色较深的衣服,他的金发圈，挂在门侧的同样的木钉上面。他的相貌，与康拉德·巴拿巴相似，但是比较年轻，而且更寻常一点儿。

伯格卢宾　哈喽，巴拿巴！

巴拿巴　（并不回转头来）多少号？

伯格　卢宾 5××32r，伯格卢宾。

巴拿巴把一个插钉插入 5 号，发动他的指针到 ×× 号，再把一个插钉插入 32 号，按着电钮，回过头来望着伯格卢宾，现在他非但可以听见他的声音，而且可以看见他的面貌。

巴拿巴　（简慢的态度）哦！这是你吗，总统？

伯格卢宾　是的，他们告诉我，你要我和你通话，有什么事情吗？

巴拿巴　（粗率而且怨恨的态度）我要提出一个抗议。

伯格卢宾　（愉快地带着讥笑的声音）什么！又是一个抗议！有什么事情不对吗？

巴拿巴　如果你知道一切我所提出的抗议，你就会佩服我的耐性，你对我永远是一点儿不肯体谅的。

伯格卢宾　我现在又做了什么事情吗？

巴拿巴　你派我今天到档案局去，接待那个美国人，参加极无聊的电影表演，这个是总统的事情，并不是主计局长的事情，这个在我是完全荒废时间，在你是牺牲我而逃避自己的职务，我拒绝前去，你还是自己去吧。

伯格卢宾　使你免去这个麻烦，是我所极愿意的——

巴拿巴　那么，就这样做吧，这就是我所要求的。（他预备将电话摇断）

伯格卢宾　慢点儿摇断，听着，这个美国人发明了一种水底呼吸的方法。

巴拿巴　我为什么开心？我又不要到水底去呼吸。

伯格卢宾　你也许，亲爱的巴拿巴，有时候用得着的，你知道你在专心计算的时候，从来不注意你是向什么地方走去，有一天你也许会走进弯曲的河流当中，而这个人的发明，可以救出你的生命。

巴拿巴 （发怒）你可以告诉我，这与你把自己职务放在我的肩上有什么关系吗？我是不能够受人玩弄的。（他的影像消失，现出原来的屏风）

伯格卢宾 （愤愤地按住他的电钮）不要把我们隔断，我们还没有说完，我是总统，正在与主计局长讲话，你们在干些什么？

一个女人的声音 对不起。（屏风上又现出巴拿巴，和以前完全一样）

伯格卢宾 你既是这样的看法，我就代替你去吧，但是可惜，因为你知道，这个美国人以为你是现在最伟大的人类寿命的专家，而且——

巴拿巴 （打断他说话）这个美国人以为！你这是什么意思？我确实是现在最伟大的人类寿命的专家，有谁敢否认吗？

伯格卢宾 并没有人否认，亲爱的孩子，并没有人否认，你不必对我这样激烈，你显然还没有读过这位美国人的著作。

巴拿巴 你不必和我说你已经读过，或是在最近二十年当中除了小说以外，你曾经读过什么书籍，因为我决不会相信你的。

伯格卢宾 一点儿不错，亲爱的老友，我并没有读过，但是我看见时报的文艺副刊上，对于这部书的批评。

巴拿巴 我不管他对于这个书怎么批评，他有什么关于我的话吗？

伯格卢宾 有的。

巴拿巴 哦，真有吗？是什么呢？

伯格卢宾 他指出在最近的两世纪当中，有许多像你我这样的第一流人物，都是在水里淹死的，所以这个水底呼吸的发明通行以后，你的人类寿命的估计，一定会完全推翻。

　　巴拿巴　（大惊）推翻我的估计！天呀！那个蠢人知道这是什么意义吗？你知道这是什么意义吗？

　　伯格卢宾　我假定他的意义就是，我们必须修改现在的法案。

　　巴拿巴　修改我的法案！岂有此理！

　　伯格卢宾　但是我们必须这样，我们不能要人民工作到四十三岁，除非我们的数字，是绝对不能变动的。你知道在最近的三年当中，已经发生过怎样的争执，而且主张四十岁告老的人，是怎样几乎战胜的。

　　巴拿巴　如果他们胜利，他们就会使得不列颠群岛完全破产，但是你对于这个并不关心，你对于一切的事情都不关心，只晓得博取人望。

　　伯格卢宾　哦！如果我处在你的地位，我决不会忧虑，因为有许多的人，正在抱怨没有工作，他们很愿意继续工作下去，而不要在四十三岁退休，如果你是好意的请求，而不是强迫他们。

　　巴拿巴　多谢你，我用不着什么安慰。（他有决心地站起来，戴上他的发圈）

　　伯格卢宾　你就出去吗？到什么地方去呢？

　　巴拿巴　当然去参加电影的玩意，我要使得这个美国骗子明白他的地位。（他走出）

　　伯格卢宾　（望着他身后呼唤）上帝赐福给你，亲爱的朋友。（他笑着，把电话机挂断，屏风上恢复原来的空白，他再按着一个电钮，一面呼唤）哈喽！

　　一个女人的声音　哈喽！

　　伯格卢宾　（庄重的声调）总统请求与国务总理会面，他极恳切地期待他阁下的指示。

一个中国人的声音　他就来了。

伯格卢宾　哦！这是你吗，孔夫子？多谢，来吧。（他放开电钮）

一个穿黄袍的人，像中国圣人的样子，走进。

伯格卢宾　（诙谐的态度）啊唷！远近闻名的圣人和智者，你的脚痛怎么样了？

孔夫子　（严肃的态度）多谢你恳切的慰问，我已经好了。

伯格卢宾　那就好，请坐下，使你自己舒服一点儿，我今天还有什么事情吗？

孔夫子　（在主席右首的第一把椅子上坐下）没有。

伯格卢宾　你听到这次补选的结果吗？

孔夫子　平稳通过，只有一个候补人。

伯格卢宾　有什么长处吗？

孔夫子　他是两个礼拜以前，才从地方疯人院里放出来的，疯狂的程度，不够留在院内；清醒的程度，又不够到别的地方，只可以到议场上去投票，一个有名的演说家。

伯格卢宾　我希望人民对于政治认真一点儿。

孔夫子　我不赞成这个意见，英国人在天性上是不适宜了解政治的。自从公共机关雇用中国人以来，国内的政治，已经是极良好而且公正，你还要怎么样呢？

伯格卢宾　我所不能了解的，就是你们中国，在地球上是政治最坏的地方。

孔夫子　不对，在二十年以前，的确是最坏的，但是自从我们禁止中国人加入公共机关，而输入苏格兰的土著代替他们以来，成绩已经很好，你的消息，永远是迟了二十年的时间。

伯格卢宾　人民好像总是不能统治他们自己，这个我真不能了解，为什么是这样的？

孔夫子　公道是无私的，只有异乡人才可以无私。

伯格卢宾　它的结果，使得公共机关这样的完善，政府除了思想以外，完全没有事情。

孔夫子　如其不然，政府就会因为事情太多，没有工夫来思想了。

伯格卢宾　难道因为这个缘故，英国人民，就应该选举一个疯人的议会吗？

孔夫子　英国人民，向来是选举一个疯人的议会，这个又有什么关系，你们的永久的公务人员，都是公正而且称职的？

伯格卢宾　你不知道我们本国的历史，我们的祖先，对于这个退化的动物园，它依然还被称为下议院，不知应当怎样说呢？孔夫子，你不肯相信我，我也不能因此怪你，但是英国曾经由于发明议会政治，而保全世界上的自由，这个是它特有的而且最高的荣誉。

孔夫子　我完全知道你们国家的历史，它证明事实恰恰相反。

伯格卢宾　你怎么这样说呢？

孔夫子　你们议会向来所拥有的权力，不过是拒绝承认国王的供给。

伯格卢宾　一点儿不错，那个英国的伟大的，西蒙·德·蒙福尔——

孔夫子　他并非英国人，他是一个法国人，他从法国输入议会制度。

伯格卢宾　（大惊）你不可这样说吧！

孔夫子　国王和他的忠实臣民杀死西蒙，因为他强迫他们，采用法国的议会制度，英国议会的第一件事情，总是以一种热心的忠诚态度，承认国王一生的供给，不然它就没有实际权力，而且不能做任何事情。

伯格卢宾　你听我说，孔夫子，当然你所知道的历史，比我更多点儿，但是民主政治——

孔夫子　一种中国所特有的制度，但是在那里始终并没有真正的成效。

伯格卢宾　但是人身保护法！

孔夫子　在它刚刚有一点儿要发生效用的时候，英国人总是立刻把它取消。

伯格卢宾　那么，陪审的制度，你不能否认这个是我们所创立的。

孔夫子　一切的案件，对于统治阶级稍有危险的，都是在特别法庭或是军事法庭判决，除非在这种场合，并不将被告认真审问，只有乱骂一顿，使得他被人厌恶以后，就立刻将他处决。

伯格卢宾　哦！麻烦！关于这些小的事情，你也许是不错的，但是就大体而论，我们始终不失为一个伟大的民族，一点儿事情不能做的人民，决不能有这样的效果，你知道。

孔夫子　我并没有说你们一点儿事情都不能做，你们能够战斗，你们能够饮食，在 20 世纪以前，你们能够生育儿女，你们能够做游戏的运动，被人强迫着的时候，你们能够工作，但是你们不能够统治你们自己。

伯格卢宾　那么我们怎样会得着这个自由先进的荣名呢？

孔夫子　就是因为你们始终坚持拒绝受人统治。一匹劣马，遇见凡是来羁勒它、领导它的人，立刻乱踢，也许是一个自由的先进，但是它决不是一个政治的先进，在中国也是应该枪毙的。

伯格卢宾　瞎说！你是在暗示，我所领袖的统治机关，不是一个政府吗？

孔夫子　自然，我自己才是政府。

伯格卢宾　你！你！你这个肥胖的黄脸的骄傲的东西！

孔夫子　只有英国人才会这样不明白政府的性质，以至于假定一个有能耐的政治家，不能够是肥胖的，黄脸的，而且骄傲的，有许多的英国人，都是瘦的，红鼻子的，而且很谦和的。把他们放在我的地位，在一年当中，你们就会恢复19世纪和20世纪的纷争及扰乱了。

伯格卢宾　哦，如果你回想到这些黑暗时代，我就再没有什么可说了，但是我们并没有消灭，我们把我们自己从纷乱中救出，我们现在是世界上政治最好的国家，如果我们都是像你所假定的那样愚蠢，我们怎样能够做到这一步呢？

孔夫子　你们并没有做到这样，直等到你们的纷乱所造成的残杀及破坏最后强迫你们承认两件不可否定的事实：第一，善良的政治，对于文化是绝对必要的，保持文化的方法，不能单是压抑你们的邻邦，或是杀害你们的国王，只因为他碰巧是一个有理性的苏格兰人，而且想要认真行使职务；第二，政治是一种艺术，为你们天性所不能胜任的，因此你们输入有教育的黑人及中国人来统治你们，自此以来，你们的成绩一直很好。

伯格卢宾　你们也是这样的，你这个老滑头，无论怎样，我并不知道你对于你的工作如何称职，可是我觉得你是极喜欢办理公事的，你为什么礼拜天不肯跟我到海边去，让我教你打高尔夫球呢？

孔夫子　这个不能使我感兴趣，我不是一个野蛮人。

伯格卢宾　你是说我，是吗？

孔夫子　那是很明显的。

伯格卢宾　怎样呢？

孔夫子　人民都喜欢你，他们喜欢愉快的和蔼可亲的野蛮人，他们已经接连五次选举你做总统，他们还会再选举你五次，我喜欢你，你比一只狗或一匹马是更好的伴侣，因为你是会说话的。

伯格卢宾　因为你喜欢我，我就是一个野蛮人吗？

孔夫子　当然，没有人喜欢我，大家都是怕我的，能干的人，是从来不会被人喜欢，我是不会被喜欢的，但是我是必不可少的。

伯格卢宾　哦，高兴一点儿，老友，你也并没有这样的十分可厌，我并不厌恶你，但是如果你以为我见你害怕，你就有点儿不了解伯格卢宾了。

孔夫子　你是很勇敢的，不错，这是一种愚钝的形式。

伯格卢宾　你也许不是勇敢的，我们对于一个中国人，不能期望他这样，但是你像魔鬼一样奸猾。

孔夫子　我像一个耳闻目见的人，知道确实的情形；你的活泼的夸张，愉快的自信，像空旷的地方一样，固然可爱，但是它们是盲目的，是虚妄的，我好像看见一条大狗，摇着尾巴，很快乐地吠着，但是如果它离开我的脚跟，立刻就迷失了。

伯格卢宾　多谢你过分的恭维，我有一条大狗，我觉得它是最好的同伴，如果你知道你是怎样的比它更难看，你也不会提起这个比方了。（站起来）哦，你要是没有什么要我做的事情，我现在就要离开你的脚跟，直到晚上为止，去找寻一点儿乐趣，你以为我有什么可以做呢？

孔夫子　让你自己潜心默想，伟大的思想，自然会来找你的。

伯格卢宾　它们会吗？如果你以为在这样好的天气，我会架起脚坐在这里，等候伟大的思想，你就过分夸大我对于它们的兴趣了。我宁可到海滨球场里去，（忽然停住）哦，讲到这里，我忘记一点儿

事情，我必须和卫生部长讲一两句话。（他走回到他的座位上去）

孔夫子　她的号数是——

伯格卢宾　我知道的。

孔夫子　（站起来）我永远不能了解她对于你的魅力，在我看来，一个不是黄色的女人，是完全不存在的，除非当她是一个公务人员。（他走出）

伯格卢宾照以前的样子，转动他的电话机，屏风消失，出现一间精美的卧室。室中有床铺、衣橱、梳妆台各一只，台上有镜屏及电话机一具，一个黑种女人坐着，正在试戴她的头巾。她的罩衫，从肩上反披在她的椅背上面，她系着肚兜，穿着短裤及长筒丝袜。

伯格卢宾　（大骇）我万分抱歉。（吃惊的黑种女人，赶快从电话机上把插钉抽出，一切消失）

黑种女人的声音　你是谁？

伯格卢宾　我，总统，伯格卢宾，我没有想到你卧室的电话机是开着的，我请求你原谅。

黑种女人重复出现，她已经披上罩衫，把她的双肩完全遮住，依然继续试着她的头巾，一点儿不露窘态，反而觉得伯格卢宾的客气有点儿好笑。

黑种女人　我自己的大意，今天早晨我同一位女士谈话，忘记把插钉取出。

伯格卢宾　但是我非常抱歉。

黑种女人　（欣然的样子，还忙着她的头巾）为什么呢？这是我自己的过失。

伯格卢宾　（大窘）哦——我想你在非洲是一直这样的。

黑种女人　你的礼貌是很动人的，总统阁下，如果不是这样地使人不快，它倒是很好笑的，因为像一切白种人的礼貌，它用在错误的地方了，你看这个和我的脸色还相配吗？

伯格卢宾　真正天鹅绒的颜色，和黑缎子般的皮肤，还会有什么不相配吗？只有我们女人的苍白颜色，必须配合及陪衬，你的永远是很相宜的。

黑种女人　是的，这真是可惜，你们白人美女，都是一样的灰暗，一样的苍白无色，一样的年纪，但是你看她们美丽的鼻子，小小的嘴唇！她们在物质上是淡泊无味，她们没有美色，你不能够爱恋她们，但是，她们是怎样的优雅！

伯格卢宾　你可以借一点儿公事来和我会面吗？我们彼此还没有见过，这不是一件可笑的事情吗？我觉得是这样的难过，看见你，和你讲话，却始终知道你和我还隔着二百英里的距离，我不能和你接触。

黑种女人　我不能在东海边生活，在这里差不多已经不能保持我血液的温暖。并且，朋友，这是极不安全的，这种遥远的挑逗，最是有趣，它们可以养成自制的力量。

伯格卢宾　万恶的自制力！我要把你抱在怀里——我要——（黑种女人从电话机上把插钉抽出，一切消失，还听见她的笑声）黑魔女！（他愤愤地抽出他的插钉，她的笑声也不能再听见）哦，如此冲动，我为什么不能抵抗它们呢？真是惭愧！

　　孔夫子回转来。

孔夫子　我忘记了，你今天早晨还有一点儿事情，你应当到档案局去，接待那个美国的夷人。

伯格卢宾　孔夫子，再告诉你一次，我反对这个中国的习惯，把白种人都叫作夷人。

孔夫子　（双手合着，很庄肃地站在长桌的一端）我留心记着，你不愿意把美国人称作夷人。

伯格卢宾　全然不对，美国人确是夷人，但是我们不是夷人，我想你所指的特别的夷人，就是那个发明了水底呼吸方法的美国人。

孔夫子　他说他发明了一个这样的方法，由于某种原因，中国还不能了解。英国人总是相信美国发明家的话，特别是相信一个从来没有发明什么的人，所以你相信这个人，要给他一种正式的接待。今天是档案局欢迎他，表演自有影片以来，在水里丧生的英国名人的档案。如果你觉得没有什么事情可做，为什么不去看看呢？

伯格卢宾　这有什么趣味，去看许多人的影片，单是因为他们都是淹死的？如果他们稍微有点儿常识，他们大约也不至于淹死了。

孔夫子　这倒不是如此。以前一向不曾注意，但是档案局新近有两个重要的发现，有关于过去两百年当中，最有能力的男女公务人员的。一个是他们一直到暮年，还保持着极年轻的相貌，另一个是他们都是在水里淹死的。

伯格卢宾　是的，我知道，你可以说明他们的理由吗？

孔夫子　这是不能说明的，这是没有理由的，所以我不相信这些事情。

主计局长仓皇奔入，面无人色，勉强走到桌子的中间。

伯格卢宾　什么事情？你生病了吗？

巴拿巴　（喘不上气的样子）不，我——（他倒在中间的椅子上面）我必须和你单独谈话。

孔夫子泰然退下。

伯格卢宾　到底有什么事情？呼吸一点儿氧气吧。

巴拿巴　我已经呼吸过了，到档案局去，你就会看见，有些人再三地晕过去，用氧气救醒来，和我一样，他们也和我一样，都亲眼看见了。

伯格卢宾　看见了什么？

巴拿巴　看见了约克大主教。

伯格卢宾　那么，他们为什么不应当看见约克大主教？他们为什么会晕过去呢？他是被人家害死了吗？

巴拿巴　不，他已经淹死了。

伯格卢宾　天呀！什么地方？几时？怎样的？可怜的人！

巴拿巴　可怜的人！可怜的盗贼！可怜的骗子！可怜的人，真正的！等到我捉住他的时候。

伯格卢宾　他已经死了，你怎么可以捉住他呢？你是发疯了。

巴拿巴　死了！谁说他死了？

伯格卢宾　你方才说的，淹死了。

巴拿巴　（激愤的态度）你可以听我说吗？现在四任以前的大主教，哈斯拉姆，是不是淹死了的？

伯格卢宾　我不知道，《大英百科全书》上去查一查看。

巴拿巴　还有，大主教司蒂克特，著有《司蒂克特神曲论》的，是不是淹死了的？

伯格卢宾　是的，可怜得很，他真的是。

巴拿巴　迪肯森总统不是淹死的吗？波里堡将军不是淹死的吗？

伯格卢宾　有谁说他们不是吗？

巴拿巴　今天招待这位美国人，把四个人的影片同时映出，他们和现在的大主教，竟是同一个人，现在你再说我是疯了。

伯格卢宾　我说你真是疯了，强烈地狂乱地疯了。

巴拿巴　我应当相信我自己的眼睛，或是不应当呢？

伯格卢宾　这个可以随你高兴，我可以和你说的，只有这点，如果你的眼睛，不能辨别出一个活着的和两个死去的大主教，我决不肯相信他们。（电话上的铃响，他按住电钮说）喂！

一个女人的声音　约克大主教请见总统。

巴拿巴　（十分愤怒）让他进来，我要和这个坏蛋说话。

伯格卢宾　（放开电钮）你这种样子是不行的。

巴拿巴　（他愤愤地伸手按住他的电钮）立刻领大主教进来。

伯格卢宾　如果你不能制止你的性子，巴拿巴，记着，我们是两个人对你一个。

大主教走进，他脖子上有一条黑色的围巾，镶着白色丝带，他穿着黑条子的短裙，轻质的黑靴，扭到他的腿部上面，除此以外，他的衣服，和总统及主计局长，没有很大的差别，但是颜色，是黑白两种的配合。他比与赛维·巴拿巴恋爱时代的哈斯拉姆，稍微苍老点儿，但是还认得出来是同一个人。他绝不像一个五十岁以上的人，而且就是在这个年纪，也要算极显年轻的，但是他的青年的举动，已经完全消失，他现在有一种完全自重的尊严态度。实际上总统对于他也不免稍微有点儿忌惮，好像是极自然的他应该第一个说话。

大主教　早安，总统阁下。

伯格卢宾　早安，大主教阁下，你请坐吧。

大主教　（在他们二人的中间坐下）早安，主计局长阁下。

巴拿巴　（不满意的样子）祝你早安，我要问你一个问题，如果你不介意。

大主教　（觉得他的声调很不客气，奇怪地向他望着）当然，是什么呢？

巴拿巴　你说一个盗贼的定义是怎样的？

大主教　这是一个比较陈旧的名词，可不是吗？

巴拿巴　它在我的机关当中，还是残留着的。

大主教　我们的机关当中，残留着的东西很多，你看我的领结，我的围裙，我的靴子，它们都不过是残留的东西，然而好像没有它们，我就不能算是一个正当的大主教。

巴拿巴　真的！可是在我的机关里面，盗贼这个名词还是残留着，是因为在社会上，盗贼这个东西还残留着，并且他是一个极卑鄙无耻的东西。

大主教　（冷静的态度）我敢说是的。

巴拿巴　在我的机关里面，先生，盗贼就是一个人，活得比法律上他所应有的寿命更长久，而且在他如果是一个正当的人，早已应该死去的时候，还继续支用公家的金钱。

大主教　那么让我和你说，先生，你的机关，并不明了它自己的职务，如果你把人类的寿命算错，被你算错的人，当然不能负此责任，并且如果他们继续工作，继续生产，他们就是自食其力，哪怕他们活到二三百年。

巴拿巴　我完全不知道他们的工作，他们的生产，这不是我的机关的职务，我只管他们生命的期限，并且我说无论是什么人，在他理应死去的时候，决不应当继续活着，支用公款。

大主教　你不了解收益及生产的关系。

巴拿巴　我了解我自己的机关。

大主教　这是不够的，你的机关，是一个综合的一部分，它是包含一切的机关的。

伯格卢宾　综合！这是一个智力上的困难，这是孔夫子的事情，前几天我听见他用过这个同样的名词，我完全不明白他是什么意思。（开动电话机）哈喽！替我接通国务总理。

孔夫子的声音　你是在和他说话。

伯格卢宾　一个智力上的困难，老先生，有一点儿事情我们不能了解，你来帮助我们解决一下。

大主教　我可以问这个问题怎样发生的吗？

巴拿巴　啊！你也稍微有点儿觉得了，可不是吗？你以前以为你自己是很安全的，你——

伯格卢宾　慎重一点儿，巴拿巴，不要过于性急。

孔夫子走进来。

大主教　（站起来）早安，国务总理先生。

伯格卢宾　（站起来，不知不觉地模仿大主教的动作）请你坐下，圣人。

孔夫子　不必如此客气。（他向着众人鞠躬，在长桌的另一头上坐下，总统和大主教重复在他们的座位上坐下）

伯格卢宾　我们要请你判断一件事情，孔夫子。譬如有一个人，不依照公家所估计他寿命的期限，而活到二百五十年以上，主计局长应该叫他作一个盗贼吗？

孔夫子　不，他倒可以叫主计局长一个说谎的人。

大主教　我想是不能的，总理先生，你以为我是多大年纪？

孔夫子　五十岁。

伯格卢宾　你不像有这样年纪，四十五岁，而且还是生得嫩相的。

大主教　我的年纪是二百八十三岁。

巴拿巴　（坚持的得胜态度）哼！我是疯了吗？

伯格卢宾　你们两个都是疯了，请你原谅，大主教，但是这个真是有一点儿——嗯……

大主教　（向孔夫子说）总理先生，你可俯允我，假定我已经活到将近三百年，当作一个设题吗？

伯格卢宾　什么是一个设题？

孔夫子　这个没关系，我知道的。（向大主教说）是要我假定你曾经活在你祖先的体内，或是经过轮回——

伯格卢宾　嗯——咦——真了不得！怎样一个头脑，孔夫子怎样一个头脑。

大主教　并不是那样的，假定你照寻常的意义，因为我是生在1887年，而且自从1910年以来，我是连续不断地工作，加入过各种的职业，我就是一个盗贼吗？

孔夫子　我不知道，那是你的职业的一种吗？

大主教　不，我做过的，至少也有大主教、总统和将军。

巴拿巴　他只应当有一世的收入，而支用到五六倍以上，他是不是偷盗国库呢？回答我这一点。

孔夫子　当然不是，这个假定，是自从1910年以来，他连续不断地工作，我们现在是在2170年，法定的寿命是多少岁？

巴拿巴　七十八岁，当然这是一个平均的数目，我们并不介意偶然有几个人活到九十岁，或者甚至于当作一件稀奇的事情，活到一百岁。但是我说一个人超出这个以外，就是一个骗子。

孔夫子　七十八对二百八十三，是超过三倍半以上，你的机关，还欠这位大主教两个半的教育费和三个半的养老金。

巴拿巴　瞎说，怎么会是如此呢？

孔夫子　你们的人民从几岁开始替公家做事的？

伯格卢宾　三岁，他们在三岁的时候，每天可以稍微做一点儿事情，不过教他们习练，你知道，但是到他们十三岁，就成为，或者差不多是，完全自给的人。

孔夫子　还有他们是多少岁退休的？

巴拿巴　四十三岁。

孔夫子　这就是说，他们做三十年的工作，而有十三年的幼稚时期，三十五年衰老时期，一共四十八年，他们可以不需工作，而领取给养及教育费，作为每三十年工作的报酬。这位大主教，已经替你们工作了二百六十年，而只领到一次的教育费，并没有领过养老金，所以你们欠他三百余年的休息，以及八次以上的教育费，你们对于他是有极重的负债。换句话说，他因为活得这样长久，在国民的经济上有极大的增益，而你们因为只活得七十八岁，侵占了他一部分的收入，他是一个施惠的人，你们才是盗贼。（半立起来）现在我可以告退，回去做我重要的工作了吗？因为我的时间是很短的。

伯格卢宾　不要性急，老友，（孔夫子重复坐下）这个设题，或是无论你叫他什么，性质极严重，我并不相信他，但是如果大主教及主计局长，一定坚持下去说他是真的，我们只好把他们监禁起来，或是彻底查明这件事情。

巴拿巴　和我弄这些中国的玄妙是没有用的，我是一个平常人，而且虽然我不了解哲学，我也不相信它。我是明白数字的，如果这位大主教，在名分上只有七十八年，而他领取了二百八十三年，我说他领取了他所应得的三倍以上，驳倒我这一点，如果你是能够的。

大主教　我并没领取二百八十三年，我是领取二十三年，而给予了二百六十年。

孔夫子　你的账册上显示的是赤字还是盈余呢？

巴拿巴　盈余，这就是我所不能了解的，由此可见这帮人的奸诈。

伯格卢宾　这就确定了，还有什么可以辩论呢？这位中国先生说你是错的，就再没有话说了。

巴拿巴　我并不反对中国先生的论据，但是我的事实又怎么样呢？

孔夫子　如果你的事实，包含一个活到二百八十三岁的人，我劝你还是到海边去休息几个礼拜吧。

巴拿巴　你们不要只管这样暗示，以为我是发狂，去看看那些影片的记录，我同你们说，这个人是哈斯拉姆大主教，司蒂克特大主教，迪肯森总统，波里堡将军，还加上他自己，一共是他们五个人。

大主教　我并不否认这点，我从来没有否认过，从来也没有人问过我这个事情。

伯格卢宾　但是岂有此理，你，请你原谅，大主教，但是真的，真的——

大主教　没有关系，你想要说什么呢？

伯格卢宾　那你是淹死四次了，你又不是一只猫，你知道。

大主教　这是极容易了解的，你想我当时的地位，我起初忽然发现，我的命运是要活到三百年的时候！我——

孔夫子　（打断他的话）原谅我，这样一个发现是不可能的，你还并没有发现它吧，如果你已经活到两百年，你就可以活到一百万年，三百年当然不成问题，你在你的神话的发端，就留下一个漏洞了，大主教先生。

伯格卢宾　好极了，孔夫子！（向大主教说）他在这里把你难住了，我看你有什么解释的方法。

大主教　是的，这倒真是一个要点，但是如果这位主计局长，肯走到英国博物院的图书馆，去查阅书籍的目录，他就会发现在他自己的姓氏下面，有一部奇怪的而现在久已忘记的著作，1924 年出版，称为巴拿巴弟兄的福音的，那个福音就是说，如果要救出世界的文化，人类必须活到三百年。它证明这个人生命的延长实系可能，而且它大约是怎样会实现的，我娶的就是他们弟兄当中一个的女儿。

巴拿巴　你的意思是说，你和我还是亲戚吗？

大主教　我并不攀什么亲戚，因为到现在这个时候，我大约已经有三四百万的各种亲戚，我早已停止访问家族了。

伯格卢宾　天呀！四百万的亲戚，这个计算是正确的吗，孔夫子？

孔夫子　在中国也许有四千万，如果人口的增加是没有限制的。

伯格卢宾　这是一个可疑的人，他使人想起——但是（恢复他的原状）这并不是真的，你知道，让我们保持清醒的状态。

孔夫子　（向大主教说）你是要我们了解，这位主计局长的有名的祖先，传给你一个秘密，你由此可以活到三百年的寿命吗？

大主教　不，并不是这样的，他们不过相信，人类可以活到任何长久的时候。他所认为救出消失的文化，是绝对必要的，起初我并不相信，至少我并不觉得我相信，我不过以为这是有趣的。我的意见，以为我岳父和他的兄弟，是一对聪敏的妄人，他们彼此讨论出来一种固定的观念，成为他们的一种偏执，直等到七十岁以后，我和养老金管理机关，发生严重的纠纷，我才开始料到这个真相。

孔夫子　这个真相？

大主教　是的，总理先生，这个真相，像一切变革的真相一样，是发端于一个笑话的。因为我到四十五岁以后，还一点儿没有见老。我的内人，常常和我开玩笑，说我一定要活到三百年。她死的时候是六十五岁，我坐在她的床边，握住她的手的时候，她对我最后说的话就是："比尔，你还真不像有五十岁的样子。"我猜想——她不曾说完，就这样猜想着长眠过去，永远不醒转来了。于是我也开始猜想起来，这就是对三百年的说明，总理先生。

孔夫子　这是极奇妙的，大主教先生，而且叙述得好极了。

伯格卢宾　当然你了解，我对于你的绝对真实，并没有表示丝毫的怀疑，你知道这个，可不是吗？

大主教　完全知道，总统先生，你单是不相信我，这就完了，我并不期望你相信，如果我是你，我也不相信的。（指着主计局长说）他可是相信了。

伯格卢宾　但是这个淹死呢？淹死又是怎样的呢？一个人也许会淹死一次，或是甚至于两次，如果他是特别大意的，但是他决不能淹死四次，他会像一只疯狗一样，看见水就跑开去了。

大主教　或者总理先生可以猜得到这个说明。

孔夫子　为保持你的秘密起见，你必须死去。

伯格卢宾　但是这完全不对，他并没有死。

孔夫子　在社会上，不做大家都做的事情是不可能的，一个人必须在通常的时候死去。

巴拿巴　当然，一种简单的德义。

孔夫子　完全不对，一种简单的必要。

伯格卢宾　那是我死也不会承认的，如果我能够，我一定要永远快乐地活着。

大主教　这并不是像你所想象的这样容易，你，总理先生，已经领悟了这个地位的困难。让我同你说，总统先生，在 1969 年的平均收入法案使我应当得到一笔极大的退休金以前，我已经超过八十岁，因为我年轻的外表，在我请求的时候，他们控诉我有意用诈欺方法骗取公家的金钱。我一点儿不能证明，因为我生年的册籍，存在一个乡下的礼拜堂当中，已经在多年以前，世界大战的时候，被一个炸弹毁掉。他们当我一个四十岁的人，命令我恢复工作，还应当再工作十五年，那时候的退休年纪是五十五岁。

伯格卢宾　晚到五十五岁！人民怎样会忍受呢？

大主教　甚至于到那个时候，他们还不肯轻易放我过去，我依然是很年轻的样子，在以后的几年当中，我不断地遇见困难，工业警察屡次地盘诘我，不肯相信我已经超过年龄，他们开始叫我作一人流浪的犹太人，你看我的地位是怎样不可能的。我预先看得到，再过二十年，我的登记的年龄，可以证明我是七十五岁，我的外貌，使得人家绝对不能相信，我是超过四十五岁，而我实际的年龄，应当是一百一十七岁，我还有什么办法？染白我的头发吗？扶住两根木杖跛着走路吗？装出一个百岁老人的声音吗？还不如自杀更好一点儿。

巴拿巴　你应该早去自杀，因为是一个正当的人，你不应当超过一个正当人的生命期限。

大主教　我是自杀过了，这个是极容易的，在海水浴的季节，我在海边留下一套衣服，在衣袋内藏着证明我的文件，于是我走到一个陌生的地方，假装失去了我的记忆力，不知道我的姓名年岁，或是一切关于我自己的事情。医治以后，我恢复我的健康，但是不会恢复我的记忆，自从我开始这个生死的循环以来，我有过好几种的经历，我做过三次的大主教，我劝告各地方政府，毁掉我们所有的城市，从基础上把它们重建起来，或是搬走它们。我加入骑兵团内，做过一回将军，我还做总统。

伯格卢宾　迪肯森吗？

大主教　是的。

伯格卢宾　但是他们寻着迪肯森的尸首，他的遗骸，是葬在圣保罗教堂里的。

大主教　他们差不多总是会寻着尸首，在海水浴的季节当中，尸首是很多的。我已经屡次入葬，起初我常常隐姓埋名，参加我自己的葬仪，因为在一本旧小说上，我读过一个这样的事情。这本书的作者叫作本内特，我记得在 1912 年，还向他借过五个金镑，但是我后来就厌倦这个事情，现在我不会走到对街，去看我最近的墓碑了。

国务总理和总统，都现出极不快的样子，他们的怀疑，到现在完全消失。

伯格卢宾　我说，你们诸位看得出这个事情是怎样可怕吗？在这里我们和一个人泰然地坐在一起，他是在两百年以前，早已应该死的，他也许忽然之间，会在我们眼前化作一堆灰尘。

巴拿巴　他才不会呢，他还要继续领取他的养老金，一直到世界的末日。

大主教　这倒不尽如此，我的生命的预期，是只有三百年的。

巴拿巴　无论怎样，你总要比我更晚死一点儿，这个在我就尽够了。

大主教　（冷静地说）你怎样知道的？

巴拿巴　（大惊）我怎样知道的！

大主教　是的，你怎样知道的？一直到我将近七十岁的时候，我还一点儿没有开始怀疑，我不过以我相貌的年轻，自鸣得意。在九十岁以前，我并没有当真的事情，就是现在，我有时候也还不十分确定，虽然我已经告诉你我的理由，觉得我已经不知不觉地替我自己定下个三百年的寿命。

伯格卢宾　但是你是怎样做到的？是柠檬吗？是大豆吗？还是——

大主教　我并没有做，它自己发生的，它可以发生在任何人身上，它也许发生在你身上。

伯格卢宾 （恍然悟到这个对于他自己的关系）那么我们三个人，也许会和你是一样的情况，就我们所知道的说？

大主教 你们也许会的，所以我劝告你们，应当十分留意，不要采取什么步骤，使得我的地位感受困难。

伯格卢宾 哦，我真糟了！有一位我的秘书，今天早上才说起过，我的外貌是怎样的康健而且年轻的。巴拿巴，我有一种确信，我一定是这些——这些——我应当说这些不幸中的一个吗？——这种奇怪命运的一个了。

大主教 你六代以前的祖先，在他六十多岁的时候，也有过同样的确信，我认识他的。

伯格卢宾 （沮丧的态度）啊！但是他已经死了。

大主教 不。

伯格卢宾 （有希望的样子）你是说他还活着吗？

大主教 不，他是被枪毙了，在他要活到三百年的信仰影响之下，他变了一个人，他开始对人民诉说真话，于是他们极厌恶他，遂利用在四年战争当中，他自己所通过的法案的一条，而后来故意忘记取消的，他们将他关在伦敦塔里面，后来将他枪毙。

电话机上铃响。

孔夫子 （回答）是的。（他听着）

一个女人的声音 内政部长请见。

伯格卢宾 （没有完全听见回答的话）她说什么人请见？

孔夫子 内政部长。

巴拿巴 哦，糟了！那个可怕的女人！

伯格卢宾 她真是有一点儿可怖，我不能确实知道是为什么，因为她并不是很难看的。

巴拿巴 （不耐烦的样子）多谢你，不要这样轻狂。

孔夫子 她是天然这样的，主计局长先生，她十六代的祖先当中，有三代是和卢宾结婚的。

伯格卢宾 呸！我并不是轻浮，我并没有请这位女客到这里来，你们谁请她来的？

孔夫子 这是她的职务，每季一次，亲自向总统报告。

伯格卢宾 哦，这样的！那么我想我的职务，是应当接待她的，还是让他们请她进来，你们并不介意，是不是呢？她会把我们引回到真的人生，我不知道你们诸位觉得怎样，但是我差不多要晕过去了。

孔夫子 （向电话说）总统请内政部长立刻进见。他们静默地注视房门，等候内政部长进来。

伯格卢宾 （忽然向大主教说）我想你已经屡次结过婚了。

大主教 一次，你不会立下到死为止的誓言，在死期还隔着三百年的时候。

他们恢复一种不安的沉默，内政部长走进。她是一个庄丽的女人，显然是在生命的初期，生着漂亮的、严正的、巍然独立的身段，以及一个女神一样的行步，她的容貌及举动，是严肃的、敏捷的、坚决的、可怕的、不可以反诘的。她不穿宽衫，而穿一件贴身的长袍；不戴金的发圈，而戴一顶银冠。除此以外，她的衣服，和其余的男人，没有多大的差别。她走进来的时候，他们都站起来，带着自然的畏惧向她点头，她走近巴拿巴和孔夫子中间空着的座位。

伯格卢宾 （绝对的恳切和勇敢的样子）很高兴会见你，卢泰司谛夫人。

孔夫子 你的光临，使我们觉得十分荣幸。

巴拿巴 晚安，夫人。

大主教 我一向还没有和你见过，我是约克大主教。

卢泰司谛夫人 我们一定见过，大主教先生，我记得你的面貌，我们——（她忽然自己顿住）啊，不对，我现在记起来了，那是别人。（她坐下）

大主教 （也有点儿惊异）你确定是错误吗？我对于你的面貌，也有一点儿联想，好像一扇门不断地开着，现出你来，而且你招呼我的时候，带一副欢迎的笑容，我很奇怪你曾经替我开过门吗？

卢泰司谛夫人 我曾经屡次替这个人开门，现在你使得我记起来了，但是他已经死去好多年了。

除大主教以外，其余各人，很快地彼此注视。

大主教 我可以问有多少年吗？

卢泰司谛夫人 （觉得他的口气奇怪，露出不高兴的样子，向他注视一会儿，然后回答）这没有什么关系，很久了。

伯格卢宾 关于这位大主教，你不可以轻易这么说，卢泰司谛夫人，他比你所猜想的是一个更老的人，无论怎样，比你更老一点儿。

卢泰司谛夫人 （带着一种凄惨的微笑）我想不见得吧，总统先生，但是这是一个微妙的论题，我还是不要再说下去。

孔夫子 有一个问题我们还没有问过。

卢泰司谛夫人 （极坚决地说）如果是关于我的年龄的问题，总理先生，还是宁可不要问吧，凡是我个人的与你有关的事情，都可以在主计局长的名册上查得出来。

孔夫子 我方才想着的问题，并不是要向你问的；但是我要说，你对于这一点的敏感很奇怪，因为如我们所知，你是一个有着超乎寻常弱点的女人。

卢泰司谛夫人 我也许有各种原因，与寻常的弱点全无关系，总理先生，我希望你可以尊重它们。

孔夫子 （向她鞠躬表示认可以后）现在我要提出我的问题了，大主教，你有什么根据假定，因为你好像是如此的，你所遇见的事情，别人不会同样遇见吗？

伯格卢宾 是的，一点儿不错！我从来没有想到这点。

大主教 除自己以外，我从来没有遇见过这个事情。

孔夫子 你怎么知道呢？

大主教 哦，从来没有人告诉过我，他们是在这种特别的地位。

孔夫子 这并不证明什么，你曾经告诉过人，你是在这个地位吗？你从来没有告诉过我们，你为什么从来不告诉我们呢？

大主教 我真是吃惊，你这样一个聪明的人，会问出这个问题，总理先生。在我发现这个事情的时候，我的年纪已经知道及惧怕这种凶恶的怨恨，它是人类动物，和一切别的动物一样，用以对待凡是不幸的分子的，这些不幸的分子偶然生得不是完全和他自己相同，并被他们称为不自然的。你还可以寻出，在20世纪的古文学当中，有一个韦尔斯的故事，他说一个民族，长得比他们的同类大上一倍。还有一个故事，说个人落在一种瞎眼民族的手中，大的人民，不得不为他们的生命与小的人民奋斗，有眼睛的人，为避免他的眼睛被瞎子们挖出，只好逃到沙漠中，可怜地死去。韦尔斯的教训，关于这个及其他的事情，我始终没有忘记，讲到这里，他还有一次借给我五个金镑，我并没有还他，到现在我良心上还有点儿不安呢。

孔夫子 只有你读过韦尔斯的书吗？如果有别人同你一样，难道他们没有同样的理由，要保守他们的秘密吗？

大主教 这倒是真的，但是我知道，你们短命的人，是这样很气的，如果我遇见一个和我一样年纪的人，我可以立刻认出他来，我还从来没有见过。

卢泰司谛夫人　你想你认得出一个和你一样年纪的女人吗？

大主教　我——（他停住，回转来向她详细观看，所引起的回忆及疑心，使他惊骇）

卢泰司谛夫人　你是多少年纪，大主教先生？

伯格卢宾　他说是二百八十三岁，这是一个小小的玩笑，在你进来的时候，他已经差不多说得我们相信，是你的坚定的常识，使得我们更加确定的。

卢泰司谛夫人　你真觉得是这样吗？我在你的声音当中，听见微弱的断定的音调，我听不出确信的音调。

伯格卢宾　（跳起来）我说，让我们停止无聊的废话，我并不愿意和人家作对，但是这个使得我有点儿难受了，最好的玩笑，不可以超过一定的限度，现在已经达到这个限度，我今天早晨很忙，我们大家手里都有许多的事情，孔夫子在这里可以告诉你们，我今天一整天是很忙的。

巴拿巴　你还有什么事情比这个事情更重要，如果它是真的？

伯格卢宾　哦，如果，如果，如果它是真的！但是它并不是真的。

巴拿巴　你真的有什么事情做吗？

伯格卢宾　有什么事情做！巴拿巴，你忘记了我是总统，国内一切公务的重任，都是在我的肩上吗？

巴拿巴　他有什么事情做吗，孔夫子？

孔夫子　他有做总统的事情。

巴拿巴　那就是说，他完全没有事情。

伯格卢宾　（愤怒的样子）好吧，巴拿巴，尽管做出一种呆相，来吧。

巴拿巴　在我们没有将这个欺骗彻底查明以前，我是不会离开这个房间的。

卢泰司谛夫人 （转过来极端严厉地向着主计局长）这个什么，你说的是？

孔夫子 这些字眼是不能忍受的，你用了它们，使得讨论反而紊乱。

巴拿巴 （刻意避开她的注视，向着孔夫子说）哦，这个"不自然的恐怖"，它可以使你满意了吗？

孔夫子 这是对的，但是我们还不该任意加上"恐怖"的字样。

大主教 用这个"恐怖"的字样，主计局长不过是指一种不寻常的事情。

孔夫子 我觉得这位内政部长，发现这位教会领袖的高龄的时候，并没有表示惊异及怀疑。

伯格卢宾 她并没有把它当一件事情，谁会呢？嗯，卢泰司谛夫人。

卢泰司谛夫人 我其实极把它当一件事情，总统先生，我现在晓得，我起初并不是错误的，我已经和这位大主教会见过了。

大主教 我确信，这个替我开门，以及笑脸欢迎我的幻象，一定是一种实在事情的回忆，虽然我现在看见她，好像是个天使，开着天上的大门一样。

卢泰司谛夫人 或者一个侍女，开着你爱人家中的大门？

大主教 （向她做一个歪脸）是真的吗？这些事情怎样在我们的想象当中展开来了！但是我可以说，卢泰司谛夫人，一个侍女变为一个天使，还不比她变成一个和我谈话的、尊贵的、能干的内政部长，更为可惊，我在你身上认得出这个天使，老实说，我认不出那个侍女。

伯格卢宾 什么是侍女？

卢泰司谛夫人　一个已经消灭的种类，一个女人，穿上黑的衣服，白的围裙，有人敲门或是按铃的时候，替你开门。她是你的暴君，或是你的奴隶，我做过这位主计局长一个远祖家中的侍女。（向孔夫子说）你问我多少年纪，总理先生，我是二百七十四岁。

伯格卢宾　（殷勤的态度）你不像，你真不像有这样年纪。

卢泰司谛夫人　（回过脸来，严肃地向着他）你再看看，总统先生。

伯格卢宾　（勇敢地向她注视，一直到他脸上的笑容消失，他忽然用双手遮住他的眼睛）是的，你的确像，我相信了，这是真的，快点儿接通疯人院，孔夫子，叫他们替我派一部病车过来。

卢泰司谛夫人　（向大主教说）你为什么泄露你的秘密？我们的秘密呢？

大主教　他们发现的，电影的记录，把我的秘密泄露，但是我从来没有梦想到还有别人，你呢？

卢泰司谛夫人　我知道还有一个人，一个厨娘，她活得厌倦，她自杀了。

大主教　啊唷！但是她的死去，使得情况简单了，我已经使得各位先生确信这个事情，最好不要再说下去了。

卢泰司谛夫人　什么！当这位总统知道的时候！在这个礼拜没有完结以前，各处都会知道了。

伯格卢宾　（觉得委屈）什么，卢泰司谛夫人！你说得我好像是一个出名的不谨慎的人，巴拿巴，我有这样一个名声吗？

巴拿巴　（消极的态度）这是没有法子的，这是宪法规定的。

孔夫子　这完全不是宪法所规定的，但是你说得很对，这是没有法子的。

伯格卢宾　（庄严的态度）我否认从我的口中，曾经漏出过一个国家的秘密——除非是对于卫生部部长，她是一个极谨慎的人，人们想，因为她是一个黑种女子——

卢泰司谛夫人　这个现在并没有什么关系，有时候，它可是有很大的关系的，但是我的儿女，都已经全死了。

大主教　是的，儿女一定是一件可怕的困难，我很侥幸，我是一个也没有的。

卢泰司谛夫人　我有过一个女儿，她是我心里所最钟爱的，在我第一次淹死的几年以后，我听说她双目失明，我去看她，她已经是一个九十六岁的瞎眼老人，她叫我坐下和她讲话，因为我的声音，像她死掉的母亲。

伯格卢宾　这种纠纷，一定是很可怕的，我实在很难知道，我是不是愿意比别人活得更长久一点儿。

卢泰司谛夫人　你总是可以自杀的，像厨娘的办法，但是那是种热病。长寿是纠纷的，而且甚至于是可怕的，但是它同时也是光荣的，我再不愿意和一个寻常的女人交换地位，像和一个朝生暮死的小虫交换一样。

大主教　最初是什么使得你想到这个的？

卢泰司谛夫人　康拉德·巴拿巴的著作。你的夫人和我说，它比我和厨娘所常常读的拿破仑的命运论，以及莫尔的历书，更为奇妙。那个时候，我极没有知识，觉得这并不是怎样的不可能，像一个有教育的女人所觉得的，然而我把它完全忘记，去结了婚，做一个穷人的妻子，生下儿女，于是我的外貌，比我实际的年纪，老了二十多岁，直到有一天，我的丈夫已经死去，我的儿女已经成人了。多年之后，我觉得我的外貌，又比我实际的年纪轻了二十多岁，我忽然明白这个真相。

大主教　一个惊奇的瞬息，你的感觉，一定是没有言辞可以形容的，你的第一个念头是什么呢？

卢泰司谛夫人　纯粹的恐怖，我看见我所积蓄的少数的金钱，不能支持到底，我必须再出去工作，那个时候，他们有一种叫作养老金的东西，可怜的小数目，使得衰老的工人，勉强维持到死。我想如果我继续领取下去，过于长久是要被人识破的。这个还要再经历一世的困苦，要失去我艰难挣来的休息，要用完我可怜的小小的积蓄的恐怖，将一切其余的事情，都从我的心中排除出去。你们现代的人，对于我们当时贫困的忧虑，或是四十年接连的过度工作的厌倦，以及将一个先令当作一个金镑的节约，是完全不能有一点儿概念的。

大主教　我很奇怪，你倒不会自杀，我常常想，为什么这些黑暗时代的穷人，他们会自杀，并且他们也不会杀死别人。

卢泰司谛夫人　你永远不会自杀，因为你总是可以姑且等到明天，而且你也没有能力和决心去杀掉别人，并且，你怎可以责备他们，如果你在他们的地位，你也会像他们一样做的。

大主教　这是极端可怜的安慰。

卢泰司谛夫人　在那个时候，我和像我这样的人，也还有别的安慰，我们喝一种酒精的饮料，以缓和我们生活的压迫，使我们得到一种虚伪的幸福。

伯格卢宾、孔夫子、巴拿巴　(大家都做歪脸) 酒精！咦！恶劣极了！

卢泰司谛夫人　少量的酒精，可以增进你的性情和礼貌，使得你更容易相处，主计局长先生。

伯格卢宾　(笑着) 不错，我相信你！试试看，巴拿巴。

孔夫子 不，试试茶吧，它在这两个当中，是比较文明一点儿的毒液。

卢泰司谛夫人 你，总统先生，是生来就沉醉于你自己的天然的丰裕，你不能想象，酒精对于一个营养不足的穷苦女人是怎样的。我当时极小心地分配好我少数的积蓄，使得我每个礼拜可以有一次小酌，我唯一的快乐就是盼望着这个可怜的小小的陶醉，使得我不至于自杀，就是它使我不舍得失去我下一次的饮酒机会。但是当我停止工作而信赖养老金生活的时候，我一生困苦的疲劳开始减退。因为，你知道，我并不会真正衰老，我恢复了元气，我的样子，逐渐年轻起来，到最后我已经得着充分的休息，有勇气及力量重新开始生活；并且政治的变动，也使得它容易一点儿，有十分之九的人，以前不过是苟延残喘的，生命也比较有一点儿值得活着的价值。自此以后，我从来没有回顾，或是退缩，现在我唯一的惋惜，就是到三百岁或是相近的时候，我必须死去，只有一件事情使得生命艰难，而这个现在也消失了。

伯格卢宾 我们可以问那是什么吗？

卢泰司谛夫人 如果我告诉你们，也许你们是要生气的。

伯格卢宾 生气！我的夫人，你假想，在这样一个巨大的发现以后，比铁锤砸下来还小的打击，还能使我们有一点儿印象吗？

卢泰司谛夫人 好的，你看，我觉得很困苦的，就是从来不曾遇见一个长成了的人，你们都是这种的孩子，而且我从来不十分喜欢孩子，除了一个引动了我母亲般热情的女儿，我有时候很孤寂。

伯格卢宾 （又表示殷勤）但是，卢泰司谛夫人，这一定是你自己的错误，如果我可以说，一个像你这样美貌的女人，永远是不应当孤寂的。

卢泰司谛夫人　为什么呢？

伯格卢宾　为什么！——哦唔——哦唔唔——（他到底没有说出）

大主教　他的意思，是说你可以再嫁，奇怪，他们是这样不了解我们的处境。

卢泰司谛夫人　我再嫁过了，我第二次结婚，是在我一百岁后的第一个生日，但是当然我只好嫁一个比较年老的人，一个六十岁以上的人，他是一个著名的画家。在他将死的时候，他同我说："我费掉五十年的光阴，去学习我的职业，去画完一切无聊的画片，一个人所必须画过丢掉以后，才可以由它们达到他所应当画的伟大的东西，现在我刚刚踏进画坛的门口，而我发现它同时是我坟墓的门口了。"那个人可以成为一个古今最伟大的画家，如果他可以活到我的年纪。我看见他老死，然而他还是，像他自己说的，一个练习的学生，和一切近代的画家一样。

伯格卢宾　但是你为什么一定要嫁一个年老的人？为什么不嫁一个年轻的人？或者我应当说，一个中年的人呢？如果我自己的爱情，不是已经有了归宿，并且如果，我老实同你说，我不是见你有点儿害怕——因为你是个极优越的女人，为我们大家所公认的——我认为我自己极愿意——嗯——嗯——

卢泰司谛夫人　总统先生，你几时想利用过一个小孩子的天真，来满足你的欲望吗？

伯格卢宾　天呀，夫人，你当我是什么东西？你有什么权力，来问我这样一个问题？

卢泰司谛夫人　我现在是二百七十五岁，你示意我可以利用一个三十岁小孩子的天真，去嫁给他。

大主教　你短命的人，难道不能了解，在我们生命的第一百年当中，这些混乱、幼稚，比在别的上面更为恶劣，在这个关系上，我们对于你们是不能忍受的吗？

伯格卢宾　你的意思是说，卢泰司谛夫人，你当我是一个小孩子吗？

卢泰司谛夫人　难道你期望我当你是一个完全的灵魂吗？哦，你是应当见我害怕。有些时候，你的轻浮，你的辜恩，你浅薄的欢乐，使得我对你这样的愤恨，如果我不能提醒我自己，你是一个孩子，就会引起我的怀疑，你是不是应当活着了。

孔夫子　难道你妒忌我们活这极少的几年吗？你，自己活到三百年的！

伯格卢宾　你诬蔑我轻浮！我必须提醒你，夫人，我是总统，你不过是一部的长官吗？

巴拿巴　并且辜恩！我只欠你七十八年的俸给，你支取了三百年，你反说我们是辜恩的！

卢泰司谛夫人　是，我想起你们所安享的福佑，拿它们来比较那种贫苦！那种屈辱！那种忧虑！那种悲伤！那种无礼及暴虐！在我学习受难，而不是学习生活的时候，这些人类每天的命运！我看见你们怎样轻视这一切！你们怎样在玫瑰的花丛当中，争夺落叶！你们怎样特别拣选你们有的工作，除掉使得你们感觉有趣及愉快的工作以外，你们都留给黑人及中国人，这时候，我问我自己，就是有三百年的思想及经验，是否能使得你们避免神力的淘汰，他创造你们，把你们拿来试验。

伯格卢宾　我的夫人，我们的中国和黑人的朋友，是十分快乐的，他们在这里，比在中国和非洲胜过十倍；他们的工作，使人完全满意，由于这样，他们使得我们身体自由，可以做更高尚的事业。

大主教 （沾染着她的怒气）你们能够做什么更高尚的事业？你们七十岁就衰老，八十岁就死掉！

卢泰司谛夫人 你们并不是真的在做更高尚的工作，你是被认定为裁决政务及发布命令的人，但是黑人和中国人替你决定，告诉你应当发布什么命令，就像我的哥哥一样。他是一个卫队兵曹，在从前，常常指挥他的长官，我要在卫生部里有一点儿事情的时候，我不来找你，我去找那位黑种女人，她在你这一次就职以来，就是真的总统，或是去找孔夫子，总统常常更换，而他是永远继续下去的。

伯格卢宾 这太荒唐了，这是一个对于白种人的叛逆，让我同你说，夫人，我这一世从来没有会见过这位卫生部部长，可是我反对这个卑陋的颜色的偏见，轻视她伟大的才能，和她对于国家的卓越的劳动。我与她的关系，纯粹是电话的，话机的，影片的，而且，我可以加上，是友谊的。

大主教 无论怎样，你也没有什么理由应当觉得惭愧，总统先生，让我们抛开个人的问题来观察这个事情，你可以否认，目前的情形，是英国人民，已经变成一个合股的公司，加入亚洲和非洲人做股东吗？

巴拿巴 完全不是这样，我知道一切关于从前合股公司的事情，股东是全不工作的。

大主教 这是不错的，但是我们和他一样，取得红利，无论我们是否工作。我们工作，一半是因为我们知道，如果我们不做，就会没有红利可分；一半是因为如果我们拒绝，我们就要被认为是智力欠缺，而幽禁到疯人院去。但是我们做的是些什么事情？在四年战争后的革命，强迫我们略为变革以前，我们的统治阶级，都是这样的富裕，使得他们成为地球上最不肯用心而且脑满肠肥的人，那些脂肪，还有很多残留在我们身上。

伯格卢宾　因为是总统，我不应当听对于我们国民品性侮辱的批评，大主教先生。

大主教　因为是大主教，总统先生，我的职务，是应当对于国民品性彻底批评的。在圣易卜生封圣的时候，你自己替他开幕的遗像，基石上面，就刻着这个尊贵的格言："我不是来叫有罪的人，乃是来叫正当的人去忏悔的。"我所说的这些事情的证明，就是英国人寻觅这种例行工作，以及这些可以称为装饰性和荣誉性工作的人，一天一天地加多，而思想、组织、计算、指示的工作，都是靠着黄人的脑筋、红人的脑筋、黑人的脑筋，就像在我早年的时代，全靠着犹太人的脑筋、苏格兰人的脑筋、意大利人的脑筋、德国人的脑筋一样。独有的现在还做重要工作的白人，只有像这位主计局长的样子的人，完全没有享乐的本能及社交的天才使得他们在办公室以外受人欢迎。

巴拿巴　岂有此理的胡说！无论怎样我总还有点儿天才把你发现出来。

大主教　（不理会这个狂怒）如果你在这里立刻把我杀死，你就只好派一个印度人去做我的后任。我今天占着优越的地位，并非因为是一个英国人，乃因为是一个人，有二百五十年以上的完全成熟的经验。你们在这里让一切的权力，都落在有色人民的手中，再过一百年以后，我们都不过是他们家中的宠物了。

伯格卢宾　（轻浮地反驳）这是一点儿不会的，我承认你说的，我们把国家的最繁杂部分的工作同时是极好的工作，让给他们，我们为什么要做这些苦工呢？但是想想我们空闲时候的活动！在办公以外的时间，地球上还有比英国更快乐的地方吗？这是什么人的功劳？我们自己的。黑人和中国人，从礼拜二到礼拜五是有用的，但是从礼拜五到礼拜二，没有地方看得见他们，而真正英国的生活，是从礼拜五到礼拜二的。

大主教　这是极端的确实，想出毫无脑筋的娱乐，拿巨大的力量推进它们，以及热心地当它们是重要的事情。在这些上面，我们英国人民，是世界上最可惊异的，他们永远这样，而且这也很好，因为如果不然，他们的色情就会成为麻木，而使得他们灭绝。我所惊吓的，就是他们的娱乐，会娱乐他们，这些都不过是男孩子及女孩子的娱乐，在五十或是六十岁以前，他们还可以原谅，过此以后，他们就是可笑的了。我同你说，我们的缺点，就是我们是一个没有长成的民族，而像你们所称为的爱尔兰人、苏格兰人以及黑种人和中国人，虽然他们的寿命，也是短得和我们一样，或是比我们更短，然而他们在死去以前，多少可以设法长成一点儿。我们在童年时代已经死去。可以使得我们成为一切民族中最伟大的成熟，在我们坟墓的下面，我们或是做手执球棒的老人，消沉下去，或是必须活得长久一点儿。

卢泰司谛夫人　不错，是这样的，我没有能够用言辞表明出来，但是你已经替我表明了。我觉得，就是在我还是个毫无知识的侍女的时候，我们体内，已经含有成为一个最伟大民族的可能，但是我们的错误，我们的愚蠢，逼迫我走上残酷的绝路，那个时候，我们都是这样完结的。凡最高等的生物，需要最长久的时间成熟，而且在成熟以前，他是最无力的。我现在知道我的长成，费了一个世纪的光阴，在一百二十岁的时候，我才开始我真正的生活，亚洲人不能支配我，我不是在他们手里的一个孩子，像你一样，总统先生，我知道，这位大主教也一定不是的，他们尊敬我，你还没有长成到这个程度，虽然你有这样的好意向我说明，我是使得你害怕的。

伯格卢宾　老实说，你是的，并且你会以为我无礼吗？如果我说，倘使要我在一个白种女人，老得可以做我的祖母的，和一个与我年纪相同的黑种女人当中选择一个，我大概会以为黑种女人是更值得同情的。

卢泰司谛夫人　而且颜色更动人一点儿，也许？

伯格卢宾　是的，你既是问我，更——哦，不是更动人的，我并不否认你有一个极好的相貌，但是我可以说，浓厚点，更热带式的，灿烂的日光的色彩。

卢泰司谛夫人　我们的女人，以及她们所喜欢的小说家，已经开始谈论黄金面色的男人。

孔夫子　（脸上和全身都露出笑容）嘻，嘻！

伯格卢宾　哦，这算什么呢，夫人？你没有读过生物学会图书主任所著的一本极有趣的著作吗？他说世界的将来，是全靠黑白杂交的。

卢泰司谛夫人　（站起来）大主教先生，如果白种人必须被救出，我们的命运是显然的。

大主教　是的，我们的义务是极明白的。

卢泰司谛夫人　你有时间和我一同回去，讨论这个事情吗？

大主教　（站起来）好的。

巴拿巴　（同时站起来，很快地从卢泰司谛夫人旁边跑过，走到门口，回转身来，阻止她的去路）不行，你不能去，伯格，你明白了没有？

伯格卢宾　不，什么事情？

巴拿巴　他们两个人要去结婚了。

伯格卢宾　他们为什么不应当呢，如果他们愿意。

巴拿巴　他们并不愿意，他们会拿冷静的头脑来做这个事情，因为他们的子孙，可以活到三百年，这是决不能容许的。

孔夫子　你不能够阻止，并没有法律给你权力可以干涉他们。

巴拿巴　如果他们逼迫我这样，我会提出法案，禁止七十八岁以上的人结婚。

大主教　在我们结婚以前，你没有时间做这个事情，主计局长先生，请你不要阻住这位夫人的路吧。

巴拿巴　在你们的结婚还没有一点儿效用以前，尽有时间把这位夫人送到疯人院去，不要忘记这点。

卢泰司谛夫人　不要胡说，主计局长先生。晚安，总统先生。晚安，总理先生。（他站起来鞠躬答礼，她一直向主计局长走来，他自然地缩回去让她走出）

大主教　你真使得我吃惊了，巴拿巴先生，你的口气，好像一个黑暗时代的回声。（他随着内政部长出去）

孔夫子摇着他的头，在他的舌尖上做出一种声音，表示对于这个争议的怅恨，走近大主教空出的座位，合掌立在后面，向总统望着。主计局长向着走出的来客，摇动他的拳头，发狂地乱骂他们。

巴拿巴　盗贼！万恶的盗贼！毒蛇！你有什么办法，伯格？

伯格卢宾　办法？

巴拿巴　是的，办法，一定还有很多这种人存在，你让他去做方才出去这两个人所要做的事情，把我们从地球上面挤开去吗？

伯格卢宾　哦，算了吧，巴拿巴，他们有什么害处吗？你对于他们不感兴趣吗？你不喜欢他们吗？

巴拿巴　喜欢他们！我恨极了他们，他们是怪物，不自然的怪物，他们在我看来都是毒药。

伯格卢宾　对于他们活到依照他们所能够的这样长久，有什么可以反对的理由呢？这个并没有缩短我们的生命，可不是吗？

巴拿巴　如果我在七十八岁必须死去，我就不明白，相对地，为什么别人应当有特别权力，活到二百七十八岁。他实在缩短了我的寿命，他使得我们难堪。如果他们长到十二尺高，他们就会使我们都变成矮子，他们对我们讲话，当我们好像都是小孩子一样，和我们并没有感情可言，他们对于我们的憎恶，很快就会露出来的，你没有听见那个女人说些什么，而大主教怎样帮助她吗？

伯格卢宾　我们有什么法子对付他们呢？

巴拿巴　杀死他们。

伯格卢宾　瞎说！

巴拿巴　把他们监禁起来，消灭他们的生殖能力，想出一种方法，不论什么方法。

伯格卢宾　但是我们可以举出什么理由呢？

巴拿巴　你可以举出什么理由来杀死一条毒蛇吗？天性叫你这样做的。

伯格卢宾　我亲爱的巴拿巴，你真是疯了。

巴拿巴　这个你今天早晨不是已经说过了一次吗？

伯格卢宾　我真不相信你身上是有一个灵魂的。

巴拿巴　我明白了，我知道你，你想你也是他们中的一个。

伯格卢宾　主计局长先生，你也许是他们中的一个。

巴拿巴　你怎么胆敢冤枉我这样的事情呢？我是一个正当的人，不是一个怪物，我在政治生命上取得我的地位，是由于证明人类寿命的预期，是七十八年，而且我要抵抗任何改变或是推翻它的企图，直到我最后的一滴血为止，如果必要。

伯格卢宾　哦咄咄！算了，算了！你自己清醒一点儿，你，一个名人康拉德·巴拿巴的子孙，他是因为他的名著《黑甲虫生活史》，现在还有人记得的，怎可以如此地荒谬呢？

巴拿巴　你还是去做一本《母驴的生活史》吧。我要去鼓动全国，起来反对这个恐怖，并且反对你，如果你对于这个事情，露出一点儿退缩的样子。

孔夫子　（极严厉地说）如果你这样，你是会后悔的。

巴拿巴　有什么使得我后悔呢？

孔夫子　社会上每个男人和女人，都会开始以为可以活到三百年，就会发生许多为你所不能预料的、可怕的事情。家庭会完全解散，父母和子女，会不再有老幼的差别；弟兄和姊妹，分离一百年之后，彼此相见，完全成为路人。血统会失去它们的纯洁。人类的想象，受三百年生命可能的激荡，会使得他们发狂，而破坏人类的社会。这个发现，是必须绝对保密的。

巴拿巴　如果我拒绝保持秘密呢？

（他坐下）

孔夫子　你泄露的第二天，我就会使你安全地住到疯人院里去。

巴拿巴　你忘记我可以举出这位大主教来证明我的说话。

孔夫子　我也可以的，你想他会帮助我们哪一个，如果我向他说明，你说出他年纪的目的，是要害死他？

巴拿巴　（最后的挣扎）伯格卢宾，你要帮助这个黄脸的东西和我作对吗？我们是政治家及公务员呢，还是欺骗人的流氓？

孔夫子　（不为所动）在有些鲁莽的人，要对于人民说过分的真话而于他们不利的时候，你看见过哪一个政治家，不是被好骂的人称为骗人的流氓吗？

巴拿巴　不要开口，你这个无礼的野人，伯格，我是和你说话。

伯格卢宾　是的，你知道，亲爱的巴拿巴，孔夫子是一个极有脑筋的人，我看他是对的。

巴拿巴　你是吗？那就让我告诉你，除掉公事以外，我再不同你说话了，你听见了吗？

伯格卢宾　（得意的样子）你会的，你会的。

巴拿巴　而且也不许你和我说话，你听见了吗？（他向门口走去）

伯格卢宾　我要的，我要的，再见，巴拿巴，上帝赐福你。

巴拿巴　祝你永远活着，做全世界的笑柄。（他大怒地出去）

伯格卢宾　（温和地微笑）他自然会保守秘密的，我知道巴拿巴，你可以不必过虑。

孔夫子　（忧虑及严肃的态度）天下没有什么秘密，除非是这种秘密使得它们自己不泄露出来。你想，这些影片是存在档案局的，我们没有权力禁止档案主任，公布他局里的发现，我们不能够堵住那个美国人的嘴——谁能堵住一个美国人的嘴呢？——还有许多今天去招待他的人，幸而一个影片，不能证明什么事情，不过是一点儿想象罢了。

伯格卢宾　不错，归根结底，这个事情，始终是一个无聊的玩笑，可不是吗？

孔夫子　（抬起头来向他望着）你看出它的妨碍，现在又决定要不相信它了，这是英国式的方法，在这个场合，也许是不能适用的。

伯格卢宾　英国式是该死的，这是应有的常识，你知道，这两个人是把我们催眠了，一点儿也没有疑义的，他们是戏弄我们，是不是呢？

孔夫子　你注视了那个女人的面貌以后，你相信她了。

伯格卢宾　一点儿不错，她就是在这个点上把我迷住的，如果她把背面向着我，我一点儿也不会相信她的。

孔夫子慢慢地再三地摇头！

伯格卢宾 你真的以为？——（他有点儿踌躇）

孔夫子 我一向觉得这位大主教是很奇怪的，自从我分别得出各个英国人的面貌，我已经注意到这个女人所指出的一点，就是英国人的面貌，不是一个成年人的面貌，犹之英国人的思想，不是一个成年人的思想。使得我相信的，就是这个；使得你相信的，是那个女人的面貌，他们在人种历史上开始一个新的时代，是毫无虚伪的，这并且不能使我惊异。

伯格卢宾 哦，算了！并不使你惊异！你是要装得什么都不使你惊异，但是如果这个都不使你惊异，你就不是人类了。

孔夫子 我是惊骇了，好像一个人被一个爆炸所惊骇，而这个是他自己埋下燃着药线的炸药。但是我并没有惊异，因为，作为一个哲学家和一个生物进化的学者，我早已认为一种像这样的发展，是不可避免的，如果我自己不是这样的先有了预先的准备，单是影片的证明和一点儿说得动人的故事，决不能使得我相信，照现在的样子，我是相信的。

伯格卢宾 哦，这就完全确定了，下一次再发生的事情，不知道又是什么？我们第二步的动作应当怎样呢？

孔夫子 我们没有第二步的动作，第二步的动作，是要大主教和那个女人做的。

伯格卢宾 他们的结婚吗？

孔夫子 不单是如此，他们已经有了这个重要的发现，他们在世界上并不是孤立的。

伯格卢宾 你想还有别人吗？

孔夫子 一定还有许多人，每一个都自己以为这个奇迹，单是发生在他或是她的身上，但是这位大主教现在知道不是这样了，他会用一种方法通告，那个只有他们长寿的人可以了解的文辞，他会把他们集合起来，组织起来，他们会从地球上各处踊跃奔赴，他们会成为一个伟大的势力。

伯格卢宾　(有点儿惊慌)我说,他们会吗? 我想他们是会这样的,我很怀疑巴拿巴到底是不是对的，我们应当容许这样吗?

孔夫子　我们没有方法可以阻止，在我们的灵魂当中，我们也不能够真愿意去阻止，造成这个变化的生命力量，会消灭我们的反抗，如果我们有这样的疯狂去反抗，但是我们决不会反抗，我和你也许就是它所选中的。

伯格卢宾　是的，这就是每次使得我们退缩的力量，我们到底应当怎样呢? 对于这个事情，我们必须有点儿什么举动，你知道。

孔夫子　让我们坐下来，沉默地冥想我们将来的途径。

伯格卢宾　一点儿不错，我相信你是对的，让我们来吧。

他们坐着冥想，孔夫子很自然的，总统显然是勉强而且竭力的，他正积极地观察将来的时候，听见那个黑种女子的声音。

黑种女子　总统先生。

伯格卢宾　(很快乐的样子)是的,(拿起他的插钉来)你在家里吗?

黑种女子　不。

总统很快地把他的插钉插到电话机上，转动他的圆晷，按着电钮。屏风变成透明的，显出一个黑种女子，穿着漂亮的衣服，立在一个好像游船的舵楼上,在晴朗的天气当中，她正在通话的电话机在罗盘箱的旁边。

黑种女子　(回转一看,退后厌恶地呼喊)呵! 快走! 快走! (他退下)

伯格卢宾　这是海边的什么地方?

黑种女子　护渔湾，为什么不到这里来和我消磨一个下午呢?

我到最后是可以让你接近了。

伯格卢宾 护渔湾！二百七十英里的路程！

黑种女子 六点半钟，有一个爱尔兰的航空快班，他们可以用飞行伞把你放下海湾，这个游泳是于你有益的，我可以把你捞起来揩干以后，给你一个第一等招待。

伯格卢宾 好极了，但是稍微有点儿冒险，是不是呢？

黑种女子 冒险！我以为你是什么都不怕的。

伯格卢宾 我并不是一定害怕，但是——

黑种女子 （生气）但是你以为不值得，好吧。（她举起她的手来，要去取出电话机上的插钉）

伯格卢宾 （恳求的样子）不，慢点，让我同你说明，在电话机上稍微等着一会儿，哦，请求你。

黑种女子 （她的手放在插钉上等着）怎样？

伯格卢宾 事情是这样的，我以前一向是不避危险，因为我觉得我的生命是如此的短促，不值得去麻烦，但是我刚才知道我也许活到——哦，比我以前预想的更长久得多，你的聪明可以告诉你，这个使得情形变更，我——

黑种女子 （勃然大怒）哦，一点儿不错，请你不要因为我拿贵重的生命冒险，对不起，惊动你了，再见。（她抽出她的插钉，影像消失）

伯格卢宾 （紧急的样子）哦，请再等一会儿，我可以使得你明白（一个很响的声音）有人说话！她现在又在叫什么人吗？（他按着电钮呼唤）接国务总理，说我还要和他见面，一会儿时间。

孔夫子的声音 那个女人去了吗？

伯格卢宾 是的，是的，那个没有关系，要和你说一句话，如果（孔夫子回转来）我在护渔湾有一点儿要紧的事情，爱尔兰航空垂运，可以用飞行伞把我放落在海湾当中，我想这是十分安全的，是不是呢？

孔夫子　没有什么是十分安全的，航空运输，和其他的任何旅行方法，有同等的安全，飞行伞是安全的，但是海水是不安全的。

伯格卢宾　他们会给我一套不沉的衣服，他们不可以吗？

孔夫子　你不会沉下去，但是海水是很冷的，你也许会得一辈子的风湿病。

伯格卢宾　一辈子的！算了，我决不去冒这个危险。

孔夫子　好的，你现在居然变谨慎了，你已经不再是一个你们所称为运动家的，你是一个聪明的懦夫，差不多是个长成的人了，我恭贺你。

伯格卢宾　（坚决的态度）无论懦夫不懦夫，我决不能为随便什么女人，去冒一个永远风瘫的危险，（他立起来，走到架上去取他的发圈）我改变了我的主意，我要回家去了，（他随便戴上发圈）晚安。

孔夫子　这样早吗？如果卫生部长有电话来，我应当怎样说呢？

伯格卢宾　叫她找魔鬼去吧。（他走出）

孔夫子　（摇头，表示对于总统无礼的骇异）不，不，不，不，不，哦，这些英国人！这些粗野的幼稚的文化！他们的礼貌！猪猡，猪猡。

下

第四卷
老绅士的悲剧

第一幕

波宁码头，在爱尔兰加路海湾的南岸，一种巉岩石田的境域。公元3000年，一个晴朗的夏天，有一位老年绅士，坐在一个古旧的石级上面，石级约厚三英尺，高三英尺，是以前用以系船的石桩。他面向岸上，低着头，双手捧着他的面孔正在哭泣，他的苍黑的皮革和皓白的须眉，恰相反衬。他穿着一件黑色大礼服，一件白色背心，深灰色的裤子，系着一根鲜明的领带，插上一根镶着宝石的别针，头上戴着灰色礼帽，脚上穿着黑漆皮靴，加上白色靴罩。他的白色硬袖，伸出在袖口外面，颈上戴着白色的格莱斯顿式的硬领。他的右边，有三四个装满的麻袋，在石板上面并排着，暗示这个码头，不像其他的僻远的爱尔兰码头一样，虽然浪漫，但有时候也是有实际用途的。在他的左侧后面，有一段石级，下达海面，直到视线尽处为止。

一个妇人，穿着丝织紧身、芒鞋，头上戴着一顶尖帽，上面有金质的 2 字徽章，此外并无别的穿戴，从海面的石级走上，吃惊地注视着正在哭泣的老人。她的年岁，是不能推测的，她的面貌是坚定的，而且显露出一种青年的面貌，但是她的严厉及决心的表示，绝不是青年的样子。

女人　怎么了？

老绅士往上一看，迅速地振起精神，竭力做出一副笑容，取出一块丝巾，轻轻地揩干他的眼泪，并且想要很恭敬地起立，但是依然坐下。

女人　你需要帮助吗？

老绅士　不，非常感谢，不，不要什么，不过是受了暑气，（他一面说着，一面喘气，并且拿手巾擦着他的眼睛及鼻子）干草热。

女人　你是一个外国人，可不是吗？

老绅士　不，你决不可以当我是一个外国人，我是一个不列颠人。

女人　你是从不列颠共和国的某地方来的？

老绅士　（和蔼而骄傲的态度）从它的首都来的，夫人。

女人　从巴格达来的？

老绅士　是的，你也许不知道，夫人，在我们现在所称为流浪的时代，这些群岛，曾经做过不列颠共和国的中心。在一千年以前，它们还是它的首都，很少人知道这个极有趣的事情，但是我可以向你保证，这是极确实的，我到这里来，是由于要向我祖先的故乡，做一种虔诚的巡礼，我们是同出一源，你和我，血浓于水，我们都是同宗。

女人　我不明了你的意思，你说你是来做一种虔诚的巡礼的，那个是一种新的运输方法吗？

老绅士　（又现出一种困苦的征象）我觉得在这里很不容易使人了解，我不是指一种机械，乃是指一种情感的放行。

女人　恐怕我还是同以前一样毫不明白，你说血浓于水，当然是的，但是这有什么意义呢?

老绅士 这个意义是很明白的。

女人 不错，但是我很明白血浓于水。

老绅士 （叹气，几乎又流出眼泪来）我们还是到此为止吧，夫人。

女人 （走近他的身边，很关切地向他细看）我恐怕你是病了，没有人警告过你，短命的人，到这个国度里来，是很危险的吗? 这里有一种致命的疾病，叫作丧气。短命的人，对这个必须严密地预防，和我们交往，会使得他们过度的疲劳。

老绅士 （发怒地自己振作起来）这个对我没有影响，我恐怕我的谈话，不能使你感兴趣；如果有补救的方法，就在你自己手中。

女人 （先看看她的手，再怀疑地向他望着）在哪里呢?

老绅士 （完全绝望）哦，这真是可怕极了，一点儿没有了解，没有智力，没有情感——（他的哭泣止住他说话）

女人 你看，你是病了。

老绅士 （愤愤地振起精神）我没有病，我自从有生以来，从来不曾生过一天的病。

女人 我可以替你诊视吗?

老绅士 我用不着什么女医生，谢谢你，夫人。

女人 （摇头）恐怕我还是不明白你的意思，我并没有说起关于蝴蝶的话。

老绅士 可是我也没有说什么关于蝴蝶的话。

女人 你提起女医生，这个字在这里就只不过是一种蝴蝶的名称。

老绅士 （疯狂的样子）我不再说下去，我真是忍不住了，我觉得比立刻发狂更难受。（他站起来，跳舞，同时唱着）

我要变一个蝴蝶，住在凉亭当中。

没有钙粉做成苹果的布丁。

女人　（冷酷地微笑）我上一次的笑，到现在至少已经有
一百五十年；但是如果你再做这样的举动，我就要像一个六十岁的
孩子一样，大笑出来了，你的衣服，是这样特别的可笑。

老绅士　（突然止住他滑稽的动作）我的衣服可笑！我也许穿得
不像一个外交部的职员，但是我的衣服，在我的首都是完全时式的，
然而你的——原谅我这样说——是会被认为极端特别，而且几乎没
有羞耻的。

女人　羞耻？在我们的语言当中，没有这样的词，它是什么意义？

老绅士　对你说明，我就是没有羞耻了，羞耻的意义，如果不
是不羞耻地来解释，是不能够说明白的。

女人　我完全不能明了你的意思，我恐怕你对于管理短命旅客
的章程，还没有看见吧。

老绅士　当然看见了，夫人，它们并不适用于像我这样年纪和
地位的人，我不是一个孩子，或是一个乡下的农民。

女人　（严厉的态度）它们对于你是绝对适用的，你只可以和
六十岁以下的儿童往来，无论在何种情形之下，你绝不应当和此间
的成人接近。你和我们谈话太久定会引起一种危险的丧气病，你没
看见你已经表现出严重的征象吗？

老绅士　当然没有，夫人，我幸而没有感受这种疾病的危险，
我习惯于和最伟大的人物，做极长时间谈话，如果你不能分出热病
和衰弱的区别，我只能够说，你的高年，同时带来不可避免的昏聩了。

女人　我是此地的监护人，我对于你的安全是负有责任的——

老绅士 监护人！你当我是一个贫民吗？

女人 我不知道什么叫作贫民，你必须告诉我你是什么人，如果你还有能力可以将自己的意思明白表示出来——

老绅士愤愤地喷气。

女人 （继续说）——并且你为什么没有一个看护，在这里任意游行？

老绅士 （大怒）看护！

女人 短命的旅客，是不许没有看护，在这里任意行走的，你知道这个规则是不容破坏的。

老绅士 对于下等的人，固然是的，但是像我这样地位的人，应当有一种优礼，这个凡是有礼貌的人是从来不会拒绝的，并且——

女人 在这里只有两种人类，短命的人和普通人，这些规则适用于短命的人，并且是为保护他们而设立的。现在快告诉我，你是什么人。

老绅士 （郑重的样子）夫人，我是一个退休的绅士，以前巴格达的全英蔬乳饼及蛋业组合会的主席，现任大英历史及古生物学会的会长，旅行俱乐部的副会长。

女人 这一切都没有什么关系。

老绅士 （鼻管里又发出声音）哼！真是的！

女人 你是送到这里来要使得你的心理柔和的吗？

老绅士 怎样一个奇特的问题！请问你觉得我的心理是有点儿僵硬的吗？

女人 你或许不知道，你现在是在爱尔兰的西岸，东方岛上的土人，有一种习惯，到此地居住数年，以使得心理柔和，此间的气候是有这样效力的。

老绅士 （骄傲的态度）我并不生在东方的岛上，谢谢上帝，我是生在英国可爱的最古老的都城，我并不需要调养心理的地方。

女人 那你为什么到此地来呢？

老绅士 我侵犯你的主权吗？我可完全不知道。

女人 侵犯？我不明白这个词的意义。

老绅士 这个地方是私人的产业吗？如果是的，我就无权在此，我拿出一个先令，作为损害的赔偿，如果有什么损害而且预备即刻离开，如果你可以指示我最近的道路。（他给她一个先令）

女人 （接受他的先令，很有趣味地细看）你方才所说的话，我一个字都不明白。

老绅士 我说的是极普通的英语，你是此地的地主吗？

女人 （摇头）据传说，在这些地方，以前曾经有过一种动物像这个名字的，在野蛮时代，被人驱逐枪杀，现在是完全绝种了。

老绅士 （又觉得不能支持）这真是可怕的事情，在一个国家内完全没有人了解文明社会的组织，（他倒在石基上面，和他的悲泣抵抗）原谅我，热病又发了。

女人 （在她的腰带内取出一支音叉，放在耳边，然后用单一的音调向空中讲话，好像一个音乐家唱着赞美歌一样）波宁码头，加路，请你派遣一个人来，看管一个短命旅客，是从他的看护手里逃脱的。男性，很驯良的，说许多不能了解的话，偶然稍有意义，忧愁的神经病，外国的服装，极为可笑，额下生着海草样的白毛。

老绅士 这真是无礼至极，一种侮辱。

女人 （放回她的音叉，向着老绅士说）这些话，对于我是毫无意义的，你以什么资格到此地来？你怎样取得允许来访问我们的？

老绅士 （郑重的态度）我们的国务总理，巴杰·布卢宾先生，到这里来咨询先知，他是我的女婿，我们同他的夫人和女儿，就是我的女儿和外孙女一同来的，我可以提起，我们一行当中，还有一位阿富斯泰将军，他就是化名旅行的突雷尼亚国王，我听说他有一个问题，要非正式地向先知提出，我不过是到此地来游览的。

女人　你为什么没有一点儿事情，却走到这里来呢？

老绅士　天呀，夫人，还有比这个更自然的吗？我就会成为旅行俱乐部当中唯一的到过此地的会员，你想想这点，我的地位会成为独一无二的。

女人　这算是一种优势吗？我们有一个人，遇着不幸的事情，失去他的双腿，他的地位是独一无二的，但是他宁愿同其他的人一样。

老绅士　这真是疯话，上面两种场合，完全没有一点儿相似的。

女人　两者都是独一无二的。

老绅士　这个地方的谈话，好像完全是一派可笑的谰言，我真是厌恶极了。

女人　我明白你们的旅行俱乐部，是这样一种人的组合，人人都愿意夸张自己已经到过别人所不曾到的地方。

老绅士　当然，如果你愿意讥笑我们——

女人　什么叫作讥笑？

老绅士　（放声大哭）我真要去跳海了。

他拼命向码头边上走去，正遇见一个戴着"1"字帽章的人，从石级走上来，把他阻住，他穿得和原来的女人相似，但是一片微须指示他是男性。

男人　（向老绅士说）哦，你在这里，如果你只管这样逃脱，我真要替你戴上脚镣手铐了。

女人　你是这个外国人的看护吗？

男人 是的，我真是厌恶极他了，只要我的眼睛离开他一会儿，他就会逃走，去和随便什么人说话。

女人 （拿出她的音叉，像以前一样发声）波宁码头，以前的话取消，（她放回她的音叉向男人说）我方才叫人来照顾他，我已经设法和他讲话；但是他的话，我能够听得懂的很少，你必须好点儿照顾他，他已经是很厉害的丧气了，如果还有用着我的地方，可以到福西麻·葛尔特找我。（她走下）

老绅士 还有用着她的地方！她对于我始终毫无用处，她没有介绍，自己和我交谈，像一种不正当的女人，并且她把我的先令也带走了。

男人 请你说得慢点儿，我有点儿听不明白，什么是先令？什么是介绍？不正当的女人是没有意义的。

老绅士 随便什么事情，在此地好像都是没有意义的，我可以和你说的，只有她是一个我有生以来所曾经遇见过的极端不可救药的愚蠢妇人。

男人 这是不可能的，你不应该觉得她愚蠢，她是一个第二纪的人，并且将近要到第三纪了。

老绅士 什么是一个第三纪人？在这里人人都和我说一纪二纪三纪，好像人类就是地质的岩层。

男人 一纪人是在他们的第一世纪的，二纪人是在他们的第二世纪的，我还是列在第一纪的人，（他指着他的帽章）但是我差不多可以自称为二纪人。因为我到明年一月，就是九十五岁了。三纪人是在他们的第三世纪的，你没有看见她徽章上的数字吗？她是一个高级的二纪人。

老绅士 这倒一点儿不错，她是在她的第二孩童时代了。

男人　第二孩童时代！她已经是在她的第五孩童时代了。

老绅士　（又在石级上躺下）我真不能够忍受这些不自然的方式。

男人　（不能忍耐而且毫无办法的样子）你不应该走到我们当中，这个地方是与你不相宜的。

老绅士　（被怒气激动）我可以问是什么缘故吗？我是旅行俱乐部的副会长，我什么地方都走过，在文明国家的俱乐部当中，我保持着这个纪录。

男人　什么是文明国家？

老绅士　文明国家就是——哦，文明国家就是一个文明的国家，（窘极的样子）我不知道，我——我——我真就要发狂了，如果你只管叫我告诉你这种人人所知道的事情，你可以舒适地旅行的地方，有上等旅馆的地方。但是，原谅我说，虽然说你已经是九十四岁，你实在是比一个四岁的孩子更不如，因为你不断地追问，你为什么不就叫我爸爸呢？

男人　我不知道你的名字是叫爸爸。

老绅士　我的名字是约瑟夫·波帕姆·博尔杰·布卢宾·巴洛·喔姆。

男人　这是五个人的名字，还是爸爸简短一点，而且喔姆在这里是不行的，这是一种野兽的名字，从古以来就生殖在这里海边的，它们叫作喔姆力刚，我还是叫你爸爸吧。

老绅士　人家会以为我是你的父亲。

男人　（吃惊）嘘——嘘！此地的人，从来不提起这样的关系，这个是很不礼貌的，可不是吗？你是不是我的父亲又有什么关系呢？

老绅士　我的九十岁的老友，你的官能是已经衰败了，你可以替我找一个和我年岁相仿的领路人吗？

男人　一个年轻的人吗？

老绅士　当然不是，我不能和一个年轻的人做伴。

男人　为什么呢？

老绅士　为什么！为什么！为什么！你没有一点儿道德的观念吗？

男人　我只好不同你说了，我不能了解你的意思。

老绅士　但是你的意思是说一个年轻的女人，可不是吗？

男人　我的意思不过是说和你一样年纪的人，男人和女人的差别，又有什么关系呢？

老绅士　我真不能相信，世界上竟有这样对于人类交际的简单礼貌一点儿都不能感觉的人。

男人　什么是礼貌？

老绅士　（狂呼）人人都要问我这个。

男人　（取出一支音叉，像以前的女人一样用它传话）左及姆在波宁码头，和左·哀理丝蒙说话，我遇见一个丧气的短命人，他和一个二纪人交谈以后，病象增加，我年纪太大，他要一个和他一样年纪，或者更年轻的人，你如果可以，请来吧。（他放下他的音叉，回转来向老绅士说）左是一个五十岁的女孩，而且在她的年纪，算是孩子气的，所以她也许可以使得你快乐。

老绅士　使得我快乐！一个五十岁的女学生！谢谢吧。

男人　女学生？勉强推测你的意思是很费力的，并且你和我讲话太多，我的年纪，已经可以使得你丧气，在左来此以前，让我们彼此不要开口吧。（他转过背来向着老绅士，在码头边上坐下，双脚悬在水面上）

老绅士　当然，我并不要和不愿意同我讲话的人勉强交谈，你或者要想假寐一会儿，如果是的，请你不必拘礼。

男人　什么是假寐？

老绅士 （愤愤地走到他的身边，极正确明显地说）朋友，假寐就是一个短时间的睡眠，对于衰老的人们，在他们接待不喜欢的来客，或是听科学讲演的时候，自然袭来的，睡眠，睡眠，（在他的耳边狂呼）睡眠。

男人 我和你说我已经差不多是一个二纪人，我是从来不睡眠的。

老绅士 （大骇）天呀！

一个少女，帽上带着"1"字的徽章，从陆地上走来，她的相貌，和一千年以前的赛维·巴拿巴相似，年纪也相仿佛，或许只是年轻点儿。

少女 这位就是病人吗？

男人 （爬起来）这个就是左，（向左说）你叫他爸爸吧。

老绅士 （激愤地说）不对。

男人 （不理睬他的话）多谢你把他从我的手中接受过去，我已经被他缠得不能再忍受了。（他走下石级，消失）

老绅士 （讥诮的态度，举起他的帽子，向着太平洋，在码头边上深深地一鞠躬）午安，先生，谢谢你特别的谦和，你对我的无限体贴，你优厚的礼貌，我真是铭感五中，（重新戴上他的帽子）猪猡！毛驴！

左极高兴地向着他大笑！

老绅士 （迅速地回转来向着她说）我很抱歉，我使得你的朋友明白他自己的地位，但是我发现在这里和其他的地方一样，如果要得着相当的待遇，不得不自己坚持，虽然我以前希望，我的宾客的地位可以保护我不至于受人侮辱。

左 使得我的朋友明白他自己的地位，这是一个诗人的语式，可不是吗？它的意义是怎样的？

老绅士 请问你，在这些岛上，没有一个了解普通英国话的人吗？

左 是的，除了先知们以外，没有别人，他们对于我们所称为死思想的，特别有一种历史的研究。

老绅士 死思想！我曾经听见过死语言，从没有听见过死思想。

左 是的，思想比语言死得更快，我了解你的语言，我不一定了解你的思想，先知们可以完全了解，你还没有询问过他们吗？

老绅士 我不是来询问先知的，我到这里来纯粹是一种娱乐的旅行，陪伴我的女儿，她就是英国的总理夫人，以及阿富斯泰将军，他实际就是，我可以悄悄告诉你，突雷尼亚国王，现在最伟大的军事家。

左 你为什么必须娱乐而旅行呢？你不能够在家里自己享乐吗？

老绅士 我愿意见识世界上的一切。

左 世界太大了，你在随便什么地方，都只可以看见它的一部分。

老绅士 （忍耐不住）岂有此理，夫人，你决不要一生一世永看这一个部分，请你原谅，我当着你骂人了。

左 哦！这就是骂人，可不是吗？我曾经在书上读过，它的音调是很好听的，岂有此理夫人，岂有此理夫人，岂有此理夫人，你愿意的话尽管常常地说，我很喜欢听的。

老绅士 （非常宽心）谢谢你，这些渎神但是熟悉的话，多谢，多谢。自从来到这个可怕的地方，第一次感觉舒适，使得我要发狂的压迫，渐次弛缓，我觉得差不多像在俱乐部里一样，原谅我占着这个唯一的座位，我已经不是以前一样的年轻了。（他在石级上坐起）答应我，不要把我再交付于一个可怕的三纪或是二纪的人，像你们这样称呼他们的。

左 不要害怕，他们本来不应该把你托付给左及姆，他是一个已经将近成为二纪的人，而这些刚刚成年的朋友，每每自己做出一种三纪人的态度，和我这样的大姑娘一起，你自然觉得是比较舒适的。

（她很安适地自己在麻袋上面坐下）

老绅士　大姑娘？这是什么意思？

左　这是一个古代的名称，我们现在依然用以指示一个已经不是一个孩子，而又还没有十分长成的女性。

老绅士　我看这是一极动人的年纪，我已经迅速地恢复我的健康，我有一种好像花蕊怒放的感觉了，我可以请问你的姓名吗？

左　我叫左。

老绅士　左小姐吗？

左　不是左小姐，就是左。

老绅士　明确的说法，嗯——左什么呢？

左　不，不是左什么，只是左，除左以外没有别的。

老绅士　（迷惑的神情）或者是左夫人。

左　不，只是左，你还听不明白吗？左。

老绅士　当然，相信我，我并不真以为你已经结婚，你显然是年纪太小，但是在这里是很不容易确切知道的，嗯——

左　（极为迷惑）什么？

老绅士　婚嫁使事情不一样，你知道，有许多事情，一个人对于结过婚的女人，可以随便谈论，而对于没有这种经验的女人，是不很合理的。

左　你真是使得我有点儿莫名其妙了，你所说的话我一个字都不懂，结婚和不很合礼，在我觉得是一点儿没有意义的；但是慢点儿，结婚是古时候生育的代名词吗？

老绅士　有点儿相像，让我们丢开这个题目吧，原谅我使得你受窘，这是我不应该提起的。

左　什么是受窘？

老绅士　哦，真的吗？我总以为这样一种自然的极普通的状态，只要人类存在，是始终应当了解的，受窘就是使得你脸红。

左　什么是脸红？

老绅士　（吃惊）你不会脸红吗？

左　从来不曾听过，我们有一个叫作面赤的字，是指血液忽然升到面上，我在我的婴儿身上曾经见过，但是过了两岁以后是不会有的。

老绅士　你的婴儿！我恐怕我是走近一个极难说话的境域了，但是你的外表是极端的年轻，如果我可以问你有几个——

左　还只有四个，在我们这是一件长久的事业，我是育儿的专家，我的第一个是如此的成功，他们使得我继续工作，我——

老绅士　（在石级上发抖）啊哟。

左　什么事情？有什么难过的事吗

老绅士　天呀，夫人，你多大年纪了？

左　五十岁。

老绅士　我的双膝有点儿抖颤，我恐怕真生病了，我是不像从前那样年轻了。

左　我看出你的两腿是不很强壮，你有许多婴儿的举动及弱点，这个使得我觉得应当像母亲一样地照顾你是毫无可疑的，你真是一个极愚蠢的小爸爸。

老绅士　我郑重申明，我的名字是约瑟夫·波帕姆·博尔杰·布卢宾·巴洛·喔姆。

左　一个多么累赘的名字！我不能拿所有这些叫你，你的母亲是怎样称呼你的？

老绅士　你使我想起童年时代的艰难的争执了，我在这点上是感觉敏锐的，孩子们往往受无理的小名的苦痛，我的母亲随意地叫我伊带·脱得而斯。在入校以前，我是被呼作伊带，到那个时候，我第一次行使孩子的权利，坚持至少必须被叫作约伊。到十五岁的时候，除约瑟夫以外，我决不肯答应其他任何简短的称呼。到十八岁的时候，我发现约瑟夫这个名字，暗示一个畏怯的懦夫，因为在某个故事里有一个约瑟夫，拒绝给他的雇主夫人让路，而在我的意见上是认为应当的，于是我在家庭及亲友当中，就成为波帕姆；而对于外界，称为巴洛先生。我的母亲，到了她衰老的时候，又回复到伊带，但是到那样的年纪，我不能拒绝她了。

左　你难道说，你的母亲到你十岁以后，还和你麻烦吗？

老绅士　当然，夫人，她是我的母亲，你以为她会怎样呢？

左　当然，去当心第二个，孩子们一过八九岁以后，就成为毫无趣味的，除非对于他们自己，我如果遇见我最大的两个孩子，是决不会认识他们的。

老绅士　（重新倒下）我要死了，让我死吧，我情愿死去了。

左　（很快走过来把他扶起）当心，坐起来吧，怎么啦？

老绅士　（无力的样子）我的脊骨，我想是，惊骇，震动。

左　（母亲的态度）呸呸呸！这有什么使得你惊骇的？（开玩笑似的摇动他）好了！坐起来吧。乖点儿。

老绅士　（依然没有气力）谢谢你，我现在好点儿了。

左　（重新在麻袋上坐下）但是在那个长的名字当中，还有一些其余的有什么用呢？我听见还有许多，布老勃斯，波拜，或是什么别的。

老绅士　（郑重地说）博尔杰·布卢宾，夫人。一个历史的名字，让我告诉你，我可以追溯我的世系，远至一千年以前，从东方的帝国，到它在这些岛屿上古代的遗址，到一个时代，我的两位祖先，乔伊斯·博尔杰和亨吉斯特·霍尔沙·布卢宾彼此互争大英帝国的政权，他们以一种光荣相继柄政，这个我们在现在退化的时代，是只能有微弱的观念的。我一想起这些伟大的人物，战争的狮象，和平时代的圣哲，他们不是空言和夸大的像侏儒一样的人，像现在在巴格达占有同样的地位的人，而是坚决的及沉默的人，统治一个日不落帝国的人，我的眼中双泪欲流，我的胸中感到兴奋，我觉得在他们的时代，只生活在人生的黎明，而及早为他们死去，真是一种光荣的快乐的命运，远胜于我们现在可耻的安闲的长寿。

左　长寿吗？（她大笑）

老绅士　是的，夫人，比较的长寿，照现在的情形，我只好以这些英雄的后代来进行自我满足和骄傲了。

左　你必须是一切英国人的后代，在他们的时代活过的，你不知道这一点吗？

老绅士　不要瞎说，夫人，我承受他们的名字，博尔杰和布卢宾，并且我希望我承受了几分他们伟大的精神，哦，他们是生在这些岛上的。我再说明一次，这些群岛在那个时候是——现在好像是不可思议的——大英帝国的中心，这个中心移到巴格达的时候，英国人才回到他们原始故乡的美索不达米亚，而将西方的群岛完全放弃，像以前罗马帝国时代曾经放弃过的样子。但是历史上最大的奇迹，还是发生在英国人民当中及这些群岛上面。

左　奇迹吗？

老绅士　是的，第一个活到三百年的人是一个英国人，这就是说，自从玛士撒拉时代以后的第一个。

左　哦，那个！

老绅士　是的，那个，好像你说得这样轻率的样子，你知道，夫人，在那个特别的时期，英国民族失去他智力的名声达到如此程度，乃至习惯地彼此互称为酒囊饭袋吗？然而英国，现在还是一种神秘的圣林，世界各处的政治家，都来咨询英国的先知，他们说的话，是包含着三百年生命的经验的。这个地方，以前是输出棉布及陶器的，现在再没有别的输出，只有智慧。你看见在你的面前，夫人，一个人极端厌倦东方假期中的河滨旅舍、波斯湾海边的歌唱及跳舞、印度内地的山车及绳桥，你还觉得奇怪，我会拿一种饥渴的心情，转向于这些荒岛的神秘及美丽，充满着过去时代的鬼魂，而为西方哲人足迹所圣化的吗？你想这个岛屿，现在我们所站立的，在大西洋这边的人类最后的立脚地方，这个爱尔兰，古代的诗人，所称为银海中的碧玉的，我，一个著名的英国民族的后裔，还能够忘记，在帝国漂移到东方去的时候，向桀骜的他们所压迫的，但是始终不曾征服过的爱尔兰人，说道："到最后我们不再干涉你们了，这个可以于你们有很多益处。"爱尔兰人同声发出这个历史上的狂呼："不，如果你们这样，我们就完结了。"于是移植到还有民族问题存在的国家，到印度、波斯及高丽，到摩洛哥、突尼斯及的黎波里，在这些国家当中，他们永远是民族独立争斗的先驱，他们的痛苦及磨难的传说，不断地震动世界，可是一到最后，什么诗篇能够证实呢！两百年还不曾完全过去，民族自觉的要求，已经得到如此的公认，地球上再没有一个国家，还有民族的怨愤，或是民族的运动。你想爱尔兰人的地位，他们久已失去一切政治的能力，因为除掉民族的骚动以外，是从来不用的，而且他们成为世界最动人的民族，仅仅由于他们的痛苦！这些国家，得到他们的帮助而获得自由的，把他们当作不可忍受的厌物，排斥他们；这些民众，以前把他们当作一切可爱的热心及聪明的化身崇拜他们的，像避疠疫一样避他们。为恢复他们失去的名望，爱尔兰人主张占领耶路撒冷城市，根据他们是以色列失散的遗族，但是在他们到达的时候，犹太人放弃这个城市，分散到欧洲的各处。就是在那个时候，这些虔诚的，可是没有一个曾经看见过本国的爱尔兰人，得着一个先知们的父亲，一个英国大主教的劝告，叫他们回到自己的国内去。这个在他们从来不曾想到，因为没有什么阻碍他们，也没有人禁止他们，他们立刻接受这个提议，他们在这里上岸，这个加路海湾，恰恰正在这个地方，在他们达到海边的时候，老年的男女，自己俯伏地上热烈地吻着爱尔兰的土地，叫青年们同样地对土地行礼，因为这里曾经孕育他们的祖先。但是青年们忧郁地望着，而且说道：这里并没有土地，只有石头。你要四面一看，你就知道他们为什么这样说，因为这里的原野都是石田，由于全是巉岩，于是第二次他们全体到英国去，再没有爱尔兰人肯自认为爱尔兰人，甚至于对于他们自己的子女。所以这代过去以后，爱尔兰的种族，完全从人类知识当中消灭，分散的犹太人，也是这样，因为不然，恐怕被遭送回巴勒斯坦去，自此以后，世界上少却犹太人及爱尔兰人，变为一个驯服的而且沉闷的地方，你对于这个故事没有一点儿感动吗？你现在可以了解，我为什么来访问英雄及诗人们感到悲哀的舞台吗？

左　我们现在还拿这一类的故事告诉儿童，以帮助他们了解，但是这样的事情，实际上是不会有的。爱尔兰人在这里登岸吻着土地的一幕，也许发生在几百人的团体，但在几万人的团体中决不会发生，这一点你是和我一样明白的，并且这是一件怎样可笑的事情！因为他们住在爱尔兰，就叫他们爱尔兰人，那么因为他们住在空气当中，你也可以叫他们空气人，为什么你们短命人坚持着对世界造出这种无聊的故事，而且当它们是事实的样子，想要照此推行呢？

与事实相接触，损害你们，震骇你们，你们畏避事实，而遁入幻想的真空中间，在里面你们可以放任你们的愿欲、希望、爱情、怨恨，而没有人生事实上的任何妨碍，你们喜欢把灰尘丢到你们自己的眼睛当中。

老绅士　现在要轮着我来和你说，夫人，你说的话我一个字都听不明白了，我一向以为用一种真空器吸取灰尘，是文明的而不是野蛮的象征。

左　（觉得对于他毫无办法）哦，爸爸，爸爸，我真差不多不能相信你是人类，你是这样的愚蠢，你们的人民有句古话说得很对："你是尘土造成，你应当复归尘土。"

老绅士　（高贵的态度）我的身体是尘土做成，夫人，我的灵魂并不是的，我的身体是什么做成有什么关系呢？地上的土壤，空中的微尘，或是沟内的污泥？重要的是上帝采集他们的时候，无论他们是些什么，他在他们的鼻管当中吹进一种生命的呼吸，而人类成为一种活着的灵魂。是的，夫人，一种活着的灵魂，我不是地上的尘土，而为一个活着的灵魂，这是一个光荣的宏伟的思想，而且是一种伟大的科学的事实。我对于原质和微菌并不感兴趣，我把它们让给一帮木头、呆子、吃饭的人、担粪的人，对于他们自己光荣的命运，没有能力，自身的神圣毫无感觉的人。他们对我说，我的血里面有蛋白质，我的肉里面有钠及碳素，我谢谢他们的报告，并且告诉他们，我的厨房里有黑壳虫，我的洗濯室里有肥皂，我的煤间里有煤块，我并不否认它们的存在，但是我把它们放在它们应有的地方。这就是说，用一种古代的语调，不是在崇高的神坛上面，当然你会以为我是思想落伍，但是我欣幸我的明哲，而且我反对你们的愚鲁，你们的蒙昧，你们的怯懦，我在人情上怜悯你们，在智力上轻蔑你们。

左　了不得，爸爸！你倒是有一点儿根基，你决不会因为丧气而死去的。

老绅士　我一点儿也不预备这样，夫人，我是已经衰老，而且有时候是荏弱无力，但是一说到这个题目，我体内神圣的火星，就会燃烧、增大，易坏的变为不坏的，而迅速消灭的博尔杰、布卢宾、巴洛，成为永久不灭的，在这一点上，我与你是完全同等的，哪怕你比我多活一万年。

左　不错，关于这个生命的呼吸，把你这样高举起来的呼吸，你知道什么呢？一点儿都没有，所以让我们像有教养的无知无识的人一样，彼此握手，换过一个题目吧。

老绅士　有教养的呆子，夫人！你不能变换这个题目，除非等到天地完全消灭，我不是一个无知无识的人，我是一个绅士。我相信一件事情的时候，我说我是相信它的；我不相信的时候，我说我是不相信它的。我不能躲避我的责任，假装我一点儿不知道，所以一点儿不能相信，我们不能否认知识，畏避责任，我们必须根据某种假想向前进行，不然我们就不能造成人类的社会。

左　假想必须是科学的，爸爸，我们终究必须依靠科学生活。

老绅士　我对于科学极端崇拜，因为那些伟大的发现，我们都应该归功于科学，但是无论什么愚人都能够发现，每个婴儿，在他初生的第一年当中所发现的事情，远过罗杰·培根在他的实验室内所得的数目。我七岁的时候，发现蜂蜇刺人，但是我并不因为这个缘故，要你来崇拜我，我可以明确地和你说，夫人，极端平凡的人物，能够发现关于宇宙的极可惊异的事实，只要他们已经达到相当的文明程度，而有时间来研究这些事情，以及发明研究所需的工具及仪器，但是其效果是怎样的呢？他们的发明，毁坏我们简单的宗教信仰，在起初我们没有一点儿天文学上空间的观念，我们相信，天就是与地一样大的一间房屋的屋顶，在上面还有一间另外的房屋的，我们的死，就是走上去到这个房屋里面，或是，如果我们不听从牧师，走下去到煤间里面。我们根据这个简单的信仰，造成我们的宗教、我们的道德、我们的法律、我们的格言、我们的诗歌、我们的祷祝，可是人类一变为天文学家而造成望远镜的时候，他的信仰，立刻消失。他们不能相信有天的时候，他们就不能再相信他们的神明，因为在他们的思想当中，神明始终是住在天上的，牧师们不再相信他们的神明，而开始相信天文的时候，他们就变更他们的名称及装束，而自称为博士和科学家，他们创立一种新的宗教，在里面没有神明，只有新奇及灵异，以科学的工具及仪器，造成这些奇异的根源，不再崇拜神明的伟大及智慧，而愚蠢地震骇于几千万里的空间，崇拜天文学家为绝对正确而无所不知的，他们替他的望远镜建立神坛。于是再以显微镜观察他们自己的身体，而在里面发现，不是以前他们所相信的灵魂，乃是亿万的微小的细胞，于是他们愚蠢地震骇于这些，和震骇于千万里的空间一样，造成显微镜的神坛，而贡献以极可畏怖的牺牲，他们甚至于将他们自己的身体，舍给使用显微镜的人，而崇拜他们，和天文学家一样，为绝对确实而无所不知的。所以我们的发现，非但不能增加我们的智慧，而且只有破坏我们以前所有孩提时拥有的智慧，我所能够承认的，不过它们增加我们的知识罢了。

　　左　瞎说！一件事实的直觉，并不是关于它的知识，如果是的，鱼的海洋知识，就会胜过于地质学家及自然科学家的了。

　　老绅士　这是一个极端精确的论断，夫人，最呆笨的鱼，对于海洋的雄伟，决不会比我所认识的许多地质学家及自然科学家知道得更少一点儿。

左 一点儿不错，地球上最大的呆子，单是望着罗盘，也会觉得磁针常指着北极的事实，他的呆气，有了这个直觉，会比没有以前减少一点儿吗？

老绅士 不过会更自大，夫人，毫无疑问。但是我不十分明白，你怎么能够只知觉一件事物的存在，而并不去了解它。

左 哦，你可以看见一个人而并不了解他，不是吗？

老绅士 （大乐）哦，正确！当然，当然，在旅行俱乐部当中有一个会员，疑惑我对于南极的经验不是真实的，我在国内的时候，差不多每天看见他，但是我拒绝了解他。

左 如果你可以用放大镜更明白地观察他，或是用显微镜检视他的血液，或者解剖他的肢体，而用化学的方法加以分析，你就会了解他吗？

老绅士 当然不会，凡这样的研究，只会增加他对于我所引起的厌恶，而使得我更坚决地无论如何永远不想了解他。

左 然而你对于他的知觉，一定会增加许多，不会吗？

老绅士 我决不能让这些事情，使得我对于他有任何的接近，我在夏期的运动当中曾经两次到过南极，而这个人假装着他曾经到过北极，实际上北极差不多是并不存在，因为它是在海洋当中的，他说他曾经把他的帽子挂在上面。

左 （微笑）他知道旅行的人们，只有在他们说谎话的时候，是觉得有趣的，如果你拿显微镜来详细看这个人，你或者会发现他有什么好处。

老绅士 我并不要发现他的什么好处，不但如此，夫人，你方才说的话，激励我宣布我的意见，它是如此的优越！智力上如此的勇敢！我以前从来不敢自认的，我怕因此冒犯不敬的罪名，被人家监禁，被人家活活地烧死。

左 真的？那是什么意见呢？

老绅士 （小心地四面看看以后）我不赞成显微镜，我是从来不赞成的。

左 你说那是优越的！哦，爸爸，那是纯粹的绝智主义。

老绅士 如果你愿意，尽管叫它这样，但是我主张，凡是不知道他们自己在看什么的人，使他们看见得太多是有危险的。我想一个人用他自己的眼睛观看世界的时候，是还算神气清明的；如果他从望远镜和显微镜当中观察世界，大约就会变成一个危险的疯人，就是在他讲述大人国或是小人国童话故事的时候，大人也不可十分太大，小人也不可十分太小，或是过分的恶毒。在显微镜发明以前，我们的童话，只有使得儿童们愉快，而一点不至于惊骇成人；但是显微镜的朋友，拿他们所见的不能目睹的怪物，使得他们自己及其他的人都惊慌失措，其实这些不过是可怜的微生物，一见着阳光立刻死去，对于一切假想它们所引起的疾病先自己牺牲的。无论科学家怎么说，没有显微镜的幻想，是亲切的，而且常常是勇敢的，因为它所依据的事情，是实在的知识，但是带着显微镜的幻想，依据于千百万奇异生物的可怖的状态，而它的天性，它又完全不知道，成为一种残酷的、恐怖的、害人的疯狂。你知道，夫人，在号称基督教时代的 21 世纪，对科学家的大惨杀，把他们的实验室完全拆除，将他们的仪器完全毁坏的事情吗？

左 是的，短命的人们，在他们进步和退化的时候，是一样野蛮的，但是在科学退步的时候，他明白他的地位，单单收集解剖或化学事实的人，不再被认为知道什么科学，和收集邮票的人并不知道国际贸易或文学一样。科学上的恐怖主义者，不敢用一只羹匙、一个水杯，必须先把它们浸在什么毒液当中以杀死微菌。没有人再给予他以名位、俸金，以及对于他人身体上无限的权力，却把他送进医院里去，加以治疗，直到他恢复健康为止。但是这一切，都是一种古代的故事，生命到三百岁的延长，使得人类有能干的领袖，这样孩子气的事情，早已绝迹了。

老绅士 （*不满意的样子*）你好像把一切文明的进步，都归功于你们特殊的长命，你不知道这个问题，对许多还没有达到我这样的年纪就已经死去的人，是早已熟知的吗？

左 哦，是的，有一两个人，以微弱的方式暗示这个，古代的作家，他的名字，传到我们现在，变成许多不同的样子，如莎士比亚、雪莱、谢里丹及萧代等的。有一段极可注意的文句，说起你们的性情，被你们灵魂不能达到的思想所震荡，那并没有多大的效果，可不是吗？

老绅士 无论怎样，夫人，我可以提醒你，如果你要来夸张年纪，无论你们的二纪人或三纪人是怎样的，你总是比我的年纪更小一点儿。

左 是的，爸爸。但是，使得我们注意、负责，而且决心对于一切的事情寻求真理的，不是我们过去的，乃是我们未来的年岁的数目，无论什么事情是不是真的，对于你们有什么关系？你们的血肉像草一样，你们成长起来像一朵鲜花，在第二次的孩童时期，已经萎谢，一个谎言可以敷衍过你们的生命，它不能敷衍过我的，如果我知道我再过二十年就要死去，当然用不着再训练我自己，我尽可以对于一切的事情不认真，而趁着活在世上的时候，享受一点儿快乐。

老绅士 年轻的女子，你弄错了，我们的生命虽然短促，我们——我说我们当中最好的人——认为文化、学问、美术，以及科学，是一种永远不熄的薪火，从一代的手中，传到下一代的手中，每一代使它发出一种更明亮的、更灿烂的光辉。所以每一生无论怎样短促，对于一个伟大的逐渐造成的建筑，贡献一块砖石、一卷《圣经》，贡献一张楮叶、一部文学，贡献一篇经卷，我们也许不过是小虫，但是像珊瑚虫一样，我们造成海岛，可以逐渐变为大陆；像蜜蜂一样，我们蓄积食料，以供给将来的同类。今天的橡子，就是千年以后的大树，我把我的石块丢在石堆上面，于是死去，但是后来的人，再加上一个石块，而且还有更后来的，你看呀！成一座山了，我——

左向他纵声大笑打断他的话！

老绅士 （不高兴的严肃的态度）我可以问，我说了什么，使得你这样发笑的吗？

左 哦，爸爸，爸爸，你真是一个可笑的人物，有这些薪火、光辉、以及砖石、建筑、楮叶、经卷、珊瑚虫、蜜蜂、橡子、石头和山丘。

老绅士 譬喻，夫人，这不过是譬喻。

左 比喻比喻，我是在谈论人类，不是在谈论比喻。

老绅士 我是在说明——我希望并非十分不适当的——这个伟大前进的路途，我是在告诉你，虽然我们东方的人生命短促，人类是怎样地逐渐进化，从一代到另一代，从一时到另一时，由野蛮而进于文明，由文明而臻于完全的。

左 我明白了，父亲长到六英尺高，而将他的六英尺传给他的儿子，他再加上六英尺，成为十二英尺，再将他的十二英尺传给他的儿子，于是长到十八英尺。由此类推，在一千年当中，你们就都会有三丈或四丈高了，照这样推算，你的祖先伯格或卢宾，你所称为巨人的，一定不过一英寸的四分之一。

老绅士 我不是在这里和一个女孩子比赛诡辩和荒唐的奇谈，

拿历史上最大的名人来开玩笑，我极端认真，我是在严正地讨论一个重大的问题，我从来没有说过，一个六英尺高的人，他的儿子，会长到十二英尺高。

左　你的意义的确是这样的。

老绅士　绝对不是这样的。

左　那你就是完全没有意义了，现在你听我说吧，你这个朝生暮死的小虫，我知道，你所说的薪火，一代一代地传下去的，是一种什么意义；但是这个薪火，在每次传下去的时候，已经熄灭到极微细的火星，而接受它的人，只有拿自己的光焰，把它重燃起来。你不比伯格和卢宾更高一点儿，而且你也不比他们更聪明点儿。他们的智慧，像当时所有的样子，早已和他们同消灭，他们的力量也是如此，如果他们的力量，在你的想象以外，是曾经存在过的，我不知道你有多大年纪，你的样子好像有五百岁——

老绅士　五百岁！什么，夫人——

左　（继续下去）但是我知道，当然，你是一个寻常的短命人，哦，你的智慧，不过是这样的一个人所能够有的智慧，在他还没有充分的经验，可以区别他的智慧和他的愚妄，他的命运和他的幻想，他的——

老绅士　简单地说，像你自己这样的智慧。

左　不，不，不，我已经屡次和你说过，我们的聪明，不是由于我们过去的回忆，乃是由于我们将来的责任造成的。我成为一个三纪人的时候，我会比现在更无所谓一点儿，如果你不能够了解这点，至少你必须承认，我是向三纪的人们学习过的，我看见过他们的工作，而在他们教导之下，成长起来，像一帮青年，我曾经反抗过他们，并且因为他们渴望新的知识、新的观念，他们接受我，而且鼓励我的反抗，但是我的方法不能推行，而他们的可以，并且他能够告诉我什么缘故，他们除了这个力量以外，没有别的力量支配我们，他们拒绝使用一切其他的力量，而其结果是，除了他们自己立下的限制以外，他们的力量是毫无限制的。你是一个被孩子们统治的孩子，他们有着许多的过失，是这样的顽劣，使得你继续不断地反抗他们，而且因为他们永远不能使你相信他们是正当的，他们统治你的方法，只有鞭挞你、监禁你、威逼你、杀死你，如果你违背他们，而又没有充分的力量可以杀死或是威逼他们。

老绅士 这也许是一种不幸的事实，我反对它，惋惜它，但是我们的心，是比事实更伟大的。我们知道得更明白一点儿，古代最伟大的哲人们，追随着基督的光辉，崛起于20世纪，不必提及比较近代的思想界的领袖，如布立特令加姆、托什及司彼夫铿司等，一致主张惩罚及报复，压制及武力，都是错误的，而黄金的定律——

左 （打断他说话）是的，是的，是的，爸爸，我们长命的人完全知道这个。但是他们的信徒当中，曾经有哪个，用基督式的原则，好好地统治过你们一天呢？单知道什么是善是不够的，你必须能够实行。而他们不能实行，是因为他们没有活得充分长久以寻出怎样实行的方法，或是摆脱妨碍他们真正愿意实行的孩童的情感。你十分明白，他们只有用他们所反对及惋惜的压制和武力以维持秩序——像当时那样的秩序——因为宣传他们自己的福音，他们确实曾经互相残杀，或是自己被人杀死。

老绅士 夫人，殉道者的血，是教会的种子。

左 又是比喻，爸爸！短命人的血，是流在石田上的。

老绅士 （极负气地站起）你真是太迷信这个长命的主题了，我愿意你把它丢开，这对人类是过于没有礼貌的，人类的天性，终归是人类的天性，无论长命或短命，始终是一样的。

　　左　那你肯放弃进步的观念吗？你肯抛弃薪火、砖石、种子及一切那些东西吗？

　　老绅士　我是决不肯这样的，我主张进步和自由是一步一步地逐渐扩大的。

　　左　你真是一个地道的英国人。

　　老绅士　这是我很自负的，但是在你的口中，这个称赞，含着一种侮辱，所以我并不感谢你。

　　左　我的意思不过是说，虽然英国人有时候会说很聪明的极深沉的事情，和说愚笨的极浅薄的一样，他们永远是说过十分钟以后，就会完全忘记。

　　老绅士　就说到这里为止吧，夫人，就说到这里为止吧，（他再次坐下）哪怕是一个教皇，也不能期望他不断地传道，我们瞬息间的灵感，指示我们的心是在正当的地方。

　　左　当然，你不能把你的心放在别处，只有正当的地方。

　　老绅士　啊！

　　左　但是你可以把你的手放在不正当的地方，例如邻人的衣服里面，所以你看，你的手才是症结所在。

　　老绅士　（无力再说）好吧，女人必须占最后的胜利，我不愿意再和你辩驳了。

　　左　好的，现在让我们回到我们的讨论当中真正最有趣味的主题，你记得吗？短命人对于幻想及譬喻的执迷。

　　老绅士　（大骇）你难道是说，夫人，把我谈得头昏脑涨，而且拿你难堪的词锋，使得我失望及缄口以后，你真要提议，从头再说一遍吗？我要立刻离开你了。

左　你不可以这样，我是你的看护，你必须和我在一起。

老绅士　我绝对不愿做这样的事情。(他站起来，带着尊贵的态度缓步走开)

左　(用着她的音叉)左在波宁码头，向埃尼斯太蒙的警察所讲话，你听见了吗？……什么？……我现在听见了……但是你的音调太低……稍微再尖一点儿……这样好点儿了，再尖一点儿……听见了，好吧，隔离波宁码头，快点儿。

老绅士　(狂叫)嗬!

左　(还说着话)谢谢你……没有什么重要事情，我是在看护一个短命人，而这个蠢东西逃走开去，他因为到处乱闯，并且和二纪人交谈，已经得了很重的丧气，我必须严密地看守住他。(老绅士回转来，大怒)

左　他已经在这里了，你可以把码头开放，谢谢你，再会。(她收起她的音叉)

老绅士　这真是岂有此理，我将要离开码头踏到路上去的时候，我受着一种震动，跟着有许多针尖的刺击，直到踏回石板上的时候方才停止。

左　是的，在那里有一个电篱，这是一种极古老的而且极残酷的方法，用以阻止野兽的走失。

老绅士　我们在巴格达对于这个是很熟悉的，夫人，但是我没有想到，我会活着遇见它被无礼地施用在我自己身上，你真是把我吉卜林化了。

左　吉卜林化! 这是什么意思？

老绅士　在将近一千年以前，有两个叫作吉卜林的著作家，一个是东方人，是一个有成绩的作者，还有一个，是西方人，当然是一个无聊的蛮子，他说他发明了电篱。我认为把这个应用在我身上，你是十分的任性妄为。

左　什么是任性妄为？

老绅士　（动怒）我不能再说明了，夫人，我相信你和我一样地明白。（他怀愤在石级上坐下）

左　不，你也可以告诉我许多我所不知道的事情，你不觉得自从你来到此地以后，我们一直在问你吗？

老绅士　觉得！这个差不多逼得我发狂了，你看见我的白发了吗？我上岸的时候，根本还没有灰白，现在从还有许多是原来栗色的地方，可以很明显地看出来。

左　这是一种丧气的征象，但是你没有觉得，你还有一件更重要的事情吗？这就是说，你从来没有问过我们什么问题，虽然我们所知道的比你更多得多。

老绅士　我不是一个孩子，夫人，这个我相信我以前已经说过了，而且我是一个有经验的旅行家，我知道凡旅行家所亲眼看见的，一定实际存在，不然他就不会看见，但是本地人告诉他的永远是纯粹的谎话。

左　不是在这里，爸爸，我们的生命太长，不能容你说谎它们会完全暴露出来，你还是趁着有这个机会的时候，问问我什么问题看。

老绅士　如果我有咨询先知的必要，我一定要去问一个真正的，一个三纪的人，不是一个初纪的，自己假装作个先知的小姑娘，如果你是一个保姆，注意你的职务，不要狂妄地模仿你的长辈吧。

左　（站起来脸上发红）你这个愚蠢的——

老绅士　（大呼）住口！你听见了吗？不许开口。

左　有什么不愉快的事情在我身上发生，我觉得周身发热，我有一种要想伤害你的可怖的冲动，你对我做了什么吗？

老绅士 （胜利的样子）啊！我使得你脸红了，现在你知道脸红是什么意义了，羞愧得脸红！

左 无论你所做的是什么事情，一定是极端恶劣的，所以如果你再不停止，我就要杀死你了。

老绅士 （感觉他的危险）无疑你以为恫吓一个老年人是没有危险的——

左 （凶狠的态度）老年人！你是一个孩子，一个恶劣的孩子，我们在这里杀死恶劣的孩子，我们这样的举动是由于天性，有时候甚至于违反我们的意志的，你小心点儿吧。

老绅士 （站起来垂头丧气地行礼）我并不想使你难受，（勉强将句道歉的话吞下）我请求你原谅。（他摘下他的帽子，鞠躬）

左 你这是什么意思？

老绅士 我收回我以前说的话。

左 你怎可以收回你以前说的话呢？

老绅士 没有别的，只有说抱歉。

左 你是应该抱歉的，你给予我的这个嫌恶的感觉逐渐减退，你是极端地侥幸了，你千万不要再想杀死我，因为只要在你的声音或面容上露出一点儿表示，我就要立刻把你杀死。

老绅士 我想要杀死你！怎样一个荒诞的诬蔑！

左皱眉。

老绅士 （小心地自己改正）我的意思是说误会，我从来不曾梦见这样一种事情，你当然不会相信我是一个杀人的凶手。

左 我知道你是一个杀人的凶手，不但是因为你拿话攻击我，当它们石块一样想要使我受伤，而且因为这个你在我心中所引起来的杀人的本能，我以前并不知道它是存在于我的天性当中的，它从来没有在我的身上显露或是活跃出来，告诫我去杀人或是被杀。我现在必须重新考虑我全部的政治立场，我再不是个保守党了。

老绅士 （丢下他的帽子）天呀，你的神经错乱了，我是在一个疯狂女人的权力之下，这个我在最初就应该知道，我再不能够忍受了，（他露出他的胸膛预备自己牺牲）立刻杀死我吧。让我的死可以于你有许多益处！

左 这是毫无用处的，除非将所有一切的短命人类，同时完全杀死；并且，这是一种，应当由政治上或是宪法上施行，而不应由私人施行的方法，然而我准备和你讨论这个事情。

老绅士 不，不，不，我宁可和你讨论你要想脱离保守党的用意。保守党的人，怎样能够容忍你的意见，我实在是无从想象。我可以推测的，只有你对于党费曾经有很大的帮助。（他拾起他的帽子，重新坐下）

左 不要这样无意识地乱说，我们政治上的主要争执，就是世界上最紧要的事情，是关于你和你这样的人的。

老绅士 （感兴趣）真的！请问你，我可以问它是什么吗？我是一个关心政治的人，或许可以有什么用处。（他戴上他的帽子，把它略微推上一点儿）

左 我们有两个大的政党，保守党和殖民党，殖民党认为我们应当增加我们殖民地的数目；保守党主张，我们应当维持现在的状态，限制在这些岛上，成一个特殊的人种，以我们智慧的尊严，自己隐蔽在这个外界认为是圣地的地方，使我们的神圣的疆域，以海为界，而无可争议。他们认为统治世界是我们的命运，在我们还是短命人的时候已经这样，他们说，我们的力量及安全，在于我们的辽远、我们的隔绝、我们的分立，以及我们人数的限制。在五分钟以前，这还是我政治上的信仰，但现在我觉得没有一个短命的人应当存在。

（她随意地在麻袋上重新坐下）

老绅士　我应当推测，你因为我随意地——或者是不应该地——略微责备了你几句，你就否认我生存的权利吗？

左　这样短促的生命，有值得活着的价值吗？你对于你自己有什么好处吗？

老绅士　（惊骇）啊哟，我的灵魂！

左　这是一个极小的灵魂，你们只有增加我们骄傲的罪恶，使得我们俯视你们，而不肯仰视比我们更崇高的物类。

老绅士　这不是一个自私自利的意见吗？夫人，想想你们先知的劝诫，于我们是怎样有益的。

左　我们的劝诫，何尝于你们有什么益处呢？你们遇着困难的时候，跑来征求我们的意见，但是你们非等到引起这个的困难的错误，已经发生了二十年以后才来，你们并不知道遇见困难，所以总是太晚。你们不能了解我们的劝告，勉强依照它行事，常常更增加你们的错误，反不如任从你们自己幼稚的主见，如果你们不是同孩子一样，你们尽可以完全不必跑来请教我们。你们从经验就可以知道，先知的咨询，是从来不能实在帮助你们的，你们对于我们，描摹出许多奇异的幻象，写出许多诞妄的小说及诗歌，称述我们过去的恩惠的行为。我们的智慧、我们的正直、我们的慈悲，在这些故事里面，常常表现为你们祈祷及牺牲的虚伪目标，但是你们的这些做作，不过是想要掩饰你们不能利用我们的帮助的真相。你们的总理假装着到这里来受先知的指示，但是我们是不会受人欺骗的，我们非常清楚，他到这里来，是因为回去的时候，可以成为一个这样有权威及尊严的人，亲到过

294

圣域而与神秘的人会晤过的，他可以假托，为达到自己的目的起见，他所采取的一切方法，都是先知所指示的。

老绅士　但是你忘了，先知的回答，是不能保守秘密或伪托的，它们被记录下来，而且被公开宣布，反对党的领袖，也可以取得一份，各国人民完全知道，秘密的外交，是已经绝对禁止的了。

左　是的，你们公布文件，但是它们都是颠倒或伪造的，并且即使你们公布我们真实的答词，也没有一点儿关系，因为短命的人们，对于极明显的词句，都不能够了解。你们的《圣经》，用极明显的文字所劝告你们的事情，完全与你们的法律及统治者的命令和行为恰恰相反。你们不能反抗自然，这是一种自然的定律行为和生命的长短，是有一定的关系的。

老绅士　我从来没有听见过这样的一种定律，夫人。

左　那你现在听见了。

老绅士　让我告诉你，我们虽是短命的人，像你所称呼我们的，已经将我们的生命延长得很多了。

左　由于节省时间，由于使得人类在一个下午就可以跨越海洋，和几千里以外的人见面交谈，我们希望不久的将来，组织他们的工作，强迫自然界的力量替他们操作，这样的科学化，使得劳力的担负，完全不能被觉察，让普通人都空闲得只觉无事可做。爸爸，一个这样延长生命的人，也许比一个野蛮的人更繁忙。但是一个这样活到七十岁的人，与活到三百岁的人，差别只有更大，因为年岁的增加，对于一个短命的人，不过是增加他的烦恼，而对于一个长命的人，则凡增益的岁月，即为一种期待，强迫他极力发展他的官能，以与之相适应。所以我说，我们活三百年的人，对于你们活一百年以下的人，是毫无用处的，我们真实的命运，不是来指导你们，统治你们，乃是来推倒及替代你们，在这个信仰之下，我现在宣布我自己是一个殖民派及消灭派了。

老绅士　哦，慢点儿！慢点儿！请你想想看，我请求你，殖民而并不消灭当地人，也是很可能的，难道你对待我们，比之我们野蛮的祖先对待红人和黑人，还要更残酷吗？因为是英国人，我们至少不应当有若干保存的理由吗？

左　延长这个苦痛又有什么用处呢？在我们的面前，你们总是要慢慢消灭的，无论我们怎样地设法保留你们。我方才来看护你的时候，你差不多将近死去，不过因为你和一个二纪人谈了几分钟的话，并且，我们有我们自己的经验可以依据，你没有听说，我们的孩子，偶然也有现出祖先的原状，而生来是短命的吗？

老绅士　（兴奋的样子）从来没有，我希望你不要见怪，如果我说，假使我可以有一个这种寻常的人照顾，我一定可以得到很大的安慰。

左　你的意思是说，不寻常的人。你所要求的是绝对不可能的，我们把他们完全除去了。

老绅士　你说你把他们除去的时候，你使得我全身战栗，我希望你并不是说——你们——你们用什么方法帮助自然的？

左　为什么不呢？你没有听过中国的圣人说，好的花园必须除草吗？但是这个也并不需要我们的干涉，我们在天性上，对于自愿生存的条件，是非常特别的一个人对于一手一足或一双眼睛的损失，并不十分在意，有两条腿的人，从来不曾因为他没有三条腿而感觉不快，那么有一条腿的人，为什么因为他没有两条腿而感觉不快呢？但是意志和性情上的缺陷，是完全两样的，如果我们当中有一个人没有自制的能力，或是过于荏弱，不能忍受我们真实人生的艰巨而毫不畏缩，或是因为除去嗜欲及迷信而感觉难受，或是不能免除痛苦及压迫，他自然会变成丧气，而拒绝再活下去了。

老绅士　天呀！你的意思是说，切断他自己的头颈吗？

左　不，他为什么要切断他自己的头颈呢？他直接地死去，他愿意这样，我们说，他没有面目再活下去。

老绅士　哦！但是假如他有这样的恶劣，不愿意死去，而想把你们完全杀掉来解决这个困难呢？

左　那他就是一个十分退化的短命人，我们偶然产生出来的，他向外移居。

老绅士　那么他的结果怎样呢？

左　你们短命的人民始终是崇拜他的，你们当他是一个伟大的人物。

老绅士　你使得我惊骇了，然而我必须承认，你所告诉我的很可以说明，为什么我们伟大人物的身世极少有人知道。当作一个容纳废物的地方，我们一定于你们是很便利的。

左　我承认这一点。

老绅士　好的，那么如果你实行你们殖民的策略，使得世界上再没有短命人的国家，你们所不愿意要的人又怎样办呢？

左　杀死他们，我们的三纪人们，对于杀人是完全不避忌的。

老绅士　天呀！

左　（向上望着太阳）来吧，现在是六点钟了，你应当在六点半钟，到加路神坛参加你们的团体。

老绅士　（站起来）加路！到最后我居然可以自夸我看过这个伟大的城市吗？

左　你一定会失望的，我们并没有什么城市，在那里不过有一个先知的神坛罢了。

老绅士　哎呀！我到这里来，是要实现两个久已怀着的梦想，一个就是要看见加路,古语说：“看见过加路就可以死了。”还有一个,就是要瞻仰伦敦的遗迹。

左　遗迹！我们不能容留遗迹,伦敦在以前是一个什么重要的地方吗？

老绅士　（惊骇）什么！伦敦吗！它是古代最伟大的城市,（带着文法的语调）就位于多弗路经过泰晤士河的地方,它——

左　（简捷地打断他说话）那里现在什么都没有了,一个人为什么要去住在这样一个地方呢？最近的房屋在个叫作绿岸的地方,它是很老的,来吧,我们从水上去吧。（她走下石级）

老绅士　世界上的光荣完全这样消灭了！

左　（从下面问）你说什么？

老绅士　（绝望的样子）没有什么,你不会了解的。（他也从石级上走下来）

第二幕

一个神坛走廊前面的天井,神坛的大门在走廊的中间。一个戴着面罩,穿着外衣,态度庄严的女人,经过廊柱的后面向着门口走去。从对面的方向,一个坚实的身段,无须的,沉郁而且自恃的,简单地说,极像拿破仑一世的人，穿着一套拿破仑式的军服，缓步走上。他的手照老式的样子，插在他的襟内，用他的眼睛，注视着对面的女人。她止步，她的态度，好像对于他的狂妄，表示骄傲的惊异，他是在她的右边，她在他的左边。

拿破仑 （郑重的态度）我是掌握命运的人。

蒙面的女人 （并不为他所动）你怎么会走进这里来呢？

拿破仑 我走进来，我一直向前走去，等到被人拦住，我从来不曾被人拦住过，我和你说，我是掌握命运的人。

蒙面的女人 如果你没有一个我们的孩子领导着你，任意在这里乱跑，你就要变成一个命运极短的人了，我想你大约是隶属于巴格达专使的。

拿破仑 我同他一起来，但是我并不隶属于他，我隶属于我自己，如果可以，请领我到先知那里去，如果不能，不要枉费我的时间。

蒙面的女人 可怜的人，你的时间是很短的，我不愿意把它枉费，你们的专使和他的随从，立刻就要到这里来，先知的咨询已经替他们预备，依照规定的仪式举行，你可以在这里等他们来。（她转身要走进神坛里去）

拿破仑 我是从来不等的，（她止步）规定的仪式是，我相信，一个古来相传的女巫坐在三脚架上，醉人的烟气从岩穴中上升，女巫的震悚，好像她是在传达上帝的命令，等等。这种事情不能骗我，我自己也拿它来骗思想简单的人，我相信什么真的就是真的，我知道什么假的就是假的，一个女人坐在三脚架上假装着酒醉的异象，我觉得毫无意义。她口中说的话，不是从上帝乃是从一个三百岁的老人得来，他的能力是由于经验而来的，我愿意和那个人当面谈话，不要假面具或是欺骗。

蒙面的女人 你好像是一个特别明白的人，但是并没有什么老人，我就是今天值日先知，我正要去坐在三脚架上演一遍寻常的虚文，像你所说的那样的，去感动你的朋友，那位专使。你既然看透这种事情，你可以现在就咨询我，（她引导到天井的中间）你要知道的是什么事情？

拿破仑 （随着她走上）夫人，我不是老远地跑来和一个女人讨论国家的事情的，我必须请求你领我去见一个你们当中最老的、最能干的男人。

先知 我们最老的、最能干的男人和女人，绝没有一个会梦想着为你们牺牲他们的光阴的，在他们的面前，不到三小时，你就会丧气死去。

拿破仑 请你把这个无聊的丧气的诳话，夫人，留给那种轻信的人，可以被它吓倒的人。我是不相信什么超自然力的。

先知 并没有人叫你相信一个力的区域，是物理上的东西，可不是吗，我就是有一个区域的。

拿破仑 我有几百万的区域，我是突雷尼亚的国王。

先知 你没有了解我的意思，我不是在说一个农业的土地，你不知道凡是运动的物质，都带着一个不可见的吸力区域，凡是磁石都带着一个不可见的磁力区域，凡有生命的机体，都带着一个体力的区域吗？就是你，也有一个可以察觉到的体力区域，固然是极微弱，但是在我所见过的短命人当中，已经是最强烈的了。

拿破仑 不是很弱的，夫人，最强烈的性质，在我的面前都会退缩，而服从我的支配，但是我不叫它一种物理的力量。

先知 请问你，叫它别的什么呢？我们的物理学家都研究它，我们的数学家，把它的数量，拿代数的方程式表示出来。

拿破仑　你的意思是说，他们可以量出我的来吗？

先知　是的，一个与零数极近的小数，就是我们，在第一世纪的生命期间，这个力也是微细的。在我们的第二世纪，它迅速发展，使得到它区域以内的短命人十分危险，如果我不是加上绝缘物质的面罩和外衣，你在我的面前，就不能够忍受，而且我还是一个年轻的女人，只有一百七十岁，如果你愿意知道正确的数目。

拿破仑　（交叠他的两臂）我是不受威吓的，没有活着的女人，无论老的少的，可以使得我畏缩，夫人，请你除去面罩，脱下外衣，你要摇动我，比摇动这个神坛还要难吧。

先知　好的。（她把她的面罩抛到后面）

拿破仑　（狂叫，晕倒，遮住他的眼睛）不，不要，把你的面孔再遮上吧，（闭着他的眼睛，发狂地抓住自己的喉管及心口）让我走吧，救命！我要死了。

先知　你还要咨询一个更老的人吗？

拿破仑　不，不，面罩，我请求你。

先知　（再将面罩戴上）哦！

拿破仑　哦，一个人不能永远是精神饱满的，我的一生当中曾经有过两次，失去我的理智，做出一个懦夫的行为，但是我警告你，不要拿这些不能自主的时候，来断定我的性质。

先知　我并没有断定你的性质的需要，你要咨询我的意见，快点说吧，不然我就要去做我的正事了。

拿破仑　（踌躇一会儿以后，很恭敬地用一条腿跪下）我——

先知　哦，起来，起来，你也这样愚蠢，向我做出这种样子这不是连你自己也厌恶的吗？

拿破仑 （站起来）我是不由自主地跪下来的，我十分敬服你的威严，夫人。

先知 （不能忍耐的样子）时间！时间！时间！

拿破仑 你知道我的事情的时候，夫人，你决不会对于我吝惜一点儿必要的时间，我是一个人，赋有特种的天才，而且达到非常的程度，除此以外，我是一个极寻常的人物，我家族并没有什么势力，要没有这个天才，我决不会在世界上特别出人头地的。

先知 为什么要在世界上出人头地呢？

拿破仑 卓越的才能，是会让人感觉得到的，夫人，但是我说我具有这个天才的时候，我还没有表述得十分正确，实际上是我的天才把我支配，它是一种特质，它强迫我运用它，在运用它的时候，我是伟大的，而在另外的时候，我是一个毫无价值的人。

先知 那就运用下去，这还要一个先知来告诉你吗？

拿破仑 慢点儿，这个天才是要使人类流血的。

先知 你是一个外科医生，还是一个牙医呢？

拿破仑 呸！你真是太看不起我了，夫人，我的意思是说极大量的流血，几百万人丧失生命。

先知 他们会反对的，我假想。

拿破仑 一点儿不对，他们都崇拜我。

先知 真的？

拿破仑 我从来不会自己亲手流血，他们互相残杀，他们口中狂呼着胜利而死，那些诅咒着死去的人，也并不诅咒我，我的天才，就是组织这种惨杀，给予人类以这个可怕的快乐，他们所称为光荣的快乐，将他们身中的魔鬼解放出来，这个在和平的时候，是用铁索束缚住的。

先知 那么你呢？你也和他们共享这个快乐吗？

拿破仑 一点儿不对，看一个傻子把刺刀穿进另一个的腹中，对于我有什么满足呢？我是一个帝王性质的人，但是我个人的嗜好及习惯是很简单的，我具有一个工人的美德，勤苦耐劳，而且不注意个人的享受；但是我必须统治，因为我比其余的人都这样优越，使得我不能忍受他们不良的统治，然而只有做一个杀人的人，我才可以成为一个统治的人。我不能够做一个伟大的著作家，我已经试验而且失败过了；我也没有天赋做一个雕刻家或是画家，以及牧师、律师、学者，或是戏剧家，许多第二流的人物，都可以有和我同样的成绩，或是比我更好；我甚至于并不是一个外交家；我只能使用我的武力的将牌，我所能够做的就是组织战争，你看看我！我好像是一个和别人一样的人，因为有十分之九的我具有普通的人性，但是其余十分之一是一种能力，看透事情的真实状况，是一切别人所不曾有的能力。

先知 你的意思是说你没有幻想吗？

拿破仑 我的意思是说，我有这个唯一的值得有的幻想，就是想象事情真相的力量，甚至于在我不能看见它们的时候。你觉得你自己是比我优越的。夫人，不，你实在是比我优越的，我不是自然地向你跪下来过吗？然而我可以和你赌赛我们彼此的力量，你可以不必把一个代数的符号写在纸上，而计算数学家所称为因数的吗？你可以派出一万大军，越过国境及一带的山岭，而知道七个星期以后，他们应当恰恰在什么地方吗？其余的不算什么，我都可以在军事学校的课本上学来的，现在这个伟大的军事游戏，这个军队的玩意儿像别人玩木球一样，是一个我所必须继续不断地玩下去的。一半是因为一个人必须做他所能做的事情，而不是做他所喜欢做的事情；

一半是因为如果我停止，我立刻失去我的力量，而成为这个地方的一个乞丐，我现在在这里是使得人民沉醉于光荣的。

先知　那么你当然是愿意使你自己脱离这个不幸的地位吗？

拿破仑　这个通常并不认为是不幸的，夫人，毋宁说是非常幸运的。

先知　如果你是这样的想法，尽管去使得他们沉醉于光荣，又何必拿他们的愚昧和你的因数来同我麻烦呢？

拿破仑　不幸的是，夫人，人类不单是英雄，他们也是懦夫，他们渴想光荣，但是他们恐惧死亡。

先知　他们为什么这样呢？他们的生命过于短促，没有活着的价值，这就是为什么他们以为你的战争游戏是值得玩弄的。

拿破仑　他们并不完全是这样的看法，极无聊的小兵，都愿意永远活着，要使得他去冒犯被人杀死的危险，我必须使得他确信，如果他迟疑，一定因为怯敌，先被他的同伴们枪毙。

先知　如果他的同伴们拒绝枪毙他呢？

拿破仑　他们当然也要被人枪毙的。

先知　谁枪毙他们呢？

拿破仑　他们的同伴们。

先知　如果他们拒绝呢？

拿破仑　在达到一定程度以前，他们是不会拒绝的。

先知　但是一达到那个程度，你只好自己动手枪毙了，咦？

拿破仑　不幸的是，夫人，一达到那个程度，他们就会来枪毙我了。

先知　我觉得他们与其最后才枪毙你，尽可以最先就枪毙你，他们为什么不呢？

拿破仑　因为他们迷恋战争，他们渴望光荣，他们不愿意被人称为懦夫，他们自己要尝试危险的天性，他们对于被敌人残杀或奴役的恐怖，他们保护自己家室的信仰，战胜他们天然的畏怯，使得他们不单是自己愿意牺牲他们的生命，而且杀死一切不肯同他一样牺牲的人。这样下去，如果战争继续太久，一定会有一个时候，士兵及供给他们的纳税人民，都达到一种他们所称为饱和的程度，军队已经证明他们的勇敢，而愿意回家，安稳地去享受他们已经取得的光荣。并且，如果战争永远继续下去，每一个士兵死亡的危险，成为确定，在六个月当中，他们可以希望幸免，但是他知道，在六年当中，他决不能够幸免，市民破产的危险，也同样成为确定的，现在这于我是有怎样的影响呢？

先知　在这样的灾祸当中，那还有什么关系呢？

拿破仑　咦！夫人，这是唯一的有关系的事情，最伟大人物生存的价值，就是人类生命的价值，切去那个极薄层的灰色的物质，区别我的脑筋和寻常人的脑筋的，你就是切去人类的身材，使一个巨人变成毫无价值。我是有非常的关系，我的士兵是全然没有关系，在他们所来自的地方，还有无数的人存在，如果你杀死我，或是使得我停止我的活动（这个是同样的事情），人类生命的尊贵部分就同时消失了。你必须把世界从那个灾祸中救出，夫人，战争使得我成为得人心的、有权力的、有名望的、在历史上永垂不朽的人，但是我预先看到，如果我继续下去，到最后一定会使得我被人咒骂、推翻、监禁或是杀死；然而如果我停止战斗我就是自己消灭一个伟大的资格，而变成一个普通的人民，我怎样可以脱离这个凄惨的、进退两难的境域呢？胜利我可以保证，我是天下无敌的，但是胜利的代价，是道德的破坏，人口的减少；战胜者的损害并不少于战败的一方，我怎样可以拿战争满足我的天才，一直到死为止？这就是我对于你提出的问题。

先知　你嘴上带着这样一个问题，居然走进这个神圣的岛中，不是很冒昧吗？武士在此地是不受人欢迎的，我的朋友。

拿破仑　如果一个军人被这样的观念所制服，夫人，他早已不是一个军人了，并且，（他取出一支手枪）我不是没有武装来的。

先知　那个是什么东西？

拿破仑　这个就是我的职业的工具，夫人，我搬起这个铁锤，我把枪口朝你对着，我拨动在我无名指上的这个机关，你就会倒下死去。

先知　把它给我看看。（她伸出手去要拿他的手枪）

拿破仑　（退后一步）原谅我，夫人，我从来不肯把我的生命交付在一个人的手中，对于它我是不能支配的。

先知　（严厉地说）把它拿来给我。（她揭起她的面罩）

拿破仑　（丢掉手枪，遮住他的眼睛）逃命！伙伴！拿去吧，夫人，（他把手枪向她踢过去）我降服了。

先知　拿给我，你要我屈身下去拿它吗？

拿破仑　（勉强地把他的双手从眼睛上放下）一个可怜的胜利，夫人，（他拾起手枪交付给她）用不着什么策略来战胜的，（做出一种屈服的样子）但是庆贺你的胜利吧，你使得——我！该隐·亚当森·查尔斯·拿破仑！突雷尼亚的国王！狂呼逃命了。

先知　解除你的困难的方法，该隐·亚当森，是很简单的。

拿破仑　（热心的样子）好，怎么样呢？

先知　在光荣的潮流逆转以前，预先死去，让我来吧。（她向他开枪）他狂呼着倒下，她抛去了手枪，傲然地走进神坛里去。

拿破仑　（爬起来）女凶手！怪物！女魔鬼！不自然的、无人性的女巫！你应当被人绞死，砍头，车裂，活活地烧杀，毫不感觉人类生命的神圣！也不想想我的妻子和儿女！女妖精！母猪！贱货！（他拾起手枪）而且在五码的距离打不中我！这真是一个女人。

他从来的地方走去，同时左走来与他遇见，她引导着一个团体包含着英国专使、老绅士、专使的夫人，以及她的女儿，年纪约十八岁这个专使，一个标准政客，好像一个不曾完全悔过的，用漂亮的衣装掩饰起来的罪犯，女人们的衣服，是与老绅士同一个时代，而适合于18世纪至19世纪西方都城的公共仪式的。他们从走廊下面走进，左立刻匆忙地跑到拿破仑的左边，同时专使的夫人也迅速走到拿破仑的右边，专使在那个时候，正从廊柱后面慢步向门口前进。他的女儿跟在后面，老绅士在进来的地方立定，去看左为什么这样突然地拦住突雷尼亚国王。

左　（向拿破仑说，严厉地）你一个人在这里干什么？你不应该单独在这里乱跑，方才的是什么声音？那个在你手上的是什么东西？

拿破仑呆望着她，愤愤地一言不发，把手枪放进衣袋，取出一个警笛。

专使的夫人　你不同我们一起去见先知吗，先生？

拿破仑　让先知到地狱去，你们也是。（他转身走开）

专使的夫人、左　（同时发言）哦，先生！你到什么地方去？

拿破仑　去叫警察去。（他从左的身边走过，几乎把她撞倒，拿他的警笛吹出尖厉的声音）

左　（取出她的音叉发声）哈啰，中央警察所，（警笛继续响着）等着隔离，（向老绅士说，他正远望着狂吹警笛的国王）他已经走到什么地方？

老绅士　走到那个发笑的肥胖老人的石像旁边。

左　（迅速地发声）隔离福斯塔夫纪念塔，极端的隔离，使他瘫痪——（警笛停止）谢谢你，（她放回她的音叉）在我去引他出来以前，他一步也不能移动了。

专使的夫人 哦！他一定会勃然发怒！你没有听见他向我说的什么话吗？

左 我们才不管他的发怒呢！

女儿 （上前来走到她的母亲和左的当中）对不起，夫人，是哪个的石像？在哪里我可以买一张他的照片？他是这样可笑，我们回去的时候，我想要拍一张照片，但是它们有时候洗出来是这样糟糕。

左 在神坛里面，他们会给你照片和玩具，叫你带回去的，这个石像的故事说来太长，它会使得你们厌倦。

（她走过她们，到天井的中间，特意避开她们）

专使的夫人 （高声地）哦，不会的，我可以保证。

女儿 （学她母亲的样子）我们一定会觉得有趣的。

左 瞎说！关于这个，我所有可以告诉你们的，就是在一千年以前，全世界都受你们短命人民支配的时候，有过一次战争，称为终止战争的战争。在这个战争大约十年以后，差不多没有一个战死的士兵，但是有七个欧洲的都城完全被毁灭。这个好像是一个极大的笑话，因为当时的政治家，以为他们派出一千万平民去送死，反而自己和他们的房屋及家族，完全被人炸成碎片；而同时这个一千万人，安卧在他们自己所掘成的洞穴当中，到后来甚至于房屋不变，而它们里面的住民，完全被毒气熏死，不留一人。当然这些兵士饥饿、发疯，于是虚伪的基督教文明，就此告终。最后所发生的文明的事情，乃是政治家们发现，怯懦实在是一种最大的爱国的美德，于是替首先宣传这个教义的人，建立一个公共的纪念碑，他是一个古代的极肥胖的圣哲，叫作约翰·福斯塔夫爵士，你看，（指着）那个就是福斯塔夫。

老绅士　（从走廊里走到他外孙女的右边）天呀！在这个奇怪的懦夫石像的下面，突雷尼亚的战神，现在是正在无力地怒骂了。

左　这才是活该！什么战神呀！

专使　（走到他的夫人和左的中间）我不知道什么历史，一个现代的总理，比之坐下读书，还有更有益的事情可做，但是——

老绅士　（奖掖的样子，打断她说话）你是创造历史的，安布罗斯。

专使　哦，我或许是的，而且或许我是被历史所创造的，有时候在报纸上，我差不多不认识我自己。虽然我想你也许会说，社会就是历史的材料，但是我们所要知道的是，战争怎样又重新回来？以及它们怎样造成你所说的这些毒气？我们很愿意知道，因为如果我们和突雷尼亚开战，这些也许是很便利的，当然我是完全主张和平，而且在原则上并不赞成军备竞赛，然而我们必须保持优越，要不然我们就会被消灭。

左　等你们的化学家发明出怎样制造的时候，你们就可以替你们自己造成毒气，于是你们就可以和以前已经做过的一样，彼此毒杀，直到你们不剩下一个化学家，不留下一点儿文化为止。你们于是又可以一切从头做起，成为半饱的毫无知识的野人，用标枪和毒矢交战，等到你们逐渐进化，再达到毒气及炸药的程度，而其结果依然同以前一样。那就是说，除非我们有充分的觉悟，通过把你们消灭，而终止这个无聊的游戏。

专使　（大骇）把我们消灭！

老绅士　我同你说过了，安布罗斯，我已经警告过你了。

专使　但是——

左　（不耐烦的样子）我很奇怪，左及姆不晓得在做什么事情，他应当到这里来接待你们。

老绅士 你是指那个不大好忍受的年轻人，你看见他在码头上折磨我了吗？

左 是的，他应当穿上一件古代教士的长袍，戴上一套假发和一串长假须，来感动你们这帮愚人，我必须穿上一件紫色的外套，我真不耐烦这样做作，但是你们期望我们这样，所以我想他是必须照办的，你可以在这里等候左及姆来吗？（她转身要走进神坛去）

专使 夫人，如果你预先告诉我们这些一切都是骗局，还值得为我们装束及戴上假须吗？

左 一个人是会这样想的，但是如果你们不相信没有装扮的人，我们只好为你们装扮起来，发明一切这些无聊事情的都是你们，并非我们。

老绅士 但是这样说过以后，你还期望这可以感动我们吗？

左 我并不期望什么，我知道，依照经验的事实，你们是会被她感动的，那位先知，会使得你们惊慌失措。（她走进庙内去）

夫人 这些人对待我们，好像我们是他们脚底下的尘土一样，我很奇怪你居然忍受得了，安勃，照这样，我们真应该立刻回去，是不是呢，爱特？

女儿 是的，妈妈，但是他们也许是并不介意的。

专使 这样的说法是没有用的，莫莉，我必须和先知见面，国内的人民，不会知道我们在这里是受人家怎样的待遇。他们所知道的，只有我已经和先知当面接谈，而受过她直接的指示，我希望左及姆这个人，不要叫我们长久等候下去，因为我对于这个即刻的会面，很觉得有点儿不安，这是真正的实话。

老绅士 我从来没有想到，我会再想要看见那个人，但是现在我希望她可以替代左来招呼我们，她起初是很可爱，十分的可爱，但是因为我对她略微说了几句话,她就变成一个恶魔。你真不会相信,她几乎要把我杀死,你已经听见她方才说的什么了,她是属于这里的一个党派,想把我们完全处死。

夫人 (惊骇)我们!但是我们并没有做过什么事情,我们只是极力地敷衍他们,哦,安勃,走吧,走吧,关于这个地方和这些人民,是极可怕的。

专使 这是一点儿不错的,但是你和我在一起绝无危险,你应当有这个常识。

老绅士 我很抱歉地说,莫莉,他们所要想杀死的,不单是我们四个可怜的无力的人,乃是除掉他们自己以外全体的人类。

专使 并不是这样可怜,岳父,也不是这样无力的,如果你把一切的力量计算进去,如果讲到杀人,长命人和短命人两方可以来比试一下。

老绅士 不,安布罗斯,我们是不会侥幸的,我们在这些可怕的人类面前,都是虫豸,纯粹的虫豸。

左及姆从庙中走出,穿着尊严的长袍,在他飘动的白色假发上面,戴着一个寄生草的发圈,他的假须几乎齐到他的腰际,他拿着个奇怪的上端弯曲的木棒。

左及姆 (在门口庄严的态度)祝福,异乡人!

全体 (恭敬的态度)祝福!

左及姆 你们都准备好了吗?

专使 是的。

左及姆 (忽然变成闲谈的态度,随便地走下来到这些人里面,站在两位女客的中间)哦,我很抱歉地说,先知还没到,她被一个你们团体当中走散的人耽搁下来,并且因为这个戏文需要一点儿预备,你们只好再等候几分钟，女客们可以走到里面，参观门内的建筑，拿一点儿画片和别的东西，如果是你们愿意要的。

夫人、女儿　（同时说话）谢谢你，我们愿意要，非常愿意的。（她们走进庙内）

老绅士　（庄严地责备左及姆的态度）照这样的情绪，先生，这个戏文，像你所说的，对于我们的常识差不多成为一种侮辱。

左及姆　不错，我也是这样说，你可以不必和我有一样的情绪。

专使　（忽然自己变得非常和气）一点儿不错，一点儿不错，我们可以依照你的意愿多等一会儿，并且现在，如果可以容许我趁这个机会，做几分钟友好的问谈——

左及姆　当然可以，只要你所谈论的事情，是我所能够了解的。

专使　哦，关于你们这个殖民的计划，我这位岳父，已经略微告诉我了一点儿，他方才已经说出，你们不单是要把我们夷为殖民地，并且要——要——要——哦，我们应当说，要来代替我们吗？现在为什么要代替我们呢？为什么不你过你的，我过我的呢？在我们的方面，是丝毫没有恶感的，我们极欢迎在英国东方的中部，有一个神仙的殖民地——我们差不多可以称作你们这样——固然突雷尼亚帝国，和它的伊斯兰教的传说，现在已经笼罩着我们。我们这次的远行，不得不和那位国王同来，虽然你和我一样的明白，他强制地加入我的团体，不过是要侦察我的行动。我并不否认，他在一定程度上有驱策我们的力量，因为如果一旦发生战争，我们没有一个大将可以和他抗衡。在这方面，我承认他是最好的，他是世界上最优秀的军人，并且，他是一个国王，一个独裁的领袖，我不过是一个英国人民所选出的代表，并非我们英国的人民不肯战争，他们可以战到所有的突雷尼亚人完全失掉头颅为止，但是需要长久的工作，才能使得他们达到这个程度，但是他只要说一句话，就可以了。你们的人，决不能和他相处，相信我，你们在突雷尼亚，绝没有和我们在一起同样的舒适，我们了解你们，我们喜欢你们，我们是和顺的人民，而且我们是富足的人民，这个可以使你高兴，突雷尼亚无论怎样说，总是一个穷苦的地方，有八分之五都是沙漠，他们并不像我们一样的灌溉，并且——现在我想这点一定可以使得你，以及凡是正当的人动听——我们是基督教的信徒。

左及姆　老人们更喜欢伊斯兰教徒。

专使　（大骇）什么？

左及姆　（明确地说）他们更喜欢伊斯兰教徒，这有什么不对呢？

专使　哦，有这样极端荒谬的——

老绅士　（聪明地阻住他女婿的非难）这个是毫无可疑的。我想，由于默守着虚伪的基督教会的旧法过于长久，我们已经让伊斯兰教徒在一个东方发展的极重要时代走到我们前面。在伊斯兰教改革成功的时候，它替它的信徒们，留下最大的优点，就是他们有唯一的在世界上存在的宗教，对于它的戒律，凡有知识及有教育的人，都会相信。

专使　但是为什么不说我们的改革呢？不要这样妄自菲薄，岳父，我们已经照样办理，难道我们没有吗？

老绅士　不幸的是，安布罗斯，我们没有能够很快地照样办理，我们所要处理的，不单是一个宗教，而且还有个教会。

左及姆　什么是一个教会？

专使　连教会是什么都不知道！哎哟！

老绅士　你必须原谅我，但是如果我勉强说明，你一定又会问什么是一个主教，而这个问题，是没有寻常的人类能够回答的，一切我可以和你说的，是只有穆罕默德是个真正聪明的人，因为他创立了一个没有教会的宗教，因此一到寺院应当改革的时候，没有主教及牧师们阻碍它的进行。我们的主教及牧师们，使得我们延迟了两百年方才照样办理。而那个时候，失去的机会，我们永远没有恢复，我只能够申明，我们到最后已经改造过我们的教会，当然为保持体面起见，我们不得不有少数的迁就，但是现在在我们宗教的戒律当中，极少有我们的高等批评家所认为至少在譬喻的意义上是正确的。

　　专使　（勤勉的态度）而且，这个有什么关系呢？我一生一世从来没有读过这些戒律，而我现在是内阁总理！来吧！如果我的对于一个殖民团体欢迎的布置，是可以接受的，我随时都可以替你们效劳，而且我说一个欢迎，我是指一个真正的欢迎，帝王的优礼，你听着！一百零一响的礼炮！街上的军队站岗！宫廷的卫兵出迎！市政厅的宴会！

　　左及姆　这真要命，如果我知道你是在说些什么！我希望左可以马上来，她了解这些事情，所有我可以告诉你的，只是殖民派当中大部人的意见，愿意在这样一个国家开始，即它的居民，是与我们的肤色不同的，以便使得工作简捷，而没有什么犯错的危险。

　　专使　你说工作简捷是什么意思呢？我希望——

　　左及姆　（露出显然装出的恳挚）哦，没有什么，没有什么，没有什么，只不过是，我们想先试试北美洲。你看，那个地方的红人，以前是白的，他们经过一个淡颜色的时期，随着又有一个完全无色的时期，才变成合他们气候的红色特性；并且，在北美洲已经发生过几个长命的事情，他们到这里来加入我们，而他们的后代，很快地恢复这些岛上原来的白色。

　　老绅士　但是你们没有考虑到，你们的殖民地，有变成红色的可能吗？

左及姆　我们对于我们的色素是很不在乎的，古代的书籍，已经提起过红面孔的英国人，在某时候，它好像是极普通的事情。

老绅士　（极力地劝说）但是你想你们在北美洲会受人欢迎吗？我觉得，如果我可以这样说，依照你们自己的表示，你们需要一个国家，它的社会，是组成若干极端隔绝的阶级，在里面私人生活的幽独有极严密的保障，而且在里面，非经过介绍及一种严格的资历考察以后，没有一个人可以和他人随便交谈。只有在这样一个国家当中，有特殊兴趣及学养的人，才可以造成一个他们自己的小世界，而保护他们自己绝对不受普通人的侵扰。我想我可以断言，我们英国的社会，已经将这个隔离，发展到十分完美的程度，如果你可以来访问我们，看看我们族姓制度的运用、俱乐部制度的运用、公会制度的运用，你一定会承认，世界上再没有别的国家，可以保持你们自己这样完全不受外界的扰累，而最不行的恐怕就是北美洲，它有一个令人惋惜的社会混乱的名声。

左及姆　（和气的受窘的样子）你看，讨论这个是没有益处的，我宁可不必说明，但是对我们殖民说的人，他们所遇见的是哪种短命人，是完全没有关系的，我们总有方法布置一切，不要管它怎样，让我们到女客那边去吧。

老绅士　（抛却他外交家的态度，觉得完全绝望）我们太了解你们了，先生，哦，杀死我们，消灭这些生命，你们已经让我们看到任何人都有活到三百岁的可能，但这使得他非常痛苦，我庄严地诅咒这个可能，它在你们也许是一种幸福，因为你们确实活到了三百年，在我们只有活到一百年以下的人，他的血肉像草芥一样，这真是极端不可忍受的压迫，我们可怜的受苦的人类从来不曾遇到过。

专使　哈啰，岳父！坚定一点儿！你怎样想出这些话来的？

左及姆　三百年又算什么？很短的，如果你要问我，为什么在从前的时候，你们的人曾经假定过你们可以永远地活着不死，你们以为自己这样。那个时候，你们是比较快乐吗？

老绅士　作为巴格达历史学会的会长，我可以告诉你，真正相信这个荒诞的邪说的民众，在我们所有的记录当中，实在是最凄惨的。我的学会印行过一种历史鼻祖苏赛德鲁妥斯·马哥尼布克尔氏著作的原本，你读过他的叙述，关于亵渎的称为天国的城市，以及约和司洛克派的人，要想在这些群岛的北方，把它照样造成吗？这被误导的人认为幻妄的长生牺牲他们所禀赋的一部分的生命，因此他们钉杀那些指示他们不必考虑来日，而此时此地就是他们的东方的先知，东方的意义是指天堂，或是一种永久的幸福，他们要在生命当中造成一种死的状态，他们称之为肉体的死亡。

左及姆　哦，你们并不受这个苦痛，是吗？你们并没有一种死掉的空气。

老绅士　我们自然不是绝对地疯狂极爱自杀的，然而我们对我们自己加上许多戒律、规条、学问，这些都是要准备我们活到三百年，而我们很少活得到一百年，这些可笑的对于一个长时间的准备，我们所能达到的机会，不过是五千分之一。我的幼年时代，有不必要的苦痛，我的童年时代，有不必要的操劳，我被这个幻梦骗去我生命当中天然的娱乐及自由。对于它，这些群岛及他们的先知的存在，给予一种虚妄的实现的可能的，我诅咒这个长命发明的一天，就像约和司洛克派的牺牲者，诅咒那个永久生命发明的一天一样。

左及姆　吓！如果你们愿意，你们尽可以活到三百年。

老绅士　幸运的人，对于不幸的人就是这样说的，哦，我并不愿意，我接受我数十年的生命，如果它是充满着效用、公道、慈悲，及仁爱，如果它在一个灵魂的生命期间，从来没有失去过它的荣誉，一个头脑的生命期间，从来没有失去过它的活力的生命，我就满足了。因为这些事情是无限而且永久的，他可以使得我的十年，和你的三十年一样有效，我到最后，并不愿意对你说，你尽管活下去，去受罪吧，因为我在这一会儿，已经远超对于你们或是对于任何同类的恶感。但是我在那个永久生命的前面，是与你同等的，在它里面，你的生命期间，和我的生命期间的差异，在全能的神力眼中，就和一滴水和三滴水的差异一样，而我们都是从这个神力产生出来的。

左及姆 （感动）你这一番话说得好极了，爸爸，我就想要说，也不能说到这样，它是很动听的。啊！女客们已经来了。（她们刚刚在庙门口出现，使得他心里宽舒）

老绅士 （从超脱变成烦闷）这个对于他是毫无意义的，在这个丧气的地方，高深的事情，都变成笑话了。（回转来向着非常惊异的左及姆说）你看，你已经使得我的一生变成瞬息，我的年岁，和你的一比较，完全不算什么了。

夫人 （奔到他的身边）爸爸，爸爸，不要做出这个样子。

女儿 （奔到他的身边）哦，外祖父，有什么事情吗？

左及姆 （耸肩）丧气病！

老绅士 （用一种严厉的态度推开两位女客）说谎的人！（忽然自己觉悟，脱帽鞠躬，表示一种尊重的礼貌）我请求你宽恕我先生，但是我并没有丧气。

从庙内突然听见音乐队开始奏乐，里面带着一种强烈的锣声，左穿着一件紫色的长袍在门口出现。

左 来吧，先知已经预备好了。

左及姆用他的木棒指示他们向门口走去，专使和老绅士，脱去他们的帽子，用极轻的脚步，走进庙内，左在前面带路，夫人及女儿，虽然十分惊恐，仰着头跟随他们稳步前进，靠她们的礼服及社会地位的观念，勉强自持，左及姆一个人留在走廊内。

左及姆　（脱下他的假发、假须及长袍，卷挟在他的臂下）嗯！　（他回转去）

第三幕

庙内，一座阳台临着深渊，极端的寂静，阳台上光线充足，但是外面是一片黑暗，黑暗的程度，持续地变化不定，有一道紫色的光线向上射出，并且听见一种极和谐的而且清脆的钟声。钟声停止以后，紫色的光线同时消失。左从阳台上走来，专使的女儿、夫人、专使及老绅士跟在她的后面。两个男人，都拿着他们的帽子，帽边与鼻尖相近，好像随时可以向它们祷告的样子。左停住，他们都随着她停住，他们望着空间，感觉畏惧，一种19世纪被称为神圣的风琴音乐，开始演奏，他们的畏惧增加，紫色的光线，现在散为雾气，又从深渊中上升。

夫人　（恭敬地向左低语）我们应当跪下吗？
左　（大声）是的，如果你想要这样，只要你高兴，你尽可以头

朝下站着。(她随意地在阳台的栏杆上坐下，背脊向着深渊)

老绅士　(不喜欢她的冷酷)我们愿意做一种适当的举动。

左　很好，就照你所感觉的样子去做，你们的举动怎样，是没有关系的；但是那位皮提亚（神巫）升起来的时候，你们必须自己镇定，不然你们就会完全忘记你们特地跑来问她的问题了。

专使　(很胆怯地取出一张纸片温习一遍)阿门！

女儿　(大骇)皮提亚？她是一条蛇吗？

老绅士　嘘！先知的女牧师，一位圣女，一位女预言家，并不是一条蛇。

夫人　多么可怕啊！

左　我很高兴你是这样想的。

夫人　哎哟！你不是这样想的吗？

左　不，这一类的事情，是做出来惊骇你们，并不是来惊骇我的。

老绅士　那么，我愿意你让它惊骇我们，夫人，我已经是很惊骇了，但是你现在消灭它的效力。

左　你等着，这一切事情，在那个古风琴上面的五色光线和云气，不过是无聊的戏法，等到你看见那位神巫。

(专使的夫人双膝跪下，将用祷告来镇定自己)

女儿　(战栗)我们真的就要看见一个女人，她已经活到三百年吗？

左　瞎说！如果一个三纪人朝你看上一眼，你就会倒下身死，这位先知不过是一百七十岁，然而你已经会觉得很难忍受了。

女儿　(可怜的样子)哦！(她跪下)

专使　咦！站在我的旁边吧，岳父，这真是有点儿超出预想，你也预备跪下来吗，或是怎样？

老绅士　也许这样是比较合理的。

他们两人也跪下来。

深渊中的雾气更加浓厚，一阵远远的雷声，好像从它的深处发出，先知坐在她的三脚架上，从深渊中慢慢上升，她已经脱去和拿破仑谈话时候所穿戴的绝缘的长袍及面网，而现在是用一整幅灰白色的材料，裹住全身及头部，现出许多的折痕，她带着一种神奇的样子使得观者畏惧，他们都俯伏在地上，她的外形摇动不定，有时候她差不多是明确的，忽然又是模糊而且虚幻的，并且她好像是比实际的形体大，其程度虽然不能在慌乱之间确实估计，但是足可以使得他们对于她的神奇，生出一种恐怖的意识。

左　起来，起来，你们必须自己提起精神来，你们大家。(专使和他的家属，拿消极的战栗表示这是不可能的，老绅士勉强地用双手撑在地上)

左　来吧，爸爸，你是不害怕的，快点儿和她讲话，她不能整天在这里等候你们，你知道。

老绅士　(极恭敬地站起身来) 我的朋友和亲戚，这位专使，是失去常态罢了，让你的宽仁大度作为我的依靠——

左　(坚决地打断他说话) 不要让你自己依靠在她的什么上面，不然你就会从她身上直穿过去，跌破你自己的头颅，她不是坚实的，像你一样。

老绅士　我方才不过是譬喻的说法——

左　我早已和你说过不要这样，问她你所要知道的事情，并且赶快说出来。

老绅士　(俯身下去，按着伏在地上的专使的肩头) 安布罗斯，你必须努力一下，你不能没有得到问题的答案就回到巴格达去。

专使　(慢慢站起来) 无论什么条件，我只要能够回去就是太幸运了，如果我的两腿可以支撑，我愿意立刻直接回船上去。

老绅士　不，不，记着你的地位——

专使　倒霉的地位！我已经吓倒了，看在上帝的分上，快领我走开吧。

老绅士　（取出一只酒瓶，把盖子揭开）试一点儿这个，它差不多还是满的，谢天谢地！

专使　（把它接过去尽力一灌）啊！好点儿了。（他还要再喝一点儿，但发现他已经把酒瓶喝干，他把它颠倒转来，交还给他的岳父）

老绅士　（接过去）天呀！他把半升的白兰地一口气喝完了。（非常担心的样子，他把瓶盖旋上放回袋内）

专使　（勉强站起来，从他的衣袋里取出一张纸片，拿一种喧嚣的自信态度，开始讲话）起来，莫莉，你也快起来吧，伊特。

两个女人抬起头来跪着。

专使　我所要问的就是这个，（他参考他的纸片）文化已经达到一个危机，我们是正在歧路上面，我们立在红海的边上，我们应当跳下去吗？圣书的楮叶已经撕下几页，我们应当等候它全部撕尽吗？火山的缺口在我们的左边，悬岩在我们的右边，一步错误，我们就会陷溺下去，完全消灭，牵率全体的人类和我们同归于尽。（他停住喘气）

老绅士　（在习惯的政治演说的刺激之下，恢复他的精神）听着，听着！

左　你在那里说些什么？你有机会的时候，还不快问你的问题吗？你所要知道的是什么呢？

专使　（以一个总理和一个反对派青年议员辩论的样子，向她表示奖掖态度）一位年轻的女子，向我提出一个问题，我始终是高兴看见，对政治感兴趣的年轻人，这是一个重要的问题，但是它是一个实际的问题，一个聪明的问题。她问我们为什么要想揭起这个面罩的一角，它把将来从我们微弱的视力当中遮住了。

左　我并没有，我是叫你告诉先知，什么是你所要问的，而不要使得她整天在这里坐着。

老绅士　（热烈的）秩序，秩序！

左　这个"秩序，秩序！"有什么意义？

专使　我请求尊严的先知静听我的声音——

左　你们的人民，对于你的声音，好像是永远听不厌的；但是它并不使我们觉得有趣，你所要的是什么呢？

专使　我所要的是，年轻的女子，让我继续说下去，而没有无谓的阻挠。

从深渊里发出一阵隐隐的雷声。

老绅士　你听！连先知都在发怒了，（向专使说）不要让你自己被这位夫人粗率的喧嚣阻断，安布罗斯，不必理她，说下去吧。

专使的夫人　我再不能这样长久地忍受下去了，记着，我是没有喝过一点儿白兰地的。

女儿　（战栗）雾气中间，有许多蛇在那里盘旋，我害怕这个电光，快说完吧，爸爸，不然我就要吓死了。

专使　（严厉地说）不要吵，这个是关系英国文化的命运的，相信我，我并不是害怕，我方才正在说——我说到什么地方了？

左　我不知道，有什么人知道吗？

老绅士　（趁机说）你刚刚是要说到选举，我想。

专使　（觉得胆壮一点儿）正是这样，选举，现在我们所要知道的就是这个，我们应当在八月间解散，还是把它延迟到明年春天呢？

左　解散? 解散什么? (雷声) 哦! 这次是我的过失, 这就是说先知了解你的意思, 叫我不要开口。

　　专使　(恭敬的态度) 我敬谢先知。

　　夫人　(向左说) 你这真是活该!

　　老绅士　在先知答复以前, 我愿意求他允许我略微陈述一点儿理由。依照我的意见, 政府是应当支持下去直到明年春天的, 第一是——

　　可怕的闪电及雷声, 老绅士被它震倒, 但是因为他立刻晕眩地重新坐起, 显见他并没有十分受惊, 女客们震骇战栗, 专使的帽子被击落。但是正在它离开他头上的时候, 被他握住, 双手按在头上, 他是异常沉醉, 但是声音还十分清楚, 因为他在公开演说以前, 很少不先喝一点儿兴奋剂的。

　　专使　(一只手从他的帽子上放下, 做一种制止雷电的动作) 这足够了, 我们知道怎样接受一个暗示, 我可以将这个事情拿三句话表明, 我是鲍特毕尔党的领袖, 我们的党正执掌着政权, 我是内阁的总理, 而反对党——露特加克党——在最近六个月当中, 每次的改选, 都取得了胜利, 他们——

　　老绅士　(热烈地突然立起身来) 不是由于公平的方法, 由于贿赂, 由于诈伪, 由于利用最卑恶的偏见 (殷殷的雷声) ——我请求你原谅。(他停止发言)

　　专使　不要管这些贿赂和谎言, 先知是完全知道的, 主要一点, 是我们五年的任期, 虽然要到后年方才到期, 我们的多数人, 大约在明年春季, 就要被改选所取代, 我们不能够坐视不管, 我们必须提出一种刺激人心的问题, 拿它到国内去宣传。但是我们当中, 有些人主张现在就做, 另外有些人说, 等候到明年春季, 我们不能决定依从哪一方面，你以为应当怎样呢？

左　但是一个拿来刺激你民众的问题是什么呢？

专使　那并没有什么关系，我现在还不知道，我们总会寻出个问题来的，先知可以知道将来，我们不知道，（雷声）这是什么意思？我现在做了什么吗？

左　（严厉地）我不是已经屡次对你说过，我们不能够预先看见将来吗？在它成为现在以前，天地间是并没有将来这个东西的。

老绅士　让我来提一句，夫人，十五年以前，鲍特毕尔党派人来咨询先知的时候，先知曾经预言，他们的党，在普选的时候，可以胜利，而他们果然胜利，所以先知是显然能够预见将来，而且有时候她是愿意昭示出来的。

专使　真是这样的，谢谢你，岳父，现在我想绕过这位年轻的女子，直接向尊严的先知恳求，要她将以前对于我的有名的前任，富勒·伊斯特温德爵士，所昭示的好意，重述一遍，回答我完全和当时回答他一样。（先知举起她的手来命令大众静默）

全体　嘘——嘘——嘘！（暗中的号筒，发出三次庄严的声音）

老绅士　我可以——

左　（迅速地）不要吵，先知就要发言了。

先知　回家去吧，可怜的愚人。（她消失，空间变成寻常的白画，左从栏杆上下来，脱去她的长袍，裹成一卷，夹在她的臂下，魔力和神秘完全消失，女客们都从地上站起来，专使的从人，毫无办法地彼此望着）

左　同样的回答，一字不易，你所称为你的有名的前任在十五年以前所得着的，你要求它，你得到它了，想想看有多少重要的问题你们可以提出，而且她可以答复他们的，你知道，天下事永远是这样的，我现在预备遣送你们回国，你们可以在接应室里等我。（她走出）

专使 什么会使得我要求和东风一样的回答?

老绅士 但是这个并不是一样的回答,伊斯特温德的回答,曾经在多年当中,成为我们党里的一种灵感,它替我们博得选举的胜利。

女儿 我在学校里读过了,祖父,它完全不是一样的,我可以背得出来,(她念着)"英国还涵育在西方的时候,伊斯特温德使得她坚定,造成她的伟大,只要伊斯特温德还在当政,英国会继续繁荣,在战争的时候,伊斯特温德会使得英国的敌人凋谢,让露特加克派注意这个吧。"

专使 那个老人造出这些,我完全明白了,在他来咨询先知的时候,他已经是一个衰谢的老朽。先知自然要说,"回家去吧,可怜的愚人"。对我说这个话,丝毫没有意义,但是像那个女人所说的,这是我自己要求的,那个可怜的老东西,除了伪造一个可以公布的回答以外,还有什么别的办法呢?当时曾经有过这样的传说,但是没有人相信他们,现在我相信他们了。

老绅士 哦,我不能承认,富勒·伊斯特温德爵士,能够做出这样的欺骗。

专使 他是随便什么都能够做的,我认得他的私人秘书,可是现在我们应当怎样说呢?你决不会想,我回到巴格达去,向大英全国宣布,先知叫我一个愚人,你说对吗?

老绅士 当然我们必须说真话,无论它是怎样使得我们感觉苦痛的。

专使 我并没有在想我的感觉,我不是这样自私自利的,谢谢上帝,我是在想我们的国家,我们的党。这个真话,你所说的,会使得露特加克派,在此后的二十年当中,继续柄政,他会使得我的政治生命完全断绝,这个我并不在意,我是极愿意退休的,如果你们可以找到一个更好的人，尽可以不必为我顾虑。

老绅士　不，安布罗斯，你是必不可少的，除你以外，实在没有别人。

专使　很好，那么，你有什么办法呢？

老绅士　亲爱的安布罗斯，你是政党的领袖，我并不是，你有什么办法吗？

专使　我是要去说真话的，这就是我的办法，你以为我是个说谎的人吗？

老绅士　（惊异）哦，我请求你原谅，我以为你说——

专使　（打断他的话）你以为我说，我要回到巴格达去，告诉英国的选民，先知对我一字不易地重述着，她十五年以前，向富勒·伊斯特温德爵士所说的话，莫莉和伊色尔，可以替我证明，所以你也必须这样，如果你是一个正直的人，走吧。

他走出，他的夫人和女儿随着他出去。

老绅士　（单独留下，缩成一个衰老而且窘急的样子）我应当怎样呢？我是一个极端惶惑而且狼狈的人，（跪下，伸出他的双手，向着深处做出恳求的态度）我祈祷先知，我不能够回去，故意纵容一个谩渎的谎言，我请求指示。

先知从阳台上走来，到他的身后，在他的肩上触动一下，她现在已经是正常的身材，她的面上用头巾遮着，他好像触电的样子，突然退缩，转身向着她，战栗，恐怖地遮住他的眼睛。

老绅士　不，不要离我太近，我恐怕是不能忍受的。

先知　（沉默地怜悯）来吧，朝我看看，我现在是我天然的大小了，你以前所见的，不过是我的无聊的相片，拿个幻灯映在云气上的，我怎样能够帮助你呢？

老绅士　他们已经回去要伪造你的答词，我不能同他们回去，我不能和这些人同住。对他们，没有一件事情是真实的，自从我在此地居住以来，我再不能够这样，请你允许我留下。

先知　朋友，如果你和我们同住，你是会丧气而死的。

老绅士　如果我回去，我就会厌恶和失望而死，我选择一个比较高尚的危险，我请求你，不要抛弃我吧。（他扯住她的衣服，把她止住）

先知　当心一点儿，我已经在这里一百七十年，你的死对于我的意义，和对于你的是不一样的。

老绅士　使我觉得放逐是如此可怕的，乃是生命的意义，不是死的意义。

先知　那么，就这样吧，你可以住下。（她伸出双手来，他握住它们，倚靠着她自己略为站起一点儿，她注视着他的脸，他逐渐僵硬，一点儿轻微的抽搐使他震摇，他松开手，倒下死去）

先知　（俯视着尸体）可怜的短命人！我有什么别的方法帮助你呢？

第五卷
思想所能达到的境域

公元 31920 年夏天的午后，一片太阳照着空地，正在一座树木浓密的小山的南端脚下，在它的西面，是一座美丽的古式小庙的前廊及若干石级，在它和小山的中间，有一条逐渐高起的小径，一端是生着青苔的粗糙石级，向上达于林中。在相反的一面是一片树，在空地的中间有一座神坛，它的形式，是一张低的大理石长桌，长短和一个人相等，与小庙的石级平行，一端指着小山，弧形的大理石长凳，从这里向前面伸出，但是它们并不是与它相连的，在神坛和各长凳的中间，还有很宽的可以走路的空地。

一个青年男女的舞会正在进行，音乐由少数的吹笛人供给，他们随意地坐在小庙的石级上面，在这里完全没有孩子，所以跳舞的人当中，好像是没有在十八岁以下的。有些青年，已经生着胡须，他们的衣服和舞台的建筑，以及神坛和弧形的座位的设计一样，是由于随意模仿公元前 4 世纪希腊的式样而成的，他们的动作，十分协调，而且异常优雅，正跳着法兰多拉的舞式。他们既不叫，也不拥抱，不像我们通常的样子。

在第一次跳完的时候，他们拍掌叫奏乐的人停止，后者开始演奏一种西班牙的没舞乐曲。正在这个时候，一个奇怪的人，从庙外的小径上出现，他正在沉思冥想，他的眼睛闭着，他的脚在他慢慢走下来的时候，自动地踩在这些崎岖而且不规则的石级上，除了一种粗布围裙，系着一条腰带，上面挂着一个皮袋及若干小的衣袋构成的面外，他是完全赤裸的。在他身体的坚实及挺拔上面，他好像还是在生命的初期，他的眼睛和嘴，全不显出一点儿衰老的征象；但是他的脸上，虽然还有饱满及坚实的肌肉，却生着许多皱纹，从深沟到极细的线纹，好像时间在整个地质世纪当中，不断地在他的每寸上都加工过似的。他的头巍然隆起，而且完全秃顶，因为除了他的眉毛以外，他是没有一根头发的。他全然没有觉着他的四周环境，直接走到一对跳舞的青年中间，把他们冲散，他清醒过来，向他的四面回顾，这一对青年愤愤地停止，大众一起停止，音乐停止，被他冲散的青年，首先向他说话，并没有恶意，但是也没有一点儿我们所称为礼貌的东西。

青年　哦，古代的梦游人，你为什么不把你的眼睛张开，当心着你是走到什么地方去呢？

古代人　（柔和而且仁慈的态度）我不知道有一个幼稚园在这个地方，不然我决不会朝着这个方向走来。这种意外，是不能永远避免的，继续你们的游戏，我就要走了。

青年　为什么不和我们在一起，也享受一点儿生命的快乐呢？我们可以教你跳舞。

古代人　不，谢谢你，当我和你一样是一个孩子的时候已经跳过舞了。跳舞是一种极粗浅的尝试，拿来调和生命的节奏的，从这个节奏，再回到你们婴孩的跳跃，会使得我感觉痛苦，实际上就是尝试，我也不能够做到，但是在你们的年纪，它是让人很愉快的，我很抱歉，我惊扰你们了。

青年　来吧！自己承认，你们不是极愁苦的吗？这真是可怕的事情，看你们古代的人们，独往独来，从不注意什么，从不跳舞，从不欢笑，从不唱歌，从不寻一点儿人生的乐趣。我们长成的时候，我们谁也不要这样，这真是一只狗的生活。

古代人　完全不对，你引用一句古语，而并不知道在地球上曾经有过一个叫作狗的生物，这些喜欢研究已经绝种的生物的人，就会告诉你们，它喜欢听它自己的声音，而且它在快乐的时候，到处跳跃，就像你们现在的样子。我的孩子们，你们才是过着一只狗的生活的。

青年　狗一定是一个很好的明白事理的生物，它给你一个极聪明的榜样，你应当有时候让你自己不要拘束，尽量地狂欢一下。

古代人　我的孩子，你们还是让我们古代人遵循我们自己的途径，依照我们自己的方法去自己享乐吧。（他转身离开）

少女　但是你等一下，你为什么不告诉我们，你们自己是怎样享乐呢？你们一定有瞒过我们的娱乐，你们永远不会厌倦的，我已经对于一切我们的跳舞、我们的歌曲，感觉厌倦，我对于我所有的舞伴，也都感觉厌倦了。

青年　（怀疑的态度）是吗？那我一定留心记着。

他们大家互相注视，好像在她说的话当中，有一种不祥的征兆。

少女　我们大家都是这样，勉强装作我们不是这样，有什么用处呢？这是很自然的。

几个青年男女　不，不，我们并不这样，这是不自然的。

古代人　我看，你比他年纪更大一点儿，你是成长起来了。

少女　你怎么知道呢？我的样子并不怎么比他更老，不是吗？

古代人　哦，我并没有朝你看过，你的面貌并不使我感兴趣。

少女　多谢你。（大家笑起来）

青年　你这个老东西！我相信你连一个男人和一个女人的区别都不知道。

古代人　这个久已不能使得我关心，像它使得你关心的样子，凡是我们已经不关心的事情，我们是再也不能够知道它的。

少女　你还没有对我说过，我怎样暴露出我的年纪来的，这个是我所想要知道的事情，因为在实际上我是比这个孩子年纪更大，比他所想象的更大，你怎样发现出来的？

古代人　极容易的，你已经不再假装做这些孩童的游戏——这些跳舞、唱歌及配合——并不是在一会儿时间以后，就成为厌倦而且不满足的，并且你也不再喜欢假装比你自己的实际年纪更年轻，这些都是成年的征象，并且看这些漫不经心的衣服，你拿来穿在身上的，（他把她的衣服扯起一片来）这个很破旧了，你为什么不去做一件新的呢？

少女　他并没有注意，并且这个过于麻烦，衣服是一件极讨厌的东西，我想有一天我一定会完全不要它们，像你们古代人的样子。

古代人　成长的征兆，很快地你就要抛弃一切这些玩具、游戏和糖果了。

青年　什么！也像你一样的凄惨吗？

古代人　我的孩子，一瞬间人生神秘的愉快，我所感受着的，会使得你惊骇死去。（他严肃地从树林中缓步走出）

他们都向他望着，非常沮丧。

青年　（向一班乐师说）让我们来跳别的舞。

乐师、大家都摇头，从他们的石级座位上站起身来，向庙内走去，其余的人都随着他们，除了那个少女，她在神坛上面坐下。

一个少女　（她一面走一面说）你看！那个古代人把他们扰乱了，这都是你的过失，斯梯利芬，都是你惹出来的。（她走出，非常失望）

一个青年　为什么你一定要这样无礼地对他呢？（他一面走着，一面抱怨地说）

斯梯利芬　（远远地向他说）我以为这是早已谅解的，在原则上我们必须阻止古代的人们。

另一个青年　这也是不错的！如果不是这样，就一点儿不能抓住他们了。（他走出）

少女　为什么你不认真和他反抗呢？我已经这样做了。

另一个青年　绝对地卑鄙、畏缩，彻底地怯懦，这就是缘故。承认这个卑贱的真相吧。（他走出）

又一个青年　（正走出去的时候，在台阶上回转身说）你不要忘记，孩子，一瞬间人生神秘的愉快，像我所感觉的，曾使得你惊骇死去，哈哈！

斯梯利芬　（除了那个少女以外，现在只有他一个人留下）你不一同来吗，克洛艾？

少女摇头！

青年　（很快回到她的旁边）有什么事情吗？

少女　（悲寂地沉思）我不知道。

青年　那就是有什么事情了，你的意思是这样的吗？

少女　是的，我身上是在发生一种变化，我不知道是什么。

青年　你不再爱我了，我在最近的一个月当中早已看出。

少女　你难道不认为这一切有点儿无聊吗？我们不能够永远继续下去，好像这一类的事情，这些跳舞、恋爱，就是一切的一切。

青年 还有什么是比这些更好的吗？还有什么别的是值得为它活着的吗？

少女 哦，废话！不要这样无聊。

青年 有什么可怕的事情在你身上发生了，你丧失了一切的情绪，一切的感觉，（他在神坛上和她并排坐下，用他的双手遮住他的面孔）我真是非常伤心。

少女 伤心！真的，你一定是长着一个空虚的头脑，如果在里面没有别的，只有和一个女人的跳舞，而她并没有什么地方，胜过任何别的女人的。

青年 你并不一直有这样的想法，以前我只要向别的女人看上一眼，你就会生气的。

少女 我是一个婴儿的时候，曾经做过什么，有什么关系呢？那个时候，我完全不知道有别的事情，除了我嘴里尝到，身上碰着，及眼中看见的。而一切这些，我想要完全占有，就好像我想要拿月亮来当玩具一样，现在世界向我展开了，不单是世界，整个的宇宙，连极小的事物，都变成极大的事物，而且成为有浓厚的趣味的事物，你曾经推想过数目的性质吗？

青年 （坐起来，显然醒悟的样子）数目！我不能想象，还有什么是比数目更为枯燥，或是更为可厌的东西。

少女 它们是使人着迷的，我想要离开我们永久的跳舞和音乐，独自安心坐下，推想数目。

青年 （愤怒地站起来）哦，这真是太过分了，我以前早已怀疑你，我们大家都怀疑你，所有的少女们都说，你对我们隐瞒关于你的年纪。你的两颊渐渐长平，你觉得我们讨厌，你一有机会的时候，就要和古代人交谈，告诉我一句真话，你多少岁了？

少女 刚刚是你的年纪的一倍，可怜的孩子。

青年 我的年纪的一倍！你的意思是说，你已经四岁吗？

少女 差不多有四岁了。

青年 （倒在神坛上面，呻吟）哦！

少女 我的可怜的斯梯利芬，我假装只有两岁，是为你着想的，你出世的时候，我已经两岁了。我看你从蛋壳里出来，你是这样一个可爱的孩子！你走来向我们大家这样有趣地讲话，而且是这样漂亮、潇洒，我的心立刻被你迷住，但是现在我好像是完全把它丢掉了，更大的事情渐渐地把我占领。然而在第一年当中，在我们幼稚的享乐上面，我们是很幸福的，不是吗？

斯梯利芬 在你开始对我冷淡以前，我是很幸福的。

少女 不是对你，乃是对一切我们在此地平凡的生活。想想看，我还有好几百年，或者好几千年要活下去，你难道以为我可以把几世纪的光阴，消磨在跳舞，听悠扬的笛声，这些笛声不过变换极少数的曲调和极少数的音节。震惊于少数廊柱及拱门的优美，狂呼奔走；致力字句的雕琢，或是和你同寝，那个实际上是既不舒服又不便利的。永远不停地拣选衣服的颜色，穿着它们，洗它们；在一定的时候，当一件正事的样子，大家坐在一起，来吸取我们的养料，同时喝下少量的毒液，使得我们这样疯狂，想象我们是在享乐，而且以后还要在室内过夜，睡在床上，把我们生命的一半，消耗在毫无知觉的状态当中。睡眠是一件最可耻的事情，我在最近这几个礼拜以来，完全不曾睡眠。在夜间，你们大家躺着人事不知的时候——我说它十分可厌——我总是偷着出去，在树林中走动，想着，想着，想着，把握住这个世界，把它分成碎片，再把它集合起来，想出方法，计划考证这个方法的试验，消磨宝贵的光阴。每天早晨，我勉强回

334

到这里，不愿意的程度，一天一天地增加，我知道那个时候很快就要来到——或者它现在已经来到——我就要完全不回来了。

斯梯利芬　那有多冷，多不舒适呀！

少女　哦，不要和我提起舒适，如果一个人必须顾到舒适，生命就不值得活着了，舒适使得冬天成为一种磨难，春天成为一种疾病，夏天成为一种压迫，只有秋天是一个暂时的休息。古代的人们，可以使得生命永久的舒适，如果他们愿意。但是他们从来不肯伸出一个指头，来使得他们自己舒适，他们不愿意穿什么衣服，所穿戴的只有一根腰带，挂上若干小袋，以便携带应用的物品，即使在两步以内，有着干燥草树的时候，他们也会在湿的青苔或叶刺上坐下。两年以前，你才生出来的时候，我还不了解这个，现在我觉得，哪怕走上两步来换取世间所有的舒适，我也不愿意这么麻烦了。

斯梯利芬　但是你还不知道，这个对于我有什么意义，这就是说，在我这一面你是渐次消失，和死了一样地消失，听我说吧。（他用双手把她抱住）

少女　（挣脱开来）不要这样，我们尽可以好好地讲话，用不着彼此接触。

斯梯利芬　（大骇）克洛艾！哦，这是一切征象当中最坏的了！古代人是从来不彼此相触的。

少女　他们为什么要接触呢？

斯梯利芬　哦，我不知道，但是你不愿意和我接触吗？你以前是一直愿意的。

少女　不错，是的，我以前是一直愿意的，我们以前常常想，彼此枕臂同寝是有趣的。但是我们从来不能安眠，因为我们的重量，阻止臂弯以上的血液循环，以后我的感觉，好像是一点一点地开始变化，在我对于你的全部身体已经失去兴趣以后，我对于你的头及两臂保持一种兴趣，而现在也是完全消失了。

斯梯利芬　那你已经是完全不爱我了吗?

少女　瞎说! 我比以前更加认真地爱你，虽然或许不是怎样特别地专注你一个人，我的意思是说，我对于人人都比以前更爱，但是我不愿意无端地碰你，而且我当然更不愿意你来碰我。

斯梯利芬　（站起来决定的态度）那就一切完结，你讨厌我了。

少女　（不耐烦的样子）我再同你说一遍吧，我并不讨厌你，但是你不能够理解的时候，你使得我厌烦，我想以后我还是自己一个人更快乐一点儿。你最好是去寻一个新的伴侣，那个今天快要出世的少女你看好吗?

斯梯利芬　我不要今天快要出世的少女，我怎么知道她是什么样子呢? 我只要你。

少女　你不能，你必须承认事实，顺应它，去追求一个年龄比你大上一倍的女人是没有用处的，我不能使得我的童年常驻，来取悦你。恋爱的光阴是甜蜜的，但它是很短的，我必须偿付自然的债务，你已经不能吸引我，我也不愿意再吸引你。在我的年纪，生长太迅速了，我一天比一天快地成长起来。

斯梯利芬　你是一刻比一刻快地成长起来——你这么说——但我说它是衰老，比之我们开始谈话的时候，你已经又老了好多了。

少女　衰老并没有这么快，快的是在它确实发生时对它的认识。现在我对于这个事实已经决心，我已经脱离了我的童年时代，在你每一句话说出口的时候，我就立刻恍然大悟了

斯梯利芬　但是你的誓言，你已经把它忘掉了吗? 我们大家一起在那个神祠，爱神的神祠当中，立下了誓言。你那个时候，是比

我们任何人都更为热心的。

少女　（带着一种凄厉的微笑）永远不要让我们的心冷却！永远不要变得像古代人一样！永远不要让这个圣火熄灭！永远不要变心，不要相忘！记着这是真心的爱人的第一次集合，确守着这些誓言，它在过去的时代，曾经屡次立下屡次被破坏过的，哈！哈！真是要命！

斯梯利芬　嗯，你也用不着好笑，这是一个美丽的而且神圣的契约，在我活着的时候，我是要永远遵守的，你现在要把它破坏吗？

少女　亲爱的孩子，它已经自己破坏了，不管我的孩提誓言，这个变化已经来到，（她站起来）你可以让我一个人到树林当中去散步一会儿吗？我觉得我们这个闲谈，好像是一种不可忍受的浪费光阴，我还有许多的事情要去想。

斯梯利芬　（又跌倒在神坛上面，用双手遮住他的眼睛）我的心碎了！（他哭泣）

少女　（耸肩）我很侥幸地经过我的童年时代，而没有这样的经验，这表示我是怎样聪明，去选择一个只有我一半年纪的情侣。（她向着树林走去，正要被树木遮住的时候，另外一个青年，比斯梯利芬更为年长，更为刚强，生着短的头发、坚实的臂膀的，从庙内走出，在门口把她叫住）

庙内的青年　我说，克洛艾，古代人还没有一点儿消息吗？出世的时间已经过了，孩子发狂一样地乱踢，她恐怕在成熟以前，就要先把蛋壳弄破了。

少女　（向路方面远望，然后指着那里说）她来了，阿克斯。（她转身走进树林中，完全被树木遮住）

阿克斯　（向斯梯利芬走来）什么事情？克洛艾得罪了你吗？

斯梯利芬　不顾她一切的誓约，她已经长成，她关于她的年纪骗了我们，她已经四岁了。

阿克斯　四岁！我很抱歉，斯梯利芬，我自己也已经快要三岁了，我知道老年是怎样的，我极讨厌说，我已经告诉过你这样，但是她是早已有点儿沉默，而且胸前平扁、头发稀薄，可不是吗？

斯梯利芬　（意气消沉的样子）不要提了。

阿克斯　你必须自己振作起来，今天是一个很忙的日子，第一件是生产，然后是美术家的游艺会。

斯梯利芬　（站起来）如果在短短的四年当中，我们都必须变成不自然的、毫无心肝的、毫无爱情的、毫无乐趣的怪物，生出来又有什么用处呢？如果他们不能使他们美丽的创作变成生命，美术家又有什么用处呢？我真想要立刻死掉，把这一切都丢开！（他离开，走到距舞台最远的弧形凳上，愤愤地倒在上面）

一个古代女人，在斯梯利芬悲伤的时候，早已从山路上下来听见他大部分的话，她和古代男人相似，一样秃顶，但是非常引人注意，而且是有点儿可怕的。她的性别，只有在她的声音上可以辨得出来，因为她的胸膛和男人一样；她的身段也没有别的不同的地方。她没有穿衣服，但是拿一件长的礼服，随意地裹在身上，而且拿着一对好像长锯子一样的工具。她走到神坛旁边，站在两个青年的中间。

古代女人　（向斯梯利芬说）你这不过是刚开始呢，那个孩子已经可以出世了吗？

阿克斯　不只是可以，古代人。叫着，踢着，而且骂着，我们已经叫她安静一点儿，等候你来，但是她当然只能听懂一半，所以非常焦躁。

古代女人　好吧，把她抬到太阳下来吧。

阿克斯　（很快地走进庙内）大家预备，快来。

古代女人 （走近斯梯利芬的身边）朝我看着。

斯梯利芬 （不高兴地侧转脸来）我不愿意治疗，我宁可照我自己的样子悲伤，不要照你的样子无情。

古代女人 你喜欢自己悲伤吗？你很快就会脱离出这个境界了。
（她回到神坛旁边）

一队人，由阿克斯前导，从庙内出现，六个青年，把一个重物抬在他们的肩上，上面用一条华美的但是浅色的被单遮着。在他们前面，有若干执事的少女，拿着新的襟衣、广口的水瓶、穿有小孔的银盘、衣服和极大的海绵。其余的拿着木棒，上面缠着缎带和草花，重物在神坛上面放下，揭去被单，它是一个极大的蛋。

古代女人 （把她的手臂从长袍里面伸出，把她的锯子放在神坛上靠着她的手边，带着一种一本正经的神气）我向你们说过，是一个女孩子吗？

阿克斯 是的。

拿着襟衣的人 这真是可惜，为什么我们不能多生几个男孩子呢？

几个青年 （反对）一点儿不对，多生几个女孩子，我们要新的女孩子。

从蛋壳里发出一个女孩子的声音 让我出来，让我出来，我要出世了，我要出世了。（蛋壳摇动）

阿克斯 （从别人手里取过一根木棒，敲着蛋壳说）不要吵，我同你说，等着，你就快要出世了。

蛋壳里的声音 不，不，立刻，立刻，我要出世了，我要出世了。

（蛋壳里面，一阵猛烈的脚踢，使得它动摇得这样厉害，抬它来的人们，只好把它扶住在神坛上面）

古代女人 安静点儿。(音乐停止,蛋也寂然不动)

古代女人拿她的锯子,几下就把蛋壳破开,新的产儿,一个美貌的女子,在我们的时代,看上去好像有十七岁的,在破的蛋壳当中坐起身来,极端的鲜艳、红润,但是在身上各处,粘着一片一片的蛋皮的薄片。

新的产儿 (开眼看见世界)哦!哦!哦!哦! (在后来叱骂她的时候,她还是随意地继续着这样的声音)

阿克斯 不要发出那个声音,你听见了吗?开始洗浴。

新的产儿狂叫乱动。

一个青年 安静地躺下,你这个黏腻的小东西。

一个少女 你必须得洗干净,亲爱的,现在不要动,不要动,不要动,乖点儿。

阿克斯 把你的嘴闭上,不然我就要把海绵塞进去了。

一个少女 闭着你的眼睛,你要不闭着,它们会觉着痛的。

一个少女 不要发呆,一个人会想从来没有别人生出来过。

新的产儿狂叫!

阿克斯 你这才是活该!跟你说过要闭上你的眼睛。

青年 快点儿把她揩干,我差不多已经不能把她抓住,还不闭着,再是这样,我就要把你打得稀烂了。

开始穿上衣服,新的产儿快活地欢笑。

少女 你的手伸到这里去,亲爱的,这不是很美吗?你的样子一定是极可爱的。

新的产儿 (狂喜的样子)哦!哦!哦!哦!

另外一个青年 不对,那一只臂膀,你把后面穿到前面来了,你真是一个愚蠢的小东西。

阿克斯 这里!这就对了,现在你是清爽而且像样了,起来吧!

喂哟！（他把她拉起来，起初她还不能走动，但是走过几步以后，已经勉强学会）现在走吧，她已经好了，古代人，教她问答的课程吧。

古代女人　你们替她选定了什么名字？

阿克斯　阿玛丽利丝（Amaryllis）。

古代女人　（向新的产儿说）你的名字是阿玛丽利丝。

新的产儿　它是什么意思呢？

一个青年　爱情。

一个少女　母亲。

另外一个青年　百合花。

新的产儿　（向阿克斯说）你的名字是什么呢？

阿克斯　阿克斯。

新的产儿　我爱你，阿克斯，来抱住我吧。

阿克斯　当心点儿，年幼的人，我已经是三岁了。

新的产儿　这有什么关系呢？我爱你，不然我就要再回到我的蛋壳里去了。

阿克斯　你不能够，它已经破掉了，你看，（指着斯梯利芬，他始终坐在他的座位上，一点儿没有回头来看生产的事情，完全沉浸在他的烦恼当中）看看这个可怜的朋友！

新的产儿　他怎么了？

阿克斯　他生出来的时候，选择一个两岁的少女做他的爱人，现在他自己是两岁，已经因为她是四岁而心碎了。这就是说，她已经长成像这位古代人的样子，把他抛弃了，如果你选择我，在我长成起来使得你心碎以前，我们只可以有一年的幸福，你不如去选一个你所能够找到的最年轻的人。

新的产儿　除你以外，我不愿意要随便什么别人，你决不可以长大起来，我们可以永远地彼此相爱，（他们大家都笑起来）你们在那里笑什么呢？

古代女人　听着，孩子——

阿克斯　再让她停一会儿吧，她还没有十分明白事理，一个还不到五分钟的孩子，你可期望她怎样吗？

新的产儿　我想现在我稍微明白一点儿了，当然我方才说话的时候，我还比较幼稚，但是我头脑的内部，是在迅速地变化，我愿意人家对我说明各种的事情。

阿克斯　（向古代女人说）你觉得她没有什么吗？

古代女人细细地望着新的产儿，像一个骨相家的样子，摸她的头顶，捏她的肌肉，摇动她的手足，检查她的牙齿，向她的眼睛里注视一会儿，最后把她放脱，好像她是已经工作完毕的样子。

古代女人　她还不错，她可以活着。（他们全体举手欢呼）

新的产儿　（愤怒）我可以活着！假如我有什么地方不对呢？

古代女人　凡是有什么不对的小儿，是不能活在这里的，我的孩子，我们这里的生命不容易，但是你是一点儿不会觉得的。

新的产儿　你的意思是说，你会早已把我杀死吗？

古代女人　这是一句可笑的话，新生的产儿，从遗传上带得来的，你明天就会把它忘记了。现在听着，你有四年的孩童时代在你的面前，你不会是很快乐的；但是世界的新奇，可以使你觉得有趣，引起你深思，你在这里的同伴们，会教导你在这个四年当中，怎样拿他们所称为拳术、运动及游戏的，来保持一种人造的幸福，你的最大的困难已经过去了。

新的产儿　什么！在五分钟当中吗？

古代女人　不，你已经在蛋壳里面生长两年了。你开始的时候，次第变成各种的生物，现在久已绝迹，虽然我们还保留着他们的化石，以后你就变成人类，而且在十五个月当中，你经过一种发展，从前的人类，在他们出世以后，要费掉二十年笨拙蹒跚的幼稚时期。他们还要在一种童年时期上，再费掉五十年，而这些你可以在四年当中完成，并且以后他们就衰老死去，但是你可以不死，直等到你遇见你的意外。

新的产儿　什么是我的意外呢？

古代女人　早点儿或是晚点儿，你会跌下去跌断你的头颈，或是一棵大树会倒在你的身上，或是你会被雷电击着……总有一天，这样或那样的事情，会使得你完结。

新的产儿　为什么我一定要遇见这些事情呢？

古代女人　并没有什么缘故，它们就会这样，只要有充分的时间，随便什么人迟早总会遇见随便什么事情，而且我们也没有永久生存的。

新的产儿　决不会遇见的，我一生一世从没有听见过这样的废话，我会知道怎样自己当心。

古代女人　你是这样想的。

新的产儿　我并没有想，我知道，我一定会永远永远地享受生命的快乐。

古代女人　如果你将来会成为一个无限能力的人，你当然会发现生命是有无限的趣味的，然而现在你所有应当做的事情，就是和你的同伴们游戏。他们有许多美丽的玩具，你已经看见，一间游戏室，各种画片、塑像、花卉、漂亮的衣服、音乐，最重要的，他们自己，因为孩子的最有趣玩具，就是一个别的孩子。在四年终了以后，你的心理就会发生变化，你就会变成聪明的人，于是就会将权力付托给你。

新的产儿　我现在就要权力。

古代女人　当然你是要的，这样你就可以拿世界当作玩具，把它扯成碎片了。

新的产儿　这不过是要看看它是怎样做成的，我可以把它再合拢起来，比以前更好。

古代女人　曾经有过一段时间把世界给小孩子们当作玩具，因为他们答应把它改进，但他们并没有把它改进，而且早已就该把它毁坏了，如果他们当时的权力伟大得像你将来长成起来的时候所行使的那样，到那个时候以前，你的青年同伴们会教导你一切必要的事情，并不禁止你和古代人谈话，但是你最好不要这样，因为他们当中多数的人，对于观察儿童以及和他们交谈上所有的一切兴趣，久已竭尽无余了。（她转身要走开）

新的产儿　慢点儿，告诉我各种事情，我所应当做的，以及不应当做的，我感觉教育的需要了。（除了古代女人以外，他们大家都向她发笑）

古代女人　你明天就会长出这个境界了，做任何你所喜欢的事情。（她向山路上面走去）执事的人们把他们的用具和蛋壳的碎片，拿回放到庙内去。

阿克斯　想想看，那个老女人已经活到七百年，还没有遇见她的致命的祸事，而且她也一点儿不觉得厌倦。

新的产儿　一个人怎么会感觉生命的厌倦呢？

阿克斯　他们自然厌倦，这就是说，对于同样的生命，他们会用一种奇异的方式，改变他们自己。有时候你会遇见他们，生着许多额外的头及手足，他们使得你对他们发笑，他们的大多数人都已经忘记怎样讲话。这些和我们交接的人，大概每年一次，必须温习他们语言的知识。凡是我所能看见的一切事情，他们都漠不关心，他们从来不自己享乐，我不知道他们怎样能够忍受，他们甚至于从不参加我们的美术游艺会，那个老人，她把你从蛋壳当中锯出来，已经走开，毫无事情可做，虽然她知道今天是一个庆祝的日子。

新的产儿　什么是一个庆祝的日子？

阿克斯　我们有两位最伟大的雕刻家，预备献给我们他们最近的名作，我们要用花冠替他们加冕，对他们唱赞美的歌曲，并且围着他们跳舞。

新的产儿　真好玩！什么是雕刻家呢？

阿克斯　听着，年幼的人，你必须自己去看出一切的事情，不要乱问，在一两天当中，你必须把你的眼睛和耳朵张开，把你的嘴闭着，孩子们应当是看得见听不见的。

新的产儿　你叫谁是孩子？我已经是满一刻钟的年纪了。（她在弧形凳上，靠着斯梯利芬坐下，做出极长成的神气）

庙内许多的声音　（完全是反对、失望及厌恶）哦！哦！卑劣的，可耻的，岂有此理，什么醍醐东西！这是一个笑话吗？为什么都是古代人！嘘——嘘——嘘！你是疯了吗，阿计那克斯？这真是胡闹，侮辱，咦！等等。（这些不满意的人在阶石上出现，咆哮着）

阿克斯　哈啰，什么事情？（他走到庙前的阶石上去）

两个雕刻家从庙内出来，一个生着两尺长的胡须，一个是全然没有胡须的，在他们中间，走出来一个漂亮的年轻美女，生着特别的面貌，黑的滋润的鬈发，而且带有权威的态度。

有权威的美女　（突然同两个雕刻家跑到平地上，站在阿克斯和新的产儿中间）你不要想把我吓退，阿计那克斯，单是因为你手工巧妙，你能够吹笛子吗？

阿计那克斯 （在她右首的长须的雕刻家）不，伊克那西亚，我不能，那个和雕刻有什么关系呢？（他半是轻蔑半是焦急，决心完全不当她是回事，不顾她的美貌和庄严的声调）

伊克那西亚 那么，你曾经踌躇过批评我们最好的笛师，说他们的音乐是好的或是不好的吗？请问你，我难道没有同样的权力，批评你的雕像，虽然我不能塑像，和你不能吹笛是一样的？

阿计那克斯 随便哪个蠢人都能够吹笛，或是演奏任何别的东西，如果他有充分的练习。但是雕刻是一种创造的艺术，不单是吹着一根竹管的玩意儿。雕刻家必须和上帝一体，从他手上，产出一种形象，反映出一种精神，他并不是造出这个来使你喜欢，并且也不是使他自己喜欢，乃是因为他必须如此，你必须接受凡是他所给予你的，或是把它搁在一旁，如果你没有接受它的资格。

伊克那西亚 （轻蔑的态度）没有接受它的资格！哼！我难道不可以把它搁置，因为它是没有被我接受的资格吗？

阿计那克斯 被你接受！闭住你的贫嘴，你这个骄傲的骗子，你知道什么呢？

伊克那西亚 我知道有文化的人所知道的，就是美术家的天职在于美的创造。在今天以前，你的作品一向充满美感，而且我是第一个指出来的人。

阿计那克斯 一点儿不感谢你，人人都长着眼睛，难道他们没有吗？没有你指出，看不见像太阳在天上一样明白的事实吗？

伊克那西亚 你从前是很快乐，因为被我指出，你那个时候，并不会叫我做一个骄傲的骗子，你拥抱得我呼吸困难，你把我当作一个艺术女神的模型，它在早年，护佑着你这位先生，玛泰鲁斯。（她指着另外一个雕刻家）

玛泰鲁斯，一个静默的、沉思的听者，耸肩，摇头，但是没有说句话。

阿计那克斯 （争执的声调）我是被你说的话骗动的。

伊克那西亚 我在别人都不会知道以前，首先发现你的天才，那是真的还是假的呢？

阿计那克斯 人人知道我是一个特别的人物，我生出来的时候，就长着三尺长的胡子。

伊克那西亚 不错，然而它已经从三尺缩到两尺了，你的天才，好像是在你的最后一尺的胡子里，因为你把它们两个都失去了。

玛泰鲁斯 （发出一种简短的讥刺的笑声）哈！我生出来的时候，我的胡子，有三尺五寸长，一阵电火把它烧掉，并且击死了那个替我接生的古代人，没有一根胡子在我脸上，我也成了十代以来最伟大的雕刻家。

伊克那西亚 然而你今天竟会空手到我们这里，我们实际上，只好替这位阿计那克斯加冕，因为没有别的雕刻家来展览。

阿克斯 （从庙前的阶石上回转，走到他们三个人右首的座位后面）争执什么事情，伊克那西亚？你为什么和阿计那克斯争论起来呢？

伊克那西亚 他侮辱了我们！损害了我们！亵渎了我的艺术！你知道我们对于他今天放在庙内来预备揭幕的这十二个塑像抱有多大希望吗？嗯，走进去看看它们，这就是所有我可以说的。（她很快地走到弧形的座位旁边，正在阿克斯所靠着的地方坐下）

阿克斯 我不是什么很伟大的雕刻评判家，美术不是我所擅长的。这些塑像有什么不对呢？

伊克那西亚 什么不对！不是什么理想的美丽少女和青年，它们都是可怕的写实的作品——但是我的嘴里真说不出它们是些什么。

（新的产儿，充满着好奇心，跑到庙门口去向内观看）

阿克斯　哦，说吧，伊克那西亚，你的嘴又不是真正这样紧密的，什么样的形象？

新的产儿　（在庙前的台阶上说）古代人的！

阿克斯　（吃惊，但是并不厌憎）古代人的！

伊克那西亚　是的，古代人是唯一的由全体委员一致公认、绝对摒除在美术以外的题目，（向阿计那克斯说）你怎么能够替这样一种举动辩护呢？

阿计那克斯　如果你提到这点，这些媚笑美女和弄姿青年的石像，你拿来摆满在各处地方的，你在它们身上，又寻得出什么趣味来呢？

伊克那西亚　在你的手还有充分的技巧，塑得出它们来的时候，你并没有这样问过。

阿计那克斯　技巧！你这个骄傲的呆子，像这样的东西，我把眼睛蒙住，一只手缚在后面，还可以一打一打地造得出来，但是它们有什么用处呢？它们会使得我厌倦，而且它们也会使得你厌倦。如果你是有一点儿知识的，去看看我那些塑像，再三地细看它们，等到你受着心力强度的充分感觉，印在它们上面的，然后再回到你所称为雕刻的浅薄的物品，看你是不是能够忍受它们毫无意义的空虚，（他急速地站到坛上去）听我说吧，你们大家，还有你，伊克那西亚，也静默一下，如果你是能够静默的。

伊克那西亚　静默是极完全的轻蔑的表示，轻蔑！这个就是我对于你的可厌的塑像的感觉。

阿计那克斯　蠢人，这些塑像，不过是一种伟大计划的起点，听着。

阿克斯　说下去吧，老家伙，我们都在听着。

玛泰鲁斯在神坛旁边的草地上躺下，新的产儿，坐在庙前的阶石上面，双手托住下颔，预备静听她从来没有听见过的第一次演说。其余的人，随意地坐着或是站着。

阿计那克斯　在历代的孩子们，从漫不经心的古代人手中救出来的记录里面，有一个寓言传给我们。这个寓言，像许多寓言一样，不是一件在过去已经做过的事情，乃是一件在将来会得到实现的事情，这个就是一个超越自然的人物，称为大天使的米迦勒的神话。

新的产儿　这是一个故事吗？我愿意听一个故事。（她从阶石上跑下来，坐在坛上阿计那克斯的脚边）

阿计那克斯　大天使米迦勒是一个伟大的雕刻家和画家，他在世界的中央，替中央女神建立了一座神庙，叫作地中海。这个神庙，布满着无聊的美丽的孩童画像，像伊克那西亚所赞成的那样。

阿克斯　公平一点儿，阿计那克斯，如果她是守着静默，你不要挑动她。

伊克那西亚　我不会来搅扰他的，阿克斯，我为什么不应当赞成青年和美貌，而反对衰老和丑恶呢？

阿计那克斯　一点儿不错，可是，大天使米迦勒是和我一样的意见，不是和你一样的。他起初在屋顶内部画上许多新生的孩子，充满着各种童年的美丽，但是他画成的时候，他觉得不能满意，因为这个神庙，并不比以前更加庄严，除非是他的新生的孩子，并含有一种对于伟大事业的力量及期望，为任何别的画家所不能达到的。所以他又在这些新生孩子的四面，画上一群古代人，在当时被称为预言家及先知，他们的庄严，是纯粹在心力的极端强烈上，于是这个绘画经过许多年代，始终被认为是艺术的巅峰及名作。当然我们实在不能相信这样一种寓言，它不过是一个神话，我们并不相信大天使们，而且这个观念，在三万年以前，雕刻及绘画已经存在，并且已经达到光荣的完美，和我们现在一样，是不合理的。但是凡人类所不能实现的事情，他们至少可以想望，他们假托这个是过去的黄金时代已经实现过的，来取悦他们自己，这个伟大的神话能够流传久远，是因为它在最大的美术家心中，被当作一种愿望存在。在过去，地中海神庙从来不会造成，米迦勒大天使也始终不曾存在，但是今天这个庙是在这里了，（他指着庙门）这个人也在这里了，（他拍着他自己的胸脯）我，阿计那克斯，就是这个人，我要在你们的会场当中陈列这样的儿童塑像，必须连伊克那西亚的美的嗜好，也可以满足的，而且我要拿古代人来环绕他们。这些古代人，比之于在我们树林中走动的任何一个，都更为伟大、庄严。

玛泰鲁斯　（和以前一样地笑）哈！

阿计那克斯　（受到刺激）你为什么笑，你，今天空着手来，并且好像是空着头来的？

伊克那西亚　（大怒地站起来）荒唐！你胆敢轻视玛泰鲁斯，胜你二十倍的师长。

阿克斯　请你不要开口。（他抓住她的肩膀，把她推回到座位上去）

玛泰鲁斯　让他去尽量地轻视吧，伊克那西亚。（坐起来）我的可怜的阿计那克斯，我也有过这个幻梦，我也有过一天，发现我的可爱的偶像，成了毫无意义的、毫无趣味的、可厌的、一种虚掷光阴浪费材料的东西。我也丧失过我塑造肢体的愿欲，而单是保留我对于头部及面部的兴味，我并且也造成过许多古代人的半身塑像，但是我没有你的勇气，我秘密地造成他们，不让你们任何人看见。

阿计那克斯　（在他的惊异及兴奋状态之下，从玛泰鲁斯的背后跳下坛来）你造成了古代人的半身塑像！他们在什么地方呢？你会被伊克那西亚或是自以为有权威的愚人，拿话来遏制你的灵感吗？让我们在会场中把他们陈列起来,和我的放在一起,我已经替你开辟道路,而且你看,我也并没有怎样受窘。

玛泰鲁斯　这是不可能的,他们都已经完全打碎了。(他站起来笑)

全体　打碎了!

阿计那克斯　谁把他们打碎的?!

玛泰鲁斯　我自己,这就是为什么我方才朝你笑,在你完全造成一打以前,也会自己把他们打碎的。(他走到神坛的一端,傍着新生的孩子坐下)

阿计那克斯　但是为什么呢?

玛泰鲁斯　因为你不能赋予他们以生命,一个活着的古代人,胜过一个死的雕像,(他把新的产儿抱在膝上,她觉得受宠若惊,表示喜悦的样子)一切活着的东西,都胜过一切假装活着的东西。(向阿计那克斯说)你的对于美的作品幻觉的醒悟,不过是你的对于一切塑像幻觉醒悟的起点,你手上的技巧越是增加,你的凿子刻得越是深入,你就越是要企图一步一步地接近真理和实际,抛弃迅速变化的肉体的诱惑,而造成永远动人的心力偶像。但是随便什么偶像,哪怕就是真理的偶像怎样能够满足这样一种崇高的灵感呢?到最后智力的自觉心,使得你离开艺术的迅速变化而向于永久,必使得你完全脱离艺术,因为艺术是虚伪的,只有生命是真实的。

新的产儿双手抱住他的头颈,热烈地吻他。

玛泰鲁斯　(站起来,把她抱到他左边的弧形凳上,在斯梯利芬的旁边放下,好像她不过是他的外套一样,然后继续下去,一点儿没有改变声调)无论你怎样加工,顽石始终总是顽石,而雕出来的塑像,总是一个偶像,因为我已经打碎我的偶像,抛弃我的凿子及塑像的用具,所以你也要打碎你的这些半身塑像了。

阿计那克斯　永不会的。

玛泰鲁斯　等着吧，我的朋友，我今天并不是空着手来，像你们所想象的，刚刚相反，我带来了一件美术作品，你们从来不曾见过，一位美术家，他超过我和你的程度，远胜于我们超过一切我们的竞选人的。

伊克那西亚　这是不可能的，艺术上最伟大的东西，是永远不能超越的。

阿计那克斯　谁是这个模范人物，你说他是比我更伟大的?

玛泰鲁斯　我说他是比我更伟大的，阿计那克斯。

阿计那克斯　(生气)我明白了，如果不能把我淹死，你宁可愿意抱着我的腰，和我一起跳下水去。

阿克斯　哦，不要争执，这就是你们美术家最坏的地方，你们永远是分成极小的争执的派别，而最坏的派别，就是这些只有一个人的，谁是这个新的朋友，你们在那里争持不下的?

阿计那克斯　你去问玛泰鲁斯，不要问我，我一点儿不知道他。
(他离开玛泰鲁斯，和伊克那西亚并排坐下，正在她的左边)

玛泰鲁斯　你很知道他的，皮格马利翁。

伊克那西亚　(愤怒)皮格马利翁! 那个没有灵魂的东西! 一个科学家! 一个实验室的人物!

阿计那克斯　皮格马利翁造成一件美术的作品! 你完全失去你的美术观念了，这个人是全然没有能力塑成一片指爪，不要说一个人类的形体。

玛泰鲁斯　那个没有关系，我已经替他做好了。

阿计那克斯　你这个话到底是什么意思呢?

玛泰鲁斯　(呼唤)皮格马利翁，出来吧。

皮格马利翁，一个方形身段的青年，面上永远带着微笑，对于一切事情表示热心的慈善，并且期望别人对于它们，每人也有同样的兴趣，从庙内出来，走到群众的中间，他们对他有点儿惊骇地望着，因为怕他使得他们厌倦，伊克那西亚显然表现出轻视的神气。

玛泰鲁斯　诸君，这是不幸的事情，皮格马利翁在天性上不能展现什么东西，除非先演讲一番加以说明。但是我保证，如果你们可以忍耐一下，他会给你们世界上两件最奇异的美术作品，而且它们包含着若干我自己的最优秀的工作，让我加上一句，它们会引起一种嫌恶，可以永远医好你们美术的精神病。（他傍着新的产儿坐下，她含着怒意，极冷淡地向他转过右肩，这一种表示，他完全没有觉得）

皮格马利翁，带着一个呆子的微笑，一个热心科学家极端的自信，慌急地走到台上。

皮格马利翁　诸位朋友，我要略去这些代数公式——

阿克斯　谢谢上帝！

皮格马利翁　（继续说）因为玛泰鲁斯叫我答应他这样，直接地说，我已经造成了人造的人类，我的意思是说真正活着的人类。

许多怀疑的声音　哦，来吧！告诉我们一个别的，真的，皮格！走出去，你并没有，怎样的谎话！

皮格马利翁　我同你们说，我已经做成了，我就要拿他们来给你们看，这在以前也曾做过，我们存着的最古老的文件当中，提起一种传说，有一个生物学家，从土壤内提出一种不曾确定的物质，并且，很离奇地说："将这个生命的气息，吹进他们的鼻孔当中。"这个不过是原始时代的传说，我们不能认为它是真正科学的，还有后来的文件，严密地确定这些原质，甚而至于它们的原子重量，但是它们是全然非科学的，因为它们忽略这个生命的元素，造出一种单纯的异类同气体的混合物，和一种有生命的有机体截然不同。这些混合物，在愚昧的聪明时代的不完全的实验室当中，曾经经过再三的实验，但是丝毫没有结果，直等到这个最特别的古代实验家，加上这个要素，古史上所称为生命的气息的，依照我的意见，他就是生物学的创始人。

阿计那克斯　我们所知道他的，就只有这一点儿吗？这并没有什么了不得的，可不是吗？

皮格马利翁　现在还存着不完全的画片及文件，表示他在一个园圃中行走，指导人民种植他们的园圃，他的名字流传到我们的，有几种形式，其中的一个是耶和华，另外一个是伏尔泰。

伊克那西亚　你在那里拿你的伏尔泰，把我们闷得要发狂了，你造成的人类到底是怎样的？

阿计那克斯　喂，快说到他们吧。

皮格马利翁　我确实告诉你们，这些细节是非常有趣味的，（大声反对——不是的！快说到人造的人类！丢开伏尔泰！简短一点儿，皮格——从四面打断他的话）你们立刻就会看见他们之间的关系，我保证，我决不耽搁你们很久，我们这些科学的子孙知道，宇宙间是充满着各种的动力、力量及能力的，液汁在树体内上升，岩石彼此接合，成为一种定形结晶构造，一个哲学家的思想，拿一种不可思议的坚强力量，保持着他的头脑的形式及作用，演化的促进，一切这些动力，都是可以为我们所用的。例如，在我游泳的时候，我把一个石块压在我的外套上面阻止它被风吹去，我就是用地心的吸力，由于拿适当的机械来代替石块，我们不单是使得地心的吸力，成为我们的奴隶，并且还有电气、磁气，原子的吸力、拒力、分极性等等都是这样，但是在现在以前，这个生命的动力，避过我们，它只好替它自己创造机械，它创造而且发展完成必需力量的骨架，并且在他们外面，加上如此可惊的灵敏的细胞组织，使得他们所构成的器官，可以将他们的动作，适应一切他们所呼吸的空气的普通变化，他们所吸取的食料，以及他们所必须想到的各种环境。然而，因为这些有生命的物体，像我们所称为这样的，到底不过是一种机械，他们必须是可以用机械的方法造成的。

阿计那克斯　一切的事情都是可能的，你已经做到了吗？那个才是问题。

皮格马利翁　是的，但是那不过是一件事实，极有趣味的，还是这个事实的说明，原谅我这样说，但是这真是一件如此可惜的事情，你们美术家是没有一点儿理智的。

伊克那西亚　（简洁地说）那我可不能承认，美术家由灵感发觉一切的真理，而科学家经过很久以后，才在他的实验室当中，迟缓而且笨拙地把它们发掘出来。

阿计那克斯　（向伊克那西亚说，挑衅的态度）你知道什么呢？你又不是一个美术家。

阿克斯　你们两个人都不要开口，让我们快看这个人造的人，把他们陈列出来吧，皮格马利翁。

皮格马利翁　他是一个男的和一个女的，但是必须第一步先说明一下。

大众反对的声音！

皮格马利翁　是的，我——

阿克斯　我们所要的是成绩，不是说明。

皮格马利翁　（觉得扫兴）我看见我是在使得你们讨厌了，你们没有一个人，对于科学稍微感兴趣一点儿，再会吧。（他从坛上下来，向庙内走去）

几个青年男女 （站起来追上他）不，不，不要走掉，不要这样生气，我们要看这对人造的男女，我们愿意静听，我们都很感兴趣，告诉我们详细情形。

皮格马利翁 （态度缓和）我决不会再耽搁你们两分钟。

大众 半点钟也不要紧，如果你喜欢，请说下去吧，皮格马利翁，（他们拥着他回到坛边，把他抬上坛去）你快上去吧。

他们大家都回到各人从前的地方。

皮格马利翁 我已经告诉你们，以前曾经有过许多的尝试，要在实验室当中造成形质，为什么这些综合的成形液，像他们所称为这样的，没有用处呢？

伊克那西亚 我们正在等着你告诉我们。

新的产儿 （模仿伊克那西亚，而且想要在理智上更胜过她）显然因为他们都是死的。

皮格马利翁 这在一个婴儿已经是很不错了，我的宝贝，但是死同活都是极宽泛的名词。你现在比你在一两个月以后，是还没有一半地活着，这种综合原形质的错误，是在于他不能传达生命的动力，他像一个木质的磁石，或是一根丝质的电线一样，他是不能接受电流的。

阿克斯 除非是一个痴人，才会去造一个木质的磁石，而期望它会吸起来什么东西。

皮格马利翁 如果他是如此的愚昧，不能区别木质和磁石的差异，他也许会这样做的，在那些时代，他们对于各种东西的区别，极不明了，因为他们分析的方法是粗陋的。他们混合杂乱的物质，它的成分，是这样与原形质相似，以至于他们不能分出两者的区别，然而这个区别始终存在，虽然他们的分析过于肤浅、过于简陋，不能把它检查出来。你们必须记着，那些可怜的东西，比我们的呆子，真正差得有限，我们决不会梦见，让他们当中的一个，在他生出来以后活满一天的。你看，这位新的产儿，已经由良知知道许多事情，为他们最大的物理学家，经过四十年努力的研究，也难以达到的，她的简单的对于空间及数量的直觉不知不觉地解答许多问题，而这些使得他们最有名的数学家，费掉多年的长久的困苦的计算，需要这样强烈的心力应用，以至于他们在计算的时候，常常忘却呼吸，使得他们自己几乎窒息而死。

伊克那西亚 丢开这些蒙昧的历史以前的原人，回到你的综合的男人和女人吧。

皮格马利翁 我着手制造综合人的时候，就没有把我的时间空费在原形质上面，我觉得这一点是极明显的，如果在实验室当中制造原形质是可能的，则从更上一步开始，制造完全发展的肌肉组织及筋骨，也必须是同样可能的，如果造成花并不算更大的奇迹，为什么要去造种子呢？我试验过几千种的化合物以后，我才造成一种可以固定高能的生命动力的东西。

阿计那克斯 高什么的？

皮格马利翁 高——能的，生命动力，不是像你们所想的这样简单，他的一种高能的潮流，可把一点儿死的组织，变成一个哲学家的脑髓；另一种低能的潮流，可以把一点儿相同的组织，变成一堆腐朽的废物，你可以相信我吗？如果我同你说，就是在一个人自己的身上，生命动力，也常常从他的人性的水平，忽然降到一种菌类的水平，于是那些人看见他们的肌肉，再不复像肌肉的样子生长，发展为一种可怕的低级形状，称为毒瘤，直到低级形状的生命，把高级的杀死，二者可怜地一同消灭为止。

玛泰鲁斯　不要提这些原始的人类，皮格马利翁，他们使得你有兴趣，但是这些年轻的人，是不爱听他们的。

皮格马利翁　我不过在那里设法使你们了解，生命动力在我周围的各方面活跃，而我是在设法造成可以吸收他的机能，像一个电池吸收电力的样子，以及可以传达他和运用他的肌肉组织，造成比我们自己的更完善的眼睛和声浪范围更大的耳朵是极其容易的。但是他们绝不能看也不能听，因为他们是不会感受生命动力的，但是在我发现怎样使得他们感受生命动力的时候，所得的结果尤其恶劣，因为第一件发生的事情，就是他们变成的不是眼睛和耳朵，而成为一堆的蛆虫。

伊克那西亚　难听极了！请你停止吧。

阿克斯　如果你不愿意听，走开去吧。你快说下去，皮格。

皮格马利翁　我再向前进行，你看，低能的生命动力能够造成蛆虫，而不能造成人类的眼睛和耳朵，我改进这个肌肉组织，等到他可以感受较为高能的生命动力。

阿计那克斯　（强烈的兴趣）是的，以后怎样呢？

皮格马利翁　以后眼睛和耳朵都变成毒瘤。

伊克那西亚　哦，可怖极了！

皮格马利翁　完全不对，这是一个极大的进步，它使得我增加许多勇气。我于是把眼睛和耳朵放开，来造一个脑子，他起初完全不会接受生命动力，直等到我把他的构造改变了十余次，但是他一接受的时候，他就接受一种比较高能得多的，并不自己毁灭，而且我把眼睛、耳朵和脑子连接起来的时候，他们也不毁灭，于是我居然造成一个怪物，一个没有手足的东西，而且他实实足足地活到半点钟那么长久。

新的产儿 半点钟！这有什么好处？他为什么死掉呢？

皮格马利翁 他的血发生毛病，我把这个弄好，于是再进一步造一个完全的人体，有手足及其他的一切，他是我的第一个人。

阿计那克斯 谁把他塑成的？

皮格马利翁 我塑成的。

玛泰鲁斯 难道说，你来请我以前，自己已经动过手了吗？

皮格马利翁 对不起，是的，已经好几次了，我的第一个人，是极其奇怪的东西，一种恐怖和无理的可怕的混合体，为你们不曾看见过他的人，所意想不到的。

阿计那克斯 如果你把他塑成了，他肯定是真的像一个鬼怪。

皮格马利翁 哦，倒并不是他的外表，你看，那个并不是我臆造的，我从我自己身上量取尺寸，制成模型，雕刻家们有时候也是这样做的，虽然他们自己假装他们没有。

玛泰鲁斯 嗯！

阿计那克斯 啊！

皮格马利翁 他在起初的时候，看上去还算不错，或者差不多这样，但是他的举动是极其可怕的样子，而且以后的发展是这样恶劣，我真是不能对你们详述，他拿起各种各样的物品，吞食它们，他喝尽实验室里面各种液体。我设法向他说明，他决不可以吃这些他所不能完全消化及同化的东西，但是他当然不能了解，他把他所吃下去的，消化掉一小部分，但是这个作用，留下些可怖的余物，他没有方法可以排去，他的血液中毒，他痛苦呼号地死去。于是我才明白，我造成了一个历史以前的人类，因为在我们自己的身体当中，还有若干这种构造的痕迹，使得最古的人类，可以由于吞下肉食、谷物、蔬菜，以及各种不自然的和可怕的食物，来更新他们的身体，并且排除出去那些他们所不能消化的。

　　伊克那西亚　但是他死掉了是怎样的可惜！我们完全失掉了一点儿过去的影像！他可以告诉我们黄金时代的故事。

　　皮格马利翁　他不会的，他是一个极危险的野兽，他畏惧我，而且拿起各种的东西，向我打来，想要把我杀死。我只好给他两三次严重的震骇，以使得他明白，他是在我的权力当中的。

　　新的产儿　你为什么造一个男人而不造一个女人呢？她一定会知道自己应当有怎样的举动。

　　玛泰鲁斯　你为什么不造一个男人和一个女人呢？他们的孩子，一定会是极有趣味的。

　　皮格马利翁　我原想要造一个女人的，但是在我对于这个男人的经验以后，那是不成问题了。

　　伊克那西亚　请问为什么呢？

　　皮格马利翁　哦，这个是很难说明的，如果你没有研究过历史以前的生育方法，你看，我所能够造成的男人和女人，只有这一种，就是在他们身体的关系上，完全和我们的男人是一样的，这就是我怎样害死了那个可怜的东西，我不曾替他预备历史以前的喂养方法，假如女人也必须照历史以前的方法生育，而不像我们卵生的样子！她不能够拿一个近代女人的体格来做这个事情，不但如此，这个经验也许会是很痛苦的。

　　伊克那西亚　那么你完全没有什么给我们看了。

　　皮格马利翁　哦不，我有，我不是这样容易制服的，我重新工作了几个月，研究怎样造成一个消化的系统，可以排泄废料，以及一个生育的组织，能够在体内供养及孵化。

　　伊克那西亚　你为什么不研究怎样把他们造成和我们一样呢？

斯梯利芬 （第一次从他的悲戚当中开口）你为什么不造一个你可以爱她的女人，这个是你所需要的秘密。

新的产儿 哦，是的，怎样的确实！你是怎样的伟大，亲爱的斯梯利芬！（她突然吻他）

斯梯利芬 （愤激的态度）不要碰我。

玛泰鲁斯 止住你的本能反应吧，孩子。

新的产儿 我的什么？

玛泰鲁斯 你的本能反应，你没有想过就做的事情，皮格马利翁就要给你看一对人类，他们全是本能反应，而没有一点儿别的，拿他们做警诫吧。

新的产儿 但是难道他们不是像我们一样地活着吗？

皮格马利翁 这是一个极难回答的问题，我承认我起初自己以为，我已经造成一种活着的人类，但是玛泰鲁斯宣称，他们不过是自动傀儡，可是玛泰鲁斯是一个神秘论者，我是一个科学家，他能够在自动傀儡和有生机体的中间，画出一条界线，我不能够画出这个界线来使得我自己满意。

玛泰鲁斯 你的人造人，是没有自制力的，他们只对外界的刺激有反应。

皮格马利翁 但是他们是有知觉的，我已经教会他们说话、读书，而且现在他们也会说谎，这很像活的。

玛泰鲁斯 完全不对，如果他们是活着的，他们一定会说真话。你可以引动他们说无聊的谎言，而且你可以预先确实知道，哪一种的谎言，是他们所要说的，在他们的膝头下面轻轻一击，他们就会把他们的脚向前伸出，对于他们的食欲、狂妄，或是他们的任何嗜好及贪念，略予刺激，他们就会骄矜，说谎，承认或反对，怨恨或恋爱，丝毫不顾在他们面前的事实，或是他们自己显然的限制，这些证明他们是自动傀儡。

皮格马利翁 （还没有信服）我知道，亲爱的老友，但是这也是有点儿证据的，我们的祖先，也都是智力有限，而且没有理性，和这些人一样的。无论怎样，那位婴儿，总有四分之三是一个自动傀儡，你看她在那里的动作！

新的产儿 （愤怒）你这是什么意思？我在这里有什么动作？

伊克那西亚 如果他们不尊重真实，他们就不能有真正的生命。

皮格马利翁 真实有时候是这样造作及相对，像我们在科学界中所说的样子，极难让人觉得十分确定，什么是虚伪，甚至于在我们好像可笑，在别人也许是真实的。

伊克那西亚 我再问你一遍，你为什么不把他们做得和我们一样呢？真正的美术家，肯以不是最好为满足吗？

皮格马利翁 我不能够，我已经试过，我失败了，我确实相信，我现在要拿给你们看的，就是绝对高的有生命的机体，可以在实验室内造成的，我们所制造的最好的肌肉组织，不能吸收像自然产生的一样的高能，这就是自然胜过我们的地方，你们各位，好像都还不能了解，造成这一点的感觉，就已经是非常的成功了。

阿克斯 停止这些夸张，快说到综合的配偶吧。

许多的青年及少女 是的，是的，不要再说空话，让我们快看他们，结束吧，皮格，把他们带出来，快带他们出来！那对综合的配偶，那对综合的配偶。

皮格马利翁 （摇手止住他们）好吧，好吧，请你们口里吹起叫声，引他们出来，他们会感应叫声的刺激。

大家能吹的，都像街上孩子一样地狂吹。伊克那西亚皱眉，用手捂住耳朵！

皮格马利翁　嘘——嘘！够了，够了，够了，（静默）让我们来一点儿音乐，一个舞曲，不要太快的。吹笛的人吹出平静的舞曲。

玛泰鲁斯　现在你们预备着看一种奇怪的东西吧。

两个人形，一个男的和一个女的，高贵的外表，塑得极美，而且穿得极漂亮，手挽手地从庙内出现，看见大众的眼光，都朝着他们注视，他们在台阶上立定，带着满足、虚荣的微笑，女人在男人的左侧。两个人形谦逊地向前走进，站在弧形座位的中间。

皮格马利翁　现在你们可以给我们一点儿什么表演吗？你们跳舞，是跳得很好的，你们知道，（他在玛泰鲁斯的旁边坐下，向他低语）这真是很特别的，他们对于谄媚的刺激很灵敏。

两个人形，带着优雅的姿势，骄矜地对舞，但是跳得极其平平，跳完后他们彼此相对鞠躬。

各方面的人　（拍掌）好呀！谢谢你，真了不得！好极了。

两个人形，接受这种赞美，显然露出骄傲的状态。

新的产儿　他们能够恋爱吗？

皮格马利翁　是的，他们可以回答一切的刺激，他们完全具有各种反应，把你的手臂抱住这个男人的头颈，他就会拿他的手抱在你的腰上，他不能制止自己这样做的。

女的人形　（发怒）抱在我的腰上，你的意思是说。

皮格马利翁　当然，你也是一样，如果这个刺激是从你来的。

伊克那西亚　他们不能做一点儿什么创始的事情吗？

皮格马利翁　不能，但是你知道，我并不承认，我们当中无论哪个，能够做一点儿真正创始的事情，虽然玛泰鲁斯以为我们是能够的。

阿克斯　他能够回答一个问题吗？

皮格马利翁　哦，是的，一个问题也是一种刺激，你知道，试问他一个看。

阿克斯　（向男人形说）你对于你所看见的周围的事情有什么感想吗？例如对于我们，和我们的方法及举动？

男的人形　我还没有看见过今天的报纸。

女的人形　如果你们在我丈夫早餐的时候，没有给他报纸看，你们怎样可以期望他知道，对于你们是怎样想的？

玛泰鲁斯　你看，他是一个自动的傀儡。

新的产儿　我想我不会喜欢他把臂膀抱在我的颈上，我不喜欢他们，（男的人形似乎有点儿生气，女的含着妒意）哦，我以为他们不能了解，他们也有感觉吗？

皮格马利翁　当然他们是有的，我同你说，他们具有一切的反应。

新的产儿　但是感觉又不是反应。

皮格马利翁　他们都是知觉，光线达到他们眼睛里面的时候，在他们的网膜上面，造成一个印象，他们的脑筋接受这个印象，而照它发生动作。在你说话的时候，声浪进入他们的耳内，在他们的键盘上，记下一个轻蔑的符号，他们的脑筋，感受这个符号，而照此对它报复。如果你没有轻蔑他们，他们也不会报复，他们不过是回答一个刺激。

男的人形　我们是宇宙的一部分，自由的意志是一个幻梦，我们是因果的子孙，我们是不能变易的、不可抵抗的、没有责任的、不容避免的。我的名字，是奥西曼蒂亚斯，万王之王，看着我的工作，你们伟大而且失望的人。

听见这个话的时候，掀起一阵好奇的激动。

男的人形　静默，自然所偶然生成的卑贱的人类，（他执着女的人形的手，替她介绍）这是克利奥帕特拉－塞米勒米斯，万王之王的配偶，所以就是万后之后。你们这些人类，都是没有脑筋的太阳和盲目的火力，从蛋壳里面孵出来的，但是万王之王和万后之后，不是蛋壳里的偶然产物，他们是预定计划而由手工做成，来接受神圣的生命动力的。虽然王是一个人，后又是一个人，但是王和后的生命动力，只是一个，光荣相等，尊严同在，王是这样，后一定也是这样。王是预定计划而由手工做成，后也是预定计划而由手工做成；王的动作是被动的，所以是决定的，从世界的开始到终极为止，后的动作也是这样；王是推理的、预决的、不可避免的，后也是推理的、预决的、不可避免的，然而他们并非两个推理的、预决的、不可避免的，乃是一个推理的、预决的、不可避免的。所以不要混乱这些个性，分割这个质素，而崇奉我们两人为一个宝位，一而二、二而一的，不然一有错误，你们会陷落在不可避免的灾祸当中。

女的人形　而且如果有人来和你说："哪一个呢？"记着，虽然王是一个人，后又是一个人，然而这两个人并不是一样的，乃是一个男人，一个女人，而且因为女人是在男人之后造成。造他的时候，所得到的技巧及经验都加在她的身上，所以在一切个人的关系上，她都应当比他尊贵，而且——

男的人形　不要吵，妇人，因为这是一个卑劣的邪说，男人和女人，都是像他们生就的样子，而且依照永久的因果定律，做他们所必须做的，当心你说的话，因为如果它们进入我的耳内，在我的感官当中，过分激起憎恶，谁知道那个刺激的不可避免的回答，不会是一个对于我的筋肉的命令，拿起什么重的东西来，把你打成粉碎吗？

女的人形拾起一块石头，想要向她的配偶抛去。

阿计那克斯 （跳起来向皮格马利翁狂吼，他正在高兴地望着男的人形）当心，皮格马利翁，看那个女人。

皮格马利翁看见实在的情形，急忙向女的人形奔去，夺取她手上的石头。大家惊骇地跳起来。

阿计那克斯 她想要把他打死。

斯梯利芬 这真是可怕极了。

女的人形 （和皮格马利翁争夺）放手，放手，你放不放。（她咬他的手）

皮格马利翁 （放脱，她倒下）啊！（一阵普遍的惊呼，和他的叫号相应，他面色变成苍白，自己靠在座位的边上）

女的人形 （向她的配偶说）你就会站在那里，看我受这样的虐待，你这个毫无男子气的懦夫。

皮格马利翁倒下死去。

新的产儿 哦！什么事情？他为什么倒下去了？他遇见了什么事情吗？

他们大家奇怪地望着，同时玛泰鲁斯跪下去，检视皮格马利翁的尸体。

玛泰鲁斯 她把他的手上，咬掉指甲那么大的一片，这足够杀死十个人，现在已经是没有脉息，没有呼吸了。

伊克那西亚 但是他的手指还是握住的。

玛泰鲁斯 不，他方才已经伸开，看！他已经死去了，可怜的皮格马利翁！

新的产儿从鼻孔噎气一声，止住哭泣！

玛泰鲁斯 （站起来）死在他的第三年，一个科学上怎样的损失！

阿计那克斯 谁注意什么科学？他做出这一对怪物来，真是自己该死。

男的人形 （怒目而视）哈！

女的人形 你们说话应当客气一点儿，你们。

新的产儿 哦，不要这样残忍，阿计那克斯，你要使得我眼睛里又流出泪来了。

玛泰鲁斯 （审视这两个人形）倒看看这两个魔鬼，我拿皮格马利翁为他们做成的原料，把他们塑出来的，他们是美术上的名作，现在你们看他们所做的事情！这还不能使你相信美术的价值吗，阿计那克斯？

斯梯利芬 他们的样子有点儿危险，离得远一点儿吧。

伊克那西亚 这不用你来告诉我们，咦，他们已经把空气弄恶浊了。

阿克斯 你想把他们怎样办，玛泰鲁斯？现在皮格马利翁已经逝去，你是应该对他们负责的人。

玛泰鲁斯 如果他们都是石像，这倒是极简单的，我可以把他们打碎，照现在的样子，我怎样能够弄死他们，而不弄成一堆可怕的秽物呢？

男的人形 （做出英勇的态度）哈！（他高唱）一个来,大家都来。这个石块会飞起来，从它的坚实基地上面，像我一样快。

女的人形 （爱慕的态度）我的丈夫！我的英勇的丈夫！你使我觉得荣耀，我爱你。

玛泰鲁斯 我们必须通一个消息，去请一个古代人来。

阿克斯 我们为这样一件小事，必须麻烦古代人吗？不要半秒钟的时间就可以把我们的可怜的皮格马利翁变成一掬灰土，为什么不把这两个东西和他一同烧化呢？

玛泰鲁斯　不，这两个自动傀儡是一件小事，但是我们破坏权力的使用，永远不是一件小事，我宁可把这个事情提付审判。

古代男人从树林中出现，两个人形惊恐异常。

古代男人　（温和地）你们需要我吗？我觉得是有人叫我，（看见皮格马利翁的尸体，立刻变成一种严厉的声调）什么！一个孩子死了！一个生命牺牲了！这个事情是怎么发生的？

女的人形　（疯狂的样子）我并没有做这个，这不是我做的，如果我碰了他，我可以立刻死去，这是他做的。（指着男的人形）

全体　（对于她的谎话现出惊异）哦！

男的人形　说谎的人，是你咬了他，在这里的人，都看见你这样做的。

古代男人　不要吵，（走到两个人形的中间）谁做成这两个可厌的偶人的？

男的人形　（双膝抖着，勉强地自己申述）我的名字是奥西曼蒂亚斯，万王之——

古代男人　（表示一种轻蔑的神气）呸！

男的人形　（跪下来）哦，不要这样，先生，不要这样，这是她做的，先生，确实是她做的，（悲惨地呼号）啊！——啊！——啊！

古代男人　不要开口。

他在他的领下轻轻一击，使得男的傀儡站起身来；女的傀儡不敢哭泣出声。两个古代人，带着耻辱及厌恶的态度，审视他们，古代女人，是从庙门对面的树林中来的。

古代女人　有人在需要我，有什么事情吗？（她走到女的人形的左首，还没有看见皮格马利翁的尸体）咦！（严厉地说）你们又在制造偶人了，他们不但是可厌，而且是危险的。

女的人形　（可怜地啼泣）我不是一个偶人，夫人，我不过是可怜的克莱奥帕特拉－塞米勒米斯，万后之后，（拿手遮住她的面孔）哦，不要对我这样看，夫人，我并没有恶意，他先弄痛我，他真是这样的。

古代男人　这个东西把那个青年杀死了。

古代女人　（看见皮格马利翁的尸体）什么！这个聪明的孩子，他的前途是很有希望的！

女的人形　他把我造成的，我有权杀死他，和他有权造成我一样，并且我怎样会知道这一点儿小小的东西，就会把他杀死呢？如果他把我的手或是脚截去，我也不会死的。

伊克那西亚　什么废话！

玛泰鲁斯　这也许不是废话，我敢说，如果你把她的脚截掉，她会再生出一只来，像一个小的蜥蜴一样。

古代女人　是这个死掉的孩子，造成这两个东西吗？

玛泰鲁斯　他在他的实验室内做出他们，我塑成他们的肢体，我很抱歉，我不曾详细考虑，我没有预先料到，他们会杀人，而且自命为这种他们并不是的人物，陈说这些虚伪的事情，以及存心不善，我以为他们不过是机械的傀儡。

男的人形　你因为我们人类的天性责备我们吗？

女的人形　我们都是血肉做的，并不是天使。

男的人形　你们没有一点儿人心吗？

阿计那克斯　他们不单是有害而且是发狂了，我们可以把他们毁掉吗？

斯梯利芬　我们痛恨他们。

新的产儿　我们憎恶他们。

伊克那西亚　他们是恶毒的。

阿克斯　我不愿意和这两个可怜的东西为难，但是他们使得我心里难受，我以前从来不曾有过这样一种感觉。

玛泰鲁斯　我费了许多工夫把他们造成，但是单就我个人而论，尽管把他们毁掉，我在最初就憎恶他们。

全体　是的，是的，我们大家都憎恶他们，让我们烧掉他们吧。

女的人形　哦，不要这样残忍，我是不应当死的，我愿意永远再不咬人，我愿意说真话，我愿意做好的事情，如果我造得不十分完善，那难道是我的过失吗？杀死他，但是饶恕我吧。

男的人形　不，我不曾做过伤害人的事情，她做过了，杀死她如果你们愿意，你们是没有权杀死我的。

新的产儿　你听见这个吗？他们彼此愿意另一个人被杀死。

阿计那克斯　怪物！把两个都杀死吧。

古代男人　不要乱说，这些东西，不过是机械的傀儡，他们但求免死，当然不愿任何的牺牲。你看，他们没有自制的力量，不过是在一种连续的反应体系之下颤动的，让我们看看，是不是可以略微再给他们一点儿生命，（他一只手握住男的人形的手，另外一只手放在他的头上）现在听着，你们两个当中有一个应当毁掉，你说该是哪个呢？

男的人形　（经过一阵轻微的颤动，在那个时候，他的眼睛，注视着古代男人）饶恕她，杀死我吧。

斯梯利芬　这略微好一点儿。

新的产儿　这可好得多了。

古代女人　（对于女的傀儡加以同样的举动）我们应当杀死你们当中哪一个呢？

女的人形　把我们同时杀死吧，我们当中无论哪个，怎样可以没有别的一个单独活着呢？

伊克那西亚 女人是比男人更为明白的。

两个古代人把傀儡放脱。

男的人形 （倒在地上）我是丧气了，生命是一个太重的负担。

女的人形 （倒下）我要死了，我很快乐，我害怕活着了。

新的产儿 我想最好给这些可怜的东西一点儿音乐。

阿计那克斯 为什么呢？

新的产儿 不知道，但是我想是这样的。

乐师奏起音乐。

女的人形 奥西曼蒂亚斯，你听见那个吗？（她跪起来快乐地注视空中）万后之后啊！（她死去）

男的人形 （无力地勉强爬到她的旁边，握住她的手）我知道我实在是万王之王，（向其余的人说）幻影们，再会吧，我们要到我们的宝座上去了。（他死去）

音乐停止，在这一刻当中，大家静默无声。

新的产儿 这倒是好笑。

斯梯利芬 真是的，连古代人也有点儿微笑了。

新的产儿 不过稍微一点儿。

古代女人 （很快恢复她的严肃及断然的态度）把这两个可厌的东西，拿到皮格马利翁的实验室去，和其余的实验室废料一起销毁。（有几个人将要走去执行）当心，不要碰着他们的肌肉，这个是致命的，拿衣服把他们抬起来，把皮格马利翁抬进庙去，照寻常的方法处理他的遗体。

三具尸体都照着指示的样子抬走，皮格马利翁是被抓着他赤着的手足抬进庙内，两个人形，是拿着他们的衣服被抬到树林当中。人形的移动，由玛泰鲁斯监视；皮格马利翁则由阿克斯监视。伊克那西亚、阿计那克斯、斯梯利芬及新的产儿，和以前一样地坐着，但是在彼此相对的凳上，所以斯梯利芬和新的产儿现在是面朝树丛，而伊克那西亚和阿计那克斯是面朝庙门，古代人仍旧站在坛上。

伊克那西亚　（一面坐下一面说）哦，要一点儿山上的凉风!

斯梯利芬　或是从海上来的逆风。

新的产儿　我要一点儿新鲜的空气。

古代男人　空气再过一会儿就会干净的，孩子们所造成的这种偶人的血肉，最容易分化，但是在它被他们所能有的这种感情震荡的时候，它立刻分解，成为可怕的臭气。

古代女人　让这个做你们的一种教训，你们大家，应当以没有生命的玩具为满足，而不要设法制造有生命的，你们对于我们古代人会怎样想，如果我们把你们这些孩子当作玩具?

新的产儿　（妩媚的态度）你们为什么不把我们当作玩具呢? 那你们就可以和我们同玩，而且是极有趣的。

古代女人　这不会使得我们有趣，你们彼此同玩的时候，是以你们的身体为玩具，这个使得你们柔和、健康；但是如果我们和你们同玩，我们一定会以你们的心为玩具，或者会使得它们受伤。

斯梯利芬　你们是一班奇怪的人，你们古代人。等我到四岁的时候，我一定要自杀，你们活着干什么呢?

古代男人　你长成起来的时候，你自然会知道，你决不会自杀的。

斯梯利芬　如果你使得我相信这个，我现在立刻就要自杀了。

新的产儿　哦，不要，我爱你。

斯梯利芬　我爱一个别人，而她已经老去，老去，永远离开我了。

古代男人　多少年纪?

斯梯利芬　我们正在跳舞，你走来撞着我们的时候，你看见过她的，她是四岁了。

新的产儿　在二十分钟以前，我会非常恨她，但是现在我已经长出那个境界了。

古代男人　好的，那个恨心叫作妒忌，是我们孩子们的最坏的毛病。

玛泰鲁斯拍去他手上的尘土，一面喘息，一面从树林里转回来。

玛泰鲁斯　啊！（他傍着新的产儿坐下）那个工作完成了。

阿计那克斯　古代人们，我想拿你们做几个范本，不是完全真像，当然的，我要把你们稍微理想化一点儿，我已经达到这个结论，你们古代人们，到底是最有趣味的题目。

玛泰鲁斯　什么！这两个怪物，他们的尘土，我方才带着特别的快感，拿来丢在皮格马利翁的簸箕当中的，还没有医好你这个无聊的偶像制造吗？

阿计那克斯　为什么你把他们塑成年轻的东西呢，你这蠢人，如果皮格马利翁来找我，我一定会把他们塑成古代人，并不是我可以把他们塑得更好，我一直说，就手工来说，凡是你最好的作品，是没有人能够胜过的，但是这个事业需要脑力，那就是我占优势的地方。

玛泰鲁斯　我的有脑力的孩子，欢迎你来试一试手段，在实验室里，皮格马利翁还有两个学生，从前帮助他制造骨架、肌肉，以及一切其余的东西，他们可以再制造几对自动傀儡，你可以把他们塑成古代人，如果这两位长老，愿做你的模型的话。

阿克斯　（从庙内回转）哦，事情完了，可怜的皮格啊！

伊克那西亚　你倒想想看，阿克斯，阿计那克斯想要做几个这些可厌的东西，并且要连他们的美术性质一并去掉，把他们塑成古代人。

新的产儿 你们不要做他的模型，可以吗？请你们不要。

古代男人 孩子们，听着。

阿克斯 （从台阶上下来，走到长凳旁边，和伊克那西亚并排坐下）什么！连古代人也要演说了，快说出来吧，哦，圣人呀。

斯梯利芬 千万不要告诉我们，地球上曾经有过一个奥西曼蒂亚斯和克莱奥帕特拉，生命像现在的样子，已经是够艰难的了。

古代男人 生命本来不是应当容易的，孩子，但是勇敢一点儿，它也可以是极愉快的，我所要告诉你们的，乃是自从有人类存在以来，孩子们就一向玩弄偶人的。

伊克那西亚 你不断地使用这个名词，请问你，什么是偶人呢？

古代女人 你们所称为美术的作品，偶像，我们称他们为偶人。

阿计那克斯 一点儿不错，你们没有美术的观念，你们天然地会侮辱他的。

古代男人 大家知道孩子们会用破布做成偶人，而拿极深沉的爱悦抚弄他们。

古代女人 8世纪以前，我还是一个孩子的时候，我做过一个破布的偶人，那个破布的偶人，是一切偶人当中最可爱的。

新的产儿 （热心地感兴趣）你现在还保存着吗？

古代女人 我实足地把它保存了一个礼拜。

伊克那西亚 那在你的童年时代，你就没有了解高尚的艺术，而崇拜你自己不完善的作品？

古代女人 你多大年纪了？

伊克那西亚 八个月！

古代女人 等到你活得像我一样长久的时候——

伊克那西亚 （粗率地打断她的话）我或者会崇拜破布的偶人，谢谢上帝，我还是在我的韶年。

古代男人 你是还能够思想，虽然你不知道，你是在想些什么，你是一个思想的小动物，一个怨尤的小动物，一个——

阿克斯 一个情感强烈的小动物。

阿计那克斯 并且，照她自己的想法，一个美术的小动物。

伊克那西亚 （被他们激怒）我是一个有生命的物类，具有聪明的灵魂，用人类的血肉来支撑，如果你们的傀儡，也曾经被赋予适当的生命，玛泰鲁斯，他们应当比以前那样更为成功。

古代女人 这就是你错误的地方，孩子。如果这两个可厌的东西，都是破布偶人，他们一定是好玩而且可爱的，新的产儿可以玩弄他们，你们大家也都可以拿他们玩，对他们笑，直等到你们把他们撕成碎片，于是你们可以笑得像从来不曾有过的样子。

新的产儿 当然我们会的，那不是很可笑吗?

古代男人 一件事情可笑的时候，必须搜寻它藏着的真理。

斯梯利芬 是的，而且把它所有的笑料消灭。

古代女人 不必这样的愤怒，因为你的爱人，已经长成，不再爱你，这个新的产儿可以来补充的。

新的产儿 哦，是的，我可以胜过她曾经对于你的。

斯梯利芬 呸! 妒忌!

新的产儿 哦，不对，我已经长出那个境界了，我现在也爱她因为她爱过你，而且你也爱过她的。

古代男人 那个是第二步，你进行得真很顺利，我的孩子。

玛泰鲁斯 来吧! 什么是破布偶人当中藏着的真理呢?

古代男人 哦，想想你们为什么不肯以破布的偶人为满足，而必须要一点儿与实际生命相似的东西。你们长成起来的时候，你们制造偶像，绘成画片，你们当中不能做这些的人，则写出关于想象偶人的故事，或是自己装束起来，扮成偶人，而表演他们的动作。

古代女人　并且，要这样更完全地欺骗你们自己，你们把这些当作如此极端严正的事情，像伊克那西亚在这里宣布，偶人的制造，是创作上最神圣的工作，并且你们放在偶人口中的言辞，是最神秘的经典及最尊贵的表示。

伊克那西亚　呔！

阿计那克斯　咄！

古代女人　然而他们越是美丽，就与你们相离越远，你们不能抚弄他们，像你们抚弄破布偶人的样子；在他们损坏或是失去，或是你假装他们得罪你的时候，不能为他们哭泣，和你玩弄破布偶人的时候一样。

古代男人　到最后，像皮格马利翁的样子，你们要求你们的偶人，必须有最后的完善，与生命相似，他们必须动作、言语。

古代女人　他们必须恋爱、憎恶。

古代男人　他们必须思想他们的思想。

古代女人　他们必须有柔软的肌肉和温暖的血液。

古代男人　而且到那个时候，你们做成这个，像皮格马利翁所做成的，石像被傀儡所推倒，形似被缩本所推倒。身体和脑筋，类似人类血肉支持的灵魂，像伊克那西亚所说的，立在你们面前，而发觉其为单纯机械，并且证明你们的动作，都不过是本能反应。你们大家都充满着恐怖、憎恶，愿意世界还是如此年轻，再来玩弄你们的破布偶人，因为每和它离开一步的时候，就和爱情及幸福同时离开一步，这不是真的吗？

古代女人　说吧，玛泰鲁斯，你已经经历过这个全部的路途。

玛泰鲁斯　这是真的，拿强烈的快感，我对于我所塑成的这两个东西，加上一百万的热度，而看见他们在瞬息之间，忽然消灭，化为尘土。

古代女人　说吧，阿计那克斯，你已经从模拟轻易生活的孩子进步到模拟严厉生活的古代人，就这点而论，他是真的吗？

阿计那克斯　一部分是真的，我现在不能假装以塑成美丽的童像为满足了。

古代男人　还有你，伊克那西亚，你坚持着低估的高尚美术的偶人，为生命力最尊贵的企图，你不是吗？

伊克那西亚　没有美术，真实的粗俗，会使得世界不可忍受。

新的产儿　（以为古代女人显然是要对她发问）现在是要轮到我了，因为我是最后来的，但是我完全不了解你们的美术和偶人，我要抚爱我所最爱的斯梯利芬，不要和偶人同玩。

阿克斯　我现在已经四岁，我从来没有过你们的偶人，也顺利地长成，我宁可在山上走上走下，也不愿意去看玛泰鲁斯和阿计那克斯所造的一切塑像。你说塑像胜过傀儡，而破布偶人又胜过塑像，我也如此，但是我以为人更胜过破布的偶人，给我朋友，不要给我偶人吧。

古代男人　然而我曾经看见你一个人在山上行走，你还没有在你自己身上，发现你最好的朋友吗？

阿克斯　你在那里讲什么，老先生，这些一切引出什么为止呢？

古代男人　他引出，年轻的人，这个真理，就是除掉你的自身以外，不能创造别的。

阿克斯　（默想）我除了我自身以外，不能创造别的，伊克那西亚，你是聪明的，你了解这个吗？我不了解。

伊克那西亚　这个是和其他的任何愚昧的错误，同样容易了解的，有哪个美术家是同他的作品一样伟大呢？他可以创造名作，但是他不能改进他自己鼻子的形状。

阿克斯　不错，你对于这个还有什么说的，老先生？

古代男人　他可以改变他自己灵魂的形状，他也可以改变他鼻子的形状，如果一个向上的鼻子和向下的鼻子的差别，是值得这个努力的，一个人不肯为琐事去冒犯创造的痛苦。

阿克斯　你对于这个还有什么话说呢，伊克那西亚？

伊克那西亚　我说如果古代人们彻底领悟美术的学理，他们就会了解一个美的鼻子和一个丑的鼻子的差别，是极端重要的，它实在是唯一的有关系的事情。

古代女人　那就是说，他们会了解一些事情，他们所不能相信，而且你也并不相信的。

阿克斯　一点儿不错，夫人，美术不是真实的，这就是为什么我从来不能十分忍受，他完全是佯信，伊克那西亚从来没有真正说过什么事情，她不过是在她嘴里把牙齿碰出声音。

伊克那西亚　阿克斯，你这真是无礼。

阿克斯　你的意思是说，我不肯和你玩这个佯信的游戏，是的，我并不要你和我同玩这个，所以你为什么应当期望我和你同玩这个呢？

伊克那西亚　你没有权力说我是不真实的，我在美术当中，发现了一种幸福，为实际的人生所从来不曾给予过我的，我对于美术是非常的认真，美术当中有一种魔力及神秘，是你们所完全不知道的。

古代女人　是的，孩子，美术是你们所造成的幻镜，把你们不可见的梦影，反映在可见的图形上。你们用玻璃镜子照见你们的面貌，你们用美术作品照见你们的灵魂；但是我们年老一点儿的人，既不用玻璃镜子，也不用美术作品，我们有一种生命的直接知觉。你得到这个的时候，你就会把你的镜子和石像，你的玩具，你的偶人，这一切都搁置起来了。

古代男人　然而我们也有我们的玩具，我们的偶人，这就是古代人们的烦恼。

阿计那克斯　什么！古代人们也有他们的烦恼！这是第一次我听见他们之中有人这么说。

古代男人　看着我们，看着我，这个是我的身体，我的血，我的脑筋，但是它并不是我。我是这个永久的生命，这个不断的重生，但是（拍着他的身体）这个构造，这个机体，这个暂用的东西，可以由一个孩子在实验室内造成，单是因为我的使用，才使得他不至于解散。尤其坏的是，他可以被一下失足跌破，被一点儿胃的滞塞致死，被云端里一闪的电光击毙，早点儿晚点儿，他的毁灭是确定的。

古代女人　是的，这个肉体，是最后的偶人应当放弃的。我还是个孩子的时候，伊克那西亚，我也是一个美术家，像你那位雕刻的朋友一样，在我身外的事物当中，努力创造完美的理想，我造成塑像，我画成画片，我勉强崇拜他们。

古代男人　我不曾有过这种的技能，但是我，像阿克斯一样，在朋友当中，爱人当中，自然当中，一切身外的事物当中，寻求完美的理想，可怜！我不能够创造他，我只能够想象他。

古代女人　我，像阿计那克斯一样，发现我的人体美的塑像，已经不能使得我再生美感，我努力前进，制作天才男女的塑像和画片，像古代神话上米迦勒天使之类的，像玛泰鲁斯一样，终于把他们毁弃，因为我看见他们没有生命，并且死得如此完全，乃至于不能同尸体一样发生变化。

古代男人　而且我，像阿克斯一样，不再和朋友在山上同行，而独自行走，因为我发现我对于我自己是有创造的力量，而对于我的朋友是没有的，并且以后我停止在山上行走，因为山看起来也都是死的。

阿克斯　（激烈地反对）不，我承认你关于朋友的话或者不错，但是山还依然是山，每一个有它的名字、它的个性、它的峙立的力量和庄严、它的美丽——

伊克那西亚　什么！阿克斯也加入诗人之列了！

古代男人　单纯的譬喻，我的可怜的孩子，山都是些死尸。

全体的青年　（表示厌恶）哦！

古代男人　是的，在重压的地心当中，太阳的不可思议的高热依然放射，岩石因强烈的原子的骚动而存在，和我们以我们比较迟缓的方式存在一样。它被推出到地面来的时候，就立刻死去，像一个深海的鱼类。你们所看见的，不过是它的尸体，我们曾经吸取地心的热，像原始人类吸取泉水一样，但是从这个强热的深渊，没有什么活着出来，你们的风景，你们的山，都不过是地球脱落的皮肤和腐烂的牙齿，而我们像微生物一样地活在上面。

伊克那西亚　古代人，你把自然和人类都亵渎了。

古代女人　孩子，孩子，如果你忍受了人类八百年，和我一样并且看见他被一个空虚的然而却是必然的意外消灭，你对于人类还会有多少的热心呢？我放弃了我的偶人，像他放弃了他的朋友、他的山冈一样的时候，我回到我自己身上，来寻求最后的真实。在这里，而且只有在这里，我能够赋形和创造，我的手臂荏弱的时候，我希望它强壮起来，我可以在上面创造成一组肌肉。我了解这个的时候，我就明白，并不要什么很大的奇迹，我可以替我自己造成十臂三头。

古代男人　我也明白了这样的奇迹，整整五十年，我坐下来想象我自己体内的这个力量，而集中我的愿力。

古代女人　我也这样做过，而且在后来的五年当中，我把我自己变成各种奇异的怪物，我用十二条腿走路，我用二十只手一百个指头工作，我用四个头上的八只眼睛观看四方。孩子们见到我都惊骇逃避，使得我只好躲避他们，有许多古代人早已忘记怎样笑，在他们经过的时候，也不觉冷然一笑。

古代男人　我们大家都做过这样愚蠢的事情，你们将来也会做的。

新的产儿　哦，请你生出许多手、脚和头来给我们看看，他一定是很可笑的。

古代男人　我的孩子，我宁可照我目前的样子，我现在不愿意费举手之劳，来造成一千个头了。

古代女人　但是我多么愿意完全没有头啊！

全体的青年　这是什么话？完全没有头吗？为什么？怎样？

古代女人　你们都不能了解吗？

全体的青年　（摇头）不能。

古代女人　一天，我厌倦于学习拿我一部分的脚前进，另一部分的后退，其余的同时旁行的时候，我在一块岩石上坐下，把我的四个下颌放在我的四个掌心当中，我的四个肘弯，搁在我的四个膝盖上面。我忽然明白，这个头和肢体的奇怪的机械，对于我也不过是同石像一样，而且他不过是我所奴役的一个傀儡。

玛泰鲁斯　奴役？这是什么意思呢？

古代女人　一个东西，他必须奉行你的命令的，就是一个奴隶；

而命令他的,就是他的主人。这些词你们到一定的时候是必须要学的。

古代男人 而且你们会知道,主人靠着他的奴隶做一切事情的时候,奴隶就反成为他的主人,因为他没有他(奴隶)是不能够生活的。

古代女人 而且我由此看出来我已经使得我自己成为奴隶。

古代男人 我们发现这点的时候,我们就脱落我们额外的头和手足,恢复我们原来的形状,于是孩子们不再看见我们而惊避。

古代女人 但是我依然还是这个奴隶的奴隶,我怎样可以从它解脱出来呢?

古代男人 孩子们,这个就是古代人的烦恼,因为我们受这个专制的身体拘束的时候,我们就为它的死亡所支配,而我们的命运就还没有达到。

新的产儿 什么是你们的命运呢?

古代男人 成为永生。

古代女人 那一天总会来到,到那个时候,世界上就没有人类,只有思想。

古代男人 于是那就是永久的生命。

伊克那西亚 我相信在那一天来到以前,我一定先遇见我致命的意外。

阿计那克斯 伊克那西亚,这一次我也同意你,一个没有什么可以塑形的世界,是一个完全没有乐趣的世界。

伊克那西亚 没有肢体,没有轮廓,没有优雅的曲线和美丽的形式,没有人体的崇拜,没有诗的怀抱。在里面只有学养的恋人,假装着他们抚爱的手,是在神圣的山丘、魔术的岩谷上面移动,没有——

阿克斯 (厌恶地打断她说话)你是怎样的毫无人心,伊克那西亚。

伊克那西亚 毫无人心!

阿克斯　是的，毫无人心，你为什么不去和一个人恋爱呢？

伊克那西亚　我吗！我恋爱了一生一世，连在蛋壳里的时候，都已经热烈地爱着。

阿克斯　一点儿不是这样，你和阿计那克斯，坚硬得像两块石头一样。

伊克那西亚　你从前一直不是这样想的，阿克斯。

阿克斯　哦，我知道，我曾经向你贡献过我的爱情，而渴求你的。

伊克那西亚　那我曾经拒绝过你吗，阿克斯？

阿克斯　你连爱情是什么也不曾知道。

伊克那西亚　哦！我崇拜过你，你这个愚蠢的呆子，直等到我发现你是一个单纯的动物。

阿克斯　我因为你有过许多愚蠢的举动，直等到我发现你是个单纯的美术家，你重视我的外形，我是宜于塑像的。像阿计那克斯的说法，你并不当我是一个人，而当我是一个名作，引动你的趣味及感觉。你的趣味和感觉，在你的身中，掩蔽生命的直接冲动，并且因为我单是注重我们的生命，而直接向它奔赴，所以讨厌你把我的肢体叫成许多幻妄的名字，而把它当作山谷以及一切其余的东西。你说我是一个动物，如果你把一个活着的人，叫作一个动物，那我就是一个动物。

伊克那西亚　你也用不着说明，你拒绝被人纯化，你极力想把你原始的冲动，提高到美的境域，想象的境域，浪漫的境域，诗的及美术的境域，以及——

阿克斯　一切这些事情，在它们的方式和它们适当的地方固然是不错的，但是它们并非爱情，它们是爱情当中一种不自然的掺杂。爱情是一个单纯的东西，一个深沉的东西，它是一个生命的动作，而不是一个幻象，美术是一个幻象。

阿计那克斯　这是谎话，塑像永远是会活的，今天的塑像，就是下一次孕育的男女，我把大理石的人形，拿在产妇面前说道：“这是你应当模仿的模型。”我们就会造出我们所看见的，随便什么人，都不敢在美术上创造个什么东西，他不愿意它在生命当中存在的。

玛泰鲁斯　是的，我已经经历过这一切，但是你自己也不造美丽的童男童女，而造古代人的塑像，伊克那西亚说，古代人不合于美术，他们实在是非常不合于美术的。

伊克那西亚　（胜利）喂！我们最伟大的美术家替我证明了，多谢你，玛泰鲁斯。

玛泰鲁斯　肉体到最后永远是一种厌倦，除了思想以外，没有什么是始终美丽及有趣味的，因为思想就是生命，这两位年老的先生和夫人，好像也是这样想的。

古代女人　是这样。

古代男人　一点儿不错。

新的产儿　（向古代男人说）但是你们不能成为虚无，你们愿意是什么呢？

古代男人　一个旋涡。

新的产儿　一个什么？

古代女人　一个旋涡，我开始是一个旋涡，为什么我不应当以个旋涡为归宿呢？

伊克那西亚　哦！你们老年人都是这个，旋涡主义派。

阿克斯　但是如果思想就是生命，没有头你可以活着吗？

古代男人　现在或者不能，但是原始的人类，曾经以为他们没有尾巴不能活着，我们可以没有尾巴活着，为什么不可以没有头活着呢?

新的产儿　什么是尾巴?

古代男人　一种习惯,你们的祖先,已经替他们自己治好了的。

古代女人　现在我们不相信,一切这个血肉的机械是必要的,它是会死的。

古代男人　他把我们幽囚在这个小小的行星上面,禁阻我们在众星当中飞行。

阿克斯　但是连旋涡也得是一个什么东西的旋涡,你不能有一个涡流而没有水,你不能有一个旋涡而没有气体,或是分子,或是原子,或是离子,或是电子,或是什么别的,决不是虚无的。

古代男人　不,旋涡并不是水,也不是气体,也不是原子,它是支配这些东西的力量。

古代女人　这个肉体,本来是旋涡的奴隶,但是奴隶已经变成主人,我们必须使我们自己从这个专制解放,就是这个东西,(指着她的身体)这个血、肉和骨以及他其余的一切,是不可忍受的,连原始的人类,也梦想过他们所称为星状的身体,而要求有人可以把他们从这个易死的躯壳中解脱出来。

阿克斯　(显然超出他的限度)如果我是你们,我决不肯对于这个想得太多,你们必须保持清明的意志,你们知道。

两个古代人互相注视,耸肩,宣布他们的离去。

古代男人　我们已经和你们同在一起太久。孩子们,我们必须走了。(全体的青年站起来,多少有点渴望的样子)

阿计那克斯　不必客气。

古代女人　这个在我们也是很厌倦的,你看,孩子们,我们必须对你们把事情说得极其粗浅,使得我们自己可以被人了解。

古代男人　而且我恐怕我们并没有十分成功。

斯梯利芬　你肯来和我们谈话，就是十分的好意，我想这是一定的。

伊克那西亚　为什么别的古代人们，永远不来和我们交谈一次呢？

古代女人　这个在他们是如此的困难，他们早已忘记怎样说话，怎样读书，甚至于怎样照你们的方式思想，我们并不用这样的方法彼此通信，也不像你们的样子推想世界。

古代男人　我觉得保持你们的语言，是一天比一天困难起来，再过一两个世纪，就会成为完全不可能的，我只好让个年轻一点儿的牧人来接替了。

阿克斯　当然我们是始终高兴看见你们的，但是如果这个使得你们过分为难，我们也很可以自己对付一切，你们知道。

古代女人　告诉我，阿克斯，你从来不曾自己想过，你也许要活到一千年吗？

阿克斯　哦，不要再提这个了，我十分清楚，我只有四年可活。凡是有理性的人类，可以称之为生活的，而三年半已经过去了。

伊克那西亚　你们决不可以介意我们这样说，但是你们实在不能够说，做一个古代人是活着的。

新的产儿　（几乎要哭出来）我们的生命，是这样可怕的短促，我真不能够忍受。

斯梯利芬　我对于这个问题，早已有决心，等我活到三年零五十个礼拜的时候，我一定要遇见我致命的意外，而且它不会是一个意外。

古代男人　我们对于这个题目极厌倦，我们必须离开你们了。

新的产儿　什么是厌倦？

古代女人　照料孩子的惩罚，再见吧。

两个古代人分别走开，她走向树林中，他走上庙后的山上去。

全体　咦！（感觉极端舒适）

伊克那西亚　可怕的人们。

斯梯利芬　一对厌物。

玛泰鲁斯　然而一个人会愿意跟随他们，去进入他们的生活，领悟他们的思想，像他们所必须的样子，了解这个宇宙。

阿计那克斯　你也老起来了吗，玛泰鲁斯？

玛泰鲁斯　是的，我已经抛弃一切偶像，而且我不再妒忌你，这个好像是一个终结，我只要两点钟的睡眠，已经足够，而且我恐怕，我是在开始觉得你们大家都有点儿无聊了。

斯梯利芬　我知道，我的女友，是今天早上才离去的，她已经两个礼拜不曾睡眠，而且她觉得数学是比我更有趣味的。

玛泰鲁斯　有一句史前的古语，一位著名的女哲人流传给我们的，她说："离开女人去研究数学。"这不过是遗留下来的断片，属于一种经典，称为英国烟民，圣奥古斯丁的自白的。那个原始的蛮人，一定是一个伟大的女性，会说出一句话，留存到三万年以后，我现在也要离开女人去研究数学了，这个我已经荒废得太久。再会吧，孩子们，我以前游玩的伴侣，我差不多极愿意可以对你们表示一种别离的情绪，但是冷酷的事实是，你们使得我厌倦，请不要和我生气，你们将来也要轮到的。（他严肃地离开，走向树林中去）

阿计那克斯　一个伟大的人物去了，他从前是怎样的一个雕刻家！而现在，全完了！好像他把他自己的手切掉了一样。

新的产儿　你们大家都要离开我，像他离开你一样吗？

伊克那西亚 永远不会，我们发过誓的。

斯梯利芬 发誓有什么用处呢？她发过誓，他发过誓，你们发过誓，他们发过誓。

伊克那西亚 你说话像一本文法。

斯梯利芬 这是一个人应该说话的样子，可不是吗？我们大家都会违誓的。

新的产儿 不要这样说，你使得我们悲伤，而且你把光线赶走，天已经黑起来了。

阿克斯 天要变成夜了，光线明天会回来的。

新的产儿 什么是明天？

阿克斯 永远不会来到的日子。（他转身要走进庙内去）

大家开始向庙内走去。

新的产儿 （把阿克斯拖住）这不算是一个回答，什么——

阿克斯 静点儿，小孩应当是看得见听不见的。

新的产儿向他伸伸她的舌头。

伊克那西亚 没样子，你不可以这样做的。

新的产儿 我爱做什么就做什么，但是我觉得有点儿不舒服，我想要躺下去，我不能够把我的眼睛睁开。

伊克那西亚 你是要睡着了，你会再醒过来的。

新的产儿 （睡眼惺忪地）什么是睡着？

阿克斯 不要多问，你就不会受骗。（他捏住她的耳朵，坚决地领她向庙内去）

新的产儿 嘀！唷！喂！不要这样，我要人抱着。（她在阿克斯的怀中转侧，他把她抱进庙去）

伊克那西亚 来吧，阿计那克斯，你至少还是一个美术家，我崇拜你。

阿计那克斯　你这样吗？于你不幸的是，我已经不是一个孩子，我长出了怀抱的境域，我只能够重视你的形体，这个可以使得你满足吗？

伊克那西亚　在怎样的距离？

阿计那克斯　臂长的距离，或是更远一点儿。

伊克那西亚　谢谢你，我用不着。（她转身离开他而去）

阿计那克斯　哈！哈！（他匆匆地走入庙内）

伊克那西亚　（呼唤斯梯利芬，他在庙前的石级上，正要走进去）斯梯利芬。

斯梯利芬　不，我的心已经碎了。（他走进庙去）

伊克那西亚　我必须单独过夜吗？（她环顾四面，想找寻一个伴侣，但是他们已经完全走开）无论怎样，我可以想象一个爱人，比你们任何人都更高贵的。（她走进庙去）

现在完全黑暗，一片暗淡的光辉，在庙的左边现出，变成一个亚当的阴魂。

一个女人的声音　（在树丛里面）谁呀？

亚当　人类第一个父亲，亚当的阴魂。你是谁？

夏娃　人类第一个母亲，夏娃的阴魂。

亚当　出来吧，我的妻子，让我看看你。

夏娃　我在这儿，我的丈夫，你变老了。

一个声音　（在小山上面）哈！哈！哈！

亚当　谁在笑？谁取笑亚当？

夏娃　谁有这个心来笑夏娃吗？

一个声音　第一个孩子，第一个杀人者，该隐的阴魂。（在他们中间，这时候，有一阵拖长的嘘声）谁敢来嘘死的主宰该隐？

一个声音　蛇的阴魂，它活在亚当和夏娃以前，而且指导他们怎样生出该隐来。（她显露出来，盘在树林当中）

另一个声音　还有一个是在蛇以前来的。

蛇　这是利莉思的声音，在她身上，父和母是一体的，万岁，利莉思！（利莉思在该隐和亚当的中间现出）

利莉思　我受了不可言说的苦痛，我把我自己分裂，把我的血肉做成这一对男人和女人，而这个就是结果，你以为这怎样呢，亚当，我的儿子？

亚当　我拿我的劳力使得土地生产，拿我的爱情使得女人生产，而这个是她的结果，你以为这是怎样呢，夏娃，我的妻子？

夏娃　我把卵养在我的体内，拿我的血喂他，而现在他们让他落下，像鸟类一样，完全不受痛苦，你以为这怎样呢，该隐，我的第一个孩子？

该隐　我发明了杀人、征服、治理，由强者把弱者驱除，而现在强者已经互相杀死，弱者永远活着，他们的事业，为他们自己，也没有一点儿为别人的，你以为这怎样呢，蛇？

蛇　我是证明不错的，因为我选择智慧和善恶的知识，而现在恶已经消灭，善与智慧合而为一，这就够了。（它消失）

该隐　地球上再没有我的地位了，你们不能够否认，在他完结以前，我的是一个庄严的游戏，但是现在！完了，完了，短促的烛光呀！（他消失）

夏娃　这些聪明的永远是我所钟爱的，耕夫和战士，已经把他们自己和小虫一起埋在地下，我的聪明的子孙，已经承受了这个世界，一切都很好了。（她逐渐消失）

亚当 我真是从头至尾，一点儿弄不明白，这些一切是为什么？什么原因？从哪里来？向哪里去？我们在园中的时候，还算不错，现在愚人们杀掉一切的动物，而他们还不满意，因为他们忍受他们的身体！我说这是愚蠢。（他消失）

利莉思 他们已经接受永久生命的负担了，他们已经脱去生产的苦痛，就是在他们毁灭的时候，他们的生命也不会消失。他们是没有乳汁的兽类，他们的肠胃已经失去，他们的形体，不过是他们的孩子，无意识的赞美及抚爱的装饰品，这个已经足够，或是我再要工作一次吗？我应当再生出一种什么，把他们驱除，把他们消灭，像他们驱除园中的兽类和消灭爬行的东西、飞翔的东西，以及一切拒绝永久生存的东西一样吗？我已经忍耐他们许多年代，他们使得我极难受，他们做过可怕的事情，他们欣然愿死，而说永久的生命是一种谎言，我对于我所造成的东西，会这样作恶和破坏，惊骇莫名，就是火星俯视她姊妹星的惭德，也会觉得脸红。残酷和虚伪，成为如此的可怖，使地球面上，满布着小儿的坟墓，而活着的枯骨，奔走其间，寻觅可怕的食物。再一次生产的剧痛，已经在我的体内发生，而同时有一个人自己悔改，并且活到三百年，于是我等着，看这个有什么结果，而他的结果竟有如此之大，使得那个时代的恐怖，现在好像立刻成为一种噩梦。他们补救了他们的过恶，脱离了他们的罪恶，尤其最好的是，他们还并不满足。那个冲动，我在那一天，把我自己分裂为二，在地球上生出男人和女人的时候，所给予他们的冲动，依然督促着他们。经过千万的目标以后，他们达到这个目标，解脱肉体，成为脱离物质的旋涡，成为纯粹智力的涡流。这个就是在世界上的最初，一个动力的涡流的，而且虽然他们所做过的一切好像不过是无限的创造工作最初的一刻，然而在他们达到这个最后的潮流存在于肉体和精神之间的，以及将他们的生命，从侮弄他的物质解脱以前，我还不愿意废除他们。我可以等候，等候和忍耐，对于永久是没有意义的。我给予女人以这个最大的礼物——好奇心，由于这个种子，使得她避免了我的愤怒，因为我也是好奇的。我永远等着，要看什么是他们明天的行为，我说，关于一切的事情，让他们恐惧停滞，因为从那一刻时候，我，利莉思，对他们失去希望和信仰，他们就毁灭了。在这个希望和信仰当中，我让他们活着一刻，而在这个一刻当中，我已经宽恕过他们多次了；但是比他们更伟大的物类，也曾经破坏过希望和信仰，而从地球上完全消灭，我也许不会永远宽恕他们。我是利莉思，我把生命带到这个动力的涡流当中，而强迫我的仇敌——物质，服从一个活着的灵魂，但是在役使生命的仇敌上面，我把它造成生命的主人，因为这个是一切役使的结果；而现在我要看这个奴隶解放，这个仇敌调和，这个涡流，成为完全的生命，而没有物质，并且因为这些婴儿，他们自称为古代人，正在要达到这个境域，我还要忍耐他们一下，虽然我很清楚，他们达到这一步的时候，他们就会和我成为一体。而成为我的替代，而利莉思就成为一种神话，及一首毫无意义的歌曲了。单就生命而论，是没有终极的，并且虽然它的千百万星球的居宅，有许多还是空着，有许多还没有造成，并且虽然它的广大的领域，还是不可忍耐的荒芜，我的种子，总有一天会把它充满，而支配物质，达于它极端的限度，至于此外怎样，利莉思的眼光，是太短视，所能够说的，只是还有一个此外罢了。（她消失）

萧伯纳作品年表

1856 年　7 月 26 日，出生在爱尔兰首府都柏林。

1879 年　创作小说《未成年时期》。

1880 年　创作小说《无理之结》。

1881 年　创作小说《艺术家的爱情》。

1882 年　创作小说《卡什尔·拜伦的职业》。

1883 年　创作小说《业余社会主义者》。

1891 年　发表评论名著《易卜生主义的精华》。

1892 年　第一个剧本《鳏夫的房产》公演成功。

1893 年　创造戏剧作品《荡子》。

1894 年　创作戏剧作品《华伦夫人的职业》《武器与人》。

1895 年　创作《康蒂妲》《风云人物》。

1896 年　创作《难以预料》。

1897 年　创作《魔鬼的门徒》《布拉斯庞德上尉的转变》。

1898 年　创作《凯撒和克里奥佩特拉》。

1903 年　发表著名的剧本《人与超人》。

1905 年　创作剧本《巴巴拉少校》。

1919 年　创作《伤心之家》。

1921 年　发表《千岁人》。

1923 年　创作《圣女贞德》。

1925 年　获得诺贝尔文学奖。

1929 年　创作《苹果车》。

1932 年　创作《真相毕露》。

1933 年　来中国访问。创作最后一部小说《黑女求神记》。

1936 年　创作《突然出现的岛上愚人》。

1947 年　创作《波扬特的亿万财产》。

1949 年　创作《牵强附会的寓言》。

1950 年　11 月 2 日，在自己的公寓中去世。